MOEWIG

EIN PLAYBOY TASCHENBUCH
IM MOEWIG VERLAG

PLAYBOY
SCIENCE FICTION

Robert Silverberg
Gute Nachrichten aus dem Vatikan

und andere
»Nebula«-Preis- Stories

Herausgegeben von Lloyd Biggle Jr.

MOEWIG

Titel der Originalausgabe: Nebula Award Stories 7
Aus dem Amerikanischen von Leni Sobez

Umschlagillustration: Schlück
Umschlagentwurf und -gestaltung: Franz Wöllzenmüller, München
Verkaufspreis inkl. gesetzl. Mehrwertsteuer
Auslieferung in Österreich:
Pressegroßvertrieb Salzburg, Niederalm 300, A-5081 Anif
Printed in Germany 1981
Gesamtherstellung: Ebner Ulm
ISBN 3-8118-6721-0

Inhalt

Vorwort

Alle Stories dieser Sammlung wurden bereits unter *Science Fiction* veröffentlicht. Jede von ihnen wurde auch von den Mitgliedern der Science Fiction Writers of America für den Nebula Award vorgeschlagen und erschien in einer oder in beiden Endrunden um die Preisvergabe. Sie sind deshalb ausgezeichnete Beispiele für die zeitgenössische Science Fiction.

Science Fiction entzieht sich jeder Definition, so oft eine solche auch schon versucht wurde. Jede dieser Stories zeigt ein anderes Gesicht, das sich unverwechselbar von den Gesichtern anderer Geschichten unterscheidet. Dieses literarische Genre ist wie ein Insektenauge mit unzähligen Facetten. Die eine Geschichte überspannt das ganze Universum und die Zeit vom Urbeginn bis zum Urende, andere graben sich tief in die Umwelt des Menschen, in seine Moral und Ethik, in seine Werte und Probleme, die so alt sind wie das menschliche Bewußtsein und so neu wie das Jahrtausend, das nach morgen kommt. Die Schreibweisen und Erzähltechniken dieser elf Autoren sind so vielfältig wie der Inhalt ihrer Stories. Der Leser findet hier Science Fiction in größter Spannweite.

In den Monaten der Arbeit an diesem Buch geriet ich tief in die Schuld vieler Menschen. Damon Knight, Poul Anderson und Theodore Sturgeon, Leute mit viel Verantwortung und wenig Zeit, machten sich die Mühe, dieses Buch mit besonderen Wesenszügen auszustatten. Alle Autoren bewiesen unendlich viel Geduld mit meinen vielen Fragen und Fragebogen, und das gilt ebenso für Herausgeber, Verleger und Agenten. Jedem, der mitgeholfen hat, den vorliegenden Band herauszubringen, gebührt mein aufrichtiger und herzlicher Dank. Die Liste dieser Helfer ist sehr lang, und ich möchte keinen vergessen und ihn damit kränken.

Es war eine sehr schwierige Aufgabe, zu entscheiden, welche Geschichten aufgenommen, welche zurückgestellt werden sollten. Viele hätten wir gern eingeschlossen, und manchmal tat es weh, eine wegzulassen; mir vielleicht noch mehr als den Autoren.

Ich danke allen, die an den vorhergehenden Bänden mitgearbeitet haben: Damon Knight, Brian Aldiss und Harry Harrison, Roger Zelazny, Poul Anderson, James Blish und Clifford D. Simak, und jeder von ihnen wäre erstaunt, wollte ich ihm beschreiben, was ich aus seiner Erfahrung gelernt habe.

Lloyd Biggle, Jr.

Robert Silverberg

Gute Nachrichten aus dem Vatikan

Robert Silverberg ist in New York City geboren, wo er sein Leben lang als Schriftsteller arbeitete. Die ersten Geschichten verkaufte er als Student am Columbia College 1954. Seinen ersten Hugo Award erhielt er 1956 in der Sonderkategorie als meistversprechender neuer Autor für Science Fiction.

Der einzige Grund dafür, daß Silverberg den Status von Poul Anderson als produktivster Science Fiction-Autor nicht anficht, rührt daher, daß Silverberg sich auch in anderen Bereichen betätigt. Er hat sehr viel geschrieben auf den Gebieten der Populärwissenschaften, Geschichte und Biographie und verfaßte auch eine ansehnliche Reihe hochgeschätzter Bücher über Archäologie. Unter seinem eigenen Namen und Pseudonymen wie Walter Drummond, Iver Jorgenson, Calvin M. Knox, David Osborne und (mit Randall Garrett) Robert Randall hat er zahlreiche Bücher und Geschichten veröffentlicht.

Diese erstaunliche Quantität hat seinen Ruf als bewundernswerter literarischer Könner nicht beeinträchtigt; Beweis dafür sind die mehr als zwanzig Hugo und Nebula Awards — das ist mehr als irgendein anderer Schriftsteller vorweisen kann. Zu seinen jüngeren Büchern gehört „Thorns" (1967 — Hugo und Nebula-Awards-Schlußrunde), „Tower of Glass" (1970 — Nebula Award-Schlußrunde), „The Masks of Time" (1968 — Nebula Award-Schlußrunde), „Up the Line" (1969 — Nebula Award- und Hugo-Schlußrunde), „To Live Again" (1969), „Downward to Earth" (1970), „Son of Man" (1971). Sein Roman „Nightwings" gewann 1968 einen Hugo, die Kurzgeschichte „Passengers" wurde 1969 mit einem Nebula Award ausgezeichnet.

Trotz seiner umfangreichen literarischen Produktion fand Silverberg noch Zeit, verschiedene Pflichten bei den Science Fiction Writers of America zu übernehmen, deren Präsident er auch eine Zeitlang war. Von ihm stammt die Idee der Hall of Fame-Anthologien, und er gab auch den ersten Band dieser Reihe heraus.

Bei der Wahl 1971 erhielt Silverberg zwei weitere Nebula Awards zu seinen übrigen für seinen Roman „A Time of Changes“ und für seine Kurzgeschichte „Good News from the Vatican“. So ist er also der Konkurrent Samuel R. Delanys um die meisten Nebula Awards (drei), und sein Name gehört zu einer Auswahlgruppe an Autoren, der auch Delany und Roger Zelazny angehören, weil sie zwei Nebula Awards in einem Jahr gewonnen haben.

Das ist der Morgen, auf den jeder gewartet hat, denn endlich soll der Robot-Kardinal zum Papst gewählt werden. Am Ergebnis ist nicht mehr zu zweifeln. Das Konklave war viele Tage lang in einer Pattsituation zwischen den dickköpfigen Advokaten des Kardinals Asciuga von Mailand und Kardinal Carciofo von Genua, und es sickerte durch, daß man dabei sei, einen Kompromiß zu finden. Alle Gruppen hatten sich nun auf die Wahl des Roboters geeinigt. Am Morgen las ich im *Osservatore Romano,* der Vatikan-Computer habe sich selbst in die Beratungen eingeschaltet, er habe dringend die Kandidatur des Robot-Kardinals angeraten. Ich meine, wir sollten uns über diese Loyalität unter Maschinen nicht wundern, vor allem sollten wir uns aber keinesfalls deprimieren lassen. Nein, *Niedergeschlagenheit wäre absolut fehl am Platz.*

„Jede Ära bekommt den Papst, den sie verdient“, bemerkte heute beim Frühstück Bischof FitzPatrick ziemlich düster. „Der richtige Papst für unsere Zeit ist ein Roboter, ganz gewiß. Irgendwann in der Zukunft mag es wünschenswert sein, daß ein Wal, ein Automobil, eine Katze, ein Berg Papst wird.“ Bischof FitzPatrick mißt mehr als zwei Meter, und seine Miene drückt normalerweise morbide Trauer aus. Es ist uns daher nicht möglich, festzustellen, ob es sich bei dieser Seelenstimmung jetzt um eine existentielle Verzweiflung, oder um ruhige Hinnahme einer Tatsache handelt. Vor vielen Jahren war er ein Starspieler der Basketballmannschaft um den Pokal vom Heiligen Kreuz. Nach Rom war er gekommen, um Forschungen für eine Biographie des heiligen Marcellus des Redlichen anzustellen.

Wir haben das sich langsam entfaltende Drama der Papstwahl von einem Straßencafé aus beobachtet, das nur ein paar Gäßchen vom St. Petersplatz entfernt ist. Für uns alle war dies eine unerwartete Aufwertung unserer Ferien in Rom. Es hieß damals, der vorherige Papst sei bei bester Gesundheit, und man hatte keinen Grund zu der Annahme, daß diesen Sommer noch ein Nachfolger für ihn zu wählen wäre.

Jeden Morgen fahren wir mit dem Taxi von unserem Hotel in der Nähe der Via Veneto ab und beziehen strategische Position an „unserem" Tisch. Von unserem Platz aus haben wir klare Sicht zum Kamin des Vatikans, durch den der Rauch der brennenden Wahlzettel steigt: schwarzer Rauch, wenn noch kein Papst gewählt ist, weißer, wenn das Konklave erfolgreich war. Luigi, der Besitzer und Oberkellner, bringt automatisch unsere Lieblingsgetränke: Fernet-Branca für Bischof FitzPatrick, Campari und Soda für Rabbi Mueller, türkischen Kaffee für Miß Harshaw, Zitronensaft für Kenneth und Beverly und Pernod on the rocks für mich. Die Rechnung bezahlen wir wechselweise, wenn auch Kenneth seit dem Beginn unserer Wache noch nicht ein einziges Mal bezahlt hat.

Gestern bezahlte Miß Harshaw. Sie leerte ihren Geldbeutel aus, und da fehlten ihr 350 Lire, und sonst hatte sie nur noch hundert Dollar in Reiseschecks. Wir schauten alle betont Kenneth an, doch der nippte in aller Ruhe an seinem Zitronensaft. Schließlich legte Rabbi Mueller nach einer kurzen Pause der Spannung eine 500-Lire-Münze dazu, das heißt, er knallte die schwere Silbermünze nachdrücklich auf den Tisch. Der Rabbi ist für seinen kurzen Geduldsfaden bekannt, auch für seinen sehr nachdrücklichen Stil. Er ist achtundzwanzig Jahre alt, trägt gewöhnlich eine moderne karierte Soutane und eine Sonnenbrille mit Silberauflage, und sehr oft rühmt er sich, für seine Gemeinde niemals eine Bar Mitzvah-Zeremonie gehalten zu haben. Seine Gemeinde liegt im Wicomico County, Maryland. Er hält diesen Ritus für vulgär und recht überflüssig und „verhökert" alle seine Bar Mitzvahs an angehende Kleriker, die dafür eine Provision beziehen. Rabbi Mueller ist eine Autorität in Engeln.

Unsere Gruppe ist geteilter Meinung über den Vorzug der Wahl eines Roboters zum neuen Papst. Bischof FitzPatrick, Rabbi Mueller und ich sind für diese Idee, Miß Harshaw, Kenneth und Beverly dagegen. Interessant ist, daß unsere beiden Gentlemen in den heiligen Gewändern, der eine davon ältlich, der andere noch ziemlich jung, diese bemerkenswerte Abkehr von der Tradition unterstützen. Aber die drei „Swinger" unter uns tun das nicht.

Ich weiß nicht genau, ob ich mich zu den Progressiven zähle. Ich bin ein Mann reiferer Jahre und von ruhigem, gemäßigtem Wesen. Nie habe ich mich besonders um die Tätigkeiten der Römischen Kirche gekümmert. Das katholische Dogma ist mir fremd, und auch die modernen Strömungen innerhalb der Kirche kenne ich nicht. Trotzdem habe ich seit dem Beginn des Konklaves auf die Wahl des Robot-Papstes gehofft.

Warum? Darüber denke ich manchmal nach. Geht es um das „Persönlichkeitsbild" einer metallenen Kreatur auf dem Thron von St. Peter, das meine Vorstellungskraft anregt und meinen Sinn für das Widersinnige und Unmögliche kitzelt? Das hieße also, ist meine Unterstützung des Robot-Papstes eine rein ästhetische Sache? Oder eher eine Funktion meiner moralischen Feigheit? Bin ich insgeheim der Meinung, daß diese Geste sozusagen die Roboter hinauskauft? Sage ich vielleicht selbst: Gebt ihnen die Papstwürde, damit sie für eine Weile nichts anderes wollen? Nein, solche Gedanken hielte ich für meiner selbst unwürdig. Möglicherweise bin ich deshalb für den Roboter, weil ich ein Mensch von außergewöhnlicher Einfühlsamkeit in die Nöte anderer bin.

„Wird er gewählt", sagt Rabbi Mueller, „plant er eine sofortige Zeitteilung mit dem Dalai Lama und eine angemessene Zusammenschaltung mit dem Chefprogrammierer der Griechisch-orthodoxen Kirche, nur so für den Anfang. Wie ich höre, wird er auch wegen einer ökumenischen Zusammenarbeit an die Rabbinate herantreten, und das ist sicher etwas, worauf wir uns alle freuen können."

„Ich zweifle nicht daran, daß es in den Sitten und Praktiken der Hierarchie viele Veränderungen geben wird", erklärt Bischof FitzPatrick. „Zum Beispiel freuen wir uns auf die überlegenen Techniken der Informationssammlung des Vatikan-Computers, der künftig bei den Operationen der Kurie wohl eine wichtigere Rolle spielen wird. Ich möchte das so beschreiben . . ."

„Eine außerordentlich häßliche Bemerkung", sagt Kenneth. Er ist ein hagerer junger Mann mit weißem Haar und rosa Augen. Beverly ist entweder seine Frau oder seine Schwester. Sie spricht kaum einmal. Kenneth schlägt das Kreuz mit aggressiver Plötzlichkeit und murmelt dazu: „Im Namen des Vaters, des Sohnes und des Heiligen Automaten." Miß Harshaw kichert, schluckt das Kichern aber mühsam hinunter, sobald sie meine mißbilligende Miene sieht.

Absolut nicht niedergeschlagen, jedoch ohne auf die Unterbrechung einzugehen, fährt Bischof FitzPatrick fort: „Zur Illustration möchte ich Ihnen einige Zahlen geben, die ich gestern nachmittag erhielt. In der Zeitung *Oggi* lese ich, daß während der letzten fünf Jahre nach dem Sprecher der *Missiones Catholicae* die Kirche die Zahl ihrer Angehörigen in Jugoslawien von 19 381 403 auf 23 501 132 erhöht hat. Aber die Verlautbarungen der Regierung zum vergangenen Jahr geben eine Gesamtbevölkerung Jugoslawiens von 23 575 194 an. Damit bleiben nur 74 132 für die anders- oder nichtreligiöse Bevölkerung dieses Staates. Ich weiß, wie groß die Moslem-Bevölkerung Jugoslawiens ist, daher nehme ich eine Ungenauigkeit in den veröffentlichten Statistiken an. Ich wandte mich also an den Computer von St. Peter, und der informierte mich ..." – der Bischof legt eine Pause ein, holt einen ziemlich umfangreichen Ausdruck aus einer Tasche und faltet ihn auf dem Tisch auf –, „daß die letzte Zählung der Gläubigen in Jugoslawien vor eineinhalb Jahren eine Zahl von 14 206 198 liefert. Deshalb ergibt sich eine irrige Überzahl von 9 294 864. Und das ist absurd. Und wird ewig fortgeschrieben. Das ist verdammenswert."

„Wie sieht er denn überhaupt aus?" fragt Miß Harshaw.

„Er ist wie alle anderen", sagt Kenneth. „Eine glänzende Metallbox mit Rädern unten und Augen oben."

„Sie haben ihn noch nicht gesehen", wirft Bischof FitzPatrick ein. „Ich denke daher, es ist nicht korrekt, wenn Sie nun annehmen, daß ..."

„Die sind doch alle gleich", sagt Kenneth. „Hat man erst einen gesehen, kennt man alle. Glänzende Boxen. Räder. Augen. Und eine Stimme, die aus dem Bauch kommt wie mechanische Rülpser. Und innen sind sie alle Zapfen und Rädchen und so Zeug." Kenneth schüttelt sich vornehm angewidert. „Mir ist das zuviel, ich kann das nicht akzeptieren. Wollen wir uns nicht lieber eine frische Runde kommen lassen?"

„Zufällig habe ich ihn mit meinen eigenen Augen gesehen", sagt Rabbi Mueller.

„Nein, wirklich?“ ruft Beverly.

Kenneth funkelt sie finster an. Luigi nähert sich mit einem Tablett frischer Drinks für alle. Ich reiche ihm einen 5000-Lire-Schein. Rabbi Mueller nimmt seine Sonnenbrille ab und haucht auf ihre schimmernd spiegelnden Flächen. Er hat kleine wassergraue Augen und blinzelt heftig. Er sagt: „Der Kardinal war der wichtigste Sprecher beim Weltkongreß der Judenheit, der im letzten Herbst in Beirut stattfand. Sein Thema war ‚Kybernetische Ökumenismen für den Menschen der Gegenwart‘. Ich war dort, und ich kann sagen, daß Seine Eminenz groß und würdevoll ist, eine feine Stimme und ein sanftes Lächeln hat. Er hat etwas Melancholisches an sich, das mich sehr an unseren Freund, den Bischof, erinnert. Seine Bewegungen sind voll Anmut, und er hat einen scharfen Verstand.“

„Aber er ist doch auf Räder montiert, nicht wahr?“

„Auf Raupen“, berichtigt der Rabbi und wirft Kenneth einen wütenden, vernichtenden Blick zu. Er setzt seine Sonnenbrille wieder auf. „Raupen, wie ein Traktor sie hat. Aber ich bin nicht der Meinung, daß sie vom Geist her gesehen schlechter sind als Füße, oder, in diesem Fall, als Räder. Wäre ich katholisch, so würde ich mich stolz fühlen, einen solchen Mann zum Papst zu haben.“

„Kein Mann“, wirft Miß Harshaw ein. Wenn sie den Rabbi Mueller anspricht, bekommt ihre Stimme immer etwas Leichtsinniges. „Ein Roboter“, sagt sie. „Er ist kein Mensch, erinnern Sie sich?“

„Also dann einen solchen *Roboter* als Papst“, berichtigt Rabbi Mueller sich selbst und zuckt die Achseln. Er hebt sein Glas. „Auf den neuen Papst!“

„Auf den neuen Papst!“ ruft Bischof FitzPatrick.

Luigi kommt aus seinem Café gelaufen. Kenneth winkt ab. „Warten Sie doch eine Sekunde“, sagt Kenneth. „Die Wahl ist noch nicht vorbei. Wie können Sie so sicher sein?“

„Der *Osservatore Romano*“, sage ich, „hat in der heutigen Morgenausgabe angedeutet, heute werde sich alles entscheiden. Kardinal Carciofo erklärte sich bereit, zu seinen Gunsten sich zurückzuziehen, um dafür ein größeres Zeitzugeständnis beim Konsistorium des kommenden Jahres einzuhandeln, wenn die neuen Computerstunden festgelegt werden.“

„Mit anderen Worten: Das Ergebnis steht bereits fest“, sagt Kenneth.

Bischof FitzPatrick schüttelt betrübt den Kopf. „Mein Sohn, Sie behaupten diese Dinge viel zu . . . abrupt. Seit drei Wochen sind wir nun ohne einen Heiligen Vater. Es ist Gottes Wille, daß wir einen Papst bekommen. Das Konklave ist nicht in der Lage, sich zwischen der Kandidatur von Kardinal Carciofo und Kardinal Asciuga zu entscheiden und vereitelt Seinen Willen. Deshalb müssen wir, falls nötig, die Realitäten der Zeit Seinem Willen anpassen, damit er nicht mehr länger hinausgezögert wird. Wenn innerhalb des Konklaves nur unnütz und noch länger politisiert wird, so wird das zur Sünde. Wenn Kardinal Carciofo nun seinen persönlichen Ehrgeiz opfert, so ist das kein egoistischer Akt, wie Sie glauben.“

Kenneth fährt jedoch fort, des armen Carciofos Motive für seinen Rückzug anzugreifen. Beverly klatscht gelegentlich seinen grausamen Ausführungen Beifall. Miß Harshaw erklärt wiederholt, sie sei nicht bereit, weiterhin Mitglied einer Kirche zu bleiben, deren Führer eine Maschine ist. Ich finde diesen Disput widerlich und rücke meinen Stuhl so vom Tisch ab, daß ich einen besseren Blick zum Vatikan habe. In diesem Moment vereinen sich die Kardinäle wieder in der Sixtinischen Kapelle. Oh, wie gern wäre ich dort! Welch großartige Mysterien spielen sich in diesem düsteren, prachtvollen Raum ab! Jeder Kirchenfürst sitzt auf einem kleinen Thron unter einem violetten Baldachin. Dicke Wachskerzen flackern auf den Tischen vor den Thronen. Die Zeremonienmeister bewegen sich gemessen durch den weiten Raum und tragen die Silberbecken herum, in denen die noch leeren Stimmzettel ruhen. Diese Becken werden vor dem Altar auf den Tisch gestellt. Ein Kardinal nach dem anderen nähert sich dem Tisch, nimmt einen Stimmzettel und kehrt zu seinem Thron zurück. Jeder nimmt seine Gänsefeder zur Hand und beginnt zu schreiben: „Ich, Kardinal . . . wähle zum Obersten Pontifex den würdigsten aller Herren, meinen Herrn Kardinal . . .“ Welchen Namen setzt da jeder ein? Carciofo? Asciuga? Ist es der Name irgendeines unbekannten, verhutzelten Prälaten aus Madrid oder Heidelberg, eine Wahl der letzten Minute der Anti-Robot-Fraktion, eine Wahl der Verzweiflung? Oder schreiben sie *seinen* Namen? Das Kratzen der Federn klingt laut durch die Kapelle. Die Kardinäle falten ihre Stimmzettel zusammen, versiegeln sie, falten sie wieder und noch mal und tragen sie zum Altar, um sie dort in das große goldene Ziborium fallen zu lassen. Das haben sie nun seit Tagen jeden Morgen und jeden Nachmittag getan, so lange sie eingeschlossen waren.

„In der *Herald Tribune* las ich vor ein paar Tagen", sagt Miß Harshaw, „daß eine Delegation von zweihundertfünfzig jungen Katholiken-Robotern aus Iowa am Flugplatz von Des Moines auf Nachrichten zur Wahl wartet. Kommt ihr Mann dran, haben sie eine flugbereite Chartermaschine zur Verfügung, und sie denken daran, zu fordern, daß der Heilige Vater ihnen die erste öffentliche Audienz gewährt."

„Diese Wahl", meint Bischof FitzPatrick, „bringt ohne Zweifel sehr viele Leute synthetischen Ursprungs in die Falten unserer Heiligen Kirche."

„Und damit treiben sie noch mehr Menschen aus Fleisch und Blut hinaus!" entgegnet schroff Miß Harshaw.

„Das bezweifle ich", sagt der Bischof. „Gewiß wird es ein bestimmtes Gefühl des Schocks geben, des Widerwillens, der Ungerechtigkeit, des Verlustes; zumindest am Anfang. Aber diese Gefühle legen sich wieder. Die Güte des neuen Papstes, auf die Rabbi Mueller sich schon bezog, wird sich durchsetzen. Und ich glaube ferner, daß die technisch ausgerichteten jungen Leute in aller Welt ermutigt werden, zur Kirche zu stoßen. Unwiderstehliche religiöse Impulse werden in der ganzen Welt geweckt werden."

„Können Sie sich zweihundertfünfzig Roboter vorstellen, die nach St. Peter hineinklirren?" will Miß Harshaw wissen.

Ich beobachte den fernen Vatikan. Die Morgensonne ist grell und blendend, aber die versammelten Kardinäle können das fröhliche Funkeln nicht genießen, da sie hinter diesen Mauern eingeschlossen sind. Alle haben nun gewählt. Die drei Kardinäle, die am Morgen durch das Los bestimmt worden sind, haben sich erhoben. Einer von ihnen hebt den goldenen Kelch und schüttelt ihn, so daß die Stimmzettel gemischt werden. Dann stellt er ihn auf den Tisch vor dem Altar. Ein zweiter Wahlprüfer nimmt die Stimmzettel heraus und zählt sie. Er überzeugt sich davon, daß die Zahl der Stimmzettel der der anwesenden Kardinäle entspricht. Die Stimmzettel sind inzwischen in ein Ziborium gefüllt worden, das sonst immer die konsekrierten Hostien für die Messe enthält. Der erste Prüfer nimmt einen Stimmzettel heraus, liest die Inschrift und gibt ihn an den zweiten Prüfer weiter, der ihn ebenfalls liest, dann geht er an den dritten Prüfer, der nun den Namen laut liest. Asciuga? Carciofo? Irgendein anderer? *Der seine?*

Rabbi Mueller spricht über Engel. „Dann haben wir die Engel des Thrones, die im Hebräischen als *arelim* oder *ophanim* bekannt sind. Davon gibt es siebzig, in erster Linie bekannt für ihre Standhaftigkeit. Zu ihnen zählen die Engel Orifiel, Ophaniel, Zabkiel, Jophiel, Ambriel, Tychagar, Barael, Quelamia, Paschar, Boel und Raum. Einige von ihnen sind nicht mehr im Himmel zu finden und werden zu den gefallenen Engeln der Hölle gezählt."

„Soviel also zu ihrer Standhaftigkeit", sagt Kenneth.

„Dann sind da noch die Engel der Anwesenheit", fährt der Rabbi fort, „die offensichtlich im Moment ihrer Erschaffung beschnitten werden. Das sind Michael, Metatron, Suriel, Sandalphon, Uriel, Saraqael, Astanphaeus, Phanuel, Jehoel, Zagzagael, Yefefiah und Akatriel. Aber ich glaube, mein Lieblingsengel aus dieser Gruppe ist der Engel der Lust, der erwähnt ist im Talmud *Bereshith Rabba* fünfundachtzig wie folgt: Als Juda eben vorübergehen wollte . . ."

Nun haben sie die Stimmen gezählt, ganz bestimmt. Auf dem Petersplatz hat sich eine unübersehbare Menge angesammelt. Die Sonne fängt sich schimmernd in Hunderten, vielleicht sogar Tausenden stahlgefaßter Schädel. Für die Robotbevölkerung Roms muß dies ein wundervoller Tag sein. Aber die Menge auf dem Petersplatz besteht doch in der Hauptsache aus Menschen von Fleisch und Blut: alten schwarzgekleideten Frauen, hageren jungen Taschendieben, Jungen mit kleinen Hunden, dicken Würstchenverkäufern, einer Sammlung aus Poeten, Philosophen, Generälen, Abgeordneten, Touristen und Fischern. Wie ist die Wahl gelaufen? Die Antwort werden wir bald wissen. Hat kein Kandidat eine Mehrheit bekommen, werden sie die Stimmzettel mit nassem Stroh mischen, ehe sie im Kamin der Kapelle verbrannt werden. Schwarzer Rauch wird dann aus dem Kamin quellen. Wurde aber ein Papst gewählt, so wird das Stroh trocken sein und der Rauch weiß.

Das System gefällt mir, es hat angenehme Resonanzen. Es

verschafft mir die Befriedigung, die einem normalerweise ein makelloses Kunstwerk bereitet: etwa der „Tristan", oder die Froschzähne in Boschs „Versuchung des Heiligen Antonius." Voll fast wütender Konzentration erwarte ich den Ausgang. Des Ergebnisses bin ich mir sicher. Ich spüre bereits die unwiderstehlichen religiösen Impulse, die in mir erwachen. Aber da ist auch ein seltsames Heimweh nach den Tagen der Päpste aus Fleisch und Blut. Morgen werden die Zeitungen keine Interviews mit der alten Mutter des Heiligen Vaters in Sizilien bringen, auch nicht mit seinem stolzen jüngeren Bruder in San Francisco. Und wird diese großartige Wahlzeremonie sich jemals wiederholen? Werden wir je einen anderen Papst brauchen, wenn dieser eine, den wir bekommen werden, so leicht zu reparieren ist?

Ah, der weiße Rauch! Der Moment der Offenbarung ist da.

Auf dem Mittelbalkon der Fassade von St. Peter erscheint eine Gestalt und breitet ein Gespinst aus Gold aus, um sofort wieder zu verschwinden. Das Geglitzer der Sonne auf dem Gewebe blendet das Auge. Ich fühle mich vielleicht erinnert an das Mondlicht, das kalt die See in Castellammare küßt, oder vielleicht noch mehr an den Mittagsglast auf den Brüsten der Karibik vor der Küste von St. John. Eine zweite Gestalt in Hermelin und Zinnober ist nun auf dem Balkon erschienen. „Der Kardinal Archidiakon", wispert Bischof FitzPatrick. Die Leute haben schon damit begonnen, ohnmächtig zu werden. Luigi steht neben mir und verfolgt den Vorgang an einem winzigen Radio. Kenneth sagt: „Jetzt ist also alles fest." Rabbi Mueller zischt ihn an, er solle doch still sein. Miß Harshaw beginnt zu schluchzen. Beverly zitiert leise den Untertaneneid und bekreuzigt sich dabei ununterbrochen. Für mich ist es ein wundervoller Augenblick. Ich meine, es ist der zukunftsträchtigste Moment der Gegenwart, den ich je erlebte, vielleicht auch der wichtigste.

Die Lautsprecherstimme des Kardinals Archidiakon ruft: „Ich verkünde euch eine große Freude. Wir haben einen Papst!"

Die Hochrufe beginnen, sie nehmen an Lautstärke zu, als der Kardinal Archidiakon der Welt verkündet, daß der neue erwählte Pontifex wirklich *jener* Kardinal ist, diese noble, würdige Person, jenes melancholische, bescheidene Individuum, dessen Wahl zum Heiligen Stuhl wir so lange und sehnlichst erwartet haben. „Er hat", sagt der Kardinal Archidiakon, „den Namen . . ."

Er verliert sich in den Freudenrufen. Ich wende mich an Luigi. „Wer? Welcher Name?“

„Sisto Settimo“, sagt mir Luigi.

Ja, und da ist er also, Papst Sixtus VII., denn so müssen wir ihn von jetzt ab nennen. Eine winzige Gestalt, gekleidet in die silbern und goldenen päpstlichen Roben, die Arme der Menge entgegengestreckt und – ja! Das Sonnenlicht schimmert auf seinen Wangen, der hohen Stirn, da ist der Glanz polierten Stahls!

Luigi ist schon auf den Knien, ich knie mich neben ihn. Miß Harshaw, Beverly, Kenneth, sogar der Rabbi – alle knien, denn ganz ohne Zweifel ist das ein Moment des Wunders. Der Papst tritt auf seinen Balkon. Nun wird er der Stadt und der ganzen Welt Seinen apostolischen Segen erteilen. „Unsere Hilfe ist im Namen des Herrn“, erklärt er feierlich. Er aktiviert die Hebejets unter seinen Armen. Sogar aus dieser Entfernung kann ich die zwei winzigen Rauchwölkchen erkennen. Wieder weißer Rauch. Er beginnt sich in die Luft zu heben. „Der Himmel und Erde geschaffen hat“, sagt er, „möge der Allmächtige Gott, der Vater, Sohn und Heilige Geist euch segnen.“ Seine Stimme rollt majestätisch auf uns zu. Sein Schatten erstreckt sich nun über den ganzen Platz. Höher und immer höher steigt er, bis er unserer Sicht entschwindet. Kenneth tippt Luigi an. „Noch eine Runde“, sagt er und drückt dem Wirt und Ober einen sehr hohen Geldschein in die fleischige Hand. Bischof FitzPatrick weint. Rabbi Mueller umarmt Miß Harshaw. Der neue Pontifex hat, glaube ich, sein Amt auf glückverheißende Art angetreten. ·

Poul Anderson

Die Königin der Luft und Dunkelheit

Poul Anderson kam am 25. November 1926 in Bristol, Pennsylvanien, zur Welt; seine Eltern waren skandinavischer Abkunft. Einen Teil seiner Jugend verbrachte er in Dänemark. Vor dem Zweiten Weltkrieg kehrte er in die Vereinigten Staaten zurück und verkaufte seine erste Geschichte, als er an der Universität von Minnesota studierte. Als er 1948 mit Auszeichnung graduierte, beschloß er, für einige Zeit seinen Lebensunterhalt mit Schreiben zu verdienen, ehe er auf seinem Spezialgebiet Physik eine Beschäftigung suchte. Dieses „für einige Zeit" dauert nun schon weit länger als fünfundzwanzig Jahre.

Andersons erstaunliche Vielseitigkeit als Schriftsteller ist ausgezeichnet ausgedrückt in James Blishs Beschreibung von ihm: „. . . der Wissenschaftler, der Techniker, der Stilkünstler, der Barde, der Humanist und der Humorist – eine noch lange nicht erschöpfte Liste." Er zählt zu den fruchtbarsten SF-Schriftstellern aller Zeiten. Die Kurzfassung seiner Biographie in The Magazine of Fantasy and Science Fiction, *Ausgabe April 1971, füllt sieben Seiten! In Poesie, Romanen und Kurzgeschichten und schließlich in Tatsachenberichten und Artikeln mit einer erstaunlichen Reichweite von Themen vereint er die Sagen- und Liederwelt seines skandinavischen Erbes mit dem suchenden Geist und dem überlegenen Wissen des Gelehrten.*

Unter seinem eigenen Namen und zwei Pseudonymen – Winston P. Sanders und Michael Karageorge – ist er der Autor von mehr als fünfzig Büchern und vielleicht gut zweihundert Kurzgeschichten. Seine Geschichten „No Truce with Kings", „The longest Voyage" und „The Sharing of Flesh" wurden mit Hugo Awards ausgezeichnet. Sein Kriminalroman „Perish by the Sword" erhielt den Cock Robin Award.

Andersons Roman „The Byworlder" kam in die Schlußrunde des Nebula Award 1971, und seine Novelle „The Queen of Air and Darkness" wurde mit einem Nebula Award ausgezeichnet.

Das letzte Nachglühen des Sonnenuntergangs würde fast bis Mitternacht anhalten. Einen weiteren Tag würde es jedoch nicht mehr geben, und die Nordlande konnten sich freuen. Blüten öffneten sich, strahlende Pracht an Feuerdornbäumen, Stahlblüten erhoben sich blau aus dem Sumpf, und Regenpflanzen, die alle Hügel bedeckten, das scheue Weiß einer wilden Stiefmütterchenart, die „Küß-mich-nicht" hieß, drunten in den Senken und Tälern. Flatterwesen schossen auf schimmernden Flügeln zwischen ihnen herum, ein Kronenbock schüttelte sein Gehörn und brüllte. Zwischen den Horizonten vertiefte sich des Himmels Farbe von Purpur zu Dunkelgoldbraun. Beide Monde standen nahezu voll am Himmel und schienen frostig auf die Blätter herab; wie geschmolzen lag ihr Licht auf dem Wasser. Die Schatten, die sie warfen, wurden von einer Aurora verwischt. Die Aurora war ein riesiger, wehender Vorhang aus Licht, der über den halben Himmel reichte. Dahinter waren die ersten Sterne herausgekommen.

Ein Junge und ein Mädchen saßen bei Wolund's Barrow unter den Dolmen. Ihre offenen Haare fielen ihnen den halben Rücken entlang. Der Sommer hatte sie gebleicht, deshalb erschienen sie erstaunlich hell. Ihre Körper waren noch tief gebräunt von der warmen, hellen Jahreszeit und verschmolzen mit Erde und Busch und Fels, denn sie trugen außer Kränzen nichts. Er spielte auf einer Knochenflöte, und sie sang. Vor kurzem waren sie ein Liebespaar geworden. Beide mochten etwa sechzehn Jahre alt sein, doch das wußten sie nicht, denn sie hielten sich selbst für „Auslinge". Ihnen war die Zeit gleichgültig, und sie wußten wenig oder nichts darüber, wie und daß sie einmal in den Menschenlanden gelebt hatten.

Seine Flötentöne hüpften kalt um ihre Stimme:

„Wirf einen Zauberbann,
Verweb ihn gut mit Staub und Tau,
Mit dir und mit der Nacht."

Eine Quelle am Fuß des Grabens trug Mondlicht hinab zu einem vom Hügel versteckten Fluß, der mit dem Rauschen von Stromschnellen und Wasserfällen antwortete. Unter der Aurora flog dunkel ein Schwarm Teufelsflattern über ihnen weg.

Über Cloudmoor kam hüpfend eine Gestalt mit zwei Armen und zwei Beinen, aber die Beine waren lang und mit Klauenfüßen versehen, und Federn bedeckten sie bis zum Ende eines Schwanzes und breiter Schwingen. Das Gesicht war halb menschlich und wurde von den Augen beherrscht. Hätte Ayoch ganz aufrecht stehen können, wäre er dem Jungen bis zur Schulter gegangen.

Das Mädchen stand auf. „Er trägt eine Last", sagte sie. Ihre Sehkraft war nicht für das Zwielicht geschaffen wie die einer im Nordland geborenen Kreatur, doch sie hatte gelernt, jedes Zeichen zu deuten, das ihre Sinne ihr gaben. Außer der Tatsache, daß sie wußte, wie ein gewöhnlicher Pook fliegt, stellte sie bei aller Eile eine gewisse Schwere fest.

„Und er kommt aus dem Süden." Der Junge war aufgeregt und bewegte sich wie eine grüne Flamme, die über die Konstellation Lyrth zuckt. Er rannte den Hügel hinab. „Ohoi, Ayoch!" rief er. „Bin da! Ich bin's, Nebelheim!"

„Und Traumschatten", sagte das Mädchen und folgte lachend.

Der Pook hielt an. Er atmete lauter als das Seufzen der Gewächse ringsum. Dort, wo er stand, duftete es nach zerquetschten Kräutern.

„Gute Begegnung zur Wintergeburt", keuchte er pfeifend. „Ihr könnt mir helfen, dies nach Carheddin zu bringen."

Er zeigte ihnen, was er trug. Seine Augen waren gelbe Laternen darüber. Es bewegte sich und wimmerte.

„Ah, ein Kind", sagte Nebelheim.

„Ja, so wie du warst, mein Sohn, genauso wie du. Ho, ho, welch ein Fang!" prahlte Ayoch. „Da waren ein paar in dem Lager bei Fallowood, bewaffnet, und außer ihren Wachmaschinen hatten sie große häßliche Hunde, die herumliefen, während sie schliefen. Aber ich kam von oben, denn ich hatte sie ausgespäht, bis ich wußte, daß eine Handvoll Schlummerstaub . . ."

„Das arme Ding." Traumschatten nahm den Jungen und drückte ihn an ihre junge Brust. „Noch ganz verschlafen, was?" Blind suchte er nach einem Nippel. Sie lachte durch den Schleier ihrer Haare das Kind an. „Nein, nein, ich bin noch zu jung, und du bist schon zu alt dafür. Aber komm, wenn du in Carheddin unter dem Berg aufwachst, wirst du genug zu essen bekommen."

„Yo-ah!" sagte Ayoch sehr leise. „Sie ist wach und hat gesehen und gehört. Sie kommt." Er duckte sich mit gefaltenen Schwingen zusammen. Nach kurzer Zeit kniete Nebelheim nieder, dann auch Traumschatten, doch das Kind ließ sie nicht los.

Die hohe Gestalt der Königin verdeckte die Monde. Eine Weile musterte sie die drei und ihre Beute. Die Geräusche von Hügel und Moor zogen sich aus ihrem Bewußtsein zurück, und ihnen schien, als könnten sie das Zischen des Nordlichtes hören.

Dann wisperte Ayoch: „Hab' ich das gut gemacht, Sternenmutter?"

„Wenn du ein Baby aus einem Lager voller Maschinen stehlen konntest, dann müssen das Leute aus dem fernen Süden sein", sagte sie mit ihrer schönen Stimme. „Und die lassen sich das nicht so gefallen wie die schwachen Freisassen."

„Aber was können sie tun, Schneemacherin?" fragte der Pook. „Wie können sie unsere Spur finden?"

Nebelheim hob den Kopf und sagte voll Stolz: „Und jetzt müssen auch sie Ehrfurcht vor uns haben."

„Er ist ein süßes Knuddelding", flüsterte Traumschatten liebevoll. „Himmelsdame, solche wie ihn brauchen wir doch noch viel mehr, nicht wahr?"

„Es mußte im Zwielicht geschehen", antwortete die hohe Gestalt. „Nimm ihn mit und sorge für ihn. Mit diesem Zeichen ..." – sie machte ihr heiliges Zeichen –, „wird er für die Bewohner beansprucht."

Sie gaben ihrer Freude Ausdruck. Ayoch schlug Räder über dem Boden, bis er ein Zitterlaub erreichte. Dort lief er den Stamm hoch und hinaus auf einen Ast, wo er unter dem unruhigen Laub halb versteckt aufbaumte und krähte.

Junge und Mädchen trugen das Kind nach Carheddin; sie machten lange, mühelose Sprünge, damit er pfeifen und sie singen konnte:

„Wahai, wahai!
Wayala lai!
Schwingen im Wind
Hoch in den Himmeln.
Schrille Schreie
Reisen mit den Regenspeeren,
Taumeln durch Aufruhr,
Treiben durch die Mondhaarbäume

Und die traumschweren Schatten darunter,
Sie wiegen dich, damit du eins wirst
Mit den schwatzenden Wellchen des Sees,
Wo die Sternstrahlen ertrinken."

Als sie eintrat, fühlte sich Barbro Cullen trotz Kummer und Zorn angewidert. Der Raum sah schlimm aus. Zeitschriften, Tonbänder, Spulen, Handschriften, Ablagekörbe und bekritzelte Papiere waren auf jedem Tisch aufgehäuft. Auf Regalen und in den Ecken hatte sich Staub angesammelt. An einer Wand stand eine Laboreinrichtung mit Mikroskopen und Analysegeräten. Sie wußte, daß sie auf engstem Raum alles Nötige bot, doch in einem Büro war sie nicht zu erwarten, und es roch auch schwach nach Chemie. Der Teppich war abgetreten, die Einrichtung schäbig.

War das ihre letzte Chance?

Dann näherte sich Eric Sherrinford. „Guten Tag, Mrs. Cullen", sagte er. Sein Ton war bestimmt, sein Händedruck fest. Sie störte es nicht, daß sein Arbeitsanzug ausgeblichen war. Auch um ihre eigene Erscheinung kümmerte sie sich nur bei ganz besonderen Anlässen. Ob sich je wieder ein solcher ergäbe, außer sie bekam Jimmy zurück? Was sie sah, war die persönliche Sauberkeit einer Katze.

Von den Krähenfüßen um seine Augen breitete sich ein Lächeln aus. „Verzeihen Sie meine Junggesellenwirtschaft. Auf Beowulf haben wir – hatten wir jedenfalls – Maschinen dafür, so daß ich niemals selbst die Gewohnheit des Aufräumens annahm. Und ich mag es nicht, daß Dienstboten mein Werkzeug durcheinanderbringen. Mir paßt es besser, in der Wohnung zu arbeiten, als ein eigenes Büro zu unterhalten. Wollen Sie sich nicht setzen?"

„Nein, danke, ich könnte gar nicht", sagte sie leise.

„Das verstehe ich sehr gut. Aber wenn Sie entschuldigen wollen – ich funktioniere am besten in entspannter Lage."

Er ließ sich in einen Lehnsessel fallen. Ein langes Bein legte sich über das andere Knie. Er nahm eine Pfeife heraus und stopfte sie aus einem Beutel. Barbro wunderte sich, weshalb er den Tabak auf so uralte Art nahm. Konnte man denn nicht annehmen, daß man auf Beowulf überall die neuesten Geräte hatte, die man sich auf Roland noch lange nicht leisten konnte?

Natürlich überlebten alte Sitten immer irgendwo und irgendwie, meistens in Kolonien, wie sie gelesen hatte. Die Menschen waren zu den Sternen gereist in der Hoffnung, so altmodische Dinge wie ihre Muttersprache, demokratische Regierungen oder eine rational-technologische Zivilisation zu erhalten.

Sherrinford holte sie heraus aus der Verwirrung ihrer Müdigkeit. „Sie müssen mir alle Einzelheiten Ihres Falles geben, Mrs. Cullen. Sie haben mir bisher nur erzählt, daß man Ihren Sohn entführt hat, und Ihre örtliche Polizei tat nichts. Sonst weiß ich nur ein paar allgemein bekannte Tatsachen, etwa daß Sie eher verwitwet als geschieden sind; daß Sie von Abweichlern im Olga Iwanoff Land abstammen, die trotz allem in enger Telekommunikation mit Christmas Landing stehen. Sie haben einen biologischen Beruf und einige Jahre Pause in der Feldarbeit hinter sich, bis Sie kürzlich wieder damit begannen."

Sie staunte diesen Mann mit den hohen Wangenknochen, der ausgeprägten Hakennase, den schwarzen Haaren und grauen Augen an. Sein Feuerzeug machte *skritt,* und eine Flamme schien den Raum zu füllen. Um sein Heim hoch über der Stadt herrschte Stille, und die Winterdämmerung sickerte durch die Fenster. „Wie, beim Kosmos, können Sie das alles wissen?" hörte sie sich selbst fragen.

Er zuckte die Achseln und fiel wieder zurück in seine dozierende Art, für die er berüchtigt war. „Meine Arbeit besteht wesentlich darin, daß ich kleinste Einzelheiten sehe und zusammenfüge. In mehr als hundert Jahren auf Roland haben die Menschen, da sie sich ihrer Abkunft gemäß und ihren Denkgewohnheiten entsprechend zusammenfinden, gewisse Regionalakzente entwickelt. Sie haben etwas vom Nuscheln Olgas, aber die Vokale nasalieren Sie im Stil dieses Gebietes, obwohl Sie in Portolondon leben. Das deutet an, daß Sie in Ihrer Kindheit dem Metropolitan-Akzent ausgesetzt waren. Sie sagten mir, Sie gehörten der Matsuyama-Expedition an und hätten Ihren Jungen mitgenommen. Einer ganz gewöhnlichen Technikerin hätte man das nicht gestattet; deshalb mußten Sie so wertvoll sein, daß man beide Augen zudrückte. Die Gruppe beschäftigt sich mit ökologischen Forschungen, also müssen Sie den biologischen Wissenschaften angehören. Aus dem gleichen Grund müssen Sie vorhergehende Felderfahrungen haben. Aber Ihre Haut ist hell und zeigt nicht die Ledrigkeit, die sie annimmt, wenn sie länger dieser Sonne ausgesetzt ist. Also müssen Sie größtenteils im Haus gelebt haben, ehe Sie auf diese unglückselige Reise gingen. Und daß Sie Witwe sind — Sie haben Ihren Ehemann niemals erwähnt, aber Sie hatten einen Mann, den Sie so hoch schätzten, daß Sie noch beide Ringe tragen — den Ehe- und den Verlobungsring, den er Ihnen gab."

Tränen brannten in ihren Augen und verschleierten ihren Blick. Diese letzten Worte hatten Tim zurückgebracht, den riesigen, derben, lachenden und sanften Tim. Sie mußte sich abwenden und schaute zum Fenster hinaus. „Ja", konnte sie endlich sagen, „Sie haben recht."

Das Haus stand auf einer Hügelkuppe über Christmas Landing. Darunter fiel die Stadt ab in Mauern, Dächern, archaistischen Kaminen und von Laternen erhellten Straßen; Zwerglichter waren da von den Fahrzeugen, die von Menschenhand gelenkt wurden; der Hafen, der weite Schwung der Venture Bay; Schiffe, die von den Sunward Islands kamen und dorthin fuhren oder noch viel weiter zu den Regionen des Boreal Meeres, das wie Quecksilber im Nachglühen von Charlemagne schimmerte. Oliver schwang sich sehr schnell höher, eine fleckige orangenfarbene Scheibe von der ganzen Breite eines vollen Grades; näher dem Zenit, den er niemals erreichen konnte, würde er in der Farbe des Eises scheinen. Alde schien nur von halber Größe zu sein und war eine dünne, sich langsam bewegende Sichel in der Nähe des Sirius, der, wie sie sich erinnerte, nicht sehr weit von der Sonne Sol entfernt war. Sol konnte man aber ohne Teleskop nicht sehen.

„Ja", sagte sie, und der Schmerz in ihrem Herzen stieg ihr in die Kehle. „Mein Mann ist seit ungefähr vier Jahren tot. Ich ging gerade mit unserem ersten Kind, als er von einem rennenden Monozerus zu Tode getrampelt wurde. Vorher waren wir drei Jahre verheiratet. Wir lernten uns kennen, als wir beide an der Universität waren. Wissen Sie, die Zentralschule kann ja nur eine Grundbildung vermitteln. Wir bildeten unser eigenes Team, um ökologische Studien unter Kontrakt durchzuführen. Sie wissen ja, neue Gebiete, die besiedelt werden sollen, müssen ein bestimmtes Gleichgewicht der Natur behalten, man muß erforschen, welche Ernten gedeihen könnten, welche hinderlichen Zwischenfälle möglich wären und dergleichen. Danach tat ich Laborarbeit für eine Fischer-Kooperation in Portolondon. Aber die Eintönigkeit, das Eingeschlossensein ... Nein, das alles fraß mich auf. Professor Matsuyama bot mir dann eine Position in seinem Team an, das er zusammenstellte, um das Commissioner Hauch Land zu erforschen. Ich dachte mir, Gott möge mir helfen, daß Jimmy – Tim wollte, daß er James heißen sollte, als die Tests erwiesen, daß es ein Junge sein würde, denn sein eigener Vater hatte so geheißen; und Timmy und Jimmy ... Oh, ich dachte, ich könnte Jimmy gut mitnehmen, denn ich hätte es nicht ertragen, ihn gerade in diesem Alter für Monate zurückzulassen. Wir konnten mit Sicherheit dafür sorgen, daß er nie aus dem Lager hinauslief. Was konnte ihm dann im Lager selbst schon zustoßen? Ich habe die Geschichten nie geglaubt, daß die Auslinge menschliche Kinder stehlen. Ich nahm eher an, daß die Eltern vor sich selbst eine gewisse Nachlässigkeit verbergen wollten, weil sie es zuließen, daß sich ein Kind in den Wäldern verirrte oder von einem Satanspack angegriffen wurde ... Nun, jetzt weiß ich es besser, Mr. Sherrinford. Die Robotwächter waren umgangen worden, die Hunde waren betäubt, und als ich aufwachte, war Jimmy verschwunden."

Er musterte sie durch den Rauch seiner Pfeife. Barbro Engdahl war eine große Frau von etwa dreißig Jahren (rolandischen Jahren, erinnerte er sich selbst, die etwa fünfundneunzig Prozent der terrestrischen betrugen, nicht die gleichen wie die Jahre auf Beowulf), breitschultrig, langbeinig, mit vollen Brüsten und ausgreifendem Schritt. Ihr Gesicht war breit, die Nase gerade, die haselnußbraunen Augen wirkten aufrichtig und direkt, der Mund war voll, aber sehr beweglich. Ihr Haar war von rötlichem Braun und unter den Ohren abgeschnitten, die Stimme klang etwas verschleiert, gekleidet war sie einfach. Um sie von ihren unruhigen Fingern abzulenken, fragte er sie: „Glauben Sie jetzt an die Auslinge?"

„Nein, ich bin nur nicht mehr ganz so sicher wie zuvor." Sie schwang sich halb herum, damit sie ihn ansehen konnte. „Und wir haben Spuren gefunden."

„Fossilkrümel." Er nickte. „Ein paar neolithische Artifakte. Offensichtlich sehr alt, als seien ihre Hersteller schon vor uralten Zeiten gestorben. Intensive Suche hat keine schlüssigen Beweise für ihr Überleben zutage gebracht."

„Wie intensiv kann eine Suche sein in einer Wildnis um den Nordpol, die im Sommer von Stürmen durchtobt und im Winter von ewiger Düsterkeit ist?“ fragte sie. „Wie viele Menschen sind wir auf einem ganzen Planeten? Eine Million? Und die Hälfte davon sind in eine einzige Stadt gepfercht.“

„Und der Rest drängt sich auf diesem einzigen bewohnbaren Kontinent zusammen“, fügte er hinzu.

„Arctica bedeckt fünf Millionen Quadratkilometer“, erinnerte sie ihn. „Die eigentliche arktische Zone bedeckt davon vier Fünftel. Wir haben keine industrielle Basis für die Errichtung von Satelliten-Überwachungsstationen, wir können keine Flugzeuge und Schiffe bauen für diese Zonen, wir können keine Straßen durch diese verdammten Dunkelländer bauen, um dauerhafte Stützpunkte zu errichten, sie kennenzulernen und zu zähmen. Guter Gott, Generationen einsamer Randsiedler erzählten Geschichten über Graumantel, und das Biest konnte bis zum vergangenen Jahr von keinem einzigen Wissenschaftler gesehen werden.“

„Und doch bezweifeln Sie noch immer die Wirklichkeit der Auslinge?“

„Nun ja, und was ist mit Geheimkulten unter Menschen, die aus Isolierung und Unwissen entstehen? Sie hausen in der Wildnis und stehlen Kinder, sobald sie Gelegenheit haben, für ...“ Sie schluckte heftig und ließ den Kopf hängen. „Aber Sie sind ja der Fachmann.“

„Aus dem, was Sie mir am Visiphon erzählten, stellt die Polizei von Portolondon die Genauigkeit der Berichte Ihrer Gruppe in Frage; sie denkt, Sie alle seien hysterisch, und behauptet, Sie müßten eine ordentliche Vorsichtsmaßnahme versäumt haben, so daß das Kind davonlaufen konnte und nicht mehr zu finden war.“

Seine trockene Bemerkung brachte das Entsetzen in ihr an die Oberfläche. Errötend fauchte sie: „So wie irgendein Siedlerkind? Nein. Ich habe nicht nur gerufen und geschrien. Ich habe mich an die Datenbank gewandt. Die Fälle sind zu zahlreich, als daß man sie als Zu- oder Unfälle deklarieren könnte. Und sollen wir denn die erschreckenden Geschichten über ein Wiedererscheinen ganz einfach ignorieren? Als ich mit meinen Tatsachen zur Polizei zurückkehrte, wiesen sie mich einfach ab. Ich vermute, das taten sie nicht nur deshalb, weil sie zu wenig Personal haben. Ich denke eher, sie haben auch Angst. Es sind ja lauter Jungen vom Land, und Portolondon liegt nahe dem Rand des Unbekannten."

Ihre Energie erlosch. „Roland hat keine zentralen Polizeikräfte", ergänzte sie bedrückt. „Sie sind meine letzte Hoffnung."

Der Mann paffte Rauch in das Zwielicht, das ihn aufsaugte, ehe er viel freundlicher als zuvor weitersprach: „Bitte, Mrs. Cullen, spannen Sie Ihre Hoffnungen nicht zu hoch. Ich bin der einzige Privatdetektiv auf dieser Welt und habe keine Hilfe außer mir selbst, außerdem bin ich ziemlich neu hier."

„Wie lange sind Sie hier?"

„Erst seit zwölf Jahren, kaum Zeit genug, um sich mit den relativ zivilisierten Küstenländern vertraut zu machen. Was wissen die Siedler, die schon hundert Jahre und länger hier sind, denn über die arktischen Innenlande?" Sherrinford seufzte. „Ich nehme den Fall an und berechne nicht mehr als ich muß, hauptsächlich der Erfahrung wegen", sagte er. „Aber nur dann, wenn Sie meine Führerin und Helferin sein wollen, auch wenn es für Sie sehr schmerzlich sein wird."

„Natürlich! Ich fände es sowieso fürchterlich, warten zu müssen und nichts tun zu können. Aber warum ich?"

„Wenn ich eine andere Person anwerben wollte, die auch nur annähernd so qualifiziert ist wie Sie, so wäre das unerschwinglich teuer, besonders auf einem Pionierplaneten, wo jeder Arbeitsfähige tausend verschiedene Pflichten auf einmal zu erfüllen hätte. Außerdem haben Sie ein Motiv. Und das brauche ich; da ich selbst ja auf einer anderen Welt geboren bin, die dieser Welt so wenig gleicht, wie sie der alten Mutter Erde, bin ich mir schmerzlich darüber klar, wie benachteiligt wir sind."

Die Nacht senkte sich herab auf Christmas Landing. Die Luft blieb mild, aber halbleuchtende Nebelfetzen zogen durch die Straßen und sahen kalt aus; noch kälter war die Aurora, die zwischen den Monden flammte. Die Frau rückte etwas näher zu dem Mann im dunklen Raum und wußte es vermutlich gar nicht, daß sie's tat, bis er die Leuchtschiene anknipste. Beide waren sich der Einsamkeit auf Roland bewußt.

Ein Lichtjahr ist als galaktische Entfernung nicht sehr viel. Laufen könnte man die Entfernung in etwa 270 Millionen Jahren und hätte damit beginnen müssen etwa um die Mitte der permischen Ära, als die Dinosaurier noch einer fernen Zukunft angehörten, und man würde heute immer noch laufen; und dabei überbrücken die Raumschiffe noch viel größere Entfernungen. Im Durchschnitt sind die Nachbarsterne ungefähr neun Lichtjahre voneinander entfernt, und kaum ein Prozent von ihnen hat Planeten, die für den Menschen bewohnbar sind; die Geschwindigkeiten liegen unter der einer jeden Strahlung. Auch die relativistische Zeitkontraktion hilft wenig, und das gilt auch für die Stasis, das in der Schwebe gehaltene Leben, solange man unterwegs ist. Diese Dinge lassen Reisen kurz erscheinen, doch die Geschichte bleibt zu Hause deshalb nicht stehen.

Die Reisen von Sonne zu Sonne werden daher immer selten bleiben. Kolonisieren werden jene, die besondere Gründe dafür haben. Sie werden Keimplasma für die exogenetische Kultivierung von Nutztieren und Pflanzen mitnehmen und natürlich auch von menschlichen Kindern, damit die Bevölkerung schnell genug wachsen und damit dem Tod durch genetischen Zufall entgehen kann. Auf weitere Zuwanderung können diese Kolonisten ja kaum zählen. Zwei- oder dreimal im Jahrhundert wird von der einen oder anderen Kolonie vielleicht ein Schiff vorbeikommen. Nicht von der Erde, denn die ist längst die Sorge Fremder. Die Kolonistenbesucher stammen von irgendeiner alten Niederlassung. Die jungen sind nicht in der Lage, interstellare Fahrzeuge zu bauen oder zu bemannen.

An ihrem Überleben ist zu zweifeln, von einer möglichen späteren Modernisierung ganz zu schweigen. Die Gründungsväter mußten das nehmen, was sie bekommen konnten in einem Universum, das nicht gerade auf den Menschen zugeschnitten ist.

Man sehe sich zum Beispiel nur einmal Roland an. Diese Welt gehört zu den wenigen glücklichen Funden, eine Welt, auf der Menschen leben, atmen, die Pflanzen und Tiere essen, das Wasser trinken können, wo es sogar möglich ist, unbekleidet herumzulaufen, wenn man will, wo sich Felder anbauen lassen, wo Tiere weiden können; wo es Minen abzubauen gibt und Häuser zu errichten, Kinder und Enkelkinder aufgezogen werden können. Das alles ist es wert, drei Viertel eines Lichtjahrhunderts zu durchqueren, um gewisse kostbare Werte zu erhalten und neue Wurzeln im Boden von Roland zu treiben.

Aber der Stern Charlemagne gehört dem Typ F9 an, ist vierzig

Prozent heller als die Sonne, noch weit heller im trügerischen Ultraviolettbereich und viel wilder in den partikelbeladenen Winden, die er abbläst. Der Planet hat einen sehr exzentrischen Orbit. In der Mitte des kurzen, äußerst heftigen Nordsommers, der ein Periastron mit einschließt, also die kürzeste Entfernung des Planeten von seiner Sonne, ist die totale Sonneneinstrahlung mehr als doppelt so groß wie auf der Erde, während der sehr lange Nordwinter kaum an den irdischen Durchschnitt heranreicht.

Eingeborenes Leben ist überall reichlich vorhanden. Es fehlen aber geeignete Maschinen, um wirtschaftlich für mehr als nur ein paar Spezialisten bauen zu können, und daher können die Menschen nur in größeren Höhen leben. Die Achsneigung beträgt etwa zehn Grad, und das heißt in Verbindung mit der Umlaufbahn, daß der Nordteil des arktischen Kontinents ein halbes Jahr ganz ohne Sonne ist. Um den Südpol liegt ein leerer Ozean.

Andere Unterschiede zur Erde mögen oberflächlicher und deshalb unwichtiger erscheinen. Roland hat zwei Monde, die klein, aber in geringer Entfernung voneinander sind, und die erzeugen sehr ausgeprägte, ja stürmische Gezeiten. Der Planet dreht sich einmal in zweiunddreißig Stunden um sich selbst, und das erscheint endlos. Vor allem stört es das feine Zusammenspiel bei jenen Organismen, die sich Jahrmilliarden lang in einem schnelleren Rhythmus entwickelt haben. Das Wettermuster ist überhaupt völlig unirdisch. Die Welt hat einen Durchmesser von nur 9 500 Kilometern, die Oberflächenschwerkraft beträgt 0.42×980 $cm/sec.^2$; der Luftdruck bei Seehöhe liegt etwas höher als jener der irdischen Atmosphäre. (Die Erde ist ja in Wirklichkeit fast so etwas wie eine Mißgeburt, und der Mensch kann darauf nur existieren, weil ein kosmischer Zufall den größten Teil des Gases wegbläst, das ein Himmelskörper von ihrer Größe eigentlich festhalten müßte, wie es die Venus getan hat.)

Aber *Homo* kann in Wirklichkeit als *sapiens* bezeichnet werden, wenn er seine Spezialität ausübt: nicht spezialisiert zu sein. Seine wiederholten Versuche, sich selbst in einem jeder Gegebenheit entsprechenden Muster erstarren zu lassen, bei einer Kultur, Ideologie, oder wie er es sonst nennen will, strikt zu bleiben, haben ihm immer nur Unheil gebracht. Man gebe ihm die pragmatische Fähigkeit, sich selbst am Leben zu erhalten, dann wird er das auch recht ordentlich tun. In ziemlich weitgezogenen Grenzen paßt er sich an.

Diese Grenzen werden von Faktoren gesetzt wie dem Sonnenlicht. Er braucht es zum Leben, es ist unerläßlich und unverzichtbar und immer nötig, ist Teil des ihn umgebenden Lebens und zugleich Schöpfer des ihm innewohnenden Geistes.

Portolondon schiebt Docks, Schiffe, Maschinen und Lagerhäuser hinaus in den Golf von Polaris. Hinter all dem kauern sich die Wohnhäuser der fünftausend ständigen Einwohner zusammen mit Betonmauern, Sturmläden und hochgiebeligen ziegelgedeckten Dächern. Die Fröhlichkeit ihrer Farben verliert sich zwischen den Lampen. Diese Stadt liegt jenseits des Polarkreises.

„Fröhlicher Ort, eh?" bemerkte Sherrinford trotzdem. „Genau das habe ich gesucht, als ich nach Roland kam."

Barbro gab keine Antwort. Die Tage in Christmas Landing, wo er seine Vorbereitungen traf, hatten sie erschöpft. Sie schaute durch die Kuppel des Taxis, das sie surrend vom Hydroschweber, mit dem sie gekommen waren, in die Stadt brachte. Vielleicht meinte er die üppigen Wälder und Wiesen entlang der Straße, die herrlichen Farbtöne und Luminiszenz der Blumen in den Gärten, das Rauschen der Flügel über ihnen. Anders als die terrestrische Vegetation in kaltem Klima, verbringt hier die arktische Flora jede Tageslichtstunde in einem geradezu fiebrigen Wachstum und speichert dabei ungeheuer viel Energie. Hier blüht es erst, wenn die glühende Sommerhitze dem sanften Winter weicht; dann erst kann auch die Frucht reifen. Sommerschlafende Tiere erheben sich von ihren Lagern, und die Zugvögel kehren zurück.

Zugeben mußte sie, daß die Aussicht reizend war: Hinter den Bäumen stiegen Berge zu fernen Höhen an und lagen silbergrau da unter einem Mond. Darüber stand eine Aurora, die ihr diffuses Licht von einer Sonne bezog, die unmittelbar unter dem Horizont blieb.

Schön wie ein jagender Satan, dachte sie, und ebenso schrecklich. Diese Wildnis hatte ihr Jimmy geraubt. Sie überlegte, ob sie denn wenigstens seine kleinen Gebeine finden könnte, um sie zu seinem Vater zu bringen.

Unvermittelt wurde ihr klar, daß sie und Sherrinford an ihrem Hotel angelangt waren und daß er von der Stadt gesprochen hatte. Neben der Hauptstadt war dies die größte Stadt, und er mußte wohl schon oft hier gewesen sein. Auf den Straßen herrschten viel Lärm und Gedränge; Reklameschriften flackerten, Musik plärrte aus den Läden, Tavernen, Restaurants, Sporthallen und Tanzschuppen; Fahrzeuge krochen dahin wie zähflüssiger Sirup; die mehrstöckigen Bürogebäude waren hell erleuchtet. Portolondon verband ein ungeheuer weites Hinterland mit der Welt da draußen. Den Gloria River kamen riesige Flöße herab mit Erzen und Ernten der Farmen, deren Besitzer langsam Nutzen zogen aus dem Leben auf Roland. Fleisch, Elfenbein und Felle wurden von den Rangers in den Bergen jenseits von Troll Scarp gesammelt. Von der See herein kamen die Küstenfrachter, die Fischerflotte und damit die Produkte der Sunward Islands und der Plunder ganzer Kontinente noch weiter südlich, wohin nur die kühnsten Abenteurer vorstießen. Ganz Portolondon klirrte, lachte, prahlte, wettete, betrog, raubte, predigte, soff, trank mäßig, schuftete, träumte, gelüstete, baute, zerstörte, starb, wurde geboren, war glücklich, zornig, versorgt, gierig, gemein, liebevoll, ehrgeizig und menschlich. Weder die gleißende Sonne anderswo noch das Halbjahreszwielicht hier – totale Nacht um die Wintersmitte – konnten je den Menschen aufhalten.

Alle sagten es wenigstens.

Alle, außer jenen, die sich in den Dunkelländern niedergelassen hatten. Barbro hielt es für sicher, daß sie merkwürdige Sitten, Legenden und Aberglauben entwickelten, und all dies würde aussterben, sobald die Außenlande vollständig karthographisch aufgezeichnet und unter Kontrolle waren. In letzter Zeit dachte sie oft darüber nach. Vielleicht war der Grund dafür bei Sherrinfords Hinweisen auf seine eigene veränderte Einstellung zu suchen, die von seinen Vorarbeiten augelöst wurde.

Oder sie brauchte etwas, worüber sie nachdenken konnte; nicht nur darüber, wie sie am Tag vor Jimmys Verschwinden gefragt hatte, ob er lieber Roggen- oder Weißbrot haben wolle. Er hatte ihr darauf zur Antwort gegeben, denn er interessierte sich ernstlich für das Alphabet: „Ich möchte eine Scheibe von dem haben, was die Leute F-Brot nennen.“ Er meinte damit das französische Stangenbrot.

Sie bemerkte kaum selbst, daß sie aus dem Taxi stieg, sich im Meldebuch eintrug und zu einem sehr spärlich möblierten Zimmer geführt wurde. Als sie dann ausgepackt hatte, fiel ihr ein, daß Sherrinford eine vertrauliche Besprechung vorgeschlagen hatte. Sie ging zur Halle hinab und klopfte an seiner Tür. Das klang weniger laut als ihr Herz klopfte.

Er öffnete die Tür, legte einen Finger auf die Lippen und winkte sie in eine Ecke. Sie reagierte ziemlich unwirsch, bis sie im Visiphon das Bild von Chief Constable Dawson sah. Sherrinford mußte ihn angeläutet und einen Grund haben, sie außerhalb des Blickwinkels zu halten. Sie fand einen Stuhl und sah zu. Ihre Nägel gruben sich in die Knie.

Der magere Körper des Detektivs faltete sich wieder zusammen. „Entschuldigen Sie die Unterbrechung", sagte er. „Ein Mann hat sich in der Nummer geirrt. Allem Anschein nach betrunken."

Dawson lachte. „Davon gibt's eine ganze Menge." Barbro erinnerte sich, daß er gern schwatzte. Er zupfte an seinem Bart, den er sehr pflegte, als sei er ein Randsiedler und kein Stadtmensch. „In der Regel richten sie keinen Schaden an. Nach Wochen und Monaten in den Hinterlanden müssen sie nur gelegentlich wieder einmal gründlich Dampf ablassen."

„Wie ich höre, wirkt sich diese Umgebung, die in unzähligen wichtigen und unwichtigen Dingen so verschieden ist von jener, die den Menschen hervorbrachte, sehr merkwürdig auf die Persönlichkeit aus." Sherrinford stopfte seine Pfeife. „Natürlich ist Ihnen bekannt, daß sich meine Praxis auf städtische und vorstädtische Bezirke beschränkt. Isolierte Gegenden brauchen kaum einmal einen Privatdetektiv. Nun scheint sich aber die Lage geändert zu haben. Ich rief an, weil ich Ihren Rat brauche."

„Ich helfe gern", antwortete Dawson. „Ich habe das noch nicht vergessen, was Sie für uns im Mordfall Tahoe taten." Dann bat er vorsichtig: „Erklären Sie doch mal Ihr Problem."

Sherrinford schlug Feuer. Der folgende Rauch verdrängte die grünen Düfte. Selbst hier, ein paar gepflasterte Kilometer vom nächsten Wald entfernt, trieb der kräftige Geruch über das Verkehrsgerumpel durch ein dämmriges Fenster. „Es ist eher eine wissenschaftliche Mission als die Suche nach einem flüchtigen Schuldner oder einem Industriespion", erklärte er bedächtig. „Ich sehe zwei Möglichkeiten vor mir: daß eine Organisation, sei sie nun kriminell, religiös oder sonstwie, seit langem aktiv ist und

Kinder stiehlt, oder daß die Auslinge der Folklore Wirklichkeit sind."

„Hä?" Barbro las aus Dawsons Gesicht ebensoviel Ekel wie Staunen. „Das können Sie doch nicht ernst meinen!"

„Nein, wirklich nicht?" Sherrinford lächelte. „Die Berichte einiger Generationen sollten nicht einfach weggeschoben werden. Besonders dann nicht, wenn sie im Lauf der Zeit häufiger und bestimmter werden, nicht seltener und vager. Und wir können auch den bestätigten Verlust von Babies und Kleinkindern nicht einfach übersehen. Jetzt sind es schon mehr als hundert, und niemals mehr wurde danach eine Spur von ihnen gefunden. Und wir können auch die Entdeckungen nicht übersehen, die bestätigen, daß einst Arctica von einer intelligenten Spezies bewohnt war, die vielleicht noch immer dort im Landesinnern lebt."

Dawson lehnte sich nach vorn, als wolle er aus dem Bildschirm klettern. „Wer hat Sie angeheuert?" wollte er wissen. „Diese Mrs. Cullen? Natürlich tat sie uns sehr leid, aber was sie sagte, klang alles nicht vernünftig, und als sie dann auch noch ausfallend wurde . . ."

„Haben ihre Gefährten, alles Wissenschaftler von Ruf und Rang, ihre Geschichte nicht auch bestätigt?"

„Es war keine Geschichte zu bestätigen. Schauen Sie, das ganze Lager war doch eingekreist von Detektoren und Alarmgeräten, und Mastiffs hielten sie überdies. Standardprozedur in einem Land, wo hungrige Sauroiden oder ähnliche Kreaturen vorbeikommen könnten. Nichts hätte da heimlich hineinschlüpfen können."

„Auf dem Boden. Aber wie wär's mit einem Flugwesen, das mitten im Lager landet?"

„Ein Mann in einem Kopter hätte das ganze Lager rebellisch gemacht."

„Ein geflügeltes Wesen wäre lautloser gewesen."

„Ein lebender Flieger, der einen dreijährigen Jungen davonträgt? Nein, gibt es nicht."

„Sie meinen, Constable, das steht nicht in der wissenschaftlichen Literatur. Erinnern Sie sich an Graumantel. Und wie wenig wir über Roland wissen, und das ist ein Planet, eine ganze Welt. Solche Vögel gibt es auf Beowulf, auch auf Rustum, wie ich hörte. Ich kalkulierte nach der örtlichen Luftdichte und Schwerkraft und halte es auch hier für möglich. Das Kind kann ein kurzes Stück weggetragen worden sein, ehe die Schwingenmuskeln ermüdeten und das Wesen zu Boden gehen mußte."

Dawson schniefte. „Zuerst ist es also gelandet und in das Zelt marschiert, in dem Mutter und Kind schliefen. Dann lief das Ding weg und hat das Kind abgesetzt, als es nicht mehr weiterfliegen konnte. Klingt das nach Raubvogel? Und das Opfer hat nicht geschrien? Die Hunde haben nicht gebellt?"

„So, wie die Dinge liegen, sind diese Ungereimtheiten die interessantesten und überzeugendsten Züge der ganzen Geschichte. Sie haben recht, es wäre kaum zu verstehen, wie ein menschlicher Entführer unentdeckt in das Lager gelangt, und eine Kreatur vom Adlertyp würde auch nicht so handeln. Nichts davon läßt sich jedoch anwenden auf beschwingte intelligente Wesen. Der Junge kann irgendwie betäubt worden sein. Und bei den Hunden war es ziemlich klar, daß sie's waren."

„Die Hunde zeigten, daß sie verschlafen waren. Nichts hatte sie gestört. Das vorbeilaufende Kind hätte es sicher nicht getan. Wir brauchen, verdammt noch mal, überhaupt nichts anzunehmen, oder nur, daß der Kleine unruhig wurde und daß die Alarmanlagen ein bißchen nachlässig angeschlossen waren. Man nahm eben nicht an, daß es im Lager eine Gefahr von innen nach außen geben könne. Deshalb kam das Kind durch. Und dann – darüber rede ich nun ganz bestimmt höchst ungern – ist ja anzunehmen, daß das arme Wurm verhungert ist oder getötet wurde."

Nach einer Pause fuhr Dawson fort: „Hätten wir mehr Leute, dann könnten oder konnten wir mehr Zeit auf diese Sache verwenden. Natürlich hätten wir das auch getan. Wir haben eine Suche aus der Luft durchgeführt und damit das Leben der Piloten riskiert, wir benützten Instrumente, die im Umkreis von fünfzig Kilometern das Kind unbedingt entdeckt hätten – falls es nicht tot war. Sie wissen, wie ungeheuer empfindlich diese Thermoanalysatoren sind. Es war ein völliges Fiasko. Wir haben wichtigere Dinge zu tun, als nach den verstreuten Teilen einer kleinen Leiche zu suchen. Und falls Mrs. Cullen Sie angeheuert hat", beendete er brüsk, „dann ist mein Rat der: Finden Sie eine Entschuldigung, um die Sache abzulehnen. Ist auch besser für sie. Schließlich muß sie sich eben mit der Wirklichkeit abfinden."

Barbro mußte sich auf die Zunge beißen, um nicht entrüstet aufzuschreien.

„Oh, das ist nur das letzte Verschwinden einer ganzen Serie“, sagte Sherrinford. Sie begriff nicht, wie er so ruhig sprechen konnte, wo doch Jimmy verschwunden war. „Sorgfältiger aufgezeichnet als irgendein Fall vorher, daher auch viel suggestiver. Gewöhnlich hat eine der Randfamilien eine tränenreiche und ungenaue Schilderung gegeben, wie ihr Kind verschwand und wohl vom Alten Volk gestohlen wurde. Manchmal, so sagen sie, hätten sie Jahre später einen Blick auf das erhascht, was das nunmehr erwachsene Kind sein mußte, das nun nicht mehr ganz menschlich war; es lief im Nebel vorbei oder spähte durch ein Fenster, oder spielte ihnen auch einen Streich. Weder die Behörden noch die Wissenschaftler haben, wie Sie richtig sagen, das Personal oder die Mittel zu umfassenden Nachforschungen. Aber ich würde sagen, die Sache ist es wert, daß man ihr gründlich nachgeht. Vielleicht kann ein Privatmann wie ich etwas Wesentliches beitragen.“

„Hören Sie, wir Constables sind größtenteils in den Außengebieten aufgewachsen. Wir fahren nicht nur Patrouille und gehen Notrufen nach. Wir sind im Urlaub und zu sonstigen Zusammenkünften wieder dort, in den Außenlanden. Wenn eine ... Bande von Entführern oder solchen, die Menschenopfer darbringen, ihr Unwesen triebe, würden wir das wissen.“

„Darüber bin ich mir klar. Und auch das ist mir klar, daß die Kreise, aus denen Sie kommen, sehr fest an nichtmenschliche Wesen mit übernatürlichen Kräften glauben. Viele pflegen Riten und bringen Opfer dar, um sie gnädig zu stimmen.“

„Ich weiß genau, worauf Sie hinauswollen“, brummte Dawson. „Das hab' ich von hundert Sensationslüsternen schon früher gehört. Diese Eingeborenen sind die Auslinge. Ich hätte von Ihnen ja eigentlich mehr gehalten. Sicher haben Sie ein paar Museen besucht und kennen die Literatur von Planeten, die auch Eingeborene haben, oder, verdammt und so weiter noch mal, haben Sie noch nie Ihre Logik gebraucht?“

Er drohte mit dem Finger. „Denken Sie doch. Was haben wir denn in Wirklichkeit entdeckt? Ein paar Stücke bearbeiteten Steines; ein paar Megalithen, die vielleicht künstlich sind; ein paar eingekratzte Zeichen auf Felsen, die möglicherweise Pflanzen und Tiere darstellen, aber auf eine Art, die keine menschliche Kultur je anwenden würde; Spuren von Feuerstellen und zerbrochenen Knochen; andere Fragmente von Knochen, die möglicherweise denkenden Kreaturen gehört haben könnten. Und wenn, dann sahen die Besitzer aber niemals wie Menschen aus. Oder wie Engel, um genau zu sein. Nichts! Das Menschenähnlichste, das ich je gesehen habe, ist eine Art zweibeiniger Krokagator.

Moment. Lassen Sie mich zu Ende reden. Die Geschichten über die Auslinge ... Oh, von denen habe ich auch eine ganze Menge gehört. Als Kind habe ich sie geglaubt. Die Geschichten erzählen von verschiedenen Wesen, die einen haben Schwingen, die anderen nicht, wieder andere sind halb menschlich, andere ganz menschlich, nur sind sie vielleicht zu schön dafür. Es ist eine Art Märchenland von der Erde, oder etwa nicht? Ich interessierte mich einmal sehr dafür und grub nach den Mikrofilmen der Erbgutbibliothek, und verdammt will ich sein, wenn ich nicht identische Geschichten fand, die Jahrhunderte vor der Raumfahrt von den Bauern erzählt wurden.

Nichts davon deckt sich aber mit den spärlichen Funden, die wir haben, oder mit der Tatsache, daß kein Gebiet von der Größe Arcticas ein Dutzend intelligenter Formen hervorbringen könnte, oder ... Hölle und Teufel, Mann, oder mit dem, was Ihre Vernunft Ihnen von Eingeborenen und ihrem Benehmen sagen würde, als die Menschen ankamen!"

Sherrinford nickte. „Ja, ja", antwortete er. „Ich bin weniger überzeugt als Sie, daß die Vernunft nichtmenschlicher Wesen genau der unseren gleicht. Ich habe sogar bei der Menschheit die größten Unterschiede festgestellt. Aber zugegeben, Ihre Argumente sind stark. Roland hat zu wenige Wissenschaftler, die viel wichtigere Aufgaben haben, als nach dem Ursprung dessen zu forschen, was Sie als mittelalterlichen Aberglauben bezeichnen."

Er legte beide Hände um den Pfeifenkopf und spähte in die winzige Höhlung. „Was mich vielleicht am meisten interessiert", sagte er leise, „ist, weshalb über Jahrhunderte einer Maschinenzivilisation und einer absolut antagonistischen Weltschau hinweg und beim Fehlen jeder Tradition hier, hartköpfige, technologisch ausgerichtete, einigermaßen gebildete Kolonisten den Glauben an das Alte Volk wieder aus dem Grab herausgeholt haben?"

„Wenn die Universität jemals die psychologische Fakultät, von der ständig geredet wird, einrichtet, wird sich vielleicht später einmal jemand finden, der zu Ihrer Frage eine These entwickelt", erwiderte Dawson ziemlich ungehalten und schluckte heftig, als Sherrinford antwortete:

„Ich möchte vorschlagen, damit jetzt zu beginnen. Im Commissioner Hauch Land, weil dort sich der letzte Fall abspielte. Wo können wir ein Fahrzeug mieten?"

„Hm . . . könnte sehr schwierig sein . . ."

„Kommen Sie, ob ich nun Neuling bin oder nicht, ich weiß es besser. In einer sparsamen Gesellschaft besitzen wenige Leute schwere Ausrüstung. Man braucht sie aber, deshalb kann sie immer gemietet werden. Ich brauche einen Camperbus mit einem Bodenantrieb, der für jedes Gelände geeignet ist. Und ich möchte gewisse Geräte installiert bekommen, die ich mitgebracht habe, und in einen Dachabschnitt ist ein Geschützturm einzubauen, der vom Fahrersitz aus bedient werden kann. Die Waffen werde ich selbst liefern. Außer meinen eigenen Büchsen und Pistolen habe ich dafür gesorgt, daß ich ein bißchen Artillerie aus dem Polizeiarsenal von Christmas Landing bekomme."

„He? Sie wollen sich also auf einen . . . Krieg mit Mythen einstellen?"

„Wir wollen lieber so sagen: Ich schließe eine nicht schrecklich teure Versicherung gegen entfernte Möglichkeiten ab. Und außer dem Bus – wie sieht es mit einem leichten Flugzeug aus, das wir, damit wir einen besseren Überblick bekommen, huckepack mitnehmen können?"

„Nein." Dawson lehnte entschieden ab. „Das heißt man Unheil heraufbeschwören. Wir können Sie mit einem großen Flugzeug zu einem Basislager bringen, wenn der Wetterbericht es zuläßt. Aber der Pilot muß sofort wieder zurückfliegen, ehe das Wetter sich wieder verschlechtert. Auf Roland ist die Meteorologie unterentwickelt. Um diese Jahreszeit ist das Wetter trügerisch, und wir haben nicht die Möglichkeiten, Flugzeuge zu bauen, die auf jede Überraschung eingerichtet sind . . ." Er holte tief Atem. „Haben Sie denn keine Ahnung, wie schnell so ein Wirbelwind zuschlagen kann, oder wie groß die Hagelsteine sind, die aus einem blauen Himmel herunterprasseln? Oder . . .? Sind Sie erst einmal dort, mein Freund, dann bleiben Sie lieber auf dem Boden." Er zögerte.

„Das ist nämlich ein wichtiger Grund dafür, daß unsere Informationen über die Randgebiete so dürftig sind und daß die Siedler so sehr vereinsamen."

Sherrinford lachte verlegen. „Nun, ich nehme an, wenn ich genaue Einzelheiten zusammentragen will, muß ich sowieso mehr kriechen als fliegen."

„Sie verschwenden eine Menge Zeit", sagte Dawson. „Vom Geld Ihrer Klientin ganz zu schweigen. Hören Sie, ich kann Ihnen nicht verbieten, daß Sie Schatten nachjagen, aber . . ."

Die Unterhaltung zog sich etwa eine Stunde lang hin. Als der Schirm dunkel wurde, stand Sherrinford auf, streckte sich und ging zu Barbro. Wieder bemerkte sie seinen sonderbaren Schritt. Er kam von einem Planeten mit einem Viertel der irdischen Schwerkraft zu einem anderen, wo er nur die Hälfte des irdischen Gewichtes wog. Da mußte er doch manchmal zu fliegen glauben.

„Ich muß mich entschuldigen, weil ich Sie so abgeschoben habe", sagte er. „Ich rechnete auch gar nicht damit, ihn sofort zu erreichen. Damit hat er recht, daß er sehr viel zu tun hat. Nachdem der Kontakt hergestellt war, wollte ich ihn nicht zu sehr an Sie erinnern. Er kann mein Projekt verwerfen als reine Phantasie, die ich sowieso bald aufgebe. Aber er wäre möglicherweise zu Stein erstarrt und hätte Hindernisse vor uns aufgetürmt, wäre ihm klar gewesen, wie fest entschlossen wir sind."

„Warum sollte ihm so viel daran liegen?" fragte sie bitter.

„Angst vor Konsequenzen, um so schlimmer, weil sie nicht zugegeben werden kann. Und um so erschreckender ist diese Angst, da sie ja in keiner Weise berechenbar ist." Sherrinfords Blick ging zum Bildschirm, dann weiter durch das Fenster zur Aurora, die eisig blau und weiß unendlich hoch oben pulste. Ich nehme an, Sie sahen selbst, daß ich zu einem geängstigten Mann gesprochen habe. Unter seiner Konventionalität und seinem Spott glaubt er nämlich an die Auslinge. Oh, ja, er glaubt daran."

Nebelheims Füße flogen über Kräuter und windverblasenes Unkraut. Neben ihm war die ungeschlachte, schwarze Masse Nagrims, des Nikons, dessen Erdbebengewicht einen Streifen zerdrückter Pflanzen zurückließ. Hinter ihnen leuchteten die Blüten eines Feuerdorns durch das Zwielicht und zogen die Umrisse nach von Morgarel, dem Geist.

Cloudmoor erhob sich hier in einer Flutwelle von Hügeln und Dickichten. Die Luft lag still über dem Land, nur ab und zu trug sie den von der Entfernung gedämpften Schrei eines wilden Tieres weiter. Es war finsterer als sonst um die Wintergeburt, die Monde waren untergegangen, und die Aurora zuckte nur dann und wann am nördlichen Weltende über die Berge. Aber die Sterne traten scharf heraus; wie eine Herde drängten sie sich am Himmel zusammen. Die Geiststraße schien unter ihnen, als sei sie wie das Laubwerk darunter mit Tau gepflastert.

„Hinüber!" bellte Nagrim. Seine vier Arme deuteten. Die Gruppe hatte den Hügelkamm erreicht. In der Ferne glomm ein Funke. „Hoaho! Hoaho! Woll'n wir sie gleich plattstampfen, oder zerlegen wir sie langsam?"

Nichts von dieser Art werden wir tun, Knochenhirn, glitt ihnen Morgarels Antwort durch die Köpfe. *Oder nur dann, wenn sie uns angreifen, und das tun sie nicht, wenn wir sie nicht auf uns aufmerksam machen. Ihr Befehl ist, daß wir ihre Pläne ausspähen.*

„Gr-ger-ummmm. Ich weiß, was die woll'n. Schneiden Bäume ab, graben Pflüge in das Land, säen ihre verfluchte Saat in den Boden und in ihre Weiber. Wenn wir sie nicht bald ins Bitterwasser treiben, sehr bald, dann werden sie uns zu stark."

„Nicht zu stark für die Königin!" Nebelheim protestierte erschüttert.

Und doch haben sie neue Kräfte, so scheint mir, erinnerte ihn Morgarel. *Wir müssen sie sehr sorgfältig erproben.*

„Und dann könn' wir sie sorgfältig zertrampeln?" fragte Nagrim.

Diese Frage ließ Nebelheim trotz seines Unbehagens lächeln. Er klatschte auf den schuppigen Rücken. „Du, sprich nicht, mir tun davon die Ohren weh", sagte er. „Und denk auch nicht, das schmerzt nur in deinem Kopf. Komm, lauf jetzt!"

Nur ruhig, schalt Morgarel. *Ihr habt zuviel Leben in euch, ihr Menschgeborenen.*

Nebelheim schnitt dem Geist eine Grimasse, gehorchte jedoch und ging langsamer weiter, indem er sich den Weg suchte, der ihm so viel Deckung gab, wie das Land ihm gewährte, denn er reiste im Auftrag der Schönsten, um zu erfahren, weshalb ein Paar dieser Sterblichen hierhergekommen war.

Suchten die beiden den Jungen, den Ayoch gestohlen hatte? (Er weinte immer noch nach seiner Mutter, wenn auch weniger und nicht mehr so häufig, als die Wunder von Carheddin ihm aufgingen.) Vielleicht. Eine Vogelmaschine hatte sie hergebracht, auch ihren Wagen zur jetzt verlassenen Lagerstätte, von wo aus sie einer nach außen führenden Spirale folgten. Als aber keine Spur des Jungen innerhalb einer gewissen Entfernung auftauchte, riefen sie nicht den Maschinenvogel her, um sich zurückbringen zu lassen. Manchmal machte es ja das Wetter unmöglich, mit ihren Wellen in die Ferne zu sprechen. Nein, das Paar machte sich auf den Weg zu den Bergen von Mondhorn. Ihr Weg würde sie vorbeiführen an ein paar Siedlerstellen dieser Eindringlinge und dann weiter in Gebiete, auf die bisher kein Angehöriger ihrer Rasse einen Fuß gesetzt hatte.

Das war also kein normaler Erkundungstrupp. Was war es dann?

Nebelheim verstand jetzt, weshalb jene, die regierte, ihre adoptierten sterblichen Kinder die schwerfällige Sprache ihrer Vorfahren lernen und üben hieß. Er selbst hatte diesen Drill gehaßt, denn den Siedlern war er fremd. Natürlich gehorchte man ihr, und nach einiger Zeit wußte man, wie klug sie gehandelt hatte.

Ein wenig später ließ er Nagrim hinter einem Felsen zurück. Der Nikor war ja nur bei einem Kampf nützlich. Er selbst kroch von Busch zu Busch, bis er nur noch auf Mannslänge von den Menschen entfernt war. Eine Regenpflanze nickte über ihm, ihre Blätter fühlten sich weich an auf seiner nackten Haut und bedeckten ihn mit Dunkelheit. Morgarel schwebte zur Krone eines Zitterblattbaumes, dessen Unrast viel besser seinen durchscheinenden Körper verbarg. Er würde auch nicht viel nützen. Und das war hier eigentlich das, was ihm am meisten Sorgen machte. Geister gehörten zu denen, die nicht gerade nur fühlen und Gedanken ausschicken konnten, sie warfen auch Illusionen. Morgarel hatte berichtet, daß diesmal seine Kraft von einer unsichtbaren kalten Wand um den Wagen herum zurückprallte.

Sonst hatten der Mann und die Frau keine Wachmaschinen aufgestellt und auch keine Hunde dabei. Vielleicht meinten sie, man brauche sie ja doch nicht, da sie in dem langen Fahrzeug schliefen, in dem sie gekommen waren. Aber eine solche Verachtung der Macht einer Königin konnte man nicht dulden, nicht wahr?

Metall glänzte matt im Licht ihres Lagerfeuers. Sie saßen links und rechts davon, beide gegen die Kälte in Mäntel gehüllt, die Nebelheim noch trotz seiner Nacktheit für milde hielt. Der Mann trank Rauch. Die Frau schaute an ihm vorbei in das Zwielicht, das ihre vom Licht geblendeten Augen als dichte Düsternis empfinden mußten. Der tanzende Flammenschein machte sie deutlich erkennbar. Ja, wenn man Ayochs Geschichte glauben wollte, so war dies die Mutter des neuen Jungen.

Ayoch wäre sehr gern mitgekommen, aber die Wundervolle hatte es ihm verboten. Pooks konnten sich für eine solche Mission nicht lange genug stillhalten.

Der Mann sog an seiner Pfeife. Seine Wangen gerieten so in den Schatten, während das Licht über Nase und Stirn flackerte. Er sah damit einem Sichelbock beunruhigend ähnlich, wenn der eine Beute belauerte.

„Nein, Barbro, ich sage dir noch einmal, ich habe keine Theorien", erklärte er. „Wenn Tatsachen nicht genügen, sind Theorien zumindest lächerlich und führen schlimmstenfalls in die Irre."

„Aber du mußt doch ungefähr eine Vorstellung davon haben, was du tun willst", sagte sie. Es war klar, daß darüber schon oft diskutiert worden war. Kein Einheimischer konnte da so beharrlich sein wie sie, so geduldig wie er. „Diese Ausrüstung, die du eingepackt hast – der Generator, den du laufen läßt . . ."

„Ich habe ein paar Arbeitshypothesen, die mir rieten, welche Ausrüstung ich mitnehmen sollte."

„Warum willst du sie mir nicht erklären?"

„Sie deuten selbst an, daß sie im Moment nicht ratsam sind. Ich taste mich erst noch in dieses Labyrinth hinein. Und ich habe bisher noch keine Chance gehabt, jedes Stückchen an den richtigen Fleck zu legen, alles hieb- und stichfest auszudenken. Tatsache ist, daß wir nur geschützt sind gegen sogenannte telepathische Einflüsse."

„Was?" Sie erschrak. „Meinst du wirlich . . . diese Legenden, daß sie tatsächlich Gedanken lesen können . . ." Die Worte blieben in der Luft hängen, und ihr Blick bohrte sich in die Finsternis hinter seinen Schultern.

Er beugte sich nach vorn. Seine Stimme verlor die knappe Kürze, wurde ernst und weich. „Barbro, du sollst dich nicht so zerfleischen. Ist Jimmy am Leben, so wäre das keine Hilfe für ihn, denn später wird er dich sehr dringend brauchen. Wir haben noch eine lange Wanderung vor uns, und du solltest dich besser darauf einstellen."

Sie nickte krampfhaft, zog die Unterlippe zwischen die Zähne und kaute dran, ehe sie leise sagte: „Ich versuche es ja."

Er lächelte mit der Pfeife im Mund. „Ich denke, es wird dir gelingen. Du kommst mir nicht vor wie eine, die zu schnell aufgibt, wie ein Klageweib oder eine, die es genießt, sich elend zu fühlen."

Sie legte eine Hand auf den Revolver in ihrem Gürtel. Ihre Stimme veränderte sich und kam aus ihrer Kehle wie ein Messer aus der Scheide. „Wenn wir sie finden, werden sie wissen, was ich bin. Was Menschen sind."

„Dann laß deinen Zorn weg", riet er ihr. „Wir können uns keine Emotionen leisten. Sind die Auslinge Wirklichkeit, wie ich dir sagte, daß ich vorsorglich annehme, dann kämpfen sie um ihre Heimat." Nach kurzem Schweigen fügte er hinzu: „Ich würde gern denken, wenn die ersten Forscher hier Eingeborenenleben gefunden hätten, würde die Menschheit Roland nicht kolonisiert haben. Jetzt ist es aber zu spät. Wir können nicht von hier verschwinden, selbst wenn wir wollten. Es wird ein bitterer Endkampf gegen einen so geschickten Feind, der vor uns sogar seine Absicht verbirgt, Krieg zu führen."

„Tut er das? Ich meine, belauern, gelegentlich auch ein Kind stehlen . . ."

„Das gehört zu meiner Hypothese. Ich nehme an, das sind nicht nur kleinliche Sticheleien, sondern sie sind eine Taktik, die zu einer furchtbar subtilen Strategie gehört."

Das Feuer flackerte und knisterte. Der Mann rauchte eine Weile weiter, brütete vor sich hin und sprach dann wieder:

„Ich wollte dir keine Hoffnungen machen oder dich über Gebühr aufregen, als du mir erst in Christmas Landing, dann in Portolondon zur Hand gehen mußtest. Danach hatten wir alle Hände voll zu tun, als wir feststellten, daß Jimmy weiter vom Lager weggebracht wurde, als er allein hätte laufen können, ehe er zusammenbrach. Deshalb erzähle ich dir jetzt, wie sorgfältig ich alles verfügbare Material über ... das Alte Volk studiert habe. Erst tat ich es, weil ich jede nur vorstellbare Möglichkeit eliminieren wollte, und mochte sie auch noch so absurd sein. Andere Ergebnisse als negative Beweise erwartete ich nicht. Aber ich ging alles durch – Relikte, Analysen, Geschichte und Geschichten, journalistische Berichte, Monographien. Ich sprach mit Randsiedlern, die zufällig in der Stadt waren, und mit Wissenschaftlern, die sich an der Sache interessiert zeigten. Ich studierte das alles sehr schnell und schmeichle mir, ein Fachmann geworden zu sein, der so gut ist wie jeder andere, obwohl, weiß Gott, nicht viel da ist, was einen zum Fachmann machen kann. Ich bin für Roland ein vergleichsweise Fremder und sehe das Problem mit neuen Augen. Und da entwickelte sich langsam ein Muster.

Wenn die Eingeborenen ausgestorben sind, warum haben sie dann nicht mehr zurückgelassen? Arctica ist nicht so unermeßlich groß, und für Roland ist es sehr fruchtbar. Ich meine, der Boden hätte eine Bevölkerung ernähren können, deren Artifakte sich im Laufe eines Jahrtausends angehäuft hätten. Auf der Erde, las ich, sind buchstäblich Zehntausende von Steinäxten aus dem Paleolithikum gefunden worden, und dies mehr aus Zufall, nicht von den Archäologen.

Ja. Sehr schön. Angenommen, die Relikte und Fossilien wurden absichtlich beseitigt zwischen der Zeit, da die letzte Pfadfindergruppe ablegte und die Kolonistenschiffe ankamen. In den Tagebüchern der ursprünglichen Entdecker fand ich einige Stützen für meine Theorie. Sie waren zu sehr damit beschäftigt, die Bewohnbarkeit des Planeten zu überprüfen, als daß sie Kataloge für primitive Monumente angelegt hätten. Aber einige ihrer niedergeschriebenen Bemerkungen weisen darauf hin, daß sie viel mehr sahen als spätere Ankömmlinge. Angenommen, was wir fanden, ist nur das, was andere übersahen, oder wozu sie keinen Zugang hatten?

Man braucht eine sehr komplizierte Mentalität, wenn man in Langzeitbegriffen denkt, nicht wahr? Für mich beweist das irgendwie, daß das Alte Volk nicht nur Jäger oder neolithische Farmer waren."

„Aber niemand sah jemals Gebäude oder Maschinen oder derartige Dinge", wandte Barbro ein.

„Nein. Ich halte es für äußerst wahrscheinlich, daß die Eingeborenen unserem Weg der metallurgisch-industriellen Entwicklung nicht folgten. Ich kann mir durchaus auch andere Wege vorstellen. Ihre vollentwickelte Zivilisation könnte eher begonnen als geendet haben mit biologischer Wissenschaft und Technologie. Sie haben vielleicht bestimmte Kräfte des Nervensystems erkannt und entwickelt, die bei ihrer Spezies viel ausgeprägter vorhanden sind als beim Menschen. Du mußt dir darüber klar sein, daß wir solche Fähigkeiten bis zu einem gewissen Grad auch haben. Ein Rutengänger spürt zum Beispiel Unterschiedlichkeiten im lokalen Magnetfeld, die durch einen Wasserlauf bedingt sind. In uns sind diese Talente leider überaus selten und täuschen manchmal. Deshalb suchten wir unsere Geschäfte anderswo. Wer braucht, sagen wir einmal, einen Hellseher, wenn er ein Visiphon hat? Das Alte Volk kann anders herum überlegt haben. Die Artifakte ihrer Zivilisation mögen früher genauso wie heute für den Menschen nicht erkennbar sein."

„Aber sie hätten sich doch dem Menschen zu erkennen geben können", wandte Barbro ein. „Warum taten sie das nicht?"

„Ich kann mir dafür viele Gründe vorstellen. Vielleicht haben sie mit interstellaren Besuchern schon früher einmal recht schlechte Erfahrungen gemacht. Wir sind kaum die einzige Rasse, die Raumschiffe baut. Aber ich sagte schon, ich will nicht theoretisieren, ehe ich Tatsachen habe. Jetzt möchte ich nur sagen, daß das Alte Volk, falls es existiert, uns fremd ist."

„Für einen so gründlichen Denker spinnst du aber einen sehr dünnen Faden."

„Das habe ich vorsorglich schon selbst zugegeben." Er blinzelte sie durch den Rauch des Lagerfeuers an. „Du, Barbro, bist zu mir gekommen und hast vor Gott und der Welt beschworen, daß dein Junge gestohlen worden ist, aber deine eigenen Bemerkungen über kultische Entführer waren lächerlich. Warum zögerst du so sehr, die Echtheit von Nichtmenschen zuzugeben?"

„Davon hängt vielleicht die Tatsache ab, ob Jimmy noch am Leben ist, ich weiß." Sie seufzte und schüttelte sich. „Vielleicht wage ich nur nicht, das zuzugeben."

„Bis jetzt habe ich noch gar nichts gesagt, das nicht auch schon gedruckt zugegeben worden wäre", erklärte er. „Richtig, eine wenig schöne Spekulation. In hundert Jahren hat niemand akzeptable Beweise dafür gefunden, daß diese Auslinge mehr als nur ein Aberglauben sind. Aber ein paar Leute haben erklärt, es sei zumindest möglich, daß intelligente Eingeborene frei in der Wildnis leben."

„Ich weiß", wiederholte sie. „Aber ich frage mich, was dich über Nacht bestimmt hat, solche Argumente ernst zu nehmen."

„Nun ja, als du einmal meinen Denkprozeß in Gang gebracht hattest, meinte ich, daß Rolands Randsiedler nicht nur ganz isolierte mittelalterliche Bauern sind. Sie haben Bücher, eine Telekommunikation, Energiewerkzeuge, Motorfahrzeuge, und sie haben vor allem eine moderne, wissenschaftlich orientierte Bildung. Warum sollten sie nun abergläubisch werden? Etwas müßte doch die Ursache sein ... Nein, ich spreche da besser nicht weiter. Meine Ideen gehen weit darüber hinaus, aber sind sie korrekt, dann ist es gefährlich, sie laut auszusprechen."

Nebelheims Bauchmuskeln verspannten sich. Im Kopf dieses Sichelbockes lauerte Gefahr. Die Kranzträgerin mußte gewarnt werden. Eine Minute lang überlegte er, ob er nicht Nagrim rufen sollte, um die beiden zu töten. Aber nein. Sie könnten zu Hause Bescheid hinterlassen haben, oder ... Er verließ sich wieder auf seine Ohren. Das Gespräch hatte natürlich eine andere Wendung genommen. Barbro murmelte „... warum du auf Roland bliebst ..."

Der Mann lächelte sein hageres Lächeln. „Nun ja, das Leben auf Beowulf war keine Herausforderung für mich. Heorot ist es – oder war es, doch das liegt schon Dekaden zurück. Vergiß nicht, Heorot war sehr dicht bevölkert, ausgezeichnet organisiert, langweilig, eintönig. Das war zum Teil auf die Unterlandgrenze zurückzuführen, ein Sicherheitsventil, das alle Unzufriedenen abwies. Aber mir fehlt eine gewisse Toleranz an Kohlendioxid, um dort unten gesund zu leben. Man bereitete eine Expedition vor, um auf einer Rundreise eine Anzahl anderer Kolonialwelten zu besuchen, besonders jene, die noch nicht entsprechend ausgerüstet sind, um Laserkontakte zu unterhalten. Du wirst dich erinnern an die Verlautbarung, man wolle neue wissenschaftliche Ideen, Künste, Soziologien, Philosophien und was sich sonst als wertvoll erweisen konnte, aufnehmen. Ich fürchte, auf Roland fanden sie da wenig, was Beowulf nützen konnte. Aber ich sah eine Möglichkeit für mich selbst und entschloß mich, hier zu Hause sein zu wollen."

„Warst du dort auch schon Detektiv?"

„Ja, bei der offiziellen Polizei. In unserer Familie gab es da eine gewisse Tradition. Einiges davon mag von der Cherokee-Seite stammen, wenn dir der Name etwas sagt. Aber wir rühmen uns auch, vom ersten Privatdetektiv auf der Erde, von dem offiziell die Rede war, abzustammen. Das war schon lange vor dem Beginn der Raumfahrt. Ob das nun wahr ist oder nicht – jedenfalls war er für mich ein passendes Modell. Verstehst du, ein Archetyp . . ."

Der Mann unterbrach sich, Unruhe prägte sich auf seinem Gesicht aus. „Aber wir gehen jetzt besser schlafen. Morgen früh haben wir eine weite Strecke vor uns."

Sie schaute in die Finsternis. „Es gibt keinen Morgen."

Aber sie zogen sich zurück. Nebelheim stand auf und bewegte vorsichtig die Muskeln, um die Steifheit daraus zu vertreiben. Ehe er zur Schwester des Lyrth zurückkehrte, riskierte er noch einen Blick durch eine Scheibe des Wagens. Betten wurden nebeneinander aufgebaut, dann legten sich die Menschen hinein. Aber der Mann hatte sie noch nicht berührt, obwohl sie einen recht ansehnlichen Körper besaß, und nichts war zwischen ihnen vorgefallen, das den Schluß zuließe, es würde noch etwas geschehen.

Eldritch, Menschen. Kalt und schwerfällig wie Lehm. Und die wollten die schöne wilde Welt überrennen? Nebelheim spuckte angewidert aus. Das durfte nicht geschehen. Es würde auch nicht geschehen. Sie, die regierte, hatte es geschworen.

Die Ländereien von William Irons waren unendlich groß. Da man von der Kultivierung heimischer Pflanzen für Mensch und Tier noch wenig verstand, war auch ein Riesenbesitz nötig, um allen genügend Nahrung zu verschaffen. Er baute auch Erdenpflanzen an, sowohl bei Sommersonne wie auch in Glashäusern. Aber diese Glashäuser waren schierer Luxus. Das kostbarste Erzeugnis des nördlichen Arctica war das Yerbaheu, das Bathyrhizaholz, waren Pericoup und Glycophyllon, und später, als sich der Markt wegen der größeren Bevölkerungszahl und der Industrialisierung ausgedehnt hatte, kamen für die Floristen der Städte noch die Chalcanthemien dazu, schließlich auch Pelze von gezüchteten Wandertieren für die Pelzhändler.

Das war alles an einem Morgen, den Irons nicht mehr zu erleben erwartete. Sherrinford dachte darüber nach, ob der Mann überhaupt an Überlebende glaubte.

Der Raum war warm und hell. Im Kamin prasselte ein gemütliches, fröhliches Feuer. Das Licht der Leuchtschienen wurde von polierten, handgeschnitzten Truhen, Tischen und Stühlen aufgefangen, auch von bunten Vorhängen und dem Geschirr in den Regalen. Der Randsiedler war reich gekleidet und saß stolz auf seinem erhöhten Sitz, und sein Bart floß ihm weit über die Brust. Seine Frau und die Töchter brachten Kaffee, dessen Duft sich mit den in der Luft hängenden Gerüchen nach reichlichem Essen vermischte, und da saß er nun mit seinen Gästen und Söhnen.

Draußen aber heulte der Wind, Blitze zuckten, der Donner krachte, der Regen drosch auf das Dach und die Mauern und röhrte weiter, um im Hof die Pflastersteine zu unterspülen. Scheunen und Schober duckten sich an die Höhen, Bäume ächzten, und ließen die vor Angst muhenden Kühe nicht einen Unterton des Lachens erkennen? Dann krachte Hagel herab auf die Platten und Ziegel.

Hier fühlte man, wie weit weg die Nachbarn waren, überlegte Sherrinford. Und doch waren das die Leute, die man am häufigsten sah, mit denen man über das Visiphon die täglichen Geschäfte abwickelte – falls nicht gerade ein Sonnensturm ihre Stimmen zu irrem Geschwätz verzerrte und aus ihren Gesichtern wüstes Chaos machte. Persönlich trafen sie einander auf dieser oder jener Party, sie schwatzten, klatschten und intrigierten mit- und gegeneinander, sie heirateten untereinander, und am Ende waren dies auch die Leute, die einander begruben. Die Lichter der Küstenstädte waren unendlich weit weg.

William Irons war ein starker Mann. Doch als er jetzt sprach, klang Furcht durch seine Rede. „Sie wollen also wirklich über den Troll Scarp?"

„Meinen Sie die Hanstein Palisaden?" fragte Sherrinford dagegen; es war aber eher eine Herausforderung.

„Kein Randbewohner nennt es anders als Troll Scarp", sagte Barbro.

Wie war es möglich, daß ein solcher Name wiedergeboren werden konnte, Lichtjahre und viele Jahrhunderte vom finsteren Mittelalter der Erde entfernt?

„Jäger, Fallensteller und Goldsucher – Sie nennen sie wohl zusammengefaßt Ranger – reisen in diesen Bergen", erklärte Sherrinford.

„In gewissen Teilen", schränkte Irons ein. „Das ist erlaubt durch einen Pakt, der einmal zwischen einem Mann und der Königin geschlossen wurde, nachdem er eine Bergdohle heilte, die von einem Satan verletzt worden war. Wo überall die Plumablanca wächst, möge der Mensch ungehindert reisen, wenn er als Gegenleistung Menschenwaren auf den Altarblöcken niederlegt für alles, was er aus dem Land nimmt. Sonst überall ist es nicht weise, zu gehen."

„Aber es wurde doch gemacht, nicht wahr?"

„Oh, natürlich. Und einige von ihnen kamen auch heil wieder zurück; das behaupteten sie wenigstens, obwohl ich hörte, daß sie danach niemals wieder Glück hatten. Ein paar kamen nicht zurück, sie verschwanden. Einige, die kamen, plapperten von Wundern und Schrecken und blieben einfältig für den Rest ihres Lebens. Lange Zeit hindurch war kein Mensch mehr kühn genug, den Pakt zu brechen und die Grenzen zu überschreiten." Irons schaute Barbro beschwörend an. Seine Frau und die Kinder taten es ebenso, sie waren sehr still geworden. Der Wind heulte jenseits der Mauern und rüttelte an den Sturmläden. „Nein, tun Sie's nicht."

„Ich habe allen Grund anzunehmen, daß dort mein Sohn ist", antwortete sie.

„Ja, ja, das haben Sie mir schon erzählt, und es tut mir unendlich leid. Vielleicht läßt sich etwas tun. Ich habe ja noch keine Ahnung, was getan werden könnte, doch ich würde es mit Freuden tun, oh, und ein doppeltes Geschenk an Unvar's Barrow im Mittwinter niederlegen und mit einem Steinmesser ein Gebet in das Gras schneiden, ja. Vielleicht werden Sie ihn zurückgeben." Irons seufzte. „Seit Menschengedenken haben sie das zwar nicht getan. Und es könnte ihm ein schlimmeres Los zufallen. Ich selbst habe sie manchmal erspäht, wenn sie wie irr durch das Zwielicht rannten. Sie schienen viel glücklicher zu sein als wir. Vielleicht ist's gar keine Barmherzigkeit, wenn sie Ihren Jungen zurückschicken."

„Wie im Arvid Lied", sagte seine Frau.

Irons nickte. „Hm. Oder in anderen, wenn ich mir's überlege."

„Was ist das?" fragte Sherrinford. Viel ausgeprägter als zuvor fühlte er sich hier als Fremder. Er war ein Kind der Städte und der Technik, vor allem eines der skeptischen Intelligenz. Diese Familie *glaubte.* Es war beunruhigend zu sehen, daß Barbros langsames Nicken mehr als nur die Ahnung ihrer Anerkennung fand.

„Im Olga Iwanoff Land haben wir die gleiche Ballade“, sagte sie. Ihre Stimme klang weniger ruhig als ihre Worte. „Das ist eine uralte Tradition, und niemand weiß, wer das Lied gedichtet oder komponiert hat. Es wird gesungen zu einem Ringtanz auf der Wiese.“

„In Ihrem Gepäck sah ich eine Multilyra, Mrs. Cullen“, sagte Irons Frau. Sie mühte sich sehr, das explosive Thema vom Alten Volk wegzuschieben. Ein Sangesfest konnte helfen. „Wären Sie so freundlich, uns ein wenig zu unterhalten?“

Barbro schüttelte den Kopf und war um die Nase ganz blaß. Der älteste Junge sagte schnell und ziemlich wichtig: „Ich kann es, wenn unsere Gäste es hören wollen.“

„Ja, danke sehr, es würde mich freuen.“ Sherrinford lehnte sich in seinen Sitz zurück und stopfte die Pfeife. Wäre dies nicht spontan geschehen, so hätte er die Unterhaltung in diese Richtung gelenkt.

Früher hatte er keine besondere Veranlassung gesehen, die Folklore der Randgebiete zu studieren, es hatte sich auch kaum eine Möglichkeit ergeben, die wenigen Schriften darüber zu lesen, bis Barbro ihn mit ihren Sorgen belud. Immer mehr war er nun überzeugt, daß er sie verstehen mußte, nicht im anthropologischen Sinn, sondern in einem Gefühl, das von innen nach außen ging, also für die Beziehung zwischen Rolands Frontsiedler und jenen Wesen, die sie heimsuchten . . .

Es entstand ein wenig Gedränge, man setzte sich um und machte sich zum Zuhören bereit. Kaffeetassen wurden frisch gefüllt, Brandygläser gereicht. Der Junge erklärte: „Die letzte Zeile ist ein Refrain. Jeder singt mit, ja?“ Auch er schien zu hoffen, damit einiges von der fast unerträglichen Spannung abbauen zu können. Läuterung durch Musik? überlegte Sherrinford. Nein, Exorzismus, sagte er zu sich selbst.

Ein Mädchen stimmte eine Gitarre und begann. Der Junge sang zu einer Melodie, die den Lärm des Sturmes vergessen ließ:

„Es war der Jäger Arvid,
Der durch die Berge ritt,
Er ritt unter dem Schattenzitterlaub,
Und der Bach, er lief mit.
    Und sie tanzen unter dem Feuerdorn.

Der Nachtwind flüstert um ihn herum,
Die Monde steh'n über ihm eisigblau,
Es duftet nach Kraut und nach Bach,
An den Hügeln schimmert der Tau.
    Und sie tanzen unter dem Feuerdorn.

Er träumt von jener hohen Frau,
Die wartet in der Sonn',
Er hielt, geblendet vom Sternenlicht,
Da war's um ihn getan.
    Und sie tanzen unter dem Feuerdorn.

Denn neben einem Hügelgrab,
Das sich wölbte unter dem Mond,
Da tanzten sie, die Auslinge,
In Schuh'n aus Glas und Gold.
    Und sie tanzen unter dem Feuerdorn.

Sie wurden niemals müde
Und schlugen Harf und Leier,
Ihr Tanz, der war wie Wasser,
Wie eis'ger Wind und Feuer.
    Und sie tanzen unter dem Feuerdorn.

Dorthin, wo Jäger Arvid stand,
Lenkten sie ihren Tanz,
Die Königin aus Licht und Dunkelheit
Betört ihn mit ihrem Glanz.
    Und sie tanzen unter dem Feuerdorn.

Mit Sternenlicht, Liebe und Angst
In ihrem unsterblichen Aug',
Die Königin aus Licht und Dunkelheit . . ."

„Nein, nein!“ Barbro sprang auf. Sie hatte die Hände zu Fäusten geballt, ihr liefen helle Tränen über die Wangen. „Nein, ihr könnt nicht behaupten, daß ... über die Wesen, die Jimmy stahlen!“

Sie rannte hinaus und die Treppe hinauf zum Gästezimmer.

Aber sie beendete das Lied selbst. Das war ungefähr siebzig Stunden später, wo sie im Steilgelände ihr Lager aufgeschlagen hatten; die Ranger wagten sich nicht mehr dorthin.

Sie und Sherrinford hatten der Familie Irons nicht viel gesagt, nachdem man sie vergeblich angefleht hatte, doch nicht in dieses abweisende Land zu gehen. Auch sie selbst hatten nur ein paar gelegentliche Worte gewechselt, während sie nach Norden fuhren.

Aber langsam begann er sie doch aus ihrem eigenen Leben herauszuziehen. Nach einer Weile vergaß sie fast ihre Trauer, als sie sich ihrer alten Nachbarn zu Hause erinnerte. Irgendwie führte das zu verschiedenen Entdeckungen, etwa daß er unter seiner gemessenen Art ein Feinschmecker war, die Oper liebte und ihre Weiblichkeit zu schätzen wußte; daß sie noch lachen konnte und in diesem wilden Land auch noch Schönheit fand.

Da wurde ihr ein wenig schuldbewußt klar, daß das Leben ihr doch noch einige Hoffnungen bot außer jener, daß sie ihren kleinen Sohn zurückbekommen werde.

„Ich bin ja auch überzeugt, daß er noch am Leben ist“, sagte der Detektiv und runzelte die Brauen. „Offen gestanden, fast bedaure ich es, dich mitgenommen zu haben. Ich rechnete damit, dies werde nur eine Reise zum Sammeln von Tatsachen sein, doch es scheint mehr daraus zu werden. Wenn wir mit echten Lebewesen zu tun haben, die ihn entführten, dann können sie auch echten Schaden anrichten. Eigentlich sollte ich umkehren und bei der nächsten Gelegenheit um ein Flugzeug bitten, das dich nach Hause bringt.“

„Das wirst du, Teufel noch mal, nicht tun, Mister“, antwortete sie. „Du brauchst jemanden, der sich mit den Bedingungen in den Randgebieten auskennt, und da bin ich besser als der Durchschnitt.“

„Hm ... Wäre ja auch sehr viel Zeit damit verloren, was? Ganz abgesehen von der weiten Entfernung kann ich im Moment keinen Flugstützpunkt über Funk erreichen, solange diese solaren Interferenzen andauern."

In der folgenden „Nacht" stellte er seine restliche Ausrüstung auf.

Sie erkannte einiges davon, etwa den Thermaldetektor. Andere Gegenstände waren ihr fremd, denn die waren Kopien von Apparaten seiner Geburtswelt, die er sich hatte anfertigen lassen. Über die wollte er ihr nicht viel erzählen. „Ich habe den Leuten nicht erklärt, daß ich vermute, die Leute, hinter denen wir her seien, müßten telepathische Fähigkeiten haben", meinte er zu seiner Entschuldigung.

Ihre Augen wurden immer größer. „Und du glaubst wirklich, das könnte wahr sein? Daß die Königin und ihr Volk Gedanken lesen können?"

„Das ist ein Teil der Bedrohung, die von ihren Legenden ausgeht, nicht wahr? Das Phänomen an sich ist gar nicht so spukhaft. Auf der Erde hat man es vor Jahrhunderten schon ziemlich genau studiert und definiert. Die Tatsachen stehen in den wissenschaftlichen Mikrodokumenten in Christmas Landing zur Verfügung. Ihr Rolander habt ganz einfach keine Gelegenheit, euch damit zu befassen, genauso wenig wie ihr je die Möglichkeit gesucht habt, in der Bibliothek nachzulesen, wie man Geräte baut, die starke Energiestrahlen ausschicken, oder auch wie man Flugzeuge konstruiert."

„Wie arbeitet dann die Telepathie?"

Sherrinford wußte, daß sie die Frage nicht nur aus wirklichem Wissensdurst stellte, sondern auch um aus der Antwort Trost zu beziehen. Deshalb erklärte er ihr es auch ziemlich trocken. „Der Organismus erzeugt extrem langwellige Strahlen, die im Grund vom Nervensystem abgewandelt werden können. In der Praxis gehen die Signale wegen ihrer Schwäche und der niederen Informationsrate ziemlich unter, sind nur schlecht zu orten und zu messen. Unsere vormenschlichen Ahnen verließen sich daher auf die zuverlässigeren Sinne wie die Augen und Ohren. Wenn wir telepathische Wellen empfangen, so ist das bestenfalls Glückssache und bleibt bruchstückhaft. Aber unsere Forscher haben extraterrestrische Spezies entdeckt, die den Vorteil wahrnahmen und das System im Lauf der Evolution weiter entwickelten, abgestimmt auf ihre eigene Umwelt. Ich stelle mir vor, daß darunter Spezies sein könnten, die vergleichbar wenig direktes Sonnenlicht erhalten, die sich unter Umständen sogar vor dem hellen Tag verstecken. Auf kurze Entfernung könnten diese Spezies sogar die schwachen Emissionen eines Menschen aufnehmen, so daß die primitive Sensibilität des Menschen durch ihre eigenen Sendungen verstärkt wird."

„Das würde doch sehr vieles erklären, nicht wahr?" bemerkte Barbro vorsichtig.

„Ich habe jetzt unseren Wagen abgeschirmt mit einem Hemmfeld. Es reicht jedoch nur wenige Meter über das Chassis weg. Darüber hinaus könnte ein Pfadfinder der anderen Seite aus deinen Gedanken eine Warnung beziehen, wenn du genau weißt, was ich zu tun vorhabe. Mein Unterbewußtsein ist sehr gut trainiert und sorgt dafür, daß ich, wenn ich draußen bin, auf französisch denke. Die Kommunikation muß eine verständliche Struktur haben, verstehst du? Und Französisch ist als Struktur vom Englischen ziemlich verschieden. Aber Englisch ist die einzige menschliche Sprache auf Roland, die das Alte Volk mit Sicherheit gelernt hat."

Sie nickte. Er hatte mit ihr über seinen allgemeinen Plan gesprochen, er lag auch zu klar auf der Hand, als daß man ihn hätte geheimhalten können.

Das Problem war die Herstellung eines Kontaktes zu den Anderen, falls es sie gab. Bis jetzt hatten sie sich nur in größeren Zeitabständen dem einen oder anderen Hinterwäldler gezeigt. Die Fähigkeit, Halluzinationen zu erzeugen, konnte ihnen dabei sehr nützlich sein. Von jeder größeren, vielleicht nicht mehr mit ihren Mitteln dirigierbaren Expedition, die durch ihr Territorium zog, hielten sie sich vermutlich sowieso fern. Aber zwei Menschen, die sich wenig um Verbote kümmerten, sahen sicher nicht zu großartig aus, und ihnen konnte man sich vielleicht nähern. Dies wäre dann das erste menschliche Team, das nicht nur von der Vermutung ausging, diese Auslinge seien wohl real, doch ihnen stünden die Hilfsmittel der modernen Polizeitechnologie anderer Planeten zur Verfügung.

In diesem Lager passierte gar nichts. Sherrinford sagte, damit hätte er auch nicht gerechnet. Das Alte Volk schien besonders in der Nähe menschlicher Siedlungen vorsichtig zu sein, doch in ihrem eigenen Land waren sie bestimmt kühner.

In der folgenden „Nacht“ stand das Fahrzeug weiter im anderen Territorium. Als Sherrinford die Maschine auf einer Wiese abschaltete und der Wagen ruhig dastand, kam das Schweigen wie eine Welle angerollt.

Sie stiegen aus. Barbro kochte eine Mahlzeit auf der Glühplatte, während er Holz sammelte, damit sie sich später an einem Lagerfeuer behaglich fühlen konnten. Er schaute oft auf sein Handgelenk. Dort befand sich aber keine Uhr, sondern eine Radioskala, die ihm anzeigte, was die Instrumente im Wagen registrierten.

Wer brauchte hier schon eine Uhr? Hinter der schimmernden Aurora bewegten sich langsam die Konstellationen. Der Mond Alde stand über einem Schneegipfel und übergoß ihn mit Silber. Ihr Lagerplatz befand sich schon ziemlich hoch. Der Rest der Berge verschwand hinter den Wäldern, die sich um die Wiese schlossen. Die Wälder bestanden größtenteils aus Zitterlaub und Plumablanca, die sich zwischen den Schatten geisterhaft ausnahmen. Da und dort glühte ein Feuerdorn wie schwache Laternen, und das Unterholz war sehr dicht und voll süßer Düfte. Durch die blaue Dämmerung sah man erstaunlich weit. Irgendwo in der Nähe rieselte ein Bach sein Lied, und ein Vogel flötete.

„Entzückend hier“, sagte Sherrinford. Sie waren von ihrem Abendessen aufgestanden und hatten ihr Lagerfeuer noch nicht angezündet.

„Aber seltsam“, antwortete Barbro leise. „Ob das wirklich für uns gedacht ist? Das heißt, wenn wir je hoffen können, es zu besitzen.“

Sein Pfeifenstiel deutete zu den Sternen. „Der Mensch ist zu viel seltsameren Orten gekommen als dem hier.“

„Wirklich? Oh . . . Oh, ich vermute, das ist noch ein Rest aus meiner Kindheit in den Randgebieten, aber weißt du, wenn ich sie hier so sehe, kann ich mir die Sterne nicht als Gaskugeln vorstellen, deren Energien gemessen werden, auf deren Planeten prosaische Füße herumtreten. Nein, sie sind klein, kalt und magisch, unser Leben ist mit ihnen verbunden, und wenn wir sterben, wispern sie mit uns in unseren Gräbern.“ Barbro schaute zu Boden. „Ach, das ist ja alles Unsinn.“

Im Zwielicht konnte sie sehen, wie sich sein Gesicht anspannte. „Durchaus nicht“, widersprach er ihr. „Vom Gefühl her gesehen könnte die Physik ein viel größerer Unsinn sein. Und am Ende, weißt du, folgt nach einer langen Generationenreihe der Gedanke dem Gefühl. Im Herzen ist der Mensch nicht nur ein Vernunftwesen. Hätte er das Gefühl, daß die Geschichten der Wissenschaften nicht mehr stimmen, so würde er sie auch nicht mehr glauben."

Nach einer Pause sprach er weiter: „Diese Ballade, die da im Haus nicht beendet wurde – warum hat sie dich so sehr getroffen?" Er sah sie dabei nicht an.

„Ich konnte es nicht ertragen, *sie* . . . gepriesen zu hören. Oder so erschien es mir wenigstens. Tut mir leid, daß ich so . . ."

„Ich nehme an, diese Ballade ist typisch für eine große Klasse."

„Ich dachte nie daran, sie nachzuzählen. Kulturelle Anthropologie ist etwas, für das uns auf Roland keine Zeit bleibt; noch wahrscheinlicher ist, daß uns nie einfiel, uns damit zu beschäftigen, da wir so viel anderes zu tun haben. Aber weil du es gerade erwähnst – ja, ich bin selbst überrascht, wie viele Lieder und Geschichten es mit diesem Arvid-Motiv gibt."

„Könntest du's ertragen, mir etwas zu rezitieren?"

Fast hätte sie gelacht. „Nun, das ließe sich noch besser machen. Ich muß nur meine Multilyra holen, dann singe ich dir's vor."

Die hypnotische Chorzeile ließ sie aus, nur ganz am Ende fügte sie diese an. Er beobachtete sie, als sie vor dem Mond und der Aurora dastand.

„. . . die Königin der Luft und Dunkelheit
Sang leise unter dem Himmel:

Komm herab, Jäger Arvid,
Komm zum Ausling-Volk,
Du sollst nicht länger menschlich sein,
Das ist ein schweres Joch.

Er wagte es ihr zu sagen:
Ich werde nur rennen, weit fort,
Mein Mädchen wartet und träumet
An einem anderen Ort.

Und meine Gefährten warten
Und Arbeit, die ich nicht scheu'.
Was bliebe dem Jäger Arvid
Als ewige bittere Reu'?

So sprich deinen Bann, du Ausling,
Und wirf auf mich deinen Zorn.
Vielleicht kannst du mich wohl schlagen,
Doch ich bin nicht unfrei geboren.

Die Königin der Luft und Dunkelheit
Stand da, ihr ward angst und bang,
Das Nordlicht umstrahlt ihre Schönheit,
Er durft' sie nicht anschaun zu lang.

Ihr Lachen war wie Harfenklang,
Voll Zorn sagt sie zu ihm:
Ich brauche keinen Zauberbann,
Weil ich die Königin bin.

Ich schick' dich heim mit nichts
Als nur deiner Erinnerung
An Mondlicht und Ausling-Lieder,
An Nachtwind, an Tau – und mich.

Und hinter dir läuft immer drein
Ein Schatten von der Sonne.
Er wird immer liegen neben dir,
Sehnst du dich nach Maidens Wonne.

Bei Arbeit, Spiel und Liebe
Verfolgt dich immer dein Schmerz,
Und immer denkst du, was du bist,
Was du sein könntest, bedrückt dein Herz.

Und kannst du's, sei gut und freundlich
Zu deinem törichten Weib,
Geh heim jetzt, Jäger Arvid,
Sei frei und genieß deine Zeit!

In Flackern und leisem Gelächter
Verschwanden sie. Er stand allein
Und weinend da und wartete
Unter dem Mondenschein.

Und sie tanzen unter dem Feuerdorn."

Sie legte die Lyra zur Seite. Ein Wind raschelte in den Blättern. Nach langem Schweigen sagte Sherrinford: „Und Geschichten dieser Art gehören zum Leben eines jeden in den Randgebieten?"

„Man könnte so sagen", erwiderte Barbro. „Sie sind nicht alle angefüllt mit übernatürlichen Dingen. Andere handeln von Liebe und Heldentum. Traditionelle Themen."

„Ich glaube nicht, daß deine persönliche Tradition dorther stammt." Seine Stimme klang nüchtern. „Ich denke sogar, viele eurer Lieder und Geschichten wurden nicht von Menschen gedichtet und komponiert."

Und da kniff er den Mund zusammen und wollte nichts mehr zu diesem Thema sagen. Frühzeitig gingen sie zu Bett.

Stunden später weckte der Alarm sie auf.

Es war ein leises Summen, doch sie waren sofort hellwach. Sie schliefen in Overalls, um für Notfälle bereit zu sein. Durch das Wagendach schien ein Himmelsglühen. Sherrinford schwang sich aus seinem Bunk, schlüpfte in die Schuhe und hakte die Revolvertasche an den Gürtel. „Du bleibst hier drinnen", befahl er.

„Was ist da los?" fragte sie, und ihr Puls jagte.

Er kniff die Augen zusammen und musterte die Skalen seiner Instrumente, um sie mit denen an seinem Handgelenk zu vergleichen. „Drei Tiere", zählte er. „Keine wilden Tiere, die da vorbeikommen. Eines ist sehr groß, nach den Infrarotdaten zu urteilen von ähnlichen thermischen Verhältnissen und hält sogar Kurzwelle ab. Dann ein anderes, hm ... von niederer Temperatur, unstabile und diffuse Emission, als sei es etwa ein ... ein Zellschwarm, der irgendwie koordiniert wurde – etwa durch ... Lockstoffe? Er hält sich in einiger Entfernung. Dieses dritte Tier ist uns am nächsten, bewegt sich im Busch herum, und dieses Muster sieht menschlich aus."

Er war ganz fiebrig vor Eifer und wirkte gar nicht mehr wie ein

Professor. „Ich werde versuchen, ein Wesen einzufangen. Wenn wir ein Subjekt zur Befragung haben . . . Du mußt dich bereithalten, mich sofort wieder hinein zu lassen, ganz schnell. Aber geh du selbst kein Risiko ein, egal was passiert. Und laß dies gespannt." Er reichte ihr eine geladene Großwildbüchse.

Groß und schlank stand er neben der Tür und öffnete sie einen Spaltbreit. Kühl, feucht und mit Düften und Geräuschen gesättigt wehte die Luft herein. Der Mond Oliver stand nun auch am Himmel, beide strahlten unnatürlich hell, und die Aurora wirbelte weiß und eisblau.

Sherrinford spähte wieder auf sein Handgelenk. Dort mußte er die Richtung der Beobachter erkennen können, die sich im Schutz der fleckigen Blätter hielten. Dann tat er einen Satz nach draußen. Er rannte am erloschenen Lagerfeuer vorbei und verschwand unter den Bäumen. Barbros Hand spannte sich um den Kolben der Büchse.

Eine Rakete explodierte. Zwei Kämpfer kamen auf die Wiese herausgerannt. Sherrinford hatte eine kleinere menschliche Gestalt fest im Griff. An dem Silber- und Regenbogenschimmer sah sie, daß diese Gestalt nackt war, männlich, langhaarig, sehr schlank und jung. Der Junge kämpfte wie ein Teufel, bediente sich der Füße, der Finger und Zähne und heulte dazu wie ein Satan.

Blitzartig wußte sie: ein Wechselbalg, als Baby gestohlen und vom Alten Volk aufgezogen. Diese Kreatur war das, wozu sie auch Jimmy machen würden.

„Ha!" Sherrinford zwang seinen Gegner herum und stieß mit steifem Finger in dessen Solarplexus. Der Junge holte keuchend Atem und sackte zusammen. Sherrinford schleppte ihn zum Wagen.

Aus dem Wald kam ein Riese. Er hätte sogar ein Baum sein können, so schwarz und knorrig war er, und zudem hatte er vier dicke Äste dabei. Aber der Boden zitterte und dröhnte unter seinen Beinwurzeln, und sein heiseres Bellen füllte Himmel und Schädel.

Barbro schrie, Sherrinford wirbelte herum. Er riß seinen Revolver heraus, schoß und schoß noch einmal, und es klang wie Peitschenknall im Halblicht. Sein freier Arm hielt den Jungen fest. Der Troll duckte sich unter diesen Schlägen, doch er erholte sich, kam langsam und sehr vorsichtig näher, schlug einen Bogen und versuchte, ihn vom Bus abzuschneiden. Sherrinford konnte sich aber nicht schnell genug bewegen und dem Troll ausweichen, wenn er nicht seinen Gefangenen opfern wollte, der möglicherweise sein einziger Führer zu Jimmy war.

Barbro tat einen Satz heraus. „Nein, nicht!“ schrie Sherrinford. „Um Himmels willen, bleib drinnen!“ Das Monster rumpelte und versuchte nach ihr zu greifen. Sie drückte ab. Der Rückstoß traf hart ihre Schulter. Der Koloß schwankte und fiel. Irgendwie kam er aber wieder auf die Beine und stampfte auf sie zu. Sie zog sich zurück. Dann schoß sie wieder und noch einmal. Die Kreatur knurrte. Blut tropfte von ihr herab und schimmerte ölig zwischen Tautropfen. Das Monster machte kehrt, stampfte davon, brach Zweige und Äste und verschwand in der Dunkelheit, die unter den Bäumen nistete.

„Schnell, zurück in die Sicherheit!“ brüllte Sherrinford. „Du bist außerhalb des Hemmfeldes!“

Über ihr zog ein Nebel weg. Sie bemerkte ihn kaum, ehe sie am Wiesenrand den neuen Umriß sah. „Jimmy!“ rief sie.

„Mutter . . .“ Er streckte die Arme nach ihr aus. Das Mondlicht funkelte in seinen Tränen. Sie ließ die Waffe fallen und lief zu ihm.

Sherrinford setzte zur Verfolgung an. Jimmy flitzte weg in den Busch. Barbro folgte ihm, brach durch Unterholz und Äste. Dann wurde sie gepackt und weggetragen.

Sherrinford stand über seinem Gefangenen und verstärkte die Fluoro-Strahlung, bis vom Businnern die Wildnis draußen nicht mehr zu sehen war. Der Junge wand sich unter diesem farblosen Gleißen.

„Du wirst reden“, sagte der Mann. Er sprach sehr ruhig, obwohl sein Gesicht vor Sorge hager war.

Der Junge funkelte ihn durch wirre Locken an. Eine Schramme an seinem Kinn färbte sich dunkelrotblau. Fast hätte er fliehen können, während Sherrinford der Frau nachjagte und sie verlor. Der Detektiv hatte ihn, als er zurückkehrte, gerade noch erwischt. Jetzt war keine Zeit mehr für Sanftheit, denn die Auslinge konnten jeden Moment Verstärkung bekommen. Sherrinford hatte ihn also bewußtlos geschlagen und nach innen geschleppt. Jetzt saß er festgebunden auf einem Drehstuhl.

Er fauchte wie eine Wildkatze. „Mit dir soll ich reden, du Menschklumpen?“ Aber auf seiner Haut standen Schweißperlen, und seine Augen huschten ängstlich zu dem Metall, das ihn auf allen Seiten einschloß.

„Gib mir einen Namen, bei dem ich dich nennen kann.“

„Willst du einen Bann über mich werfen?“

„Ich heiße Eric. Wenn du mir keine Wahl läßt, werde ich dich – hm – Wuddikins nennen müssen.“

„Wie?“ Dieses Entsetzen zeigte, daß er ein junger Mensch war. „Also dann ... Nebelheim.“ Er hatte eine etwas singende Sprechweise, die seinen Trotz unterstrich. „Das ist nicht der richtige Klang, aber das bedeutet er. Und es ist nur mein Rufname, sonst nichts.“

„Ah, du hast also auch einen Geheimnamen, der für dich der richtige ist?“

„Sie hat einen. Ich weiß ihn selbst nicht. Sie kennt den richtigen Namen von jedem.“

Sherrinford hob die Brauen. „Sie?“

„Sie, die regiert. Möge sie mir verzeihen, ich kann das Zeichen der Verehrung nicht machen, wenn meine Arme gebunden sind. Einige Eindringlinge nennen sie die Königin der Luft und Dunkelheit.“

„So.“ Sherrinford nahm Pfeife und Tabak aus der Tasche. Stille herrschte, bis die Pfeife brannte.

„Ich bekenne, das Alte Volk hat mich überrascht“, sagte er schließlich. „Ein so großartiges Mitglied eurer Bande habe ich nicht erwartet. Alles, was ich erfahren konnte, scheint zu beweisen, daß an meiner Rasse – und an deiner, Junge – herumgepfuscht wird mit Heimlichtuerei, Trick und Illusion.“

Nebelheim nickte ruckhaft und tückisch. „Vor nicht langer Zeit hat sie die ersten Nikore geschaffen. Glaub nur ja nicht, daß sie nur Blendwerk als Hilfe hat.“

„Das glaube ich auch nicht. Aber ein Stahlmantelgeschoß wirkt auch recht gut. Meinst du nicht auch?“

Sherrinford sprach weiter, leise, wie zu sich selbst. „Ich glaube noch immer, diese – ah – Nikore, diese ganze halb menschenähnliche Brut, soll nur gesehen, nicht aber benützt werden. Die Kraft, Wunderbilder zu projizieren, ist sicher ziemlich in der Reichweite und im Umfang begrenzt, und es wird wohl nur wenige unter euch geben, die diese Kraft haben. Sonst hätte sie es nicht nötig gehabt, so langsam und geschickt zu arbeiten, wie sie es tut. Sogar außerhalb unseres Geistschildes hätte Barbro, meine Begleiterin, Widerstand leisten können, und sie hätte erkannt, daß alles, was sie sah, unwirklich ist – wenn sie nicht so zutiefst erschüttert und voll fieberhafter Sehnsucht gewesen wäre."

Sherrinford rauchte so heftig, daß sein Kopf in Rauch gehüllt war. „Es ist unwichtig, was ich selbst erlebte. Es kann nicht dasselbe gewesen sein wie für sie. Ich denke, man wollte uns den Befehl geben: Ihr werdet das sehen, was ihr euch am meisten in der Welt ersehnt, und es rennt von euch weg in den Wald hinein ... Natürlich kam sie nicht weit, ehe der Nikor sie überfiel. Ich kann nicht hoffen, ihre Spur zu finden, ich bin kein arcticanischer Waldläufer, und außerdem wäre es viel zu leicht, mich in einen Hinterhalt zu locken. Deshalb kam ich zu dir zurück ... Du bist meine Verbindung zu dieser deiner Überdame", fügte er grimmig hinzu.

„Du glaubst also, ich würde dich nach Starhaven oder Carheddin führen? Nun, du Erdklumpenmann, zwing mich doch dazu."

„Ich möchte mit dir handeln."

„Ich nehme an, du willst viel mehr." Nebelheims Antwort zeugte von erstaunlicher Schläue. „Was wirst du erzählen, wenn du zurückkommst?"

„Ja, das ist wirklich ein Problem, nicht wahr? Barbro Cullen und ich sind keine ängstlichen Randsiedler. Wir kommen aus der Stadt. Wir brachten Aufzeichnungsinstrumente mit. Wir sind dann die ersten unserer Art, die von einer Begegnung mit dem Alten Volk berichten können, und dieser Bericht würde sehr genau und verständlich sein. Man würde sofort handeln."

„Du kannst doch sehen, daß ich mich nicht fürchte, zu sterben", erklärte Nebelheim, doch seine Lippen zitterten dabei ein wenig. „Wenn ich dich hereinkommen lasse und du meinem Volk deine Menschendinge antust, bleibt mir nichts mehr, wofür ich leben will."

„Du brauchst eigentlich keine Angst zu haben, du bist nur mein Köder", versicherte ihm Sherrinford. Er setzte sich und musterte den Jungen. Innerlich weinte er. *Barbro, Barbro!* „Aber überleg einmal. Deine Königin kann mich nicht gut zurückkehren lassen, wenn ich meinen Gefangenen mitbringe und von den ihren erzähle. Das muß sie irgendwie verhindern. Ich könnte mir den Weg freikämpfen. Dieser Wagen ist besser bewaffnet als du ahnst. Aber ich würde damit keinen Menschen befreien. Eher werde ich bleiben, mich einigeln. Sie wird neue Kräfte so schnell schicken, wie sie kann. Ich nehme an, sie würden sich nicht blindlings gegen ein Maschinengewehr, eine Howitzer, eine Schwefelkanone stellen. Erst werden sie verhandeln, ob nun ihre Absichten ehrenhaft sind oder nicht. So stelle ich den Kontakt her, auf den ich aus bin."

„Wie sieht dein Plan aus?" Die Frage klang ziemlich besorgt.

„Zuerst dies, vielleicht als eine Art Einladung." Sherrinford griff aus und legte einen Schalter um. „Siehst du. Ich habe meinen Schild gegen Gedankenlesen und Gestaltspiegelung heruntergelassen. Zumindest eure Führer werden in der Lage sein, zu bemerken, daß er weg ist. Das sollte ihr Vertrauen gewinnen."

„Und dann?"

„Dann warten wir. Willst du etwas zu essen oder zu trinken?"

In der nun folgenden Zeit versuchte Sherrinford Nebelheim immer etwas weiter aus sich herauszulocken, mehr aus seinem Leben zu erfahren. Die Antworten, die er bekam, waren kurz. Er dämpfte die Innenlichter und spähte nach draußen. Diese wenigen Stunden schienen kein Ende zu nehmen.

Aber sie endeten doch mit einem Freudenschrei, der halb ein Schluchzen war. Aus dem Wald kam eine ganze Gruppe des Alten Volkes.

Einige von ihnen waren so hell und klar zu sehen, wie es selbst bei Mond- und Sternenschein und beim Nordlicht kaum möglich war. Einer im Wagen hatte einen weißen Kronenbock mit girlandengeschmücktem Gehörn vorgespannt. Seine Gestalt war menschengleich, aber von unirdischer Schönheit. Silberblondes Haar fiel unter dem gehörnten Helm um ein stolzes, kaltes Gesicht. Der Mantel flatterte an seinem Rücken wie lebende Schwingen. Seine eisfarbene Rüstung klirrte.

Hinter ihm, rechts und links, ritten zwei mit Schwertern, an deren Spitzen Flämmchen knisterten und flackerten. Über ihnen lachte, trillerte und wiegte sich eine fliegende Schar. Neben ihnen trieb ein halbtransparenter Nebelfleck. Die anderen, die ihrem Häuptling unter den Bäumen folgten, waren nicht so leicht auszumachen, aber sie bewegten sich mit der Geschmeidigkeit des Quecksilbers, so als tanzten sie anmutig zu Harfen und Trompeten.

„Lord Luighaid.“ Nebelheims Ton war voll Ehrfurcht und Stolz. „Ihr Herr Wisser – er selbst.“

Sherrinford war noch nie im Leben etwas schwerer gefallen, als ruhig am Instrumentenbrett zu sitzen, den Finger über dem Knopf des Schildgenerators im Schweben zu halten und ihn doch nicht zu senken. Er rollte ein Stück des Daches zurück, damit er die Stimmen vernehmen konnte. Ein Windstoß traf ihn im Gesicht und brachte den Duft der Rosen aus dem Garten seiner Mutter mit. Hinter ihm im Wagen stemmte sich Nebelheim gegen seine Fesseln, bis er den ankommenden Trupp sehen konnte.

„Ruf sie an“, sagte Sherrinford. „Frag sie, ob sie mit mir sprechen wollen.“

Unverständliche, flötengleich süße Worte flogen hin und her. „Ja“, sagte der Junge. „Er will, der Lord Luighaid. Aber ich kann dir sagen, er wird dich niemals gehen lassen. Kämpfe nicht gegen sie. Gib nach. Komm weg. Du weißt nicht, was leben heißt, solange du nicht in Carheddin unter dem Berg gewohnt hast.“

Die Auslinge kamen näher.

Jimmy schimmerte einmal und war verschwunden. Barbro lag in starken Armen an einer breiten Brust, unter ihr bewegte sich ein Pferd. Es mußte ein Pferd sein, wenn auch die Siedler nur noch wenige hielten und dann nur zu ganz bestimmten Zwecken, oder weil sie Pferde liebten. Sie spürte das Rippeln der Muskeln unter dem Fell, hörte das Klatschen des geteilten Laubes und das Klirren, wenn der Huf einen Stein traf. Um sie herum war die Dunkelheit mit warmen, lebenden Gerüchen erfüllt.

Jener, der sie trug, sagte sanft: „Hab keine Angst, Liebling. Es war eine Vision. Aber er wartet auf uns, und wir gehen zu ihm.“

Auf ganz unbestimmbare Art wußte sie, daß sie Angst oder Verzweiflung oder ähnliche Gefühle haben müßte, doch ihre Erinnerungen lagen hinter ihr. Sie war gar nicht sicher, wie es kam, daß sie hier war. Sie hatte nur das eindeutige Wissen, daß sie geliebt wurde, daß sie Frieden fühlte in der ruhigen Erwartung von Freude . . .

Nach einer Weile öffnete sich der Wald. Sie überquerten eine

Lichtung, wo große Steinblöcke grauweiß unter den Monden standen, und ihre Schatten bewegten sich im Flammen der Aurora über ihnen. Flitterwesen, winzige Kometen, tanzten über den Blumen. Vor ihnen glühte ein Berg, dessen Spitze von Wolken gekrönt war.

Barbro richtete zufällig die Augen nach vorn. Sie sah den Pferdekopf und dachte in ruhigem Staunen: Oh, das ist ja Sambo, der mir gehört hat, als ich noch ein Mädchen war . . . Sie schaute zu dem Mann hinauf. Er trug eine schwarze Tunika und einen Umhang mit Kapuze, so daß sie sein Gesicht kaum sehen konnte. Hier konnte sie auch nicht laut rufen. „Tim", wisperte sie.

„Ja, Barbro."

„Ich begrub dich . . ."

Sein Lächeln war unendlich zärtlich. „Glaubst du, wir seien nicht mehr als das, was wir in den Boden legen? Armes Liebes. Jene, die uns rief, ist die Allheilerin. Nun ruh aus und träume."

„Träumen", sagte sie, und eine Weile kämpfte sie um Wachsein. Ihre Kraft war zu schwach. Warum sollte sie aschene Geschichten glauben von Atomen und Energien, die nicht die Kluft der Leere zu füllen vermochten? Geschichten, die ihr nicht mehr einfielen . . . Da Tim und das Pferd, das ihr Vater ihr gab, sie zu Jimmy tragen würden? War alles andere nicht ein böser Traum gewesen und das hier nun das erste schlaftrunkene Erwachen daraus?

Er schien ihre Gedanken zu hören, denn er murmelte: „Sie haben im Land der Auslinge ein Lied. Das Lied der Menschen:

Die Welt segelt
Vor einem unsichtbaren Wind.
Licht wirbelt um den Bug.
Das Kielwasser ist die Nacht.

Aber die Bewohner haben keine solche Traurigkeit."

„Ich verstehe nicht", sagte sie.

Er nickte. „Du wirst noch viel verstehen lernen müssen, Liebling. Und ich kann dich nicht wiedersehen, ehe du diese Wahrheiten erkannt hast. Aber inzwischen wirst du bei unserem Sohn sein."

Sie versuchte den Kopf zu heben, um ihn zu küssen. Er hielt sie zurück. „Noch nicht“, sagte er. „Du bist noch nicht aufgenommen unter die Leute der Königin. Ich hätte dich nicht holen sollen, aber sie war zu barmherzig, es mir zu verbieten. Leg dich zurück. Ja, leg dich zurück.“

Die Zeit flog vorüber. Unermüdlich galoppierte das Pferd, kein einziges Mal stolperte es. Einmal tat sie einen Blick auf einen Trupp, der so den Berg hinabritt, wie sie hinauf, und da dachte sie, er müsse auf dem Weg zu einem sonderbaren Kampf sein . . . gegen wen? Gegen einen, der in Eisen und Sorgen gefangen war. Später würde sie sich nach dem Namen dessen fragen, der sie in das Land der Alten Wahrheit gebracht hatte.

Endlich strebten schlanke Türme den Sternen entgegen, die klein und zauberhaft sind, deren Wispern tröstet, wenn man tot ist. Sie ritten in einen Hof hinein, wo Kerzen brannten, ohne zu flackern, Brunnen plätscherten und Vögel sangen. In der Luft hing der Duft einer Quelle und von Herzentässel, von Raute und Rosen, denn nicht alles, was der Mensch mitgebracht hatte, war übel und schrecklich. Die Bewohner warteten in Schönheit, um sie willkommen zu heißen. Hinter ihrer würdevollen Ruhe tauchten Pooks durch sanftes Halbglühen, unter den Bäumen liefen Kinder herum, und Fröhlichkeit überlagerte eine ernste, feierliche Musik.

„Wir sind gekommen . . .“ Tims Stimme war plötzlich und auf unerklärliche Art ein Krächzen. Barbro war nicht sicher, wie er vom Pferd stieg und sie dabei trug. Sie stand vor ihm und sah ihn auf den Füßen schwanken.

Da griff die Angst nach ihr. „Fühlst du dich wohl?“ Sie nahm seine beiden Hände. Sie fühlten sich kalt und rauh an. Wohin war Sambo gegangen? Ihre Augen forschten unter der Kapuze. Hier war es heller, also hätte sie ihres Mannes Gesicht klarer sehen müssen. Aber es war ein verwischter Fleck und veränderte sich. „Oh, was ist geschehen? Was ist, Liebster?“

Er lächelte. War dies das Lächeln, das sie so geliebt hatte? Sie konnte sich nicht recht erinnern. „Ich . . . muß gehen . . .“, stammelte er so leise, daß sie ihn kaum verstand. „Unsere Zeit ist noch nicht soweit.“ Er entzog sich ihrem Griff und lehnte sich an eine Gestalt in langem Gewand, die neben ihm erschienen war. Über beider Köpfen schwebte und wirbelte ein Dunst. „Sieh mir nicht nach, wenn ich gehe“, flehte er, „zurück in die Erde. Das wäre der Tod für dich. Bis unsere Zeit kommt ... Hier, unser Sohn!"

Sie mußte sich umschauen. Kniend breitete sie weit die Arme aus. Jimmy sprang sie an wie eine warme, feste Kanonenkugel. Sie zauste sein Haar, sie küßte das Grübchen an seinem Hals, sie lachte und weinte und plapperte allerhand Unsinn, und das war kein Geist, keine Erinnerung, die sich davongestohlen hatte, als sie nicht hinschaute. Immer wieder fiel ihr ein anderer Schmerz ein, der ihn überfallen haben könnte – Hunger, Krankheit, Angst – und fand keinen, so sehr sie auch ihre Umgebung absuchte. Die Gärten waren verschwunden. Es war so unwichtig.

„Du hast mir sehr gefehlt, Mutter. Bleibst du?"

„Ich nehme dich mit nach Hause, mein kleiner Liebling."

„Bleib. Hier ist es lustig. Ich werde es dir zeigen, Bleib."

Durch das Zwielicht ging ein Seufzen. Barbro stand auf. Jimmy hängte sich an ihre Hand. Sie traten vor die Königin.

Sie war sehr groß. Ihre Gewänder waren aus Nordlichtern gewoben, ihre Sternenkrone und ihre Kränze aus Küßmichnicht geflochten. Ihr Gesicht war noch schöner als das der Aphrodite, deren Bild Barbro im Menschenreich so oft gesehen hatte, nur war eben die Königin noch schöner, blonder und majestätischer, und ihre Augen waren nachtblau. Um sie herum erwachten die Gärten zu neuer Wirklichkeit, auch der Hof der Bewohner und die in den Himmel reichenden schlanken Türme.

„Sei willkommen", sagte sie, und ihre Worte klangen wie eine Melodie. „Für immer."

Barbro sagte trotz aller Ehrfurcht: „Mondmutter, laß uns heimgehen."

„Das kann nicht sein."

„Heim in unsere kleine, geliebte Welt." Barbro glaubte zu bitten. „Wir haben sie für uns und unsere Kinder gebaut und geliebt."

„Für Gefängnistage, zornige Nächte, Werke, die in den Fingern zerkrümeln, Liebe, die zu Moder, Stein oder Flugsamen wird, zu Kummer und Verlust, und die einzige Sicherheit ist die des Nichts am Ende. Nein. Du auch, Wanderfuß sollst du heißen, wirst jubeln, wenn die Banner der Auslinge in die letzte von euren Städten fliegen, denn dann erst wird der Mensch ganz und gar lebendig. Nun geh mit denen, die dich lehren wollen."

Die Königin der Luft und Dunkelheit hob einen Arm, die anderen zu rufen. Aber niemand kam.

Denn über den Brunnen und Melodien erhob sich ein grausiges Heulen. Feuer sprangen, Donner krachte. Ihre Gastgeber schrien und rannten vor dem Stahlding davon, das den Berg heraufkam. In einem Wirbel erschreckt flatternder Schwingen waren die Pooks verschwunden. Die Nikore warfen ihre Körper gegen den unlebendigen Eindringling und wurden aufgezehrt, bis ihre Mutter ihnen rief, sie sollten sich zurückziehen.

Barbro warf Jimmy auf den Boden und sich selbst über ihn. Türme schwankten und vergingen im Rauch. Der Berg stand nackt unter den eisigen Monden, nur Felsen, Zacken und weiter weg ein Gletscher, in dessen Tiefen das Licht der Aurora blau pulste. Ein Höhleneingang war ein dunkler Fleck in einer Felswand. Dorthin strömte das Volk und suchte Schutz im Untergrund. Einige waren aus menschlichem Blut, andere sahen grotesk aus wie die Pooks und Nikore und die Geister, aber die meisten waren sehr schlank, schuppig, langgeschwänzt, langschnäbelig und glichen nicht einmal entfernt den Menschen oder den Auslingen.

Jimmy weinte an ihrer Brust, vielleicht deshalb, weil sein Zauber verschwunden war, vielleicht hatte er aber auch Angst. Einen Augenblick lang bedauerte Barbro die Königin, die nun allein und nackt dastand. Dann war auch sie geflohen, und Barbros Welt teilte sich zitternd.

Die Waffen schwiegen, das Fahrzeug kam mit einem Schwirren zum Stehen. Heraus sprang ein Junge, der wie wild rief: „Traumschatten, wo bist du? Ich bin's, Nebelheim! Oh, komm doch, komm!" Dann fiel ihm ein, daß die Sprache, in der er aufgewachsen war, nicht die Menschensprache war. Er rief erneut, das Mädchen kam aus einem Dickicht gekrochen, wo es sich versteckt hatte. Sie schauten einander an durch Staub, Rauch und Mondschein. Sie rannte auf ihn zu.

„Barbro, schnell, schnell!" bellte eine Stimme aus dem Wagen.

Christmas Landing kannte den Tag: sehr kurz nur um diese Jahreszeit, aber es gab Sonnenlicht, blauen Himmel, weiße Wolken, glitzerndes Wasser, Salzwind in geschäftigen Straßen und die alte, heilsame Unordnung in Eric Sherrinfords Wohnzimmer.

Er schlug die Beine erst so, dann anders übereinander und paffte seine Pfeife, als wolle er sich einnebeln. „Bist du ganz sicher, daß du dich wieder erholt hast?" fragte er. „Du darfst dich nicht überanstrengen."

„Mir geht es gut", behauptete Barbro Cullen, wenn auch die Stimme etwas schwach klang. „Müde bin ich schon noch, und ich sehe wohl auch so aus. Durch so ein Erlebnis geht man nicht und hüpft dann innerhalb einer Woche wie ein Gummiball zurück an seinen alten Platz. Aber ich bin auf den Beinen, das ist wichtig. Und um offen zu sprechen – ich muß wissen, was geschehen ist, was vorgeht, ehe ich wieder zu meiner alten Kraft zurückfinde. Nirgends irgendwelche Nachrichten."

„Hast du mit anderen darüber gesprochen?"

„Nein. Besuchern habe ich nur gesagt, ich sei viel zu erschöpft und könne nicht reden. War keine große Lüge. Ich nehme an, hier gibt es einige Zensurgründe."

Sherrinford sah erleichtert drein. „Gutes Mädchen. Ich habe darauf gedrängt. Du kannst dir die Sensation vorstellen, wenn das an die Öffentlichkeit kommt. Die Behörden stimmten mir zu, sie brauchten Zeit zum Studium der Tatsachen, zum Nachdenken und zum Debattieren in ruhiger Atmosphäre, damit man den Wählern eine anständige Erklärung geben kann, die ja sicher zuerst recht hysterisch reagieren werden." Seine Mundwinkel zuckten nach oben. „Und deine und Jimmys Nerven bekommen ihre Chance, sich zu beruhigen, ehe der journalistische Sturm über dich hereinbricht. Wie geht es ihm?"

„Oh, ganz gut. Ständig quält er mich, er möchte mit seinen Freunden an dem wunderbaren Ort spielen. Aber in seinem Alter kann er sich schon erholen. Er wird vergessen."

„Vielleicht kommt er später sowieso mit ihnen zusammen."

„Was? Wir haben doch nicht ..." Barbro setzte sich bequemer zurecht. „Ich vergaß ganz, daß ich von unseren letzten Stunden kaum etwas in Erinnerung behalten habe. Hast du irgendwelche entführten Menschen mit zurückgebracht?"

„Nein. Es war ein schrecklicher Schock auch so und ohne daß man sie direkt ... in eine Anstalt brachte. Nebelheim ist im Grund ein recht vernünftiger kleiner Bursche, und er hat mir versichert, sie würden schon zurechtkommen, wenn es ums Überleben geht, bis etwas geregelt werden kann." Sherrinford zögerte. „Ich bin nicht sicher, wie diese Regelungen aussehen werden. Das weiß im Moment überhaupt noch niemand. Aber offensichtlich wird angenommen, daß alle jene oder zumindest die meisten von denen, die noch nicht ganz erwachsen sind, zur menschlichen Rasse zurückkehren wollen. Vielleicht werden sie sich in der Zivilisation niemals mehr wohl fühlen. Das ist möglicherweise gar nicht so schlecht, denn wir brauchen eine Verbindung zum Alten Volk, die von beiden Seiten akzeptiert werden kann."

Seine nüchterne Unpersönlichkeit war eine Beruhigung für beide. „War ich zu töricht?" konnte Barbro fragen. „Ich erinnere mich, wie ich schrie und meinen Kopf auf den Boden schlug."

„Aber nein." Er musterte die große Frau und ihren Stolz, dann stand er auf, ging zu ihr und legte ihr die Hand auf die Schulter. „Du wurdest auf außerordentlich geschickte Art, weil man mit deinen tiefsten Instinkten spielte, in eine Falle gelockt, und das war reiner Alptraum. Danach, als dieses verwundete Monster dich wegschleppte, kam offensichtlich ein anderer Wesenstyp daher, der dich mit kurzwelligen neuropsychischen Energien saturierte. Dann kam ich; die Abschaltung aller Illusionen war geradezu brutal und muß einen ungeheuren Schock ausgelöst haben. Kein Wunder, wenn du vor Schmerz geschrien hast. Aber bevor du das tatest, gelangtest du mit Jimmy ganz in den Bus, und mir hast du dich nie in den Weg gestellt."

„Was hast du getan?"

„Ich fuhr so weit wie möglich weg. Nach einigen Stunden ließen die atmosphärischen Störungen so weit nach, daß ich Portolondon rufen und ganz dringend um ein Flugzeug bitten konnte. Lebenswichtig war das zwar nicht, denn welche Chance hatte der Feind schon, uns aufzuhalten? Sie versuchten es nicht einmal. Aber ein schneller Transport war sicher sehr nützlich."

„Ich stellte mir ungefähr vor, was vorgegangen sein mußte." Barbro fing seinen Blick auf. „Nein, was ich glaubte. Ich meinte, wie fandest du uns in diesem Hinterland?"

Sherrinford trat einen Schritt von ihr weg. „Mein Gefangener war auch mein Führer. Ich glaube nicht, daß ich einen von den Bewohnern getötet hätte, wäre jemand gekommen, mit mir zu verhandeln. Der Wagen brach ganz einfach in sie hinein, nachdem ich ein paar Warnschüsse abgegeben hatte. Danach war ich nur schneller als sie. Ein paar von diesen Trollkreaturen mußte ich allerdings niederschießen. Ich bin nicht gerade stolz darauf."

Schweigend stand er da. „Du warst ihre Gefangene", sagte er nach einer Weile. „Ich hatte keine Vorstellung, was sie dir antun könnten, denn wir gehörten ja zusammen ... Mehr Gewalttaten will ich ganz gewiß nicht."

„Wie konntest du ... den Jungen veranlassen, dir zu ... helfen?"

Sherrinford ging zum Fenster und schaute hinaus auf das Boreal Meer. „Ich schaltete den Geistschild ab", sagte er. „Damit ließ ich sie herankommen und zum vollen Glanz der Illusion aufblühen. Dann schaltete ich den Schild wieder ein, und wir beide sahen sie in ihren wahren Gestalten. Als wir dann nach Norden gingen, erklärte ich Nebelheim, wie er und seine Gefährten betrogen, mißbraucht und überredet wurden, an eine Welt zu glauben, die es in Wirklichkeit überhaupt nicht gab. Ich fragte ihn, ob er für sich und andere, die er liebe, wünschen könne, so weiterzumachen, bis sie als Haustiere stürben. Ja, indem sie in begrenzter Freiheit über echte Hügel liefen, aber immer wieder in ihren Traumstall zurückgerufen werden konnten." Seine Pfeife qualmte wütend. „Hoffentlich erlebe ich eine solche Bitterkeit niemals wieder. Man hatte ihm den Glauben einverleibt, er sei frei."

Stille kehrte zurück über dem hektischen Verkehr. Charlemagne senkte sich dem Horizont entgegen, und schon verdunkelte sich der Himmel.

„Weißt du, warum?" fragte Barbro nach langer Zeit.

„Warum man Kinder raubte und so aufzog? Das lag zum Teil an dem Muster, das die Bewohner aufgestellt hatten, um unsere Spezies zu studieren und mit einigen Mitgliedern zu experimentieren; mit ihren Geistern, nicht mit den Körpern. Teils auch deshalb, weil die Menschen von besonderer Stärke sind, die sie für nützlich halten. So können sie zum Beispiel volles Tageslicht ertragen."

„Aber was könnte der Endzweck von all dem gewesen sein?"

Sherrinford lief auf und ab. „Nun ja, zugegeben, die letzten Motive der Eingeborenen bleiben uns wohl verborgen. Wir können nicht mehr tun, als Vermutungen über ihre Denkweise anstellen, und ihre Gefühle werden wir wohl kaum je ausloten. Aber unsere Ideen scheinen zu allen Daten zu passen.

Warum haben sie sich vor den Menschen versteckt? Ich meine, sie – noch mehr ihre Vorfahren, denn sie sind keine Glitzerelfen, weißt du, sie sind auch sterblich und fehlbar –, die Eingeborenen, waren anfangs nur sehr vorsichtig, viel mehr als menschliche Primitive. Auch auf der Erde gab es Stämme, die sehr lange brauchten, ehe sie sich einmal Fremden zeigten. Ausspähen, geistig belauschen ... Rolands Ureinwohner müssen genug von der Sprache gelernt haben, um zu verstehen, wie verschieden der Mensch von ihnen selbst ist, auch wie mächtig; und sie nahmen an, es würden noch mehr Schiffe kommen und Siedler bringen. Ihnen fiel gar nicht ein, daß der Mensch nicht daran dachte, ihnen das Recht auf ihr Land streitig zu machen. Vielleicht ist ihr Grund-und-Boden-Denken noch viel ausgeprägter als das unsere. Sie sind entschlossen, auf ihre Art zu kämpfen. Ich würde sagen, wenn es uns erst gelingt, Einsicht in diese Mentalität zu gewinnen, dann wird unsere psychologische Wissenschaft ihre Kopernikus-Revolution erleben."

In ihm entzündete sich allmählich eine Flamme der Begeisterung. „Das ist aber noch lange nicht alles, was wir erfahren werden", fuhr er fort. „Sie müssen eigene Wissenschaften haben, eine nichtmenschliche Wissenschaft, die auf einem Planeten entwickelt wurde, der nicht Erde heißt. Sie erforschten uns so gründlich, wie wir je uns selbst erforschen konnten, und deshalb entwickelten sie einen Plan gegen uns, der jedoch noch mindestens ein Jahrhundert gebraucht hätte, um vollständig zu sein. Was wissen sie eigentlich noch? Wie erhalten sie ihre Zivilisation ohne sichtbaren Ackerbau oder Oberflächenbauten, Minen und dergleichen? Wie können sie nach Wunsch und Willen neue intelligente Spezies züchten? Eine Million Fragen und zehn Millionen Antworten!"

„Können wir denn von ihnen lernen?" fragte Barbro leise. „Oder können wir sie nur überrennen, wie sie es deiner Ansicht nach fürchten?"

Sherrinford blieb vor dem Kamin stehen, stemmte die Ellbogen auf den Mantel und nahm die Pfeife in beide Hände. „Ich hoffe, daß wir einem besiegten Feind mehr Barmherzigkeit erweisen. Denn Feinde sind sie, da sie uns zu besiegen, zu erobern versuchten. Es gelang ihnen nicht, und nun sind wir gewissermaßen verpflichtet, sie zu erobern, da sie ihren Frieden mit der Zivilisation der Maschinen machen müssen, die sie lieber verrosten sehen wollten. Aber sie haben uns niemals so viel Schlechtes angetan, wie wir in der Vergangenheit unseren eigenen Mitmenschen. Ich wiederhole, sie könnten uns wundervolle Dinge lehren und wir sie, wenn sie erst einmal begriffen haben, daß sie anderen Lebensformen gegenüber duldsamer werden müssen."

„Ich glaube, wir könnten ihnen eine Reservation garantieren", sagte sie und wuße nicht, weshalb er eine Grimasse schnitt und ziemlich grob antwortete:

„Sie sollen die Ehre dessen haben, was sie verdienten! Sie haben darum gekämpft, die Welt zu retten, die sie immer gekannt haben." Er machte eine Geste zur Stadt, die ein Erwürgen andeutete. „Vielleicht wären wir selbst auch besser dran, wenn wir davon weniger hätten."

Er seufzte schwer, und seine Schultern sackten zusammen. „Aber ich nehme an, wenn das Elfenland gewonnen hätte, wäre die Menschheit auf Roland friedlich, vielleicht sogar glücklich ausgestorben. Wir leben mit unseren Archetypen, aber können wir auch in ihnen leben?"

Barbro schüttelte den Kopf. „Es tut mir leid, das verstehe ich nicht."

„Was?" Er schaute sie erstaunt an, und seine ganze Melancholie ging in einem Lachen unter. „Dumm von mir. Ich habe das so vielen Politikern, Wissenschaftlern, Gouverneuren und Gott weiß wem noch allem erklärt, daß ich ganz vergaß, es auch dir zu erklären. Es war eine meiner vagen Ideen aus der Zeit, als wir unterwegs waren, und Ideen diskutiere ich nicht gern, ehe sie ausgereift sind. Nun haben wir die Auslinge kennengelernt, ihre Arbeitsweise gesehen, und ich fühle mich sicher."

Er stopfte frischen Tabak in seinen Pfeifenkopf. „In engen Grenzen", sagte er, „habe ich während meines ganzen Arbeitslebens einen Archetyp benützt. Der rationelle Detektiv, der Mann des vernünftigen Überlegens. Es war weniger eine bewußte Pose, eher eine Vorstellung, die zu meiner Persönlichkeit und meinem beruflichen Stil paßte. Aber die meisten Menschen reagieren darauf angemessen, ob sie nun vom Original gehört haben oder nicht. Das Phänomen ist gar nicht so selten. Wir begegnen Personen, die abgestuft Christus oder Buddha oder der Mutter Erde, oder auf einer niedrigeren Ebene Hamlet oder d'Artagnan gleichen oder gleichen wollen. Historisch, fiktiv und mythisch gesehen kristallisieren solche Gestalten Grundaspekte der menschlichen Psyche heraus, und begegnen wir ihnen in einem realen Erlebnis, so geht unsere Reaktion tiefer als bis zum Grund des Bewußtseins.“

Nun wurde er wieder ernst. „Der Mensch schafft auch Archetypen, die keine Persönlichkeiten sind, etwa Anima, Schatten – oder die Außenwelt, eine Welt des Zaubers, des Glanzes, die ursprünglich wirklich als Verzauberung gedacht war; eine Welt halbmenschlicher Wesen, etwa wie Ariel oder Caliban, aber jedes frei von sterblichen Sorgen und Gebrechen, deshalb vielleicht von etwas unbekümmerter Grausamkeit und mehr als nur ein wenig trickreich. Bewohner also in Zwielicht und Mondschein, nicht in Wahrheit Götter, aber gehorsam den Regenten, die geheimnisvoll und mächtig genug sind ... Ja, unsere Königin der Luft und Dunkelheit wußte sehr genau, was einsame Menschen zu sehen wünschten, wie sie von Zeit zu Zeit Illusionen um sie spinnen mußte, welche Lieder und Legenden an ihre Herzen rührten und deshalb unter sie gebracht werden mußten. Ich wüßte gern, wieviel sie und ihre Unterlinge aus menschlichen Märchen zu leihen nahmen, was sie davon selbst ausdachten, wie der Mensch alles umschuf, alles ohne es zu wissen, als das Bewußtsein, am Rand der Welt zu leben, in ihn eindrang.“

Schatten senkten sich in den Raum. Es wurde kühler, der Verkehrslärm ließ nach. „Aber was könnte dies bewirken?“ fragte Barbro.

„In mancher Beziehung ist der Randsiedler wieder zurück im Mittelalter“, erklärte Sherrinford. „Er hat wenige Nachbarn, hört nur selten Neues von jenseits seines Horizonts, schuftet, um in einem Land zu überleben, das er nur teilweise begreift, das vielleicht einmal in einer Nacht unvorhersehbares Unheil über ihn bringt und von einer ungeheuren Wildnis eingeschlossen ist. Die Maschinenzivilisation, die seine Ahnen herbrachte, ist zerbrechlich geworden. Er könnte sie verlieren, wie das Finstere Mittelalter einst Griechenland und Rom verloren hat, wie die ganze Erde die beiden verloren zu haben scheint. Wird er lange, gründlich, geschickt und schlau von der archetypischen Außenwelt behandelt, bis er im innersten Herzen glaubt, daß die Königin der Luft und Dunkelheit größer ist als die Energie der Maschinen, dann wird erst sein Glaube ihr folgen, etwas später tun dies auch seine Taten. Oh, schnell würde das nicht gehen. Ideell würde es kaum bemerkt werden, weil der Vorgang sich so langsam abspielt, besonders nicht von den selbstzufriedenen Stadtleuten. Aber wenn am Ende das Hinterland in eine Steinzeit zurückfällt und sich von der Stadt abwendet – wie soll sie dann am Leben bleiben?"

„Sie sagte zu mir, wenn in den Resten unserer Städte ihre Banner wehten, würden wir frohlocken."

„Dann ja, vielleicht", gab Sherrinford zu. „Trotzdem glaube ich, daß man sein Schicksal selbst wählt."

Er schüttelte sich, als wolle er eine Last abwerfen, klopfte die Asche aus seiner Pfeife und streckte sich umständlich und genießerisch. „Nun ja, das wird nicht geschehen."

Sie sah ihn voll an. „Das ist dir zu verdanken."

Seine mageren Wangen überlief es rot. „Ich bin überzeugt, mit der Zeit hätte es auch ein anderer getan. Wichtig ist nun, was wir als nächstes machen, und die Entscheidung ist so groß, viel zu groß für eine Einzelperson oder auch eine ganze Generation."

Sie stand auf. „Außer es ist eine persönliche Entscheidung, Eric." Auch sie wurde rot.

Seltsam, ihn scheu zu sehen. „Ich hoffte, wir würden einander wiedersehen."

„Das werden wir."

Ayoch saß auf Wolunds Grabhügel. Die Aurora strahlte in einem so gleißenden Licht und warf so riesige Lichtbündel herab, daß die beiden Monde fast darin untergingen. Die Feuerdornblüten waren abgefallen, nur ein paar glühten noch an den Baumwurzeln zwischen trockenem Unterholz, das unter dem Fuß knisterte, brach und wie Waldrauch duftete. Die Luft blieb warm, aber am Sonnenuntergangshorizont war kein heller Schein mehr geblieben.

„Leb wohl und glückliche Reise!" rief der Pook. Nebelheim und Traumschatten blickten sich nicht um. Sie schienen es nicht zu wagen. Sie trotteten außer Sicht, hin zum Lager der Menschen, dessen Lichter ein harter, neuer Stern im Süden waren.

Ayoch blieb noch. Er meinte, er sollte noch der ein Lebwohl zurufen, die im Dolmen schlief und sich vor kurzem zu ihm gesellt hatte. Unwahrscheinlich, daß jemand sie wiedersähe, sei es zum Zauber oder zur Liebe. Aber ihm fiel nur ein alter Vers ein, der als Abschied dienen konnte. Er blieb stehen und trillerte:

„Aus ihrer Brust
Wuchs eine Blüte heraus.
Der Sommer verbrannte sie.
Das Lied ist aus."

Dann breitete er die Schwingen aus, denn er hatte einen weiten Weg zu fliegen.

Stephen Goldin

Der letzte Geist

Stephen Goldin wurde am 28. Februar 1947 in Philadelphia, Pennsylvanien, geboren. Im Alter von dreizehn Jahren begann er zu schreiben und verkaufte mit achtzehn seine erste Geschichte. Seinen Bachelor-Grad in Astronomie erwarb er 1968 und arbeitete dann fast drei Jahre lang als Physiker und Raumwissenschaftler für das Navy-Raumsystem. Die Navy verließ er, um – mit seinen eigenen Worten – „ein halbverhungerter Vollzeitschriftsteller" zu werden. Er gehört den Science Fiction Writers of America an, der World Future Society, der Astronomical Society of the Pacific und dem SFWA Speakers' Bureau.

„The Last Ghost" kam in die Endausscheidung für die Nebula Awards 1971. Die Geschichte erinnert daran, daß die ultimative Einsamkeit nicht das Erlebnis des letzten lebenden Menschen ist, sondern des letzten toten.

Die Ewigkeit ist ein schrecklicher Ort, wenn man sie allein ertragen muß.

Er ist der letzte seiner Art, wenn er ein „Er" ist. (Über das Geschlecht läßt sich streiten. Alle Dinge sind letzten Endes gleich, und in der Ewigkeit gleicht sich immer alles an und aus.) Irgendwann einmal muß er einen Namen gehabt haben, einen Handgriff an seiner Seele, aber das war schon lange vor der Ewigkeit/dem Augenblick, da er in körperlicher Form existierte. Er versucht über die Dinge so nachzudenken, wie er sie gekannt hat, und entdeckt, daß er das nicht kann. Er versucht über die Dinge nachzudenken, wie sie sind, und entdeckt, daß er auch das nicht kann. Das Wird-sein geht weiter über seine Vorstellungskraft hinaus.

Er existiert, falls dieses Wort überhaupt richtig ist, in einem immerfort andauernden Jetzt, und das ist ein Zustand des Nichts, der noch weniger Substanz hat als ein Vakuum, der kleiner ist als die Unendlichkeit, größer als der Gedanke. Die Ewigkeit liegt so weit hinter wie vor ihm. Er treibt durch diesen Mangel an allem und jedem mit einer unendlich größeren Geschwindigkeit als gar keiner. Er sieht mit Nicht-Augen. Er hört ohne Ohren. Er denkt Gedanken ohne Gedanken, die sich im Kreis bewegen und kleine Pfützchen der Leere im Nicht-ganz-Nichts seines Geistes hinterlassen.

Er sucht nach
Er braucht ein
Er wünscht etwas
Er will haben

Kein Gegenstand bleibt innerhalb seiner mentalen Griffweite. Die Worte zersetzen sich in der sanften Säure der Zeit. Alles, was ihm geblieben ist, bleibt die Suche, das Brauchen, das Wünschen, das Habenwollen.

Langsam begann sie zu erscheinen, ein Flackern an der Grenze seiner Nichtwahrnehmung. (Warum er glaubte, es müsse eine „Sie" sein, konnte nicht erklärt werden. Es war nur etwas an „ihr", das ihn zu ergänzen schien.) Seine Ungedanken rasten verstört. Sie war etwas Neues in seinem abgestandenen Kosmos, wo sich nichts je veränderte. Er beobachtete sie, als sie eine Form annahm, die noch substanzloser war als die seine. Mit seinem zerkrümelnden Geist beobachtete er sie an einem Kreuzweg, hatte Angst, sich ihr zu nähern, noch mehr Angst aber, vor ihr angstvoll davonzulaufen. (Falls es in der Ewigkeit überhaupt einen Ort gab, zu dem man davonlaufen konnte.)

Plötzlich gewann sie Bewußtheit und erschrak vor der unbekannten Fremdheit ihrer neuen Umgebung. Die gespenstische Unendlichkeit erzeugte in ihr eine Welle von Ehrfurcht, die mit Angst vermischt war. Bis jetzt konnte sie nur sich selbst wahrnehmen und das nackte Kontinuum um sie herum.

Sie sprach. (Was herauskam, war kein Laut, konnte aber als Kommunikation aufgefaßt werden.) „Wo bin ich?"

Das war eine einfache Handlung. Ihm erschien es völlig neu, aber irgendwo tief unten in den Resten seiner Erinnerung war es quälend vertraut. Er zitterte.

Sie nahm seine Wesenheit wahr und wandte ihm ihre Aufmerksamkeit zu. „Was bist du? Was ist mit mir geschehen?"

Die Antwort kannte er – das heißt, er hatte sie früher einmal gekannt. Es war so wie mit allem anderen, daß die Unendlichkeit an diesen Brocken der Information, die noch in seinem Geist waren, herumfraß. Früher einmal war alles so wichtig gewesen. So wichtig! Deshalb war er das, was er war und warum er das nicht war, was er nicht war.

„Bitte", flehte sie ihn an. Ihre Stimme ließ Hysterie ahnen. „Sag es mir!"

Durch Nebel, die lange Korridore des Erinnerns entlangwirbelten, kamen die Worte ungebeten heraus. „Du bist tot."

„Nein! Das ist unmöglich! Ich kann nicht tot sein!"

Laute Stille.

„Ich kann nicht tot sein", wiederholte sie. „Der Tod wurde vor mehr als fünftausend Jahren besiegt. Nachdem unsere Geister in Computerbanken übertragen worden waren, wurden wir unsterblich. Unsere Körper mögen versagen, aber unsere Geister leben weiter. Niemand stirbt mehr ..." Ihre Stimme tröpfelte in die Leere.

„Du bist tot", wiederholte er unbewegt.

„Bist ... du ein Geist?" fragte sie.

Wenn ihm auch der Sinn dieses Wortes längst entschwunden war, so war doch der Fetzen einer Identität geblieben. „Ja", sagte er.

Sie brütete nach, und sehr große Mengen einer Nicht-Zeit flohen. Er wartete. Er gewöhnte sich an ihre Existenz. Sie war nun kein fremdes Wesen mehr in seinem leeren Universum. Sie war jetzt eine halbe Anwesenheit, und er akzeptierte sie, wie er alles übrige akzeptiert hatte – ohne Kommentar.

„Ich nehme an", sagte sie schließlich, „irgendein Materialausfall könnte vorübergehend mein Persönlichkeitsmuster aus den Gedächtnisbanken verlagert haben. Aber nur vorübergehend. Ich bin bis jetzt nur halb tot. Sobald die Panne repariert ist, wird bei mir wieder alles in Ordnung sein. Ja, ich werde doch in Ordnung sein, nicht wahr?"

Er gab keine Antwort. Er wußte nichts von Pannen und Materialausfall, oder er hatte es vergessen, falls er es je gewußt hatte.

„Materialausfälle sind angeblich unmöglich", schwatzte sie weiter in dem verzweifelten Versuch, sich selbst davon zu überzeugen, daß ihre behagliche Realität zurückkehren würde. „Aber in Tausenden von Jahren kann unter Trillionen ein Mißgeschick passieren. Sie werden es aber sehr bald reparieren. Das müssen sie. Sie müssen. Nicht wahr? *Das müssen sie doch?*"

Sie schaute ihren teilnahmslosen Gefährten mit vor Angst geweiteten Unaugen an. „Steh nicht nur so herum! So hilf mir doch!"

Hilfe. Irgendwo in einer gespenstischen Höhle seines Geistes fand das Wort eine Nische. Er sollte also helfen. Helfen . . .

Wem, oder was oder wie er helfen sollte, entging ihm. Das heißt, falls er es je gewußt hatte.

Gemeinsam trieben sie durch die Leere, Seite an Seite, Geist und Fast-Geist. Die Ungedanken des älteren Geistes waren wirrer als sonst wegen der Anwesenheit eines anderen nach einer so einsamen Periode der Zeitlosigkeit. Aber es war keine schlechte Wirrnis. Fast war es sogar hübsch, das Universum wieder mit jemandem zu teilen. Sie war eine angenehme Aura neben ihm in einer sonst unsinnlichen Welt.

Beide hatten sie länger als fünftausend Jahre existiert. Er war zweifellos der ältere von beiden; aber der wirkliche Unterschied war der, daß er so lange allein in der Einsamkeit existiert hatte und diese Einsamkeit an seinem Schweizerkäsegeist herumknabberte, während sie diese Jahrhunderte mit anderen Leuten, anderen Geistern verbracht hatte — eine Situation, die entweder jemanden total aufbricht, oder auch eine fast völlige Stabilität schafft. Bei ihr traf letzteres zu, und so legte sich später ihre anfängliche panische Angst, und die klinische Haltung, die sie durch Jahrtausende beibehalten hatte, festigte sich wieder.

„Nun, jedenfalls scheint es, als sei ich für eine Weile hier, also sollte ich mich wohl mit diesem Ort bekannt machen. Und da du das einzige hier vorhandene Wesen bist, fange ich bei dir an. Wer bist du?"

„Tot."

„Sieht so aus." Ihre Unstimme drückte sehr hübsch Sarkasmus aus. „Aber hast du nicht so etwas wie einen Namen?"

„Nein."

Da verlor sie für einen Moment die Geduld. „Das ist doch unmöglich! Du mußt einen Namen gehabt haben, früher, irgendwann einmal. Wie hieß er?"

„Ich weiß nicht . . . weiß nicht . . . weiß nicht . . ." Sein aus einem gebrochenen Geist stammender Versuch, ihr zu antworten, war so traurig, daß er ihre mütterlichen Instinkte weckte, die sie in sich selbst längst für tot und gestorben gehalten hatte.

„Es tut mir leid“, sagte sie eine Spur zärtlicher. „Wir wollen über etwas anderes reden. Wo sind wir?“

„Wir sind ...“

„Tot“, antwortete sie für ihn. *O Herr, laß mich Geduld haben mit ihm. Er ist ja schlimmer als ein Kind.* „Ja, das weiß ich. Aber ich meine unsere physische Örtlichkeit. Hat sie einen Namen?“

„Nein.“

Wieder ein Matt. Ihr Gefährte schien keine Unterhaltung zu wollen, aber ihr analytischer Geist fühlte ein dringendes Bedürfnis, zu sprechen, an ihrer Vernunft auch unter so ungünstigen Bedingungen festzuhalten. „Na, schön dann, wenn du nicht sprechen willst – macht es dir etwas aus, wenn ich es tue?“

„Nein.“

Also redete sie und erzählte ihm von ihrem frühesten Leben, als sie noch einen Körper hatte, und von den Dingen, die sie getan, den Kindern, die sie gehabt hatte. Sie sprach von dem großartigen Durchbruch in der Geistübertragung, die den Menschen schließlich befähigt hatte, den Tod zu besiegen. Sie erzählte ihm von den ersten paar tausend Jahren, die sie in der Computerbank verbracht hatte; damals war sie entzückt gewesen von ihrer Unsterblichkeit und hatte belebte Roboterleiber besetzt, war mit todbesiegenden Dingen beschäftigt und auch mit anderen aufregenden Sachen. Sie erzählte auch, wie sie im Lauf der Zeit an Glanz verloren hatte, wie sie dann in die Phase der Reife ihres Lebens eingetreten sei, nach Wissen und Weisheit gesucht habe. Sie erzählte, wie Schiffe gebaut wurden, um diese computerisierten Leute zu den Sternen zu bringen, und welch seltsame und wundervolle Dinge sie dort gefunden hatte.

Er lauschte. Das meiste war ihm unverständlich, denn entweder hatte er die Worte nie gekannt – oder vergessen. Sein siebähnlicher Geist behielt wenig von dem zurück, was sie sagte. Aber er hörte zu, und das war wichtig. Er saugte dieses Erlebnis, die Erregung, daß ein anderes Pseudowesen sich ihm mitteilte, in sich auf.

Endlich machte sie eine Pause, denn es fiel ihr nichts mehr zu sagen ein. „Würdest du jetzt gern reden?“ fragte sie.

Etwas brannte in ihm. „Ja.“

„Gut. Worüber möchtest du sprechen?"

Er versuchte eindringlich, sich etwas einfallen zu lassen, irgend etwas, aber sein Gehirn ließ ihn im Stich.

Sie spürte seine Schwierigkeiten. „Dann erzähl mir doch etwas über dich selbst", schlug sie vor.

„Ich bin tot."

„Ja, das weiß ich. Aber was sonst noch?"

Er überlegte. Was war doch „über dich selbst", das er erzählen konnte?

„Ich suche nach
Ich brauche ein
Ich wünsche mir
Ich will haben . . ."

„Was? Was? Was?" drängte sie. Aber sie bekam keine Antwort. Enttäuscht fuhr sie fort: „Dann wollen wir etwas anderes versuchen. Wird . . . Wurde jeder, der starb, ein solcher Geist wie du?"

„Ja."

„Wo sind dann alle die anderen?"

„Weg."

„Wohin weg?"

„Weg."

Jetzt verlor sie fast wieder die Geduld, doch die vielen tausend Jahre Training retteten sie. „Sie sind alle weggegangen?"

„Ja."

„Alle außer dir?"

„Ja."

„Wie lange ist das her?"

„Lang . . ."

Seit fünftausend Jahren war sie den Tränen niemals näher gewesen als jetzt, sowohl aus Mitleid für diese arme traurige Kreatur, wie auch aus Enttäuschung darüber, daß sie sein Rätsel nicht lösen konnte. „Warum bist du nicht mit ihnen gegangen?"

„Ich . . . wurde zurückgelassen."

„Warum?"

Seine Antwort kam diesmal viel langsamer, denn sie wurde aus dem untersten Bodensatz seiner Bewußtseinspfütze geholt. „Um . . . jenen . . . den Weg zu zeigen, die nachher kommen sollten."

„Du bist also ihr Führer?" fragte sie ungläubig.

„Ja."

„Wohin?"

„Nach . . . nur weg."

„Kannst du mir das zeigen, wo das ist?"

Zum erstenmal war Traurigkeit in seiner Stimme. „Nein."

Langsam, sehr langsam und unter Aufbietung ihrer ganzen Geduld und logischen Kraft, die sie seit vielen Jahrhunderten entwickelt hatte, zog sie aus ihm Stück für Stück das heraus, was nötig war, das Bild zu vollenden. Vor langer Zeit – wie lange, das blieb unbestimmt, denn die Zeit hat in der Ewigkeit keine Bedeutung – hatten die Geister eine neue und höhere Ebene der Existenz entdeckt; alle, mit einer Ausnahme. Ein letzter Geist sollte allen neuen Geistern, die nachkommen würden, den Weg weisen.

Nur war da der Durchbruch bei der Geistübertragung gekommen und hatte alles geändert. Plötzlich gab es keine neuen Geister mehr. Und der letzte Geist blieb allein. Die Pflicht beschränkte ihn auf das Geistsein, und die Einsamkeit verdammte ihn zur Stagnation.

Ihr Mitleid explodierte wie eine rosa Nova, und gleichzeitig bemerkte ein analytischer Teil ihres Geistes, daß der mütterliche Instinkt sich durch Nichtbenützung nicht abschwächt. Sie umhüllte dieses pathetische Nichtwesen fest mit ihrem eigenen schattenhaften Selbst und flüsterte Worte zärtlicher Sorge.

Und plötzlich fühlte er das Glühen einer Wärme, die er in Äonen nicht gespürt hatte. Seine Nichtsinne prickelten köstlich von der Nähe dieses glorreichen anderen Seins. Glücklich schmiegte er sich an sie.

Ein Schock lief wie kurze Wellen durch sie. Und noch einer. Noch einer. „Oh, Lieber. Sie fanden den Materialfehler. Bald werden sie den Gedächtnisstromkreis repariert haben, und ich kehre wieder ins Leben zurück."

In die folgende traurige Stille sagte er nur ein Wort: „Nicht . . ."

Sie war bestürzt. Zum erstenmal hatte er selbst einen Gedanken geäußert, zum erstenmal hatte er einen Wunsch ausgedrückt. „Was hast du gesagt?"

„Du sollst nicht lebendig werden."

„Warum nicht?"

„Ich muß."

„Was?" Sie fühlte, wie sie allmählich aus diesem Nichtort weg verblaßte.

„Ich muß."

„Ja? Sag es mir. Sag mir, was du mußt."

„Ich muß . . ."

„Was?" Sie verblaßte jetzt sehr schnell. „Ich habe nicht mehr viel Zeit hier. Bitte, sag mir, was du mußt. Was du willst."

„Ich muß . . ."

Sie verschwand für immer aus seinem Nichtuniversum, ohne eine Spur zurückzulassen.

Der letzte Geist wandert. Er ist ein Wegweiser, der nirgendwohin deutet. Er ist ein Führer, der niemanden zu führen hat. So treibt er mit einem leeren Geist und einem halbvergessenen, unerfüllbaren Zweck dahin. Und gelegentlich

Ich brauche

ICH BRAUCHE

ICH BRAUCHE

Aber, wie immer, so läßt sich auch jetzt das, was er braucht, nicht greifen.

Kate Wilhelm

Die Begegnung

Kate Wilhelm wurde am 8. Juni 1929 in Toledo, Ohio, geboren. Ihre erste Geschichte verkaufte sie 1957, und seitdem schreibt und verkauft sie ständig. Es ist modern, von unseren weiblichen Größen zu sagen: „Im wirklichen Leben ist sie Mrs. John Blank." Kate Wilhelm ist mit dem Autor, Herausgeber und Kritiker Damon Knight verheiratet, so daß sie also Mrs. Damon Knight ist; aber im wirklichen Leben ist sie Kate Wilhelm trotz ihres Mannes und dreier Söhne, und ihre Persönlichkeit ist so unverwechselbar wie das, was sie schreibt.

Sie ist Mitglied der Science Fiction Writers of America und lieferte den ursprünglichen Entwurf, nach dem die Nebula Award Trophäe geschaffen wurde. Sie war Kodirektor der Milford Science Fiction Writers' Conference von 1963 bis 1969 und Lehrerin am Clarion Writers' Workshop von 1969 bis 1972.

Viermal in den sieben Jahren, in denen sie vorgeschlagen war, kam sie in die Schlußrunde für einen Nebula Award. Ihre Geschichte „The Planners" erhielt einen Nebula Award als beste Kurzgeschichte 1968, und in der Schlußrunde 1971 erschien ihr Name gleich viermal mit ihrem Roman „Margaret and I" und ihren Novellen „The Infinity Box" und „Plastic Abyss" und der Kurzgeschichte „The Encounter."

Der Bus kam rutschend zum Stehen und war zwei Stunden zu spät dran. Der Schnee war zwanzig Zentimeter tief, und der weiße Himmel traf sich mit dem weißen Boden in einer seltsamen Welt, in der die schäbige schwarze Busstation frei schwebte. Es war eine Welt, in der Oben und Unten bedeutungslos war, in der Schnee waagerecht fiel. Crane hätte, gestützt vom Wind und Schnee, die Station so betreten können, daß er die Wand hochlief oder auch quer über die Decke. Sein Geist schien irgendwohin zu treiben und keinen Kontakt mehr zu haben mit der Wirklichkeit seines Körpers. Er stampfte, verstreute Schnee und brachte wieder etwas Gefühl in seine Beine zurück, so daß er den Boden unter seinen Füßen wieder spürte. Er versuchte auch seine Wange zu fühlen, um zu sehen, ob er fieberte, doch seine Hände waren zu taub, auch seine Wange. Vor länger als einer Stunde war im Bus die Wagenheizung ausgefallen.

Die Schwierigkeit war die, daß er für ein solches Wetter nicht angezogen war. Er hatte zwar einen Mantel, aber keine Stiefel, keine pelzgefütterten Handschuhe, keinen Wollschal, den er um den Hals hätte wickeln können. Er stampfte und klatschte in die Hände, und die anderen machten es ebenso.

Im Bus waren nur neun oder zehn Leute gewesen, und einige davon waren abgeholt worden oder in den Sturm hinausgelaufen, weil sie hier oder in der Nähe zu Hause waren. Der Busfahrer sprach mit einem alten Mann, der in der Station war, als sie ankamen, vermutlich war es der Fahrkartenverkäufer. Er trug zwei Pullover; der eine sah handgestrickt aus, war dick, hüftlang und grün, und darunter hatte er einen grauwollenen Rollkragenpullover an mit zu langen Ärmeln, die unter den grünen heraushingen. Seine Pelzstiefel reichten ihm bis zu den Knien, die ausgebeulten Hosen hatte er fest hineingestopft. Hinter ihm lag auf einer der Holzbänke sein Mantel mit Pelzfutter. Er war lang genug und reichte bis über die Stiefelschäfte hinab. Aus einer Tasche hingen dicke Fellhandschuhe.

„Leute", sagte er und wandte sich vom Busfahrer ab, „bis irgendwann morgen früh gibt es keinen Bus mehr. Erst müssen die Straßen ein bißchen geräumt werden. Unten an der Straße, drei oder vier Blocks entfernt, ist eine Imbißhalle, die hat die ganze Nacht offen."

„Gibt es ein Hotel?" Eine Frau in Pelzmantel und glänzenden Lacklederstiefeln und Saffianhandschuhen fragte es. Sie war an derselben Haltestelle zugestiegen wie Crane. Er erinnerte sich an den Hauch teuren Parfüms, als sie an ihm vorbeigegangen war.

„Laughton Inn, Ma'am, aber das ist zwei Meilen vor der Stadt, und es gibt keine Möglichkeit, dorthin zu kommen."

„Oh, um Himmels willen! Sie wollen doch nicht sagen, daß dieses Kaff nicht einmal ein eigenes Hotel hat?"

„Vier sogar, aber die sind alle geschlossen und machen erst wieder im April auf. Im Winter kommen höchst selten Leute zum Übernachten."

„Schon gut, schon gut. Wohin geht's zur Imbißhalle?" Sie schaute sich mißbilligend in dem schäbigen Stationsraum um und ging zur Tür. Sie hatte eine Nachttasche bei sich.

„Kommen Sie, Schätzchen, ich geh' auch dorthin", sagte der Busfahrer. Er schlüpfte in seine Handschuhe und stellte den Kragen auf. Er griff nach ihrem Arm, nahm in die andere Hand ihre Tasche und schaute die drei oder vier Leute, die noch da waren, nacheinander an. „Kommt noch einer mit?"

Imbißhalle. Helles Licht, endloser Krach aus der Musikbox, Geruch nach Zwiebeln und Hamburgern, nach Kaffee und fetttriefenden Krapfen. Und alle rauchen. Vielleicht hat einer Karten, möglicherweise auch eine Flasche. Die Frau würde singen oder weinen oder zu streiten anfangen. Sie war gemein, das hatte er im Gefühl. Innerhalb einer Stunde war ihr alles langweilig. Dann ließ sie sich von den Kerlen unter dem Tisch befingern, ganz hinten natürlich in der letzten Nische. Der Mann drehte sich halb um, sein Rücken verdeckte den Blick auf sie, seine Hand griff zwischen ihre Schenkel, in ihre Bluse, unter den Schlüpfer aus glattem, rutschigem Nylon, in den strammsitzenden BH, den er mit der anderen Hand aufhakte. Sie lachte kehlig zu den geschäftigen Händen. Dann hatte er den harten Nippel zwischen den Fingern und spürtc als Reaktion die eigene Härte. Sie hatte sich, als der Fahrer sprach, zu den gestrandeten Fahrgästen umgedreht und fing Cranes Blick auf.

„Auf den Scranton-Bus müssen wir lange warten, Süßer", sagte sie.

„Ich werde durch und durch naß, wenn ich zur Imbißstube gehe", sagte Crane und drehte ihr den Rücken zu. Seine Hand schmerzte, und er öffnete die verkrampften Finger, um die Hände besser reiben zu können.

„Teufel noch mal, in diesem verdammten Rattenloch will ich nicht die ganze Nacht warten", sagte einer. „Haben Sie keine Schließfächer hier? Ich kann das ganze Zeug da nicht mitschleppen."

„Ich sperre Ihnen den Koffer im Büro ein", bot ihm der Fahrkartenverkäufer an. Er nahm einen Schlüsselbund heraus und öffnete eine Tür am Ende des Stationsraumes. Ein untersetzter Mann folgte ihm mit drei Koffern. Sie kamen zurück. Die Tür quietschte. Der Fahrkartenverkäufer sperrte ab.

„Nun, Boys, ihr werdet mich doch führen, was? Ich will nicht in diesen Schnee fallen.“

„Puppe, wenn du auf deinen kleinen hübschen Hintern fällst, dann trockne ich ihn dir persönlich ab“, sagte der Fahrer.

„Ach nein, wirklich?“

Crane biß die Zähne zusammen und versuchte nichts zu hören. Die äußere Tür ging auf, ein Schwall eisiger Luft wehte herein. Ein Schneevorhang fegte über den Boden, ehe die Tür wieder zuschlug, und dann waren die lachenden Stimmen verschwunden.

„Wollen Sie wirklich hier warten?“ fragte der Fahrkartenverkäufer. „Nicht besonders warm hier. Wissen Sie, ich gehe jetzt gleich nach Hause.“

„Ich bin nicht so angezogen, daß ich in diesem Wetter über die Straße gehen könnte“, sagte Crane.

Der Mann zögerte noch immer und hatte eine Hand auf seinem Mantel. Er schaute sich um, als suche er herumliegende Wertsachen. Auf einer der Bänke saß eine Frau. Sie hatte den Kopf gesenkt, die Hände im Schoß, die Füße an den Knöcheln gekreuzt. Sie hatte einen dunklen Stoffmantel an, und ihre Schuhe waren dünner als die Cranes, nur drei gekreuzte Lederstreifen an einer dünnen Sohle. Schwarze Stoffhandschuhe verbargen ihre Hände. In dem Schweigen, das nun folgte, sah sie nicht auf, und die beiden Männer musterten sie. Ihr Alter war in dieser Haltung nicht zu schätzen, und aus ihren dunklen Kleidern ließ sich wenig schließen.

„Ma'am, alles in Ordnung mit Ihnen?“ fragte der Fahrkartenverkäufer schließlich.

„Ja, natürlich. Ich wollte ebenso wenig wie der Herr hier durch den Schnee waten. Ich kann hier warten.“

Sie hob den Kopf, und ein wenig enttäuscht stellte Crane fest, daß ihr Gesicht ebenso nichtssagend war wie ihre Kleidung. Als er wieder wegschaute, konnte er sich nicht mehr an ihr Aussehen erinnern. Eine Frau. Dreißig, vielleicht fünfunddreißig oder vierzig. Er wußte es nicht. Und doch. Etwas an ihr war ihm vage vertraut, als sollte er sich an sie erinnern, als habe er sie schon irgendwann einmal gesehen oder sogar gekannt. Für Gesichter und Namen hatte er ein sehr gutes Gedächtnis, was für einen Vertreter überaus nützlich ist, und nun durchsuchte er seine Erinnerungen nach dieser Frau, grub aber nichts aus.

„Haben Sie denn nichts bei sich, damit Sie sich umziehen könnten?“ fragte der Fahrkartenverkäufer etwas verlegen. „In der Imbißstube hätten Sie’s viel gemütlicher.“

„Ich habe nur etwas Arbeit bei mir“, antwortete sie. Ihre Stimme klang sehr geduldig. „Ich dachte, ich sei vor dem Schneesturm noch in der Stadt. Später Bus, früher Sturm. Es wird mir hier genügen.“

Wieder huschten seine Augen durch den schäbigen Raum, er suchte nach ein paar Worten, die er sagen könnte, und fand keine. Er zog seinen Mantel an und schien damit sofort vierzig Pfund mehr zu wiegen. „Telefon unter der Theke dort“, sagte er schließlich. „Münzfernsprecher draußen unter einer Schneewehe, nehme ich an.“

„Danke“, sagte sie.

Aber der Mann vom Fahrkartenschalter trödelte noch immer herum. Umständlich zog er die Handschuhe an und schaute in den Waschräumen nach, um sich zu überzeugen, daß die Türen nicht zu waren, daß das Licht funktionierte. Er warf einen Blick auf den Thermostaten und murmelte, man könne sich sowieso nie auf das verlassen, was er anzeige. An der Tür blieb er noch einmal stehen. Er sah aus wie ein wandelnder Kleiderständer für Wintermäntel, ein Mantelhaufen, der den Mann zugedeckt hatte. „Mr . . . äh . . .“

„Crane. Randolph Crane. Manhattan.“

„Ah, ja, Mr. Crane. Ich sag’ den Polizisten, daß Sie beide hier sind. Und der Straßenpolizei. Die pflügen Sie raus, sobald’s ein wenig nachläßt. Und wenn Sie was brauchen, die haben immer ein Auge offen. Vielleicht kommen sie ein bißchen später mit Kaffee vorbei.“

„Fein“, sagte Crane. „Das wäre großartig.“

„Okay dann. Ich an Ihrer Stelle würde nicht rausgehen. Bis morgen früh dann. Nacht.“

Crane begann wieder zu zittern, als der eisige Sturm frischen Schnee hereinwarf. Er schaute zu der Frau hinüber, die sich zusammengekauert hatte, um sich so gut wie möglich mit dem dürftigen Mantel zuzudecken.

Sein Zittern ließ nach. Er setzte sich und öffnete seine Aktentasche, der er eine mitgenommene Police entnahm, um sie zu studieren. Zum erstenmal hatte er sie berührt. Er hoffte, die Frau würde einschlafen und so lange schlafen, bis am nächsten Morgen der Bus kam. Er wußte, daß er sich auf diesen kurzen Bänken nicht einmal ausstrecken, viel weniger schlafen konnte. Es spielte ja auch gar keine Rolle. Er war nicht der Typ, der sich anders als im Bett richtig entspannen und einschlafen konnte.

Er besah sich die Police, zwanzig Jahre Laufzeit, noch zwei Jahre bis zur Fälligkeit, abgeschlossen für den Erlebensfall von William Sanders, damals zweiundzwanzig. Er hielt die Police höher, um vielleicht mehr Licht zu haben, aber das Kleingedruckte war nur eine Anzahl verwischter Streifen. Nur die fettgedruckten Klauselüberschriften konnte er lesen, und die kannte er sowieso auswendig. Er drehte die Police um, doch da war das gleiche: Fettdruck, Rest nur verschwommen. Er faltete das Papier zusammen, um es in die Aktentasche zu stecken. Sie mußte ihn ja wohl für verrückt halten, wenn er es herausnahm, einen Augenblick anschaute, es umdrehte und dann zurücksteckte. Er spitzte die Lippen und tat, als lese er.

Sanders, Sanders. Was wollte er? Vier Policen, eine Studien-, eine Unfallversicherung, eine reine Lebens- und eine Hypothekenversicherung. Er hatte sich also abgesichert. Sanders hatte gesagt, das sei armselig, und hatte den dicken Umschlag auf Cranes Tisch geworfen. „Schmeißen Sie die Sachen irgendwie zusammen und machen Sie was Ordentliches draus. Ich will Bargeld, falls ich es kriegen kann, und der Rest – weg damit."

„Aber was ist mit Ihrer Frau und den Kindern?"

„Exfrau. Wenn ich gehe, schafft sie's schon irgendwie. Sie soll auf mich eine Versicherung abschließen."

Crane hatte ihn, und das verstand er, zu überreden versucht, und am Ende hatte er das Versprechen gegeben, die Policen nachzurechnen, um ihm deren gegenwärtigen Wert auf Heller und Pfennig genau sagen zu können. Gern tat er so etwas nicht.

„Weißt du, mein Lieber, du wirst von Tag zu Tag pedantischer", hatte Mary Louise gesagt.

„Und wenn er stirbt und seine Kinder bleiben mittellos zurück – bin ich dann auch pedantisch?"

„Ich hätte lieber selbst die siebenhundert Dollar, als daß ich sie Jahr für Jahr deiner Frau in den Rachen stopfe."

„Das ist sehr kurzsichtig."

„Willst du wirklich diesen Anzug zu Maggies Party tragen?"

„Aha. Themenwechsel."

„Warum nicht? Du weißt, was du denkst, ich weiß, was ich denke, und beides steht nicht einmal in Rufweite."

Mary Louise hatte ein rotes Samtkleid an, das bis zum Nabel geschlitzt und unter der Brust von einer Silberkette betont wurde. Der Rücken war fast ganz nackt bis zur Wölbung ihrer Hinterbakken. Die Silberkette schnitt leicht in das gebräunte Fleisch. Crane starrte sie an.

„Neu?"

„Ja. Letzte Woche gekauft. Hübsch?"

„Unanständig. Ich wußte gar nicht, daß dies heute eine so große Angelegenheit ist."

„Eigentlich nicht groß, jeder wie er meint. Ein paar von uns beschlossen jedenfalls, uns groß anzuziehen, und das ist alles." Sie sah ihn im Spiegel an. „Mir ist's eigentlich egal, ob du diesen Anzug anziehen willst oder nicht."

Wortlos wandte er sich ab und ging zum Schrank, um schwarze Hosen und eine Smokingjacke herauszunehmen. Wie einfach es doch war: die Kette abknipsen, dann stand sie bis zu den Hüften nackt da. Zählte sie darauf, daß dies jemand bemerkte? Etwa Evers? Oder Olivetti? Olivetti? Was hatte er gesagt? Etwas über Frauen, die in der Öffentlichkeit Rot trugen.

„Hure", quetschte er durch die Zähne, daß die Muskeln schmerzten.

„Was? Entschuldigung."

Er schaute auf. Die Frau im Stationsraum beobachtete ihn von der anderen Seite des Mittelganges her. Sie schien schon immer sehr zu frieren.

„Entschuldigen Sie", sagte sie leise. „Ich dachte, Sie hätten gesprochen."

„Nein." Er stopfte die Police zurück in die Mappe und klappte den Verschluß zu. „Ist Ihnen warm genug?"

„Nein, eigentlich nicht. Der Fahrkartenverkäufer hat es wohl ernst gemeint, daß der Thermostat falsch anzeigt. Demnach hätten wir hier vierundzwanzig Grad Celsius."

Crane stand auf und schaute den Thermostaten an. Der Regler fehlte. Die Station war kalt wie ein Eiskeller. Ein paar Minuten lang lief er auf und ab, dann blieb er am Fenster stehen. Die weiße Welt da draußen, die heranwogte, wuchs, sich veränderte und doch immer gleich blieb. „Wenn ich einen Becher oder so etwas hätte, könnte ich etwas Schnee hereinholen und an den Thermostaten halten. Vielleicht würde sich dann die Heizung wieder einschalten."

„Vielleicht im Waschraum ..." Er hörte sie über den Boden gehen, schaute sich aber nicht um. In dem Weiß da draußen glühte etwas rosa, etwa wie ein Feuer in der Ferne, aber die Schneeschwaden ließen nichts klar erkennen. Das Glühen wurde heller, dunkler, fast rot, dann erlosch es. Die Frau kam zurück und trat zu ihm.

„Keine Becher, aber ich habe Papierhandtücher zu einer Art Trichter zusammengesteckt. Würde das genügen?"

Er nahm das Ding. Es war ziemlich kräftig, drei Lagen brauner, nicht leicht absorbierender Papiertücher. „Vielleicht sogar besser als ein Becher", sagte er. „Bleiben Sie hinter der Tür stehen. Wenn sie aufgeht, kommt dieser Schneesturm voll herein."

Sie nickte und trat zurück. Als er die Tür öffnete, warf ihn der Sturm fast in den Raum zurück und entriß ihm die Tür. Sie schwang weit auf und traf die Frau. Er hörte einen schwachen Schrei der Verblüffung und des Schmerzes. Schnell bückte er sich und nahm mit dem Trichter etwas Schnee auf, dann drückte er die Tür wieder zu. Er war ganz mit Schnee bedeckt. Atemlos lehnte er sich an die Wand. „Alles in Ordnung mit Ihnen?" fragte er nach einigen Momenten.

Sie hielt ihre linke Schulter fest. „Ja. Ich bin mehr erschrocken. Es ist nichts passiert. Haben Sie genug Schnee bekommen?"

Er zeigte ihr den Trichter und drückte sich von der Wand weg. Wieder hatte er den Eindruck, daß es mit der kleinen Station irgendwie nicht stimmte. Er hielt sich an einer der Banklehnen fest und ging daran entlang. „Der Wind hat mir den Atem verschlagen", sagte er.

„Oder die unglaubliche Kälte. Ich glaube, ich habe einmal gelesen, daß das Einatmen sehr kalter Luft ebenso viele Herzattacken auslöst wie Überanstrengung."

„Jedenfalls ist es da draußen sehr kalt. Ich nehme an, fast zwanzig Grad minus." Er schüttelte etwas Schnee heraus und hielt ihn an den Thermostaten. „Die Heizung muß hinter dieser Wand oder unter dieser Stelle liegen. Schauen Sie nur, wie warm das ist."

Sie legte ihre Hand an die Wand und nickte. „Vielleicht können wir ein Schneesäckchen neben dem Thermostaten anbringen." Sie schaute sich um und ging zum Schwarzen Brett. Dort nahm sie einige der Ankündigungen und Fahrpläne herab und brachte ihm die Reißnägel. Crane schüttete ein wenig Schnee heraus und pinnte den Trichter an die Wand. Ein paar Minuten später rumpelte es in der Heizung, als sie sich einschaltete, und fast sofort schien es im Stationsraum wärmer zu werden. Etwas später zog die Frau den Mantel aus.

„Erfolg", sagte sie lächelnd.

„Ich dachte schon fast, es sei ein Fehler gewesen, nicht mit den anderen zur Imbißstube zu gehen."

„Ich auch."

„Vielleicht versuchen sie jetzt schon, die Schneepflüge einzusetzen. Ich sah vor ein paar Minuten ein rotes Licht. Es ging zwar wieder aus, aber jemand scheint es doch zu versuchen."

Darauf gab sie keine Antwort, und etwas später sagte er: „Ich bin froh, daß Sie nicht rauchen. Ich habe vor ein paar Monaten damit aufgehört, und in einer solchen Nacht wie jetzt würde mich der Geruch wahnsinnig machen. Vielleicht würde ich wieder anfangen."

„Ich habe etwas dabei", sagte sie. „Ab und zu rauche ich eine. Wenn Sie meinen, daß Sie etwas wollen . . ."

„Nein, nein, das sollte wirklich keine Andeutung sein."

„Mir wäre nur lieber, das Licht hier wäre etwas besser. Ich könnte dann die ganze Nacht durcharbeiten. Ich arbeite sehr oft nachts."

„Ich auch. Aber man macht sich dabei die Augen kaputt. Was . . ."

„Schon gut. Welche Arbeit ich mache? Ich bin Illustrator für die Slocum House Catalogue Company. Nicht sehr aufregend."

„Oh, Sie sind Künstlerin."

„Nein, nur Illustrator. Ich wollte gern Künstlerin werden, aber . . . es gelang nicht recht."

„Ich nenne Sie jedenfalls eine Künstlerin. Vielleicht deshalb, weil ich jeden Menschen bewundere, der zeichnen oder malen oder ähnliche Dinge tun kann. Für mich sind Sie eine Künstlerin."

Sie zuckte die Achseln. „Und Sie sind Versicherungsvertreter." Er versteifte sich und stand auf. „Ich sah die Police, die Sie vorher überprüften und die Aktentasche voll mit Policen und Werbeschriften und dergleichen. Ich habe einmal einen Versicherungsvertreter gekannt."

Da wurde ihm klar, daß er sie hatte fragen wollen, wohin sie gehe, aber da machte er den Mund fest zu und drehte sich um, damit er nicht beobachtete, wie sie in den Damenwaschraum ging.

Er ging zum Fenster. Der Sturm tobte noch immer, doch irgendwie war es sehr still. Mit der geschlossenen Tür schien die Station sehr weit vom Sturm entfernt zu sein, und wenn man ihn so beobachtete, wirkte er unreal, fast wie ein Theatersturm, nur dazu bestimmt, die Menschen zu amüsieren. Es waren Sturmfenster da, der Bau schien sehr gut zu sein, vielleicht auch sehr gut isoliert. Da jetzt auch die Heizung arbeitete, war es hier behaglich und sicher. Er legte die Hände um die Augen, um an seinem Spiegelbild im Fenster vorbeischauen zu können, doch es gab nichts zu sehen. Der Schnee reichte außen jetzt bis zum Fenstersims, und die Schneewehen waren wie ein von oben herabwehender Vorhang, der an die Fenster und wieder zurück flatterte, immer wieder, und alles was dahinter war, versteckte.

Sie ließ sich Zeit. Er hatte auch gehen wollen, als sie ging. Es war ihm peinlich, sich jetzt vielleicht entschuldigen zu müssen und es so aussehen zu lassen, als wolle er einer Unterhaltung ausweichen. Sie hatte es so leicht und selbstverständlich getan. Er beneidete diese Leute. Immer waren sie so selbstsicher.

„Welches Gesicht wirst du heute aufsetzen, Randy?" fragte Mary Louise, griff über den Tisch und berührte seine Wange; er schüttelte den Kopf. „Das kann ich nicht immer sagen. Wenn du der erfolgreiche Vertreter bist, wirkst du so sicher, voll Haltung, charmant, sogar gewandt."

„Und sonst? Was bin ich dann?"

„Verängstigt."

Er entzog sich ihrer Hand. „Ist es nicht ein Glück, daß ich beides getrennt halten kann?" fragte er. „Wie könnte ich ein erfolgreicher Vertreter sein, wenn ich das falsche Gesicht wählte, sobald ich an die Arbeit gehe?"

„Manchmal denke ich, dir würde es nicht schaden, wenn du beides einmal miteinander vermischen würdest. Dann würdest du vielleicht nicht Policen für eine Million Dollar im Jahr verkaufen, aber du wärst ein wenig glücklicher, wenn du nicht arbeitest."

„So wie du?"

„Gott behüte, nicht so wie ich. Aber ich habe es wenigstens noch nicht aufgegeben, nach etwas zu suchen. Du schon."

„Ja. Du suchst. In einer Flasche. In anderen Betten. In sündteuren Ramschläden."

„C'est la vie. Du kannst ja immer absurren, verstehst du."

„Daß zu meinen übrigen Kopfschmerzen auch noch Alimente kommen? Nein, danke."

Sie lachte ihn an, nippte an einem Old Fashioned, tat unendlich klug und war unendlich böse. Waren denn kluge Frauen immer böse? „Mein armer Randy. Mein armer Darling. Du glaubtest, ich sei alles, was du nicht bist, und nun entdeckst du, daß ich genau dasselbe Muster bin. Nummer XLM 115443872 – Angst vor dem Leben, nicht ganz soviel Angst vor dem Tod. Hier hat jemand ein bißchen Druck abgelassen. Kaum eine kleine Delle. So kann ich mich selbst verlieren, und du kannst es nicht. Wie schade, mein Liebling Randy. Wenn wir beide uns miteinander verlieren könnten, was würden wir da alles finden? Zusammen sind wir beide nicht besonders gut, weißt du. Sex mit dir ist immer noch der beste Teil davon. Ich bemühe mich immer noch mehr, dich den ganzen Weg entlangzuführen, ich lese Handbücher und nehme Individualstunden – alles nur deinetwegen, Liebling. Alles für dich. Und es nützt gar nichts. Verstehst du, daß du meine einzige Herausforderung bist?"

„Hör auf damit! Bist du wahnsinnig?"

„Ah! Jetzt weiß ich, wer du heute bist. Da bist du also. Verkniffener Mund, faltige Stirn, zusammengekniffene Augen. Mit diesem Gesicht siehst du nicht besonders schön aus, weißt du. Warum schaust du mich nicht an, Randy?" Ihre Hände griffen wieder über den Tisch, berührten seine Wangen, ein Finger zog seine Lippen nach, das war eine Zärtlichkeit, oder auch Spott. „Du schaust mich nie an, Randy. Überhaupt nie schaust du mich an."

Er lehnte seine Stirn an das Fenster, und die Kälte brachte ihn wieder in die Wirklichkeit zurück. Wo war die Frau? Er schaute auf seine Uhr und stellte fest, daß sie erst ein paar Minuten weg war, nicht schon eine halbe Stunde oder länger, wie er geglaubt hatte. Sollte die ganze Nacht so weitergehen? Minuten dehnten sich zu Stunden. Die Zeit verzerrte sich so, daß ein ganzes

Lebensalter damit verbracht werden konnte, bis zur Dämmerung zu warten.

Er ging zum Männerwaschraum. Als er zurückkam, saß sie wieder an ihrem Platz, aber sie hatte den Mantel über die Schultern geworfen und auf dem Schoß einen Skizzenblock liegen.

„Frieren Sie wieder?“ Er selbst schien halb erfroren zu sein. Im Männerwaschraum war es eiskalt gewesen.

„Nein, eigentlich nicht. Nur das Herumlaufen hat mich frösteln lassen. Unter dem Trichter ist eine Pfütze, und der Schnee ist weg, aber vom Heizkörper kommt noch Wärme.“

„Ich denke, ich muß jede halbe Stunde frischen Schnee holen.“

„Der Busfahrer meinte, heute nacht wird es noch sehr viel kälter.“

Crane zuckte die Achseln. „Ist es erst einmal so kalt, dann ist's mir eigentlich egal, wieviel kälter es noch wird. Das heißt, solange ich nicht draußen sein muß.“

Sie beschäftigte sich mit ihrem Zeichenblock und zog ein paar kräftige Linien. Er konnte nicht erraten, was sie zeichnete, er sah nur, daß sie nicht zögerte, sondern ruhig und sicher ihre Striche machte. Er öffnete seine Aktentasche und nahm seinen Terminkalender heraus. Sinnlos, er konnte in dem schlechten Licht die kleine Schrift ja nicht erkennen. Er überlegte fieberhaft, worauf er sich vielleicht konzentrieren könnte, und war dankbar, als sie wieder etwas sagte.

„Es war so dumm, ausgerechnet heute wegzufahren. Ich hätte gut bis morgen warten können. Ich bin ja nicht an bestimmte Zeiten gebunden.“

„Genau das dachte ich auch, und jetzt fürchte ich, für einige Tage eingeschneit zu sein. Wir waren im Sky Mount Ski Lodge, und alle jubelten, als sich der Sturm ankündigte. Fahren Sie Ski?“

„Ein bißchen, nicht sehr gut. Die Kälte nimmt mir immer den Atem weg, wenn sie mich so ins Gesicht trifft.“

Er schaute sie an, öffnete den Mund und wollte zustimmen, doch dann klappte er ihn wieder zu. Sie schien zu erraten, was er hatte sagen wollen.

„Sei doch nicht so dumm, Randy. Du mußt dir doch nur den Schal um Mund und Nase ziehen. Und die Brille aufsetzen. Nichts ist dann der Kälte ausgesetzt. Du bist nur zu faul zum Skilaufen.“

„Okay, ich bin faul, und das weiß ich. Ich langweile mich hier zu Tode. Seit wir die Wohnung verließen, habe ich mich nie mehr warm gefühlt, und die Beine tun mir weh. Heute früh, das war ein ekelhafter Sturz. Ich habe einen Muskelkater und Kopfschmerzen, weil mich der Schnee so geblendet hat, und es ist heller Wahnsinn, zwei Stunden lang zu frieren, nur damit man ein paarmal den Berg runterrutschen kann. Ich fahre zur Stadt zurück."

„Aber wir haben doch bis zum Samstagabend das Zimmer reserviert. Und im voraus bezahlt."

„Dann bleib doch du hier auf meine Kosten. Widme dich deinem Vergnügen. Du und McCone, ihr seid ein gutes Paar, und seine Frau scheint ganz zufrieden zu sein, wenn sie euch beim Tanzen zuschauen kann. Hast du wirklich geglaubt, diese anämische Blondine könnte mich andrehen? Dachtest du, wir seien so sehr miteinander beschäftigt, daß ich nicht bemerke, was du vorhast?"

„Tracy? Oh, um die Wahrheit zu sagen – ich habe mit keinem Gedanken an sie gedacht. Bis zu diesem Nachmittag wußte ich ja gar nicht, daß sie Ski läuft. Ich ahne auch gar nicht, weshalb Mac sie mitbrachte. Genauso wenig wie ich weiß, weshalb du mitgekommen bist."

„Komm mit mir nach Hause. Wir wollen packen und heimfahren, ehe der Sturm losbricht. Wir können ja unterwegs in einem netten alten Lokal halten, etwa dort, wo wir immer die Fasanenpastete essen. Erinnerst du dich?"

„Liebling, ich bin zum Skifahren hier. Du läßt mir aber den Wagen hier, ja? Den brauche ich ja, um die Skier nach Hause zu schaffen und deine Sachen. Gibt es da nicht vielleicht einen Bus?"

„Mary Louise, heute früh am Hang – hast du mich da wirklich nicht gesehen? Ich meine, als du deinen Skistock verlorst."

„Wovon redest du, um Himmels willen? Du warst doch hinter mir. Wie hätte ich dich da sehen können? Ich wußte nicht einmal, daß du oben losgefahren warst."

„Okay. Vergiß es. Ich rufe dich an, wenn ich zu Hause bin."

„Ja, tu das. Wenn ich mich selbst nicht melde, kannst du beim Empfang eine Mitteilung hinterlassen."

Die Frau hielt ihre Skizze hoch und kniff die Augen zusammen. Sie riß die Seite heraus, zerknüllte sie und warf sie in den Abfallkorb.

„Ich glaube, ich bin doch zu müde."

„Es wird hier schon wieder kalt. Ihre Hände sind vielleicht zu kalt." Er stand auf und nahm den Papiertrichter von der Wand. „Ich hole noch Schnee und probiere mal, ob ich damit die Heizung wieder in Gang bringe."

„Sie sollten etwas über das Gesicht tun, damit die Kälte kein solcher Schock ist. Haben Sie keinen Schal?"

Er blieb stehen und bemerkte, daß er den Papiertrichter zerdrückt hatte. Nun versuchte er ihn wieder zu glätten, ohne daß sie es sah. Er meinte, das genüge schon, und machte die Tür auf. Eine Schneewehe hatte sich gebildet, und etwa fußhoch fiel Schnee in den Raum. Der Wind war noch kälter und schärfer geworden, direkt schneidend. Der Sturm trieb ihm den Schnee ins Gesicht und blendete ihn. Er füllte den Trichter und versuchte die Tür wieder zu schließen, aber da war ihm die Schneewehe im Weg. Er schob und drückte und benützte die Tür als Schneepflug. Es wurde aber nur noch mehr Schnee hereingeweht, und schließlich mußte er mit beiden Händen den Schnee aus dem Weg schieben, wenn auch nicht hinaus, so doch neben die Tür. Endlich hatte er das geschafft, er schlug die Tür zu und war viel atemloser als beim erstenmal. Seine Kehle war rauh wie ein Reibeisen, und die Brust schien ihm wie zugeschnürt zu sein.

„Das wird ja immer schlimmer. Nicht einmal den Bus konnte ich mehr sehen, nur einen Schneeberg."

„Ein Blizzard, denke ich. Wenn es so stürmt, kann man nicht mehr feststellen, wieviel Schnee neu fällt und wieviel nur herumgeweht wird. Morgen wird es ungeheure Schneewehen geben." Sie lächelte. „Ich erinnere mich, wie wir es liebten als Kinder, wenn so etwas passierte. Diese Schneewehen sind so sauber und aufregend, so hoch. Manchmal gefrieren sie dann ziemlich dick an der Oberfläche, und man kann Glasberg spielen. Ich war damals immer die Prinzessin."

Crane fröstelte wieder. Er zwang seine Hände zur Ruhe, als er die Reißnägel in den Trichter steckte, um ihn neben dem Thermostaten zu befestigen. Er mußte sich ausführlich räuspern, ehe er antworten konnte. „Hat der Prinz Sie jemals erreicht?"

„Nein. Ich rutschte dann später immer nur herunter und ging heim."

„Wo wohnten Sie damals?"

„Außerhalb von Chicago, ziemlich nahe am See.“

Er wirbelte herum. „Wer sind Sie?“ Er packte eine Banklehne und klammerte sich daran. Sie starrte ihn an. Er hatte sie angeschrien, und er wußte keinen Grund dafür. „Entschuldigen Sie“, bat er. „Sie sagen immer Dinge, die ich denke. Ich dachte auch an dieses Spiel und daß ich es nie schaffte, ganz oben hinauf zu kommen.“

„Am Lake Michigan?“

„Fast an der Küste.“

Sie nickte.

„Ich glaube, alle Kinder spielen im Schnee solche Spiele“, sagte er. „Merkwürdig, daß wir aus der gleichen Gegend zu kommen scheinen. Haben Sie auch auf der Hintertreppe die gefrorene Milch in der Flasche gehabt, und der Milchstöpsel ragte schief heraus?“

„Ja. Und diese gräßlichen Garderoben in der Schule. Man mußte immer die Schneeanzüge und die Stiefel ausziehen und in eisiges Wasser treten, bevor man die Hausschuhe an die Füße kriegte.“

„Und mit dem ganzen Schneematsch war man jeden Tag patschnaß. Während der ganzen Grundschule war ich öfter naß als trocken.“

„Das waren wir alle“, meinte sie lachend und schaute an ihm vorbei.

Fast lachte er vor Erleichterung. Er ging zum Heizkörper und hielt seine Hände darüber, den Rücken ihr zugewandt. Gleicher Hintergrund, sagte er zu sich selbst und wählte die Worte sehr sorgfältig. Nichts Merkwürdiges. Nichts Gespenstisches. Sie war nur eine unscheinbare Frau, die aus dem gleichen Staat stammte wie er, vielleicht sogar aus dem gleichen Bezirk, und er hätte sie gar nicht bemerkt. Sie hätten sogar in dieselbe Schule gehen können, und er hätte sie nicht gesehen. Sie war zu unscheinbar, schien zu wenig Persönlichkeit zu haben. Und er war ein ruhiger Junge gewesen, selbst gar nicht bemerkenswert. Kein Sport, außer dem, was Pflicht war, kein Klub, ein paar Freunde, auch da unter dem Durchschnitt, weil sie zu weit weg von allen anderen Kindern gewohnt hatten, die in seine Schule gingen.

„Es ist erst zwei. Sieht aber aus, als sei's bereits Morgen, nicht wahr?“ Sie ging herum, und er wandte sich ihr zu, um zu sehen, was sie tat. Sie war hinter der Theke, denn der Fahrkartenverkäufer hatte gesagt, dort sei ein Telefon. „Ein Schaumstoffkissen", sagte sie und hielt es in die Höhe. „Ich scheine eine Robinson-Natur zu sein, die alles auffischt, was irgendwie nützlich sein könnte."

„Jammerschade, daß da kein Kaffee drunter ist."

„Wären Sie lieber in der Imbißstube?"

„Nein. Dieses Luder hat sie jetzt vielleicht schon alle gegeneinander gehetzt."

„Das Mädchen? Das sich so fürchtete?"

Er lachte und setzte sich. „Mädchen!"

„Kaum mehr als zwanzig, wenn sie's schon ist."

Er lachte wieder und schüttelte den Kopf.

„Beschreiben Sie's", sagte die Frau, verließ die Theke und setzte sich ihm gegenüber auf die Bank. Das Schaumstoffkissen hatte sie noch in der Hand. Es hatte einen schwarzen Plastikbezug, und aus einem Riß quoll grauer Schaumstoff. Es sah ekelhaft aus.

„Dieses Weib war Ende Zwanzig, vielleicht schon gute dreißig", sagte Crane.

„Achtzehn bis zwanzig."

„Sie hatte sich ein Pfund Make-up ins Gesicht geschmiert und Fingernägel wie die Krallen einer Katze."

„Falsche Fingernägel, aufgesprungene, schwielige Hände. Billigstes Make-up aus einem Zehn-Cent-Laden."

„Aber ein teures Parfüm und einen Bibermantel. Ich denke, es war Biber."

Sie lachte leise. „Drugstore-Kölnisch. Macys Basement-Pelzimitation, zwischen neunundfünfzig und fünfundsechzig Dollar, wenn sie's nicht im Ausverkauf billiger bekam."

„Und die Saffianhandschuhe und die Lacklederstiefel?"

„Vinyl, beides." Sie musterte erst ihn, dann das Schaumstoffkissen. „Übrigens, ich bin gar nicht so sicher, daß ich meinen Kopf hier drauflegen möchte. Sieht es nicht ein bißchen unappetitlich aus?"

„Warum wollten Sie, daß ich Ihnen die Frau beschreibe? Sie haben Ihre Meinung, was sie ist, ich habe die meine. Weder die eine noch die andere kann bewiesen werden, wenn wir sie nicht vor uns haben."

„Ich brauche nichts zu beweisen. Es ist mir egal, ob Sie glauben, daß Sie recht haben und ich nicht. Mir tat sie einfach leid. Ich habe sie bemerkt.“

„Ich doch auch.“

„Welche Farbe hatte ihr Haar, hatten ihre Augen? Und wie war ihr Mund – groß, klein, voll? Und ihre Nase? Gerade, breit, Stupsnase?“

Er musterte sie voll Bitterkeit, dann zuckte er die Achseln und drehte sich zum Fenster um, sagte aber nichts.

„Sie können sie deshalb nicht beschreiben, weil Sie sie gar nicht richtig angeschaut haben. Sie sahen nur die Verpackung, und daraus schlossen Sie auf den Inhalt. Glauben Sie mir, sie hatte schreckliche Angst vor dem Sturm, vor diesen Männern, vor allem. Sie brauchte die Sicherheit des Busfahrers und anderer Leute. Und was ist mit mir? Können Sie mich beschreiben?“

Er schaute, doch sie hielt das Kissen vor sich, so daß er nur ihre langen, schmalen, blassen Hände mit den schlanken Fingern sah; keine Ringe.

„Das ist lächerlich“, sagte er. „Ich bin bekannt dafür, daß ich mir Namen und Gesichter einpräge. Wissen Sie, ich vergesse nie einen Namen, immer weiß ich auch die Namen der Kinder, der Frau, den Beruf und so weiter.“

„Nicht diese Seite von Ihnen. Sie weigern sich, jemanden zu sehen. Ich möchte wissen, warum.“

„Welches Gesicht trägst du heute, Randy?“ Mary Louise berührte ihn. „Siehst du mich? Warum schaust du mich nicht an?“

Der Wind pfiff an seinen Ohren vorbei, eigentlich noch gar nicht so kalt, solange er stillstand und die Sonne ihn warm beschien. Aber wenn er den Hang hinabraste, rechts die Bäume, links der Abgrund, dann war der Wind eisig. Mary Louise schoß wie ein roter Strich vor ihm dahin, und irgendwo hinter ihm war der marineblau-weiße Fleck, der McCone hieß. Er war zwischen den beiden. Die Kurve der Piste hatte er vor sich, die Erregung des Steilstücks, plötzlich das Gesicht seiner Frau mit dem offenen Mund, aus dem ein lautloser Schrei kam, im selben Moment der Skistock an seinen Beinen, er fiel darüber und tat einen ordentlichen Sturz. Sein Gesicht war voll Schnee, geblendet, die Skier davon, er versuchte sich am Schnee festzuhalten, den Sturz abzubremsen, aber er kullerte immer weiter.

Hatte seine Frau ihn zu töten versucht?

„Mr. Crane, alles in Ordnung?"

„Ja, natürlich. Lassen Sie mich den letzten Mann beschreiben, dem ich vor einer Woche eine Versicherungspolice verkauft habe. Vierundzwanzig, einsdreiundachtzig groß, eine winzige, kaum sichtbare Narbe über der rechten Augenbraue, Krähenfüße um die Augen, weil er viel im Freien ist, sehr braun und muskulös. Offensichtlich ist er Baseballspieler von Beruf. Seine linke Hand hat größere Knöchel als die rechte . . ."

Die Frau hörte ihm nicht zu. Sie war quer durch den Raum gegangen und versuchte durch das Fenster zu schauen. „Computerzeug", sagte sie. „Eine sinnlose Aufzählung von Tatsachen. Er kaufte also eine Police für hunderttausend Dollar, Leben, und von jetzt an haben Sie nichts mehr mit ihm zu tun, brauchen sich nicht mehr um ihn zu kümmern."

„Warum nannten Sie hunderttausend Dollar?"

„Kein Grund. Ich weiß es offensichtlich nicht."

Er kaute an seiner Lippe und beobachtete sie. „Was Neues da draußen?"

„Höchstens schlechter. Ich glaube nicht, daß Sie noch mal zu dieser Tür hinauskönnen. Die würden Sie nie mehr zukriegen. Sie ist zur Hälfte mit einer Schneewehe verdeckt."

„Es muß doch ein Fenster oder noch eine andere Tür geben, die nicht so zugeschneit ist."

„Sturmfenster. Vielleicht gibt es eine Hintertür, aber die ist wahrscheinlich im Büro, und der Fahrkartenverkäufer hat sie zugesperrt."

Crane sah sich die Fenster an und stellte fest, daß sie recht hatte. Von innen konnten die Sturmfenster nicht aufgemacht werden. Und eine weitere Tür nach draußen gab es nicht. Jetzt war der Männerwaschraum der reinste Eiskeller. Er versuchte das Wasser laufen zu lassen, weil er meinte, kaltes Wasser könnte den Thermostaten ebenso anregen wie Schnee, aber es kam nichts heraus. Vielleicht war die Wasserleitung zugefroren. Als er die Tür zumachen wollte, sah er den kleinen Zettel in Blockbuchstaben: BITTE, TÜR NICHT GANZ ZUMACHEN, DA KEINE HEIZUNG HIER, WASSER FRIERT SONST EIN. Ein Papierhandtuch würde sowieso kein Wasser halten.

Er ließ also die Tür einen Spaltbreit offen und trat zu der Frau am Fenster. „Es muß schon diese Tür sein“, sagte er. „Wenn ich sie nur zwei Fingerbreit aufschieben könnte, käme genug Schnee herein, und den könnte ich nehmen.“

„Vielleicht. Aber Sie müssen sehr vorsichtig sein.“

„Genau wie bei Jack London. Auf dem Thermometer sind's fünfundzwanzig Grad, aber das kann ja nicht stimmen. Wie fühlen Sie sich?“

„Bißchen kalt, aber sonst nicht übel.“

„Okay. Dann warten wir noch ein wenig. Vielleicht legt sich der Wind.“

Er schaute das Pfützchen unter dem Thermostaten an, dann die Pfütze an der Tür, wo der Schnee beim letztenmal hereingetrieben war. Da war es nur ungefähr einen Fuß hoch gewesen, aber jetzt waren es drei oder vier. Konnte er ohne Hilfsmittel so viel Schnee bewegen, wenn er hereinkäme?

Er hätte wirklich nicht fahren sollen. Sie hatte ihn natürlich hineingeredet, als habe sie geahnt, daß er irgendwo stranden und vielleicht sogar erfrieren würde.

„Warum sagst du nicht offen, was du denkst?“ Rote Hosen, roter Anorak, die Wangen fast ebenso rot.

„Ich denke gar nichts. Es war ein Unfall.“

„Du lügst, Randy! Du denkst, ich vermutete, daß du da bist, und ich ließ den Stock los, damit du stürzen solltest. Denkst du das nicht? Oder?“

Er schüttelte heftig den Kopf. Sie hatte nichts dergleichen gesagt, und er hatte in dem Moment auch nicht daran gedacht. Erst jetzt und hier, da er mit dieser halb irren Frau gestrandet war. Halb irr? Er schaute sie an, wandte aber sofort wieder den Blick ab. Warum war ihm dieser Gedanke eigentlich gekommen? Sie war ganz sicher alt, wahrscheinlich auch sehr einsam und scheu. Aber halb irr?

Warum beobachtete sie ihn so? Als spüre sie seine Gedanken, wandte sie ihm den Rücken zu und ging zum Damenwaschraum. Er mußte auch gehen, doch ihm fielen die gefrorenen Rohre im Männerwaschraum ein. Vielleicht schlief sie doch einmal ein, dann könnte er schnell einmal in den Damenwaschraum schlüpfen. Wenn nicht, mußte er eben bis zum Morgen warten. Vielleicht war diese Nacht so gekommen, damit er Zeit hatte, über sich und Mary Louise nachzudenken.

Er hatte sie kennengelernt, als er in Washington stationiert gewesen war, direkt nach dem Koreakrieg. Damals war er Captain beim Geheimdienst gewesen. Sie hatte als Privatsekretärin bei Senator Robertson von New York gearbeitet. Er war bisher also ganz gut ohne sie zurechtgekommen. Sie hatte ihn eingeführt beim Präsidenten der Firma, für die er jetzt arbeitete. Sie wußte, daß er gern Schriftsteller geworden wäre, und hatte ihn gezwungen, als Versicherungsagent zu arbeiten. Gut. Es war die richtige Wahl gewesen, das hatte er ihr tausendmal erklärt. Aber wie er überhaupt Erfolg hatte haben können, war ihm noch immer ein Rätsel. Bei Fähigkeitstests für Verkäufer hatte er nie gut abgeschnitten. Zu introvertiert und schüchtern.

„Offen gestanden, du erweckst in anderen Leuten das Gefühl, dumm zu sein", hatte sie einmal gesagt. „Du bist so knapp, so unbeirrbar, so selbstsicher und erlaubst keinem Menschen eine eigene Meinung. Das ist nicht Empathie, wie bei anderen guten Verkäufern, eher eine Art sadistischer Kraft, die du anwendest."

„Oh, hör auf damit. Du redest Unsinn."

„Du behandelst jeden Kunden als Anhang zu der Police, die du ihm verkaufen willst. Nicht wie eine Person, sondern wie das menschliche Gegenstück zu einem Fetzen Papier mit Klauseln und Kleingedrucktem. Du zeigst ihnen gegenüber den gleichen Respekt und die gleiche Zuneigung wie für die Police. Sie gehen miteinander. Du glaubst es und zwingst sie dazu, es auch zu glauben. Zahlen, das sind sie für dich. Policennummern."

„Warum hängst du immer herum, wenn du mich so kalt und berechnend findest?"

„Oh, das ist ein Spiel für mich. Ich weiß, irgendwo gibt es einen Raum, wo du einen Teil von dir selbst eingesperrt hast, und den suche ich. Eines Tages finde ich ihn, dann mache ich ihn einen Spaltbreit auf und renne davon. Denn wenn ich ihn je auch nur ein bißchen aufmache, kommt alles herausgepurzelt, und du kannst dann nichts mehr aufhalten. Wie du dann bluten wirst, bluten, bluten, und weinen und stöhnen! Das könnte ich nicht ertragen. Und ich kann es ebensowenig ertragen, wenn es anders ist."

Crane legte den Kopf in seine Hände und rieb sich heftig die Augen. Es nützte nichts. Ohne Wirkung, das sagte sie immer. Du bist ein Mann ohne Wirkung. Schizoide Persönlichkeit. Aber er hatte auch wirklich eine fast gespaltene Persönlichkeit. Das hatte ihm der Arzt gesagt. In den sechs Sitzungen, durch die er gegangen war, hatte er viel vom Jargon gelernt, und dann hatte er die Sache abgebrochen. Nur um sich selbst in Sicherheit zu bringen. Ihm schien, es sei eine Verrücktheit, alle die Sicherheiten einfach zu beseitigen, die er mit so peinlicher Mühe aufgebaut hatte, und deshalb hatte er mit den Sitzungen aufgehört.

Und jetzt diese merkwürdige Frau, mit der er zusammengesperrt war – sie warnte ihn, die Tür keinen Spaltbreit aufzumachen. Er rieb sich die Augen noch heftiger, bis sie schmerzten. Er mußte sie berühren. Der Fahrkartenverkäufer hatte sie doch auch gesehen. Er hatte sich Sorgen gemacht, die Frau mit einem Fremden die ganze Nacht allein zu lassen. Auf so durchsichtige Art hatte er sich um sie und um Crane gesorgt. Ihm den Namen herauszulocken. Er hätte dem alten Narren alles erzählen können. An sein Gesicht konnte er sich nicht erinnern, nur an seine Kleider.

Na, schön. Die Frau war echt, aber fremd und seltsam. Sie hatte eine sonderbare Art, das vorauszuahnen, was er dachte, was er sagen würde, was er fürchtete. Vielleicht waren das auch ihre Ängste.

Sie kam zurück in den Warteraum. Jetzt hatte sie ihren schwarzen Mantel bis zum Hals zugeknöpft und die Hände in die Taschen geschoben. Über die Kälte verlor sie kein Wort.

Bald mußte er wieder Schnee hereinholen, um den Thermostaten zu überlisten, damit sich die Heizung einschaltete. Bald. Ein Verrückter mußte ihn an diese Wand gehängt haben, an die einzige warme Wand des ganzen Gebäudes. Ein Pfennigfuchser von einem Irren.

„Wenn Sie frischen Schnee hereinholen wollen, könnte ich ja die Tür aufhalten, wenn Sie ihn aufsammeln“, sagte sie nach einem langen Schweigen. Die Kälte ließ ihr Gesicht verkniffen erscheinen, und Crane fröstelte heftig unter seinem Mantel.

„Können Sie die Tür wirklich halten?“ fragte er. „Der Druck darauf ist ziemlich stark.“

Sie nickte.

„Okay. Ich nehme also den Abfallkorb und hole so viel wie möglich herein. Ich stelle ihn dann in den Männerwaschraum, da ist nicht geheizt.“

Sie hielt die Türklinke, bis er soweit war, und als er nickte, drückte sie darauf, stemmte ihre Schulter an die Tür und machte sie nur eine Handbreit auf. Der Wind drückte, der Schnee stob herein. Jetzt ging er ihnen schon über die Köpfe und füllte die Tür in ganzer Höhe aus. Sie gab ein wenig nach, und die Tür war noch ein Stückchen weiter offen. Crane schob mit beiden Händen den Schnee herein und klammerte sich fast daran. Der Augiasstall, dachte er voll Bitterkeit, dann kam er zu ihr hinter die Tür und half ihr, sie wieder zu schließen. Diesmal war wenigstens kein eisiger Windstoß hereingefegt. Der Schnee hatte sich aber ziemlich festgebacken, oben taute er leicht an, unter dem Druck und der Kälte von der anderen Seite gefror er darunter aber sofort wieder. Stoßen, schieben, dachte Crane. Schieb doch, du Teufel. Du Hexe.

Langsam bewegte sich die Tür, der Schnee knirschte. Es würde ihnen wohl nicht gelingen, die Tür ganz zu schließen. Sie hörten zu schieben auf, um wieder zu Atem zu kommen. Er keuchte, sie legte den Kopf an die Tür. Nach einer Weile sagte er: „Glauben Sie, daß Sie eine der Bänke herschieben könnten?"

Sie nickte. Er stemmte sich gegen die Tür und war erstaunt, wie sehr sich der Druck erhöhte, als sie weg war. Er hörte sie mit der Bank arbeiten, doch er konnte sich nicht umdrehen zu ihr. Der Schnee gewann an Boden. Sie schob die Bank in seine Richtung, mit der Lehne zur Wand. Aber die Lehne war zu hoch. Man mußte die Bank kippen, um sie unter die Türklinke schieben zu können. Es war eine schwere Eichenbank. Wenn sie an Ort und Stelle gebracht werden könnte, würde sie halten.

Fünfzehn Minuten lang arbeiteten sie, knurrten, stöhnten, sagten nichts, versuchten verzweifelt, die Tür so weit wie möglich zuzumachen und die Bank unter die Klinke zu schieben, ohne an Boden zu verlieren. Endlich war es geschehen. Die Tür war eine knappe Handbreit offen und in ganzer Höhe mit Schnee vollgepackt.

Crane fiel auf die Bank und schaute die offene Tür an, sagen konnte er nichts. Die Frau schien ebenso erschöpft zu sein. Oben an der Tür fiel plötzlich der Schnee herunter in den Warteraum, erst in kleinen, dann in immer größeren Schwaden. Eisiger Wind folgte, und da jetzt der obere Teil der Schneesäule fehlte, pfiff der Wind ungehindert herein.

„Jetzt wissen wir wenigstens, daß wir nicht bis übers Dach eingeschneit sind", sagte die Frau müde. Sie musterte die Öffnung.

„Meine Worte, fast genau", pflichtete ihr Crane bei. Immer sagte sie das, was er hatte sagen wollen. Er wartete.

„Wir müssen oben irgendwie zumachen."

Er nickte. „Eine Minute noch. Nur eine Minute."

Es wurde immer kälter, und er wußte, daß sie versuchen müßten, die Öffnung zu schließen, doch er war zu erschöpft. Die Heizung konnte gegen die eisige Kälte von draußen gar nicht mehr an. Seine Hände schmerzten vor Kälte, in seinen Zehen war ein schneidender Schmerz. Nur sein Geist fühlte sich angenehm taub an, und er wollte gar nicht nachdenken über das Problem, wie sich die Öffnung schließen ließe.

„Sie werden doch nicht etwa einschlafen?"

„Um Himmels willen!" Er schoß auf der Bank in die Höhe und warf ihr einen schuldbewußten, gemeinen Blick zu. „Halten Sie nur den Mund, und lassen Sie mich überlegen, ja?"

„Entschuldigung." Sie stand auf und marschierte rasch auf und ab und schlang die Arme um ihren Körper. „Ich schaue mich um, vielleicht kann ich etwas finden, das wir dafür brauchen könnten. Ich kann einfach nicht stillsitzen, mir ist so kalt."

Er starrte das Loch an. Ja, man brauchte etwas, das man darüberlegen konnte, das man befestigen und das den Sturm abhalten konnte. Er kniff die Augen zusammen und sah, daß der windverblasene Schnee von oben her wie eine Flüssigkeit in den Raum floß, da herumwirbelte und nur eine Spur schwerer war als das Element, das er innen traf. Ein Kontinuum begann in der entferntesten, schwärzesten Vakuumecke des Raumes, nahm eine Form an, als es die obersten atmosphärischen Moleküle erreichte, wurde dichter, sobald es sich der Erde näherte, fast fest, aber noch nicht ganz. Noch nicht. Das Loch dehnte sich aus zu einer unvorstellbaren Entfernung, wo alles begann, und die Eiseskälte fegte herein, suchte nach ihm, wehte hier herum in dem Bestreben, ihn zu finden, wollte nur ihn finden, um dann das ununterbrochene Wirbeln aufzugeben. Die Frau gehörte zur Kälte, die aus der Raumschwärze kam. Jetzt erinnerte er sich.

Korea. Die Frau. Das Dorf. Warten auf das Signal. Noch kälter als die Station hier, Schnee, Boden wie Flint, aus dem Funken stoben, wenn ein Stiefelnagel ihn traf; Funken ohne Wärme. Wenn sie das Dorf anzünden könnten, würden sie es endlich warm bekommen, Essen haben, in der Nacht einmal schlafen. Harrison war verwundet und erfror da, wo er hinfiel. Lorenz erfror sich die Extremitäten. Jakobs war schneeblind. Crane war zu müde zum Denken, zu hungrig, er fror zu sehr. „Das Dorf anzünden." Die Frau kam aus dem Nirgendwo, drängte ihn zurück, zurück den Berg hinauf zu den Bunkern, die halb mit Eis gefüllt waren, und zwischen den Bunkern und dem Tal lagen die Minen. Mit der Waffe in der Hand trieb er die Frau in das Dorf. Funke aus dem Lauf. Gesegnetes Feuer. Wärme. Aber hinter den Augen noch immer ein Hauch Eis, und das Eis ließ ihn nicht weinen, als Lorenz starb, oder als der blinde Jakobs hinauslief, herumrannte und schließlich in einem Kugelhagel über eine Steilwand stürzte. Die Schneekönigin, dachte er. Sie ist die Schneekönigin, und sie hat meine Augen mit Eis berührt.

„Oh, Mr. Crane, wachen Sie auf, bitte! Bitte!"

Er sprang auf, griff nach seinem Karabiner, und erst als sich seine Hände um Luft schlossen, wußte er wieder, wo er war.

„Mr. Crane, ich glaube, ich weiß, womit wir das Loch schließen können. Warten Sie, ich zeige es Ihnen."

Sie zog an seinem Arm, und er folgte ihr. Sie führte ihn in den Damenwaschraum. An der Tür wollte er sich losreißen und weglaufen, doch sie hielt ihn fest. „Schauen Sie, ganze Stapel von Papierhandtüchern, alle zusammengefaltet. Sie hätten doch ungefähr die richtige Größe, nicht wahr? Wenn wir sie ein wenig naßmachen, einen ganzen Block, und wenn wir sie in das Loch stopfen, dann gefrieren sie an Ort und Stelle, und der Schnee kann sich in ihnen fangen, so daß keiner mehr hereintreibt. Das müßte doch gehen?"

Sie teilte einen offenen Stapel in drei, ihre Hände waren geschäftig, die Augen hatte sie gesenkt und sah ihn gar nicht. Crane stand seitlich hinter ihr, nur einen Schritt, und starrte auf das Doppelbild im Spiegel. Er schaute noch immer, als seine Hände ausgriffen und sich um ihre Kehle schlossen. Einen Kampf gab es nicht. Sie schloß nur die Augen und wurde ganz schlaff. Er ließ sie fallen. Dann nahm er den Pack Handtücher und hielt sie ein paar Augenblicke unter das Wasser. Damit kehrte er in den Warteraum zurück. Er mußte nun etwas Schnee von der Tür wegschaffen, und dann mußte er die Bank verschieben, die bisher die Tür festhielt. Er mußte sehr genau arbeiten, damit er sie nicht unter der Klinke herauszog. Er zog eine zweite Bank zur Tür, kletterte darauf und stopfte den nassen Handtuchpack in die Öffnung. Dort hielt er ihn ein paar Minuten lang fest, bis er fühlte, wie sich der Pack unter seinen Fingern versteifte. Dann kletterte er herab.

„Das müßte genügen", sagte die Frau.

„Aber Sie sind doch tot."

Mary Louise warf ihm die Zuckerdose nach, so daß eine Zuckerbahn durch den Raum lief.

Er lachte. „Wunschdenken", sagte er/sie.

„Innen bist du tot. Du bist ganz zusammengeschrumpft und ausgetrocknet und verrottet. Wann hast du zuletzt etwas gefühlt? Mein Gott! Du kannst nichts schaffen, du hast Angst davor, etwas zu schaffen, nicht einmal unser Kind wagst du zu schaffen."

„Ich glaube nicht, daß es unser Kind war."

„Du wagst es nicht zu glauben. Oder gib zu, daß du wußtest, es war unseres."

Er schlug sie. Noch nie hatte er sie vorher geschlagen. Und sie war so blaß von der Operation, so schwach vom Blutverlust. Der Schlag bedeutete ihm nichts, seine Hand traf ihre Wange und ließ dort einen roten Abdruck zurück.

„Mörder!"

„Du verrücktes Luder! Du hattest doch die Fehlgeburt! Du wolltest sie!"

„Nein, das wollte ich nicht. Ich wußte gar nicht, was ich wollte. Ich hatte Angst. Du hast alles in die Wege geleitet, den Doktor gefunden, hast mich hingebracht, alles erledigt, im anderen Zimmer nebenan gewartet und Policen geschrieben. Mörder!"

„Mörder", sagte die Frau.

Er schüttelte den Kopf. „Sie gehen besser zurück in den Damenwaschraum und bleiben dort. Ich will Ihnen nichts tun."

„Mörder."

Er tat einen Schritt auf sie zu. Er schwang sich abrupt herum und rannte zur anderen Seite des Warteraumes, um seine Stirn an die kalte Fensterscheibe zu pressen.

„Jetzt können wir nicht damit aufhören", sagte die Frau und folgte ihm. „Sie können jetzt die Tür nicht mehr zumachen. Ich bin hier. Endlich haben Sie mich gesehen, richtig gesehen. Ich bin echt. Ich lasse mich nicht wieder vertreiben. Ich bin stärker als Sie. Sie haben Stücke und Brocken von sich selbst getötet, bis nichts mehr übrig war, womit Sie kämpfen konnten. Jetzt können Sie mich nicht wieder wegschicken."

Crane stieß sich vom Fenster ab und machte einen halbherzigen Versuch, sie mit der Faust zu schlagen. Er verfehlte sie und fiel auf die Bank unter der Türklinke. Er hörte die Frau lachen. Alles umsonst. Alles umsonst! Die Bank rutschte ihm unter der Hand weg, und eine Lawine ergoß sich in den Raum. Er grub sich heraus und versuchte den Schnee von seinem Mantel zu klopfen.

„Jetzt werden wir beide erfrieren", sagte er, und es war ihm gleichgültig.

Die Frau trat zu ihm und berührte mit den Fingern seine Wange. Merkwürdig, sie waren warm. „Jetzt entspannen Sie sich, Crane. Nur entspannen!"

Sie führte ihn zu einer Bank, wo er sich gehorsam setzte. „Wollen Sie mir nicht wenigstens sagen, wer Sie sind?" bat er.

„Du weißt es doch. Du hast es immer gewußt."

Er schüttelte den Kopf. Ein letzter Versuch, dachte er. Diesen letzten Versuch mußte er machen, um sich ihrer zu entledigen, dieser Frau, deren Gesicht dem seinen so ähnlich war. „Du existierst ja nicht einmal", sagte er barsch und öffnete dabei nicht die Augen. „Ich habe mich dir vorgestellt, weil ich Angst hatte, die ganze Nacht allein zu sein. Ich habe dich geschaffen. *Ich habe dich geschaffen!*"

Er stand auf. „Hast du gehört, Mary Louise? Hast du das gehört? Ich habe etwas geschaffen. Etwas so Reales, daß es mich töten will."

„Schau mich an, Crane. Schau mich an. Dreh deinen Kopf und schau. Crane, schau zusammen mit mir. Ich will es dir zeigen. Ich will dir das zeigen, was ich sehe . . ."

Er fror so entsetzlich, daß es ihn vor Kälte schüttelte, bis ihn jeder Muskel schmerzte. Langsam, wie unter einem Zwang drehte er den Kopf und sah einen Mann halb dastehen, halb geduckt, er hielt die Bank mit beiden Händen fest. Der Mann hatte eine graue Haut, und seine Augen waren irr vor Angst.

„Crane, laß los. Schau ihn an und laß los. Er verdient nichts von uns, niemals wieder." Crane beobachtete den Mann, der sich an die Brust faßte, hörte ihn nach Mary Louise stöhnen, die ihm zu Hilfe kommen sollte, dann sah er ihn zu Boden stürzen.

Sie hörte die Männer draußen an der Schneewehe arbeiten und öffnete die Bürotür, um auf sie zu warten. Endlich kamen sie durch, und der Fahrkartenverkäufer quetschte sich durch die Öffnung, die sie gegraben hatten.

„Miß? Miß! Alles in Ordnung?"

„Ja. Aber ich bin in das Büro eingebrochen."

„Mein Gott, ich dachte . . . Als wir sahen, daß die Tür unter dem Schneegewicht nachgegeben hatte, und Sie hier drinnen, allein . . ." Der Fahrkartenverkäufer blinzelte ein paarmal heftig.

„Mir ging es ganz gut. Als ich sah, daß die Tür nicht standhalten würde, habe ich das Büro aufgebrochen und kam hier herein mit meinem Skizzenblock und den Bleistiften. Ich hatte eine sehr produktive Nacht. Wirklich. Aber jetzt könnte ich ein wenig Kaffee vertragen."

In einem Polizeiauto wurde sie zur Imbißstube gebracht, und während sie auf ihr Frühstück wartete, ging sie zum Waschraum und wusch sich das Gesicht und kämmte ihr Haar. Sie schaute sich wohlgefällig im Spiegel an. „Viel Glück zum Geburtstag", sagte sie leise.

„Ihr Geburtstag?" fragte das Mädchen, das die Nacht lieber in der Imbißstube verbracht hatte. „Sie waren entsetzlich tapfer, ganz allein in der Station zu bleiben. Ich hätte das nie gekonnt! Sind Sie wirklich eine Künstlerin?"

„Ja, wirklich. Und letzte Nacht hatte ich furchtbar viel zu tun. Eine Menge Arbeit und gar nicht viel Zeit."

R. A. Lafferty

Himmel

Raphael Aloysius Lafferty wurde am 7. November 1914 in Neola, Iowa, geboren. Seine Eltern waren irischer Abstammung. Seine Bildung brachte er sich selbst bei, wurde über einen Fernlehrkurs Elektroingenieur und arbeitete dann fünfunddreißig Jahre lang für Elektro-Großhändler, ehe er sich zurückzog und sich ganz dem Schreiben widmete.

Zum erstenmal versuchte er sich mit Schreiben im Alter von neunzehn Jahren, und ein Verleger kritzelte auf das zurückgewiesene Manuskript: „Völlig hoffnungslos, Sie wissen nicht, was Leben ist. Leben Sie's erst mal fünfundzwanzig Jahre, dann versuchen Sie's wieder." Lafferty vergaß diesen Rat – und entdeckte erst sehr viel später, daß er ihm fast genau gefolgt war. Er hat sechs veröffentlichte SF-Romane: „Past Master", „The Reefs of Earth", „Space Chantey", „Fourth Mansions", „The Devil is Dead" und „Arrive at Easterwine", dazu zwei historisch-phantastische Romane, „The Flame is Green" und „The Fall of Rome". Es gibt zwei veröffentlichte Sammlungen seiner SF-Geschichten: „Nine Hundred Grandmothers" und „Strange Doings". In Magazinen oder Originalkollektionen hat er mehr als achtzig Geschichten veröffentlicht, die Hälfte davon erschienen in Anthologien.

Drei seiner Romane, „Past Master", „Fourth Mansions" und „The Devil is Dead" kamen in die Endrunde für den Nebula Award, ebenso seine Kurzgeschichte „Continued on the Next Rock". Laffertys Extravaganz sieht das Universum irr wie in einem Zerrspiegel, aber die durchbohrende Vernunft des Ergebnisses erinnert einen daran, daß ein verzerrtes Chaos erschütternd real sein kann.

Der Himmels-Verkäufer war Mr. Furtive persönlich; er hatte eine Fuchsschnauze, Frettchenaugen, glitt wie eine Schlange umher und lebte unter den Rocks. Diese Rocks waren schon lange gar kein berühmter Ort mehr. Sie wurden in großem Stil an einem verpesteten Ort der Erde geschaffen, um ihn umzuformen, aber die verpestete Erde hatte gewonnen. Die Behausungen der Rocks hatten ihren Glanz verloren, als sie immer wieder und immer weiter geteilt wurden, und jetzt waren sie ausgesprochen schäbig. Die Rocks waren verwittert. Die früheren Pastellfarben waren jetzt schmutziggrau und stumpfbraun.

Die fünf Untergeschosse hatten früher als Parkplätze für Motorfahrzeuge gedient, als man diese noch allgemein benützte, doch jetzt waren diese Tiefen zu Löchern und Labyrinthen geworden. Im untersten und elendesten lauerte und hauste der Himmels-Verkäufer.

Nur bei Nacht kam er heraus. Das Tageslicht hätte ihn getötet, und das wußte er. Aus den dunkelsten Schatten der Nacht heraus verkaufte er. Seine wenigen Kunden waren erstklassig ausgewählt, und niemand wußte, wer sein Lieferant war. Er sagte, einen Lieferanten habe er nicht, er sammle und mache das Zeug selbst.

Welkin Alauda, ein üppiges Mädchen, die sich leicht bewegte – man sagte, ihre Knochen seien hohl und mit Luft gefüllt –, kam zum Himmels-Verkäufer vor dem allerersten Licht. Er war ziemlich nervös, war aber noch nicht in sein Loch hinabgeschossen.

„Beeil dich doch“, drängte der Himmels-Verkäufer und schob ihr den Sack zu. Seine schwarzen Augen zitterten und glitzerten. Falls jemals richtiges, echtes Licht in sie fiele, würde er erblinden.

Welkin nahm den Sack Himmel und drückte ihm Geldscheine in die Hand mit den pelzigen Innenflächen. (Wirklich pelzig? Ja, natürlich.)

„Die Welt werde flach, und die Luft sei rund, wo immer der Himmel wächst im Untergrund“, sang Welkin, nahm den Sack Himmel und rannte mit ihren leichten Schritten davon, denn sie hatte wenig Gewicht, weil ihre Knochen hohl waren. Der Himmels-Verkäufer tauchte eiligst kopfüber hinab, tief hinab in einen Brunnenschacht.

Vier von ihnen gingen an diesem Morgen zum Himmelstauchen, Welkin, Karl Vlieger, Icarus Riley und Joseph Alzarsi. Der Pilot war (nein, nicht der, den Sie meinen, denn der hatte schon gedroht, sie alle mal einzusperren, also nahmen sie sich diesen Piloten nicht mehr), also der Pilot war Ronald Kolibri in seinem winzigen Erntebestäubungsflugzeug.

Aber ein Erntebestäuber steigt nicht in die frostigen Höhen hinauf, von denen sie so gern herunterspringen. Natürlich tut er's, wenn alle am Himmel sind, aber er hat keine Druckkabine und keinen Sauerstoffvorrat. Das spielt keine Rolle, wenn alle am Himmel sind, und auch keine, wenn das Flugzeug ebenfalls am Himmel ist.

Welkin nahm Himmel mit Bergwhizz, einem karbonisierten Drink. Karl stopfte ihn wie Schnupftabak zwischen die Lippen. Icarus Riley rollte und rauchte ihn, und Joseph Alzarsi füllte ihn in eine Spritze, zog Trinkalkohol mit auf und spritzte alles in die Hauptvene. Der Pilot Ronny legte ihn auf die Zunge und kaute ihn wie Staubzucker. Das Flugzeug hieß Shrike und nahm ihn durch die Rohrleitungen.

Fünfzigtausend Fuß! So hoch kommt man nicht in einem Erntebestäuber. Dreißig Grad unter Null. Ah, so kalt ist das gar nicht! Die Luft ist viel zu dünn, als daß man sie atmen könnte, aber am Himmel – wer brauchte da so etwas Eingeschlossenes wie Luft?

Welkin trat heraus und ging nach oben, nicht nach unten. Das war ein Trick, den sie oft vorführte. Sie wog ja nicht viel, also konnte sie immer höher hinaufgehen als alle anderen. Sie ging immer höher, bis sie verschwand. Dann trieb sie wieder nach unten und war ganz eingeschlossen in eine Kugel aus Eiskristallen. Sie funkelte drinnen und schnitt den anderen affenähnliche Grimassen.

Der Wind schrie, pfiff und bellte, und die Taucher stiegen aus. Alle gingen sie nach unten, sie schwebten, glitten und torkelten, und manchmal schienen sie auch stillzustehen oder sogar ein wenig zu steigen. Sie ließen sich zu Wolken hinabtreiben und breiteten sich auf ihnen aus: schwarzweiße Wolken mit der Sonne innen drinnen, die sie von oben und unten her gleichzeitig begossen. Sie knackten Welkins Eiskristallkugel, und sie trat aus ihr heraus. Sie aßen die dünnen Stücke davon, die sehr kalt und spröde waren und nach Ozon schmeckten. Alzarsi zog sein Hemd aus und sonnte sich auf einer Wolke.

„Du kriegst einen Sonnenbrand", sagte Welkin zu ihm. „Niemand kriegt einen ärgeren Sonnenbrand, als wer sich auf einer Wolke sonnt." Und das stimmte haargenau.

Sie ließen sich in diese schwarzweißen Wolken sinken und

kamen in das grenzenlose Blau mit den Wolken über und unter ihnen. Es war die Rennstrecke, auf der Hippodameia ihre Pferde zu traninieren pflegte, weil es auf der Erde für solche Rennstrekken nicht genug Platz gab. Die Wolken unten falteten sich nach oben, die oberen Wolken nach unten, so daß ein schöner, versteckter Platz entstand.

Icarus Riley sagte: „Wir haben unsere eigenen Rundungen und Kugeln hier.“ (Das sind ihre Himmels-Tauchernamen, nicht ihre amtlichen.) „Und die sind ganz anders als alle Welten und Körper. Die Welten und die Körper existieren so lange nicht, wie wir sagen, daß sie nicht existieren. Die Achse unseres gegenwärtigen Raumes ist ihre eigene Harmonie. Deshalb hält die Zeit an, wenn die Harmonie perfekt ist.“

Endlich waren alle ihre Uhren stehengeblieben.

„Aber da ist doch unten eine Welt“, sagte Karl. „Eine verächtliche Welt, und wir können sie für immer verachten, wenn wir wollen. Aber sie hat wenigstens eine schattenhafte Existenz, und später können wir sie aus Mitleid für armselige Dinge wieder auffüllen lassen. Aber sie ist flach, und wir müssen darauf bestehen, daß sie flach bleibt.“

„Das ist wichtig“, sagte Joseph mit der Wichtigkeit dessen, der am Himmel ist. „Solange unser eigener Raum gebogen und verkugelt wird, muß die Welt flach oder zusammengedrückt bleiben. Aber der Welt darf nicht erlaubt werden, daß sie wieder ihren Rücken krümmt. Wenn sie das jemals tut, sind wir in Gefahr. Solange sie in Wahrheit flach und verächtlich ist, können wir auf ihr nicht zerplatzen.“

„Wie lange könnten wir fallen“, fragte Welkin, „wenn wir die Zeit nicht angehalten hätten, wenn wir sie in ihrem eigenen Schritt oder in dem unseren fließen ließen? Wie lange könnten wir fallen?“

„Hephaestus torkelte einmal einen ganzen Tag lang durch den Raum“, sagte Icarus Riley, „und damals waren die Tage länger.“

Karl Vlieger war wandäugig von einer nach innen gewandten sexuellen Leidenschaft geworden; die befiel ihn oft beim Tauchen. Icarus Riley schien Lachgas geschluckt zu haben, und das ist ein Zeichen, daß der Himmel keine perfekte Wirkung hat. Joseph Alzarsi fühlte an seinem Rückgrat einen kalten Wind und eine ganze Reihe ruckhafter winziger Vorahnungen.

„Wir sind nicht perfekt", sagte Joseph. „Morgen oder übermorgen sind wir's vielleicht, weil wir uns tatsächlich der Perfektion nähern. Wir gewinnen eine Runde. Und wir gewinnen noch eine und wieder eine. Laßt uns also heute unseren Sieg nicht wegwerfen, weil wir nachlässig sind. Die Erde hat ihren alten Rücken ein bißchen gekrümmt, und wir machen uns bereit dafür! Also los jetzt, Jungens!"

Vier – oder vielleicht auch nur drei – zogen an den Ringen. Die Fallschirme falteten sich auf, wurden zu riesigen Blumen und ruckten. Sie hatten sich vorher nur wie ein Papierstapel verhalten, aber plötzlich breiteten sie sich über fünfhundert Meter aus, als sie auf die Erde kamen.

Sie versammelten sich und packten ihre Fallschirme. Für diesen Tag war das Himmelstauchen zu Ende.

„Welkin, wie konntest du deinen Fallschirm so schnell pakken?" fragte Icarus mißtrauisch.

„Weiß ich nicht."

„Du bist immer am langsamsten und am nachlässigsten. Jemand muß immer deinen Fallschirm umpacken, bevor er wieder benützt werden kann. Und du bist ganz zuletzt gelandet. Wieso kannst du dann die erste sein, die den Fallschirm gepackt hat? Wie konntest du ihn so sauber zusammenrollen? Er schaut ganz so aus, als hätte ich ihn selbst gerollt, wie ich ihn auch gerollt hatte, ehe wir diesen Morgen loszogen."

„Ich weiß auch nicht, Icarus. Oh, ich denke, ich geh' noch mal nach oben, geradeaus nach oben."

„Nein, für einen Morgen bist du genug gesegelt und hast reichlich getaucht. Welkin, hast du überhaupt deinen Fallschirm geöffnet?"

„Weiß ich nicht."

Am nächsten Morgen stiegen sie wieder hoch hinauf in den Himmel. Das kleine Flugzeug namens Shrike flog so hoch, wie noch nie vorher ein so kleines Flugzeug geflogen war, sogar hinauf durch den großen Sturm. Die vom Sturm gerüttelte Erde schrumpfte zur Größe einer Erbse zusammen.

„Wir spielen ihr einen Trick", sagte Welkin. „Wenn ihr oben am Himmel seid, könnt ihr allem und jedem einen Trick spielen, und dabei bleibt es auch. Ich will damit sagen, daß die Erbse, die eine Welt war, gar keine ist. Schaut mal, jetzt ist sie weg. Wir suchen uns eine andere Erbse, die dort drüben, und die nenne ich dann Welt. Und das ist dann die Welt, auf die wir ein bißchen später heruntergehen. Ich habe auf der Welt die Welten ausgewechselt, und die Welt weiß gar nicht, was mit ihr geschehen ist."

„Aber unbequem ist es." Joseph Alzarsi sprach durch aufgeblähte Nasenflügel. „Du hast sie geschüttelt. Kein Wunder, daß die Welt Momente des Selbstzweifels erlebt."

Sie waren jetzt eine Million Fuß hoch. So weit reichte der Höhenmesser gar nicht, aber Ronald Kolibri, der Pilot, schrieb der guten Ordnung halber die Zahl mit Kreide auf. Welkin trat hinaus. Karl und Icarus und Joseph traten nach ihr hinaus, dann Ronald Kolibri, aber nur für einen Moment. Dann fiel ihm ein, daß er ja der Pilot war, und er stieg wieder ein. Sie waren so hoch, daß die Luft ganz schwarz und voller Sterne und nicht mehr blau war. Es war so kalt, daß der leere Raum lauter Risse und Schlaglöcher hatte. Sie tauchten im Handumdrehen eine halbe Million Fuß, und dann hielten sie lachend an.

Es war belebend, berauschend. Sie stampften auf den Wolken herum, und die klirrten wie gefrorener Boden. Das war das Ahnland allen ehrwürdigen Frostes, allen gekörnten Schnees und gleißenden Eises. Hier war der Wettermacher, hier der Windwohn. Sie kamen in die mit Moränen vermischten Eishöhlen, sie fanden Geweihverstecke und Hemicyonknochen und sogar noch glühende Kohlen. Der Wind blies die Backen auf und jagte in Rudeln durch die Schluchten. Das waren die eisigen Fortewolken, und die liegen, wie jeder weiß, sehr hoch.

Unter dem Sturm kamen sie herunter, fanden dort Sonne und Luft. Es war der Kürbis-Sommer, am Himmel herrschte Herbst.

Wieder fielen sie, tausend Fuß und noch viel mehr, durch einen Himmels-Sommer. Die Luft war so blau, daß eine violette Patina darauf wuchs, um die Oberfläche zu schonen. Ihr eigener Raum formte sich wieder über ihnen, genau wie jeden anderen Tag, und die Zeit blieb stehen.

Aber nicht die Bewegung! Denn die blieb bei ihnen nie stehen. Sind Sie sich nicht darüber klar, daß das Nichts in einer Leere immer noch in Bewegung sein kann? Und um so mehr die von einer großen Zentralität! Hier war Dynamik, da war dauernder Wirbel und die große Heiterkeit fiebriger Betriebsamkeit.

Aber ist nicht die Bewegung nur eine Beziehung zwischen Raum und Zeit? Nein. Das ist eine Idee, die bei Leuten auf anderen Welten heimisch ist, aber sie ist sehr subjektiv. Hier, jenseits möglichen Einflusses anderer Welten, ließ sich eine lebende Bewegung auf nichts beziehen.

„Welkin, du siehst heute ganz anders aus", sagte Joseph Alzarsi verwundert. „Was ist los?"

„Ich weiß auch nicht. Es ist wundervoll, anders zu sein, und ich fühle mich wundervoll."

„Aber bei dir fehlt etwas", meinte Icarus. „Das muß wohl ein Fehler sein, der fehlt."

„Ich hatte noch nie Fehler, Icarus."

Sie waren in einem zentralen und ewigen Moment, und der nahm kein Ende, er konnte auch keines nehmen, denn er geht noch immer weiter. Was sonst zu geschehen scheint, ist im Verhältnis zu diesem Moment nur in Anführungszeichen zu setzen.

„Zeit, wieder nachzudenken", bemerkte Icarus nach einer Weile. „Im Moment selbst gibt es keine Zeit, aber wir haben ja die Anführungszeichen. Ich hoffe, das ist das letzte Mal, daß wir überlegen müssen. Wir sind natürlich in unserem eigenen Raum und jenseits aller Zeit oder Zeitberührung. Aber die Erde, die nähert sich mit großer Bestimmtheit und Geschwindigkeit."

„Für uns bedeutet das doch nichts!" rief Karl Vlieger plötzlich in chthonischer und phallischer Leidenschaft. „Wir können sie zertöppern! Wir können sie zerschießen wie eine Tontaube! Sie kann uns doch nicht einfach anspringen wie ein toller Hund! Platz, Welt, sitz! Bei Fuß, du Biest! Bei Fuß, sag' ich!"

„Zu einer Welt sagen wir ‚geh auf', dann geht sie auf, zur anderen ‚bei Fuß', dann bleibt sie bei Fuß", sprach Icarus in seiner himmlisch-dynamischen Heiterkeit.

„Noch nicht", warnte Joseph Alzarsi. „Morgen sind wir vollständig, heute sind wir's noch nicht. Möglicherweise könnten wir die Welt wie eine Tontaube zertöppern, wenn wir wollen, aber wenn wir sie zerschmissen haben, sind wir ja nicht mehr ihre Herren."

„Wir könnten ja immer eine andere Welt machen", meinte Welkin vernünftig.

„Gewiß, aber das ist doch unsere Testwelt. Wenn sie sich

duckt, gehen wir hinab. Wir können es nicht dulden, daß sie uns anspringt. Halt, halt! Wir befehlen es dir!"

Und die heraufrasende Welt hielt an und duckte sich.

„Wir gehen hinunter", sagte Joseph. „Wir lassen sie erst dann heraufkommen, wenn sie ordentlich gezähmt ist."

(„Und sie neigten die Himmel und kamen herab.")

Drei von ihnen zogen wieder einmal die Ringe. Und die Fallschirme entblätterten sich, blühten auf und ruckten. Sie waren wie ein Papierstapel gewesen, aber jetzt, als sie zur Erde kamen, waren sie plötzlich verstreut über fünfhundert Meter.

„Welkin, du hast heute ja überhaupt keinen Fallschirm!" Icarus vergaß den Mund zuzumachen, als sie sich alle wieder versammelt hatten. „Das war also anders an dir."

„Nein, ich glaube, ich hab' ihn nicht gehabt. Es gab ja auch keinen Grund, ihn zu haben, weil ich ihn nicht brauchte. Wirklich, ich hab' noch nie einen Grund gehabt, ihn überhaupt je zu benützen."

„Ah, also waren wir heute doch vollständig, und ich hab's nur nicht gewußt", meinte Joseph. „Morgen nimmt keiner von uns einen Fallschirm mit. Das ist ja viel leichter als ich dachte."

Welkin ging zum Himmels-Verkäufer, um am Abend wieder neuen Himmel zu kaufen. In den nahen Schatten der Rocks fand sie ihn nicht, deshalb ging sie hinab und noch weiter hinab und wurde angezogen von dem fungoiden, feuchten Geruch und den Echos der Unterwelt. Sie ging durch Passagen, die der Mensch geschaffen hatte, durch natürliche und durch unnatürliche Gänge. Richtig, einige der Korridore waren früher einmal von Menschen gebaut worden, aber jetzt hatte man sie zu den unnatürlichsten tiefen Höhlen gemacht. Welkin ging ganz hinab in die schwärzeste Dunkelheit, wo gewisse winzige Dinge noch eine weißliche Farbe hervorbrachten, aber es war eine falsche weißliche Farbe, und die Dinge hatten eine falsche Form.

Es gab da eine tote weiße Form von Myceliummassen, die groteske des Agaricus, die Unförmigkeit der tödlichen Amanita und der Morel. Die graumilchige Lactarius glühte wie eine lichtlose Laterne im Dunkel. Die Trügerische Clitocybe war bläulichweiß, und gelblichweiß die Caesar Agaric. Die Fliege Amanita war die tödlichste und sonderbarste von allen, und ein Maulwurf sammelte sie.

„Maulwurf, bring Himmel für das Heitere, für die großen Häscher und die Luftkönigin", quengelte Welkin. Sie hatte eigentlich noch viel Himmel, aber sie schien ein Leck zu haben, und deshalb fühlte sie sich ein bißchen verzweifelt krank.

„Himmel für die Königin der summenden Drohnen mit dem hohlen Herzen und ihren hohlen Knochen", rief der Himmels-Verkäufer mit hohler Stimme.

„Und frisch, vor allem frisch! Ich will ganz frischen Himmel!" verlangte Welkin.

„Mit diesen Kreaturen ist nicht alles so ganz frisch", erklärte ihr der Himmels-Verkäufer. „Du willst ihn doch lieber abgestanden, jawohl. Eingewachsen, alt und mit eingebautem Schimmelpilz."

„Was ist das?" fragte Welkin. „Wie ist der Name von dem Ding, von dem du's sammelst?"

„Die Fliege Amanita."

„Aber ist das nicht nur ein giftiger Pilz?"

„Er ist schon längst darüber hinaus, er ist sublimiert. Er ist jetzt ein einfaches Gift, das eine zweite Fermentation hinter sich hat und ein Narkotikum wurde."

„Aber für ein Narkotikum klingt es viel zu billig."

„Es ist auch kein gewöhnliches Narkotikum, sondern etwas sehr Spezielles."

„Nein, nein, überhaupt kein Narkotikum!" protestierte Welkin. „Das ist befreiend, weltzertrümmernd. Es ist absolute Spitze! Es ist die Bewegung und die Loslösung in einem, das Ultimative. Die Meisterschaft."

„Dann ist es eben Meisterschaft, meine Dame. Das höchste und niederste aller geschaffenen Dinge."

„Nein, nein", protestierte Welkin wieder. „Nicht geschaffen, sondern ... Nein, nicht geboren und gemacht. Das könnte ich nicht ertragen. Es ist das höchste aller nichtgeschaffenen Dinge."

„Nimm's, nimm's", brummte der Himmels-Verkäufer, „und dann verschwinde. In mir kringelt sich etwas zusammen."

„Ich geh' ja schon", sagte Welkin, „und ich komme noch sehr oft zurück und will mehr."

„Nein, wirst du nicht. Niemand kommt je oft zurück, um Himmel zu holen. Du kommst nie mehr zurück. Oder nur einmal. Ich glaube, einmal kommst du noch zurück."

Am nächsten Morgen gingen sie wieder hinauf, es war der letzte Morgen. Aber warum sollten wir sagen, es sei der letzte Morgen gewesen? Weil es für sie keine Ablenkungen, keine Grenze oder Tage mehr gab. Von jetzt ab war es für sie nur noch ein ewiger Tag, und nichts konnte ihn zerbrechen.

Sie stiegen mit dem Flugzeug auf, das einmal Shrike geheißen hatte und jetzt Eternal Eagle, Ewiger Adler, hieß. In der Nacht hatte sich das Flugzeug den neuen Namen mit neuen Symbolen selbst aufgemalt, und einige davon waren nicht sofort verständlich. Das Flugzeug schnaufte Himmel in sein Rohrleitungssystem, lachte und röhrte. Und das Flugzeug stieg immer weiter.

Oh, Jerusalem am Himmel, und wie es stieg!

Jetzt waren sie ganz bestimmt alle perfekt und brauchten niemals wieder den Himmel. *Sie waren selbst der Himmel.*

„Wie klein doch die Welt ist!" sang Welkin. „Die Türme sind winzig wie Fliegendreck, und die Städte nicht größer als Fliegen."

„Es ist nicht richtig, daß eine so unedle Kreatur wie die Fliege einen so übertriebenen Namen hat", beklagte sich Icarus.

„Das richte ich schon", sang Welkin. „Ich ordne an, daß alle Fliegen auf der Erde tot sein sollen!" Und im selben Moment starben alle Fliegen auf der ganzen Erde.

„Ich war gar nicht so sicher, daß du das auch tun konntest", sagte Joseph Alzarsi. „Das Falsche ist wieder gerichtet. Jetzt können wir selbst den edlen Namen Fliege annehmen. Es gibt keine Fliegen außer uns!"

Die fünf und der Pilot Ronald Kolibri traten ohne Fallschirme aus dem Ewigen Adler.

„Wird mit dir alles in Ordnung sein?" fragte Ronald.

„Aber sicher", sagte das Flugzeug. „Ich glaube, ich weiß, wo es andere Ewige Adler gibt. Ich will mir eine Frau suchen."

Es war wolkenlos, oder vielleicht hatten sie auch nur die Fähigkeit entwickelt, durch Wolken zu sehen. Oder vielleicht war auch nur die Erde so klein wie eine Murmel geworden, so daß die Wolken um sie herum gar nicht mehr zu sehen waren.

Reines Licht, das aus Quellen überallher kam! (Auch die Sonne war ganz belanglos geworden und trug nicht mehr viel zum Licht bei.) Reine und intensive Bewegung bezog sich nicht auf einen Ort. Sie gingen nirgendwohin mit ihrer intensiven Bewegung (sie waren ja schon überall, oder auch im über-geladenen Zentrum von allem.)

Reines kaltes Fieber. Reine Heiterkeit. Unreine Hyperraumleidenschaft von Karl Vlieger, und dann auch von allen anderen. Aber wenigstens war es schließlich doch nur reinste Ausgelassenheit. Verblüffende Schönheit in allen Dingen zusammen mit hochaufragender Zerklüftung, die so häßlich war, daß sie eine Ekstase schuf.

Welkin Alauda war mythisch und hatte Nenuphare im Haar. Und es soll nicht erzählt werden, was Joseph Alzarsi in seinem eigenen Haar hatte. Ein Immer-bereit, eine Million, oder auch eine Milliarde Jahre!

Keine Eintönigkeit, nein! Darbietung! Lebende Bilder, Szenerien! Die Szenen waren nur für einen Augenblicksbruchteil geschaffen, oder auch für immer. Ganze Welten formten sich in einer schwangeren Leere: nicht nur kugelige Welten, sondern solche mit zwölf Kugelflächen und noch sehr viel kompliziertere. Und nicht nur sieben Farben, mit denen man spielen konnte, sondern siebenmal sieben mal sieben und so weiter.

Sterne lebendig flackernd im hellen Licht. Ihr, die ihr Sterne nur in der Dunkelheit gesehen habt, schweigt! Asteroiden, die sie wie Erdnüsse aßen, denn jetzt waren sie alle metamorphische Riesen. Galaxien wie Herden übermütiger Elefanten, Brücken so lang, daß beide Enden über die Kanten der Lichtgeschwindigkeit reichten. Wasserfälle von einem viel feineren Wasser, die über Galaxienhaufen hüpften, als seien es Felsbrocken.

Welkin stellte sich ein wenig ungeschickt an und löschte mit einem solchen Wasserfall die gute alte Sonne aus.

„Es spielt doch keine Rolle“, sagte Icarus zu ihr. „Entweder eine Million oder eine Milliarde Jahre sind vergangen nach den Zeitskalen dieser Himmelskörper, und die Sonne ist bestimmt schon in ihre trüberen Tage gekommen. Du kannst immer wieder andere Sonnen machen.“

Karl Vlieger warf Blitzpfeile, die Millionen Parsecs lang waren und ein paar Purzelbäume schlugen.

„Bist du sicher, daß wir keine Zeit verbrauchen?" fragte Welkin ein wenig unsicher.

„Oh, die Zeit verbraucht sich doch selbst, aber wir sind sicher außerhalb ihres Zugriffes", erklärte Joseph. „Zeit, das ist nur eine sehr behelfsmäßige Art, Zahlen zu zählen. Sie ist deshalb behelfsmäßig, weil sie in den Zahlen begrenzt ist, und weil bei einem solchen System der Zähler sterben muß, wenn er an das Ende der Reihe kommt. Das allein sollte sehr gewichtig gegen ein mathematisches System sein. Es sollte ganz einfach nicht gelehrt werden."

„Dann kann uns also nichts je etwas antun?" wollte Welkin bestätigt bekommen.

„Nein, nichts kann über uns kommen, oder höchstens die innere Zeit, und wir sind außerhalb. Nichts kann mit uns zusammenstoßen, oder nur im Raum, und wir umgehen ja den Raum. Hör auf, Karl! Das ist doch Sodomie!"

„Ich habe einen Wurm in meinem Darm, und der knabbert immer an mir herum", sagte der Pilot Ronald Kolibri. „Das ist mein eigener Innenraum, und das Ding frißt sich ziemlich schnell voran."

„Nein, nein, das ist doch unmöglich. Nichts kann uns erreichen oder schaden", behauptete Joseph.

„Ich habe einen eigenen Wurm, der in einem noch innereren Darm ist", sagte Icarus, „und der Darm kann nie im Herzen oder Kopf der ganzen Innereien lokalisiert werden. Vielleicht war dieser Darm immer ein Stück Außenraum. Oh, mein Wurm knabbert nicht, der dreht sich immer um. Vielleicht hab ich's satt, immer außer Reichweite von allem zu sein."

„Woher kommen denn diese Zweifel?" fragte Joseph streitsüchtig. „Vor einem Augenblick hast du sie noch gar nicht gehabt, auch nicht vor zwei Augenblicken und vor zehn Millionen Jahren. Wie kannst du sie jetzt haben, da es doch kein Jetzt gibt?"

„Ja, das . . .", begann Icarus, und eine Million Jahre verging, „ja, das, da habe ich eine ganz bestimmte kosmische Neugier wegen einer Sache in meiner eigenen Vergangenheit (wieder verging eine Million Jahre), und diese Sache heißt Welt."

„Nun, dann befriedige doch deine Neugier", fauchte Karl Vlieger. „Wirst du's denn nie lernen, eine Welt zu machen?"

„Ich weiß doch, wie's geht, aber wird sie auch dieselbe sein?"

„Ja, wenn du's gut machst. Es wird dieselbe sein, wenn du sie als dieselbe machst."

Icarus Riley machte eine Welt. Er war darin nicht besonders gut, und es war daher auch nicht dieselbe, aber sie hatte ein bißchen Ähnlichkeit mit der alten Welt.

„Ich möchte sehen, ob noch ein paar Dinge da sind", rief Welkin. „Bring sie näher heran."

„Es ist nicht wahrscheinlich, daß deine Sachen noch da sind", sagte Joseph. „Vergiß nicht, es könnten ein paar Milliarden Jahre vergangen sein."

„Ah, die Sachen sind da, wenn ich sie hingetan habe", behauptete Icarus. „Und näher heranbringen kann man sie nicht, da jetzt jede Entfernung unendlich ist", steuerte Karl bei.

„Aber ich kann sie schärfer einstellen", schlug Icarus vor, und das tat er dann auch. Die Welt schien ziemlich nah da zu sein.

„Die erinnert uns ja an eine Jungehundewelt", sagte Welkin. „Schau mal, die springt uns ja direkt an."

„Das ist eher, als tue ein Löwe einen Satz auf einen Jäger, der auf einem Baum sitzt und gerade außer Reichweite ist", brummte Icarus. „Aber wir sitzen ja nicht auf einem Baum."

„Der kann uns niemals erreichen, wenn er auch möchte", zirpte Welkin beleidigt. „Wir wollen doch lieber hinunterreichen."

Und sie neigten die Himmel und gingen hinunter.

Eine ganz komische Sache passierte Ronald Kolibri, als er die Erde berührte. Er schien einen plötzlichen Anfall zu haben. Sein Gesicht erschlaffte, war fast von Entsetzen gezeichnet, und er wollte den anderen nicht antworten.

„Was ist, Ronald?" flehte ihn Welkin besorgt an. „Oh, was ist? Jemand muß ihm doch helfen."

Dann tat Ronald Kolibri noch etwas viel Komischeres. Er begann sich aufzufalten und brach von unten her auf. Langsam splitterten die Knochen, stachen aus ihm heraus, und seine ganzen Innereien platzten heraus. Er drückte sich zusammen, dann fiel er platschend auseinander. Wie kann ein Mann platschen?

Der gleiche Anfall traf auch Karl Vlieger, genau dasselbe

entsetzte Gesicht, dasselbe Auffalten und Aufbrechen von unten her. Es war die gleiche grausige Reihenfolge.

Und dann war Joseph Alzarsi an der Reihe, und er war sehr verblüfft, als auch er damit begann.

„Icarus, was ist mit ihnen passiert?“ schrie Welkin. „Warum dröhnt es so laut und langsam?“

„Sie sind tot. Wie ist das nur möglich?“ Icarus rätselte daran herum und zitterte. „Der Tod kommt rechtzeitig, wir sind's nicht.“

Icarus war durch die Zeit gefallen, als er auf die Erde krachte, aufbrach und mehr aus sich herausplatzen ließ als alle anderen.

Und Welkin berührte die Erde, krachte auf, und was dann? Sie hörte, als sie aufschlug, ihr eigenes langsames, lautes Dröhnen.

(Wieder verging eine Million Jahre, oder vielleicht auch nur ein paar Wochen.)

Eine zittrige alte Frau an Krücken schleppte sich die Mitternachtspassage unter den Rocks entlang. Sie war eine viel zu alte Frau, als daß sie Welkin Alauda hätte sein können, aber nicht zu alt für eine Welkin, die mehrere Millionen Jahre außerhalb der Zeit gelebt hatte.

Sie war nicht gestorben. Sie war leichter als die anderen, und außerdem hatte sie es schon zweimal getan, und das hatte sie unbeschädigt überstanden. Aber das war schon, bevor sie die Angst gekannt hatte.

Selbstverständlich hatten sie ihr gesagt, daß sie niemals wieder würde laufen können, und jetzt lief sie ganz unnatürlich mit Krücken. Der fungoide Geruch, die Feuchtigkeit und die Echos zogen sie an, und so ging sie hinab in die totale Finsternis, wo es kleine Dinge waren, die in der falschen weißen Farbe glühten, und alle hatten zudem noch eine falsche Form. Sie wollte nur ein Ding, und ohne es würde sie sterben.

„Himmel zum Ausbessern der zerbrochenen Krone! Himmel zum Wohl meiner hohlen Knochen“, krakeelte sie mit der Stimme einer uralten Frau. Aber es war nur ihre eigene Stimme, die als Echo zu ihr zurückkam.

Warum sollte ein Himmels-Verkäufer ewig leben?

Edgar Pangborn

Mount Charity

Edgar Pangborn wurde 1909 in New York City geboren. Seine formelle Erziehung, so sagt er selbst, bestand darin, daß er auf bescheidene Art Harvard ausgesetzt gewesen sei. Am New England Conservatory of Music studierte er Klavier und Komposition, und für einige Zeit plante er eine musikalische Karriere, ehe er sich auf das Schreiben umstellte. Im Zweiten Weltkrieg diente er auf Neuguinea und den Philippinen; sonst hat er sein Leben lang als freiberuflicher Schriftsteller und Maler gearbeitet.

1951 empfing er einen Sonderpreis von Ellery Queens Mystery Magazine. An Romanen wurden veröffentlicht „West of the Sun" (1953), und damit gewann Pangborn den International Fantasy Award; „Wilderness of Spring" (1958), ein historischer Roman; „The Trial of Callista Blake" (1962), ein Roman, in dem es um die schwerste Strafe geht; „Davy" (1964), ein Zukunftsroman, und „The Judgement of Eve" (1966), ebenfalls ein Zukunftsroman. „Good Neighbors and Other Strangers" (1972) ist eine Sammlung von Kurzgeschichten.

„Mount Charity" kam 1971 in die Schlußrunde für den Nebula Award.

Mein Name ist Peregrin. Ich habe zwei Freunde.

Bitte, rühr mich nicht an. Fühle, wie sich die Luft bewegt, wenn ich meine Schwingen rühre, und versteh: Ich bin Fleisch.

Einer meiner Freunde versteckt sich drüben am Rand der Föhren. Er heißt Lykos. Denk an einen europäischen Wolf, der größer und zottiger ist als ein amerikanischer Timberwolf. Vor dreitausend Jahren war sein Fell glänzend schwarz; es ist weiß geworden wie mein Gefieder. Mein anderer Freund führt seine Arbeit weit von hier entfernt aus in einer Höhle der niedrigeren Gipfel der Cascade Range. Die fernen Vorfahren der Schwarzfußindianer nannten diesen Berg Mount Charity, weil er gutes Obdach, Quellen und weite Gebiete süßen Grases bot, dazu wehten mäßige Winde. Wenn du ihn siehst, wirst du an einen schwanzlosen Affen denken, einen Barbarenaffen. Ihm und uns macht es, seit wir Indien entdeckten, viel Spaß, ihn Hanuman zu nennen. Auch er ist weiß geworden. Als erster von uns begriff er, daß wir alt werden. Wir wissen auch schon, daß wir sterben könnten. Einmal waren wir zu viert.

Ich will nicht auf deinem Handgelenk stehen. Du würdest unser Fleisch kalt finden. Ich mag die Armstütze deines Stuhls. Mir gefällt es, der späten Sonne auf deinem Gesicht zuzuschauen, Doktor, wenn ich auch bemerke, daß du dich von ihr abwenden mußt, wie ich es nie zu tun brauche.

Sprechen fällt mir schwer. Ich kenne deine Sprache gut, aber meine Kehle hat Schwierigkeiten mit menschlichen Lauten. Sei also geduldig mit mir.

Fünf Sommer lang haben wir dich beobachtet. Diese Hügel, die du Vermont nennst, gefallen uns sehr gut. Wir mögen auch die jungen Leute, die im Sommer mit ihren Zelten kommen, und du wendest bei ihnen deine Version sokratischer Methoden an, um ihre Geister zu bewegen. Das ist eine sokratische Schule, nicht wahr?

Ja, irgendwie. Ich jage sie mit Logik. Ich will, daß sie die Phantasie und die objektive Wahrheit kennen, um beide schätzen zu können und den Unterschied zu sehen. Du nennst mich Doktor, aber es ist schon fünfzehn Jahre her, daß ich mich von der Praxis zurückgezogen habe. Peregrin, es wird schwierig sein, mich zu überzeugen, daß du nicht der Traum eines alten Mannes bist, der in der Sonne eingeschlafen ist.

Du wirst mehr Gewißheit haben, wenn Lykos zu deinen Füßen liegt und mit einer viel besseren Stimme zu dir spricht, als ich es kann.

Unseren eigenen Ursprung kennen wir nicht. Wir hörten auf unsere Art zu, als eure Wissenschaft es lernte, sich auszudrücken. Ihr konntet forschen – eure Mikroskope und Teleskope, eure Mathematik und feine Methoden –, wir konnten es nie. Was wir von unserem Anbeginn glauben, ist eine Imitation eurer Spekulation. Da nichts existiert, soviel wir wissen, was uns auf dieser Erde gleicht, und da unser Fleisch wenig mit dem von euch Erdgeborenen zu tun hat, glauben wir, daß wir dem Ursprung nach von ... Wir wollen uns einmal vorstellen, wir seien als Sporen mit einem

Meteoriten vor etwa dreitausend Jahren auf die Iberische Halbinsel gefallen. Wir meinen, dieser unbekannte lebende Staub war fähig, in einen terrestrischen Wirt einzudringen und dort zu wachsen, bis jeder Teil verwandelt wurde in unsere Substanz mit einem unirdisch langen Leben und einem zähen Gedächtnis, den teilweise menschenähnlichen Fähigkeiten, zu denken, sich vorzustellen, Zuneigung zu fassen. (Manchmal, und das ist wahr, denken wir auf eine Art, die ich dir nicht erklären kann.) Und wir nehmen an, daß dieser Staub in die erwachsenen Körper eines Wanderfalken, eines Wolfes, eines Affen, einer Schlange eintrat. Wir halten uns an diese Hypothese, weil wir keine bessere haben. Vielleicht dann, wenn wir sterben und eure Fachleute uns untersuchen, werden sie eine ganz andere Erklärung für uns haben. Aber wir hoffen noch eine kurze Zeit zu leben. Uns scheint, daß eure Weisen, denen die eigene Technologie davonläuft, durch Verfall der politischen und gesellschaftlichen Verantwortlichkeit, noch mehr aber durch alle Schrecken menschlicher Übervermehrung, genug zu tun haben werden und ihre Energien für lange Zeit voll und ganz beansprucht sind – falls es auf diesem Planeten noch viel Zeit für Lebewesen geben sollte –, ohne sich nachdrücklich mit drei Fremden zu befassen, mit „unmöglichen“ Kreaturen, die nur beobachten, überlegen und eine bestimmte Aufgabe zu Ende führen können, falls wir genug Zeit haben.

Wir sind nicht einmal sicher, daß es für eure Rasse sicher wäre, mit uns umzugehen. Diese neue Sorge hat uns eure Wissenschaft beigebracht. Niemals hatten wir viel körperlichen Kontakt mit dem tierischen Leben auf der Erde, denn es stört uns, und unsere Sinne schrumpfen; wir können euch lieben, euch aber nicht berühren. Wenn du das nicht verstehst, so laß es vorübergehen; auf uns wirkt es sich viel mehr aus als auf euch.

Die Blätter einiger Pflanzen sind die einzige Nahrung, von der wir uns erhalten. Haben wir Kontakte mit dem animalischen Leben gehabt, so meistens zufällig, und sie haben, soviel wir wissen, für beide Seiten keinen Schaden angerichtet, aber darüber können wir nie genug wissen. Ich ziehe es vor, wenn du deine Hand nicht nach mir ausstreckst. Vielleicht ist das eine unnötige Vorsichtsmaßnahme, aber sie ist besser, als dir ein Leid zuzufügen.

Der vierte von uns wurde von verängstigten Bauern getötet, mit Steinen und Stöcken totgeschlagen. Vielleicht war es ihr heiliger Zorn – und ihre Angst –, der die Schlangengestalt haßte. Das geschah im zwölften Jahrhundert eures christlichen Kalenders. Aber wir haben auch Menschen dieser Zeit gesehen, die der gleichen idiotischen Zerstörungswut unterlagen, weil bestimmte Formen zu sehr von ihrem menschlichen Muster abwichen und daher gehaßt werden mußten.

Ophis hatte ihre Erinnerungen mit dem Wissen von der großen Welt unter den Grasspitzen sehr gehütet. Jahrhundertelang hatte sie menschlichen Dingen gelauscht – unter Fußböden, hinter Mauern, in Gartenhecken, am Rand von Lagerfeuern. Was sie uns davon zukommen ließ, ist sicher in Hanumans unfehlbarer Erinnerung aufbewahrt und auch schriftlich aufgezeichnet; daran arbeitet er noch am Mount Charity. Aber Ophis starb, ehe wir mit diesen Aufzeichnungen begonnen hatten, und so ist der Rest dessen, was sie wußte, endgültig verloren.

Solltest du den Wunsch haben, andere von unserer Existenz zu überzeugen, und seien es deine gutherzigen Schüler, die uns selbst niemals ein Leid zufügen würden, so gib bitte diesen Gedanken auf. Wir dürfen es nicht wagen, uns zu zeigen. Ich kam verängstigt zu dir und bin es trotz allem, was wir über dich wissen, noch immer. Verzeih mir, wir kennen die menschliche Gewohnheit, erst zu schießen und dann zu schauen, was die Kugel traf, viel zu genau.

Wir haben in jeder Generation deines Volkes nach den wenigen gesucht, denen wir uns im Notfall nähern dürfen. Es ist lange her, seit wir gesprochen haben. Lykos wollte vor dreihundertfünfzig Jahren eine Frau retten, die sich in den Wäldern verirrt hatte, und ihre Angst konnte er nur beruhigen, indem er mit seiner weichen menschlichen Stimme sprach. Ah, seine Freundlichkeit! Die arme Seele wankte nach Hause, halb betäubt von dem heiligen Wunder, denn sie glaubte, Gott persönlich habe mit ihr gesprochen; und da sie vor den falschen Ohren schwatzte, wurde sie auf dringendes Anraten des Erzbischofs von Köln als Hexe verbrannt. Mehr als einmal habe ich gesehen, wie menschliche Güte ausgriff, um eine Motte vor der Kerzenflamme zu retten, und die Hand ängstigte das schöne, dumme Ding direkt in den Tod.

Wir kommen jetzt zu dir, weil wir deiner Hilfe dringend bedürfen. Was uns bedroht, könnte dir und den anderen deiner Rasse unwichtig erscheinen, selbst wenn sie vorher die Tatsache unserer Existenz akzeptiert hätten. Wir wissen, daß du nicht so denkst, aber du könntest aus anderen Gründen zögern. Du hast ein Recht, mehr über uns zu wissen, denn wir kommen ja mit einer Bitte zu dir. Laß mich für eine Weile von uns sprechen.

In unserer Zeit haben wir alle Regionen zwischen den Polen überprüft, bis auf die Meere. Ich bin bis zu den fernsten Inseln geflogen. Ich kenne die obere Luft (wie rein sie doch einst war!); Lykos und Hanuman durchstreiften jahrhundertelang die Dschungel, die Prärien, die Steppen, Tundren, Felder und Weiden, die der Mensch nützt. Überallhin reisten sie mit Ophis, so lange sie noch lebte. Wir haben keinen anderen unserer Art gefunden. In der See? Möglich wäre es; dorthin können wir aber nicht gehen. Etwas von dem Staub, aus dem wir (vielleicht) entstanden sind, könnte dorthin gefallen sein. Ich kam ins Bewußtsein auf einem Erdflecken in der Nähe der Mündung dessen, was heute der Guadalquivir ist; und die erste Schönheit, die ich sah und über die ich nachdachte, war das Spiel der Nachmittagssonne auf den Wassern des Atlantik; die erste Musik, die ich hörte, war der Kontrapunkt von Wind und Ozean. Ich denke, es war – wie soll ich sagen? – nach meiner Geburt, daß südlich von dort eine Stadt wuchs. Die Römer nannten sie Gades, jetzt heißt sie Cádiz. Ja, dort könnten ein paar von uns in der See leben. Ich meine, es wird ihnen kaum so wie uns gelungen sein, die Kommunikation zu entdecken. Für sie wird die Menschheit vielleicht nicht viel anderes sein, als ein Bruchstück des Todesregens, der langsam durch die grünen Tiefen in den Bodenschlamm sinkt. Wenn die Zerstörung der See durch eure Rasse auch sie erreicht, können sie sich nicht verteidigen, sie können auch nicht fliehen.

Wir haben jedenfalls keine anderen gefunden. Die Hoffnung, dies doch noch zu tun, ist noch nicht ganz aufgegeben, wenn sie auch immer schwächer wird. Eure Welt ist riesig groß. Nur Menschen, die von Ungeduld oder Gleichgültigkeit geprägt sind, halten sie für klein. Nur die bemitleidenswert Unwissenden glauben sie erforscht.

Ich will dir mehr erzählen von dieser ersten Bewußtheit. Sie kam als Geist ohne Sprache, Wissen oder Erinnerung und besaß einen leichten Körper, der fliegen konnte, ohne die Kunst lernen zu müssen, der scharf sah und hörte und das Vergnügen entdeckte, mit dem Wind zu rasen. Mit dem Geruch erwachte auch der Hunger (nicht der des Falken!), und ich pickte an Blättern, weil mich dieser und jener kräftige Geruch anzog, bis ich lernte, wie der Hunger gestillt werden konnte. Wenn auch mein Geist leer war und wartete, so war er doch erfüllt von einer Flamme der Neugier, wie kein anderes Tier sie kennt. Ich verstand jetzt nur den Menschen noch nicht. Ich hatte keine Sprache, Tradition oder Führung, überhaupt keine Ahnung von Kommunikation. Ich beobachtete den ununterbrochenen wundervollen Fluß des Lebens um mich herum, konnte Vergleiche anstellen und grundlegende Schlüsse ziehen, von kleinen Beobachtungen zu großen kommen und vergaß dabei nichts. Ich weiß nicht, wie lange ich in dieser Zeit des Beginns lebte, meine aber, nur ein paar Jahre. Ich lehrte meinen Geist, was mein Körper tun konnte, ohne es gelernt zu haben: fliegen.

Ich sah die Rundheit der Welt und die einladenden Weiten, flog aber damals nicht weit, kaum bis zu den Pyrenäen und nicht weit hinaus über den Ozean, kurze Entfernungen in Nordafrika – wie grün es damals war! –, aber immer kehrte ich zurück. Ich glaube, ich wußte schon damals, daß ich weiterfliegen würde, doch erst mußte ich mehr von dieser Region verstehen, wo meine bewußte Existenz begann.

Ich wurde Zeuge, wie Leben endlos Leben tötete. Das machte mich scheu, denn ich sah das Bild des Todes als erloschene Bewegung, wie sie gewöhnlich dem Verschwinden in einem hungrigen Maul folgte, oder als Verwesung. Ich entdeckte, daß die meisten Kreaturen von meiner oder geringerer Größe mich mieden, und die Falken waren ebenso furchtsam wie die anderen. Vielleicht war es mein Geruch, oder es könnte eine andere Wahrnehmungsfähigkeit gewesen sein, die euren Studien bisher entging, Doktor. Stößt mein Geruch dich ab?

Nein. Er ist würzig und merkwürdig, für mich aber angenehm.

Gut. Vor einer Weile störten dich die Moskitos. Du wirst nichts davon verspüren, solange ich bei dir bin.

Eines Tages, ich war noch ziemlich jung, wenn dies das richtige Wort ist, flog ich über diese nördlichen Berge, und da sah ich, wie Lykos über einen Grat wanderte, auf dem dünn der Schnee lag.

Neben ihm ging Hanuman. Ich wußte, das war nicht üblich. Wölfe hatte ich schon beobachtet, und es sind wilde Räuber. Affen dagegen gehören den warmen südlichen Gegenden an, hielten sich nie in diesen Bergen auf, ganz gewiß nie in Gesellschaft eines großen schwarzen Wolfes. Ich glitt an ihnen vorbei und kehrte verwundert zurück, und Lykos' goldene Augen folgten meinem Flug. Hanuman kauerte neben ihm und hatte liebevoll einen Arm um seinen Rücken gelegt. Dann stand der Affe auf und schwang einen Arm, so wie ich es bei Menschen gesehen hatte, die einen anderen herbeirufen wollen. Ich schwebte tiefer herab und überwand meine Angst. Kein Wolfs- oder Affengeruch, aber der meine! Und der Geruch nach verwesenden Blättern, dem ich begegnete, wenn ich meine Federn putzte oder meinen Kopf unter meine Schwingen schob. Ohne Angst ging ich neben ihnen herunter, und die kleine Ophis glitt von ihrem Reitplatz in Lykos' dickem Nackenfell. Jetzt waren wir vier.

Die drei konnten sich bereits recht gut in einer privaten Sprache verständigen, die wir heute noch unter uns benützen. Später lernten wir auch menschliche Sprachen, so wie wir sie brauchten. (Die Geschichte ihres Wachstums aus dem, was sie vor dreitausend Jahren waren, gehört zu den Schätzen, die für euch in Hanumans Aufzeichnungen gerettet wurden.) In wenigen Tagen hatte ich unsere eigene Sprache gelernt, denn ich hatte sie geliebt in dem Augenblick, da Hanuman mich berührte.

Wir sind geschlechtslos. Die Körper von Lykos und Hanuman sind zwar männlich angelegt, doch haben sie keine sexuellen Begierden, die wir nur als Beobachter verstehen. Ophis sah weiblich aus. Das war wohl Zufall, und wir stellen uns das so vor: Der treibende Staub drang in jenen nächsten Wirt ein, der dies zuließ. Ich weiß nicht, welches Geschlecht mein Körper hatte, ehe er sich veränderte, doch das ist unwichtig. Wenn wir uns mit Sporen fortpflanzen und wir möglicherweise – ich träume jetzt vielleicht laut – an hohem Alter sterben, könnten unsere Körper vertrocknen und die Sporen über die Luft verteilen. Ängstigt dich dieser Gedanke?

Nein, Peregrin.

Wir kennen Liebe als tiefe Zuneigung, geteiltes Erleben und Mitleid (in diesem Sinn können wir auch deine Rasse lieben und tun es auch), und wir genießen die Nähe; manchmal berühren wir einander wortlos . . . Für dich sind unsere Körper kalt, wir untereinander finden sie warm . . . Kannst du dir ein menschliches Wesen vorstellen, das im Raum steht, wo mein Körper zu lebendem Staub wird?

Das kann ich mir ohne Mühe vorstellen.

Kannst du dir vorstellen, hier zu stehen?

Das ist schon schwieriger.

Ich selbst würde es nicht wünschen. Menschliche Wesen sollten leben. Ich denke, meine natürliche Todeszeit liegt noch in weiter Ferne. Wenn sie kommt, dann wird vielleicht ein menschlicher Invalide, der sonst sterben würde – aber das spielt keine Rolle. Wenn unsere Substanz eindringt, dann würde nur das äußere Bild, der Rahmen, menschlich bleiben. Menschen müssen als Menschen leben.

Es ist eure Welt. Ihr könnt nicht so sein wie wir, und wir sind nicht so unterschiedlich, anpassungsfähig und abenteuerlich, so schön, oder sogar so glücklich, wie dein Volk werden könnte, wenn es lernen würde, wie es zu leben hat; wenn ihr zu denken beginnt an weniger und besser, nicht an mehr und gieriger. Ich denke, auch ein paar von uns sollten leben, wenn möglich, wenn wir dessen sicher sind, daß unsere Substanz für das natürliche Leben der Erde harmlos gehalten werden kann. Aber wir haben nicht eure Fähigkeit zum Bösen, aber auch nicht, oder wenigstens nicht in ganzem Ausmaß, die zum Guten. Ihr müßt, wenn ihr könnt, die Erdenmenschen werden, die guten Ehemänner, die Musikanten und die Hüter des Weinberges.

Unsere großen Reisen begannen schon bald nach dem Zusammentreffen am Berg. Wir überquerten die Pyrenäen im Frühling eines Jahres, das ihr das neunte vor Christus nennt. Wir reisten so, wie es uns gefiel, durch die Wälder, die später Gallien hießen, die Nordküste Europas entlang zu den baltischen Stränden in die riesigen Weiten Asiens. Nach Jahren erreichten wir den Pazifik. Ich flog weit die Küsten auf und ab, sah Dächer, Rauch und schon erstaunlich schön angelegte Felder. Um diese Zeit machten wir keine Pause, um viel davon zu erfahren, weil wir die Welt als einzige große Vision erleben wollten. Ich fand diese Nebelregion, wo sich der größte der Ozeane verengt zu einer Straße, die beide Kontinente trennt, und ich führte meine Freunde auf Umwegen dorthin. Hanuman schuf mit Lykos' Hilfe ein Floß. Wir warteten, bis der Winter die Straße noch verschmälerte, und überquerten sie mit Hilfe der Stürme und Strömungen und, gleichzeitig von ihnen bedroht, über das Packeis. Manchmal schwamm Lykos und zog das Floß.

Er war nie in Gefahr, zu sinken. Wir können eine Kälte ertragen, die für euch tödlich wäre, und unser Fleisch ist viel leichter und hat mehr Auftrieb als das eure. Aber wir fürchten den Ozean, denn wir hatten nie die Möglichkeit, genug über ihn zu lernen. An jenem Tag war er nur Drohung und Düsterkeit. Ich hoffte, als ich flog, sie vor häßlichen Rückenflossen warnen zu können, wenn sie sich näherten, oder vor einer riesigen Gestalt, die sich aus der grauen Wirrnis erhob, aber dieser Nebel, dieser ununterbrochene Nebel! Ja, er verbarg uns, und das half, aber meine scharfen Augen waren nutzlos. Wir kamen jedoch durch und kehrten später sicher zurück. Als Gruppe machten wir diese Reise nur noch einmal. Für mich sind natürlich die Barrieren der Ozeane kaum mehr als ein andres Feld auf dem Schachbrett.

Auf dieser Reise – wir waren schon im achten Jahrhundert eurer Zeitrechnung angelangt – erforschten wir die gesamte Küste Nordamerikas bis zum Norden Neufundlands und südlich bis dorthin, was jetzt als Kanalzone bezeichnet wird und weiter zum Kap Hoorn. Es waren viele Jahre, wir lernten neue Dschungel kennen. Weiter ging es nach Norden über die Anden und wieder nach Alaska. Jahrzehnte später waren wir in der Nähe unseres Ursprungs.

Wir studierten die meisten der menschlichen Siedlungen und Kulturen, die wir fanden, vermieden Kontakte, weil wir die Gefahren kannten. In jenen Jahrhunderten unseres Forschens trennten wir uns nie, und wir waren kaum mehr als ein rascher Schatten im Augenwinkel eines Menschen, ein Punkt kreisender Schwingen, der aus den Wolken tauchte und wieder darin verschwand.

Vergiß nicht, Doktor: Dreitausend Jahre sind kein Alter. Ehe unsere Geister erwachten, war Mohenjo-Daro begraben und vergessen unter einer Vielfalt späterer Bauten. Die große Stadt Babylon wurde mehr als tausend Jahre vor unserem Erwachen gegründet, aber wir kannten die Stadt damals. Ophis hielt sich in ihren Kellern auf, Hanuman war ein flüchtiger Schatten auf mitternächtlichen Dächern, Lykos trottete in der Dunkelheit durch stinkende Gäßchen und lauschte menschlichen Stimmen, und die Hunde schlichen unbelästigt davon.

Griechenland und die wenigen erleuchteten Jahrhunderte kannten wir. Ich bin über Kreta und alle griechischen Inseln geflogen. Wir können dir versichern, Hellas war wirklich schön; das Herz des Achilles brach beim Tod seines Freundes. Ich sah den schwarzen Rauch des brennenden Troja am Himmel, doch das war nur einer von den tausend Kriegen, die wir beobachteten, und alle waren gemein, unnütz und ganz und gar nicht nötig. Dieser eine Krieg war nur deshalb wichtig, weil ein Poet Musik machte. Ja, Odysseus, der schlaue Odysseus, machte sich von dort aus auf seine Heimreise, aber von ihr weiß ich ebenso wie du nur das, was eine bessere Stimme erzählte.

Auf einer sehr viel späteren Reise kamen wir an Antiochia und Thyrus vorbei, dann erreichten wir ein großes menschliches Durcheinander – Alexandria, wo wir das vertraute Griechisch und römische Dialekte hörten. Wir folgten der Küste nach Westen und trafen vor Karthago mit den Legionen zusammen. Nach eurem Kalender war dies das Jahr 146 vor Christus.

In jener Nacht schlichen Lykos und Hanuman vor den Lagern herum und hörten das Fluchen, Klagen und die gelegentlich auch nachdenklichen Gespräche der Soldaten, das Geschwätz des Lagergefolges und der Sklaven, das Knurren und Grunzen von Würfelspielern, das Quietschen von Rädern, das Spucken, Schnarchen und Rülpsen und das Gluckern des Weines in den Schläuchen – Nachtgeräusche, die sich nicht wesentlich unterscheiden von denen, die wir 1346 bei der Belagerung von Calais hörten. Nein, nicht wesentlich anders, alter Freund, von der Nacht im Sommer 1863 vor Vicksburg. Wären wir dort gewesen, dann hätten wir, glaube ich, die gleiche Mischung aus schwarzem Humor, unschuldigen Flüchen, Geduld, zielloser Verzweiflung und Müdigkeit gehört, egal ob in den Gräben vor Verdun oder vor dem Beginn der Schlacht am Monte Cassino. Wir würden dies auch hören, vielleicht viel hysterischer, wo immer eure Soldaten miteinander in jenem Giftkrieg sprechen, den eure Regierungen so blind und endlos in Vietnam führen.

Wir versuchen, dies alles zu verstehen.

Ich flog über Karthago. Um diese Zeit wußten wir über menschliche Dinge schon ziemlich viel. Ich wußte also, was geschehen würde. Wir vermuteten, daß die Herrschaft Roms unumgänglich war, wenn auch nur wegen Roms tierischer Dickköpfigkeit, und diese Stadt war das Herz des Feindes. Wir hörten Klatsch und Wahrheit über den galligen Cato in seinen Achzigern. Damals war der alte Hasser schon tot – er hatte die Griechen auch gehaßt –, aber dieser alte Haß spie und spuckte noch immer überall dort, wo Legionäre es hören konnten. Innerhalb von sechs Tagen ging Karthago in Rauch auf. Ehe ich reinere Luft suchte, hörte ich die Schreie und erspähte die üblichen menschlichen Unterhaltungen. Und doch wurde erzählt, daß es damals bei den römischen Offizieren wenig Gelächter gab; und ja, wenn du neugierig bist, dann ist es vielleicht wahr, daß Scipio Aemilianus weinte über dieses Produkt seiner Fähigkeit als General. Dies für deine möglichen Aufzeichnungen.

Ich hatte die Menschen satt, satt vor allem auch ihre Selbsttäuschung, und den anderen ging es ebenso. Wir wanderten hinab in die Dschungel Afrikas, und das war unsere dritte lange Reise. Wieder beobachteten wir das menschliche Muster im Leben der wilden Stämme. Es waren rauhe Dschungel, und auch heute noch sind sie das zum Teil. Einmal fiel Lykos – er kommt jetzt aus den Föhren hierher zu dir – in eine Grubenfalle der Pygmäen, und wir konnten ihn nicht ganz herausholen, ehe sie kamen. Ich schoß zwischen sie, riß an ihren Gesichtern, bis sie flohen und von Hexerei plapperten.

Ich kann mich nicht erinnern, Peregrin, daß du je schöner ausgesehen hättest.

Lykos, laß mich diesen Fuß verarzten.

Ich kann auf dreien laufen, Doktor. Unsere Wunden heilen; unser grünblütiges Fleisch wurde noch von keiner Infektion befallen. Aber es ist wahr, wir heilen jetzt viel langsamer als damals in unserer Jugend, die Kugel schmerzt mich, und hier an diesem Gelenk könnte vielleicht der Knochen nicht so gut heilen. Aber, Sir, der Kontakt mit unserem Fleisch ...

Das glaubst du aber doch selbst nicht, oder? Nach all dieser Erdenzeit, und nie ist ein Schaden entstanden? Laß mich wenigstens die Kugel herausholen und den Fuß schienen. Für mich ist das doch leicht.

Aber der Kontakt, Doktor ... Vorsicht ...

Nach dreitausend Jahren ohne Schaden? Laß mich meiner

eigenen Vernunft folgen. Übrigens, ich bin ziemlich alt. Für mich ist das kein Unterschied. Bleib hier. Ich hole, was ich brauche ...

Er wird doch nicht andere über Telefon herholen?

Nein, Lykos. Da bin ich ganz sicher. Er ist ehrlich.

Du hast ihn noch nicht gebeten?

Nein, aber ich sagte ihm, wir seien wegen einer Bitte gekommen.

Immer noch Zeit zum Rückzug, Peregrin. Wir könnten ihn ja denken lassen, diese ärztliche Hilfe sei der Grund, weshalb wir gekommen sind.

Zu schwach, Lykos. Wir müssen die Bitte stellen.

Etwas in seinem Gesicht ... Ich denke, er hat Krebs.

Das ist möglich ... Still. Tu das, was er dir sagt ...

War das zuviel?

Nein, du bist sehr flink und gut. Aber Doktor, ich schlage wirklich vor, daß du jeden Kontakt mit dem grünen Blut vermeidest, das da herausquillt, wo die Kugel war. Laß es bluten, es gerinnt sehr schnell. Und versuche es nicht zu berühren, wenn du die Schiene anlegst.

Ich glaube, das ist eine häßliche kleine .22er. Was ist da geschehen?

Es war ein Jäger. Ich war überzeugt, daß ich mich gut versteckt hatte, aber ich muß wohl unvorsichtig gewesen sein. Ich lief davon. Ich weiß nicht, wofür er mich hielt.

Falls er etwas gedacht hat. Jetzt kommt die Schiene. Es wird weh tun, weißt du.

Es gab Schlimmeres ... Jetzt wird es heilen. Deine Güte ist ein Frühling im Winter. Peregrin, sag ihm, was du ihm sagen wolltest. Mmm, diese Pygmäen. Ich wurde richtig zornig.

Ja, du hast deine Gedanken ziemlich frei geäußert. Weißt du, Doktor, es war nachdem wir Zeugen wurden von Verfall und Fast-Tod allen Lernens in der Zeit, die ihr frühes Mittelalter nennt; da begann Hanuman an seinen Aufzeichnungen zu arbeiten. Dieser traurige Niedergang vom vierten Jahrhundert an, dieses Verschwinden westlicher Kultur für nahezu tausend Jahre machte uns klar, wie leicht es für eine Gesellschaft wie die eure ist, die Lichter ausgehen zu lassen. Vielleicht kommt in allen menschlichen Kulturen eine mentale Müdigkeit, die von kurzen Perioden der Unternehmungslust unterbrochen wird. Für eine

Weile schiebt ihr mit Eifer und Kraft an, und dann – plumps. Die Intelligenz als eure lenkende Kraft versagt, und das genügt natürlich, euch buchstäblich mit allem in einen langen Ruin zu führen.

Uns schien, daß wir auf unsere begrenzte Art als Geschichtserhalter wirken könnten. Wir dachten, daß eine ausführliche, wahrheitsgemäße und absolut genaue Aufzeichnung all dessen, was wir wissen, was wir objektiv beobachteten, für dich und euch sehr wertvoll sein, sogar als eine Art Anleitung und Führung dienen könnte. Sicher ist es wahr, daß eine Kultur, die ihre Geschichte vergißt, dazu verdammt ist, sie zu wiederholen.

Peregrin, erkläre es, ich meine, der Doktor wird uns beipflichten. Keine Kultur hat bis jetzt wirklich ihre Geschichte vergessen, weil auch keine Kultur mehr als nur Fragmente davon besaß. Wenn man das als richtig annimmt, ist auch ein uralter Spruch wahr. Ich nehme an, daß ein historisches Wissen, das ausreichte, auch als vertrauenswürdiger Führer zu dienen, kaum bei mehr als jeweils einem halben Dutzend Gelehrten zu finden war. Einige haben sich nach besten Kräften bemüht, es zu erhalten und weiterzugeben, doch wer liest das schon? Die Menschen kennen im allgemeinen ihre eigene Vergangenheit nicht. Ein paar Schnipsel werden hastig in der Schule gschluckt von jenen, die Schulen haben; es sind einfache, beliebte Verallgemeinerungen, die meisten davon falsch und schädlich.

Lykos, ich muß da leider zustimmen.

Lykos ist ein größerer Pessimist als ich, vielleicht deshalb, weil seine Zuneigung zur Menschheit tiefer geht.

Möglich. Aber denk nur ja nicht, ich wüßte den Wert unserer Aufzeichnungen nicht zu schätzen. Ich überlege nur, ob diese flüchtigen, kurzlebigen Wesen je so viel Verstand aufbringen, sich ihrer zu bedienen.

Er und ich, wir sprechen gleich, Doktor, wir denken auch gleich. Aber Lykos denkt das im stillen, wie alle denkenden Wesen. Du müßtest uns ein Jahrhundert lang kennen, wolltest du selbst entdecken, auf wie viele Arten wir – Personen sind. Ophis war unsere Humoristin. Sie hatte in ihrer Sprechweise einen süßen kleinen Stachel, über den selbst Hanuman lächelte. Er ist der meditative Typ, der Logiker und Philosoph – und voll Mitleid. Seine Hände haben sich mit dem endlosen Schreiben sichtbar verändert – beide vergrößert, denn er schreibt mit beiden Händen –, und in Mittelfinger und Daumen sind tiefe schwarze Rillen.

Unsere Aufzeichnungen begannen wir in eurem neunten Jahrhundert nach Christus. Wir hatten gehofft, sie euch übergeben zu können, wenn ihr als Gesellschaft intelligenter Wesen mehr Zeichen intelligenten Verhaltens gegeben habt. Unter den gegebenen Umständen können wir kaum mehr länger darauf warten. Vielleicht haben wir das schon zu lange getan und zu sehr auf die Kraft eurer oft brillanten Persönlichkeiten und Minderheiten vertraut. Der Bericht ist noch nicht fertig. Hanuman konnte ihn bisher gerade noch ins zwanzigste Jahrhundert bringen ... Lykos, meine Kehle ist müde.

Ich werde weitermachen, natürlich auf meine brummige Art. Doktor, bist du sicher, daß uns niemand unterbrechen wird? Ich bin nicht bereit, andere Leute zu treffen als nur dich.

Die jungen Leute sind alle zu einem Film ins Dorf gefahren, sie werden erst nach Einbruch der Dunkelheit zurückkommen. Die beiden Wagen könnt ihr nicht überhören. Niemand sonst besucht mich hier, oder wenn jemand es tun sollte, dann hat diese Tür ein Schnappschloß, das ich nicht abstellte. Ihr könnt es aufstoßen oder euch in einem Schrank oder unter meinem Bett verstecken.

Ich bin auch stubenrein. (Peregrin, ich fühle mich gar nicht schrumpfen, wenn er meinen Kopf tätschelt.)

(Gut. Du warst schon immer ein sentimentaler kleiner Bursche.)

War das nicht eure persönliche Sprache?

Ja. Ich erzählte dem alten Federpuff, daß ich deine Berührung mag. – Wir überlegten uns diese Aufzeichnungen ganz plötzlich, aber es dauerte Jahre, einen Platz zu finden, wo man sicher arbeiten und sie aufbewahren konnte. Wir wählten schließlich eine Höhle in den Vorbergen der Dinarischen Alpen. Der Eingang war wohl größer, als wir ihn gerne gehabt hätten, aber wir taten unser Möglichstes, Buschbarrikaden zu errichten. Sie schien entlegen genug zu sein. Italien mit den vielen Menschen lag mehr als hundert Meilen entfernt mit der Adria dazwischen. Rund um unsere Höhle ist karge Wildnis, hier und dort ein paar Ziegenpfade, sechs Meilen entfernt ein Bergweg, der nur wenig von Wagen und Reitern benützt wird. Von unseren Klippen aus sahen wir hinab auf die fernen Dächer eines Bauerndorfes, doch vor dem waren wir nicht nur durch unsere Höhe geschützt, sondern auch durch häßliche Schluchten, dichte Wälder und wilde Felsstürze. Es gibt dort Bären, die ähnlich aussehen wie ich, und in diesem Land glaubte man auch sehr an Vampire, Hexen und jeden nur denkbaren Spuk. Nicht einmal bei Tag wollte jemand weit reisen, und zwei oder mehr Männer machen ganz gewiß einigen Lärm. Unser Geheimpfad war leicht für Hanuman. Ich hatte viel Mühe mit dem Klettern, also war ich sicher, daß kein anderer Wolf es versuchen würde, und Menschen würden ohne zwingenden Grund sowieso nicht kommen. Ophis wußte viele unsichtbare Wege, zog es aber vor, sich an meinen Hals zu klammern. Sie wog ja so wenig ...

Lykos, komm zur Geschichte zurück.

Ja. Fünfhundert Jahre lang diente uns diese Höhle. Hanuman entwickelte einen ausführlichen Arbeitsplan. In jenen Jahrhunderten drängte uns nichts, oder nur die Größe der Aufgabe und das Bewußtsein der Unsicherheit aller lebenden Wesen. Wir konnten nicht wissen, ob sich die europäische Zivilisation erholen und Kraft und Geschick entwickeln würde, aber damals hatten wir unsere eigene Perspektive. Wir hatten Kontakt mit der übrigen Welt, mit den ständigen Niederlagen der Menschen, mit ihrer Erholung und ihrem Tasten nach Fortschritten.

Natürlich war Peregrin Hanumans bester Berichterstatter, denn er reiste überallhin, wo seine Schwingen ihn trugen. Wir wußten von den Azteken, den Mayas, den Inkas, den Primitiven, den Stammesgruppen und jungen Zivilisationen in diesem nördlichen Kontinent. China, die Mongolen, Indien, die abgeschlossenen Völker Australiens, die menschliche Erfahrung in Dschungel, Veldt und an den Küsten Afrikas – wir kannten alles. In unseren Berichten steht mehr, als du je sonstwo erfahren kannst über die wundervollen Reisen, die den Menschen zu den Inseln des Pazifik brachten. In der ganzen Welt gibt es keinen besiedelten Platz zwischen der Arktis und Patagonien, wo Peregrin nicht im Dunkeln dem Gespräch der Menschen gelauscht hat. Ich selbst machte auch viele Reisen, erst mit Ophis, dann allein.

Oft verließ Hanuman auch seine Arbeit und kam mit mir, weil er unser bester Dieb war. In jenen Jahrhunderten waren die Klöster fast unsere einzige Quelle für das Pergament oder Papier und andere Schreibutensilien. Hanuman machte auch Tinte aus Gummi und Ruß und schlitzte Bambus zu Federn, lange bevor Europa etwas Besseres hatte als Gänsefedern. Das Papier mußten wir stehlen. Es war oft leichter, der armen Mönche Scriptorium zu berauben, als aus Kellern und Vorratskammern das zu holen, was wir brauchten, und immer machte es auch mehr Spaß. In den Aufzeichnungen der Mönche Osteuropas vom neunten bis zum vierzehnten Jahrhundert könnte es hier und dort eine etwas verlegene oder ärgerliche Bemerkung wegen Schreibmaterials geben, das der Teufel gestohlen hatte. Wenn, dann muß der Teufel als Stellvertreter herhalten. Wir hatten ja auch die schwierige Aufgabe, unsere Beute heimlich zu unserer Höhle zu schaffen. Hanuman schrieb in jener Zeit im knappen, unbeweglichen Latein aus der Zeit Augustins, und die Schrift war zart und dünn wie Fliegenbeine, damit er keinen Platz vergeudete. Trotzdem war unsere Gier nach Schreibmaterial unersättlich. Hanuman, der Intelligenteste unserer Gruppe, im Vergleich zu dem wir alle anderen nur liebevolle Dummköpfe sind, wollte auch nicht die geringste Tatsache auslassen, die für die Menschheit von Wert sein könnte, und alles mußte in so perfekter Ordnung niedergeschrieben werden, daß jeder menschliche Gelehrte, der lesen konnte und den Mut aufbrachte, die Wahrheit zu ertragen, sich des Materials bedienen konnte.

Unser ganzer Kram reiste meistens auf meinem Rücken. Oft kam ich gerade noch knapp durch. Manchmal taten mir die Füße schrecklich weh. Aber es war die Anstrengung wert. Und dieser Teil davon, das Produkt von fünfhundert Jahren harter, unermüdlicher Arbeit, wurde vernichtet.

Es war im Jahr 1348, im Monat Mai. Ophis war zweihundert Jahre vorher gestorben. Ich reiste südwärts durch Frankreich, wo der Hundertjährige Krieg schon ein wahres Monument fürstlicher Streitigkeiten errichtet hatte – Ruin und Trostlosigkeit. Als ich durch das Rhonetal reiste, hörte ich Menschen von einer anderen Plage sprechen, vom Schwarzen Tod, der damals, wie wir wußten, in Avignon wütete. Mein Geist war erfüllt von der Gegenwart des Todes, als Peregrin mich fand und mir die Nachricht unseres eigenen Unglücks brachte.

Ein junger Mann, der allein und sehr tapfer jagte, war an einer Stelle abgestürzt, von der aus er den Eingang unserer Höhle sehen konnte. Hanuman war so in seine Arbeit vertieft, daß er ihn erst bemerkte, als er vor Schmerz taumelte und fluchte. Hinter der Buschbarrikade beobachtete ihn Hanuman; sehr schlimm verletzt war der Jäger nicht, denn er kletterte und hinkte näher. Er hatte beim Sturz sein Jagdmesser und den Bogen gerettet, aber die Pfeile verloren. Er blutete, hinkte, hatte Angst und brauchte einen Unterschlupf, weil ein Sturm am Himmel stand. Hanuman blieb regungslos in den Büschen, bis der junge Mann sie zur Seite schob und die Höhle betrat. Er ging tiefer hinein, um sich zu verstecken, und rief mit menschlicher Stimme: „Geh weg! Verschwinde!“ Er hoffte verzweifelt, der junge Jäger könnte vielleicht erschreckt werden, so daß er die Möglichkeit fände, die Aufzeichnungen in Sicherheit zu bringen, ehe andere herkamen, sich die Höhle anzusehen.

Der junge Jäger hatte auch Angst und stürzte aus der Höhle hinaus – mit Hanumans Feder und einem Streifen Pergament, an dem er gerade gearbeitet hatte, und dann suchte er nach dem Rufer. Seine scharfen Augen entdeckten Hanumans Gesicht, als ein Windstoß die Büsche zur Seite wehte. Er schrie und floh, taumelte und kämpfte sich irr vor Angst den Abhang hinab. Während Hanuman noch dem sich entfernenden Lärm seines Rückzuges lauschte, fing sich der Wind in einen furchtbaren Wolkenbruch, der die ganze Nacht hindurch andauerte bis weit in den Morgen hinein. Hanuman meint, selbst wenn er einen trockenen Platz gehabt hätte, um die Aufzeichnungen wegzuschaffen, so hätte er sie doch nicht in Sicherheit bringen können, denn sie waren zu umfangreich. Und diese Leute waren mutiger, als er geglaubt hatte.

Am Morgen, noch bevor der Wolkenbruch aufgehört hatte, kamen sie, brachten einen Priester, Öl und Fackeln mit, ein Dutzend Männer mit Speeren, Pfeilen und Äxten. Fünfzig Meter höher lauschte Hanuman im dichten Gestrüpp einem großen Dröhnen von Hundelatein, einem Exorzismus, Gebeten im Dialekt, dem Heulen und Klirren von Metall, um den Satan zu vertreiben. Zwei- oder dreimal hörte er, wie der sehr furchtsame und sehr stolze junge Mann ihn als so groß wie zwei Männer beschrieb, mit flammenden Nüstern, aus denen der Schwefelgestank der Hölle strömte, und einer Stimme, die eines Mannes Blut zu saurer Milch werden ließ.

Dann gab es auch ein richtiges Feuer und dicken Rauch, und im feuchten Wind trieben schwarze Fetzen unersetzlichen Pergaments den Berg hinab.

Hanuman gelang die Flucht zu einer Lichtung, wo er Peregrin und mich zu treffen pflegte, und dort fand ihn auch Peregrin und brachte mir die Nachricht. Als wir alle drei zusammen waren . . .

Doktor, wir weinen nicht. Wir kommen zusammen und ruhen aus. Das hatten wir auch nach Ophis' Tod getan; wir gingen in die dichten Wälder, ich legte mich so, daß Hanuman sich an mich lehnen und Peregrin in die Arme nehmen konnte. Da ruhen wir dann, geben Gedanken, Erinnerungen, Sorgen und alles andere auf und leben nur noch füreinander und vertrauen unserer heilenden Nähe. Das und unser perfektes Wissen um Naturgesetze ist der einzige Aspekt unseres Lebens, der uns nie im Stich lassen oder betrügen wird. Nach einiger Zeit des Zurückgezogenseins munterten wir einander wieder auf, um zu beraten, wie wir unserer Aufgabe der Berichterstattung wieder gerecht werden könnten, denn wir mußten ganz von vorne beginnen.

Wir kehrten zu diesem Kontinent zurück. Mit einem neuen Floß, das Hanuman aus Ranken und Zweigen sicher gewoben hatte, überquerten wir noch einmal diesen Nebelkanal, und das war die letzte Überquerung. Ich glaube, schwimmen könnte ich jetzt nicht, noch weniger ein Floß ziehen. Ehe wir aufbrachen, hatte Peregrin die Bergketten von Alaska bis zu den Sierras im Süden überwacht. Von vielen guten Orten erschien uns der Mount Charity als der beste für unsere Zwecke.

Wenn man auf dem platten Gipfel steht, befindet man sich in der Mitte einer riesigen Schüssel, und der Boden dieser Schüssel ist die grüne Jade von Baumwipfeln. Sie kleiden ein Tal aus, das so reich gegliedert, zerklüftet und voll kleiner Hügel und größerer Erhebungen ist, daß es kaum mehr als Tal bezeichnet werden kann. Es gibt Teiche und Bäche, ein Fluß strömt unterirdisch weg, und ob und wo er wieder herauskommt, fand ich nie eindeutig heraus. Um den Gipfel herum, wo die Winde niemals stürmisch werden, stehen die Riesen mit den Schneehäuptern. Sie sehen so nahe aus, als könne ein Ruf sie erreichen, aber der nächste, sagt Peregrin, ist vierundzwanzig Meilen entfernt. Natürlich ist seit zehn oder fünfzehn Jahren die Luft nicht mehr so klar, aber wir erinnern uns sehr gut.

Wir wußten, dorthin würden die Menschen niemals kommen, um ihr Vieh weiden zu lassen oder um den Wald zu roden, damit sie Felder bebauen könnten. Nicht einmal Ziegen sind dort zu finden. Für uns jedoch ist dort alles reichlich vorhanden. Die Nadeln der Föhren, Fichten und Lärchen sind für uns eine gute Nahrung. Wir brachten die Samen europäischer Kräuter mit, an die wir uns gewöhnt hatten. Sie haben sich gut eingewöhnt. Auch Myrthe wächst dort auf Flecken offenen Grundes in der Nähe unserer Höhle, und wir freuen uns an ihr. Eine kleine Matte liegt direkt unter uns, die wir sehr lieben. Sie ist eigentlich ein langer, steiniger Hang, wo sich im Lauf der Jahrhunderte genug Erdreich angesammelt hat, um kleine Pflanzen, wilde Gräser und dergleichen zu ernähren, wenn auch keine Bäume. Für uns ist das die lieblichste aller Wiesen. Seit 1377 pflegen wir sie wie einen Garten. Vielleicht erinnerst du dich, daß in diesem Jahr Edward III. von England starb, einer der großen Fürsten, dessen Meisterstück der Hundertjährige Krieg war? Und ein Mann, der ihm als Soldat, Kammerdiener, Botschafter und politisches Faktotum gedient hatte, im Vergleich zu dem nach meiner Ansicht Edward und fast alle anderen Monarchen der europäischen Geschichte nicht viel mehr als Grashüpfer in Kleidern waren, näherte sich den Vierzigern – einer deiner Freunde, glaube ich, Geoffrey Chaucer. Ich hoffe, du verzeihst mir, daß ich vor ein paar Monaten in deinen Büchern geschnüffelt habe, als niemand hier war und die Tür nicht eingeschnappt war. Ja, diese kleine Wiese war fast sechshundert Jahre lang unser Garten.

Ab und zu einmal kamen Indianer vorbei und schlugen ihr Lager weiter unten am Berg in einem offenen Raum auf, wenn sie über die Berge zogen. Das mußten sehr wichtige Reisen gewesen sein, denn sie fürchteten und mieden die dunklen Wälder der tieferen Regionen und die grausamen Pässe über die Höhen. Aus ihren Gesprächen erfuhren wir, daß sie sich sicher fühlten, sobald sie diesen Berg erreichten, den sie Mount Charity nannten. „Charity" ist die beste Übersetzung, die wir finden konnten, doch in ihrer eigenen Sprache hatte der Name einen Hauch des Übernatürlichen, denn sie fühlten hier die Anwesenheit eines freundlichen Geistes, der Reisenden so lange seinen Schutz gewährte, als diese ihren Verbleib nicht zu lange ausdehnten. Später, und es tut mir leid, das zu sagen, mag diese Legende den merkwürdigen

Geschmack eines Wolfsgeists angenommen haben. Wenn wir in Zukunft noch einige Stunden zusammen verbringen können, Doktor, wie ich es hoffe, kannst du mich danach fragen.

Unser Höhleneingang ist gut versteckt; wir haben der Natur nachgeholfen. Die Höhle selbst ist ein ungeheuer großer Spalt, der direkt unter dem Berggipfel liegt. Eine große Galerie läuft innen ungefähr über hundert Meter. Es gibt auch Seitengalerien, und am Ende der einen ist ein kleiner See, der bei jedem Regen sich mit süßem Wasser auffüllt und über Jahrhunderte unsere Betrachtungen nährt. In einer anderen Galerie kommt Tageslicht durch einen Spalt in der Westwand der Klippen, ungefähr zehn Meter über dem Höhlenboden. Da ist unsere Bibliothek und unser Bericht. Hanuman arbeitet dort, und an den Abenden bescheint ihn für kurze Zeit die Sonne; für das Dunkel hat er eine Kerze, die er selbst aus Piment- und anderen Früchten macht. Zu bestimmten Zeiten hat er auch den Mond.

Ein Felssturz hat, wie wir glauben, vor etwa tausend Jahren den unteren Teil des Höhleneinganges versperrt. Wenn wir wollen, können wir den oberen Teil abschließen. Wir machten zu diesem Zweck einen künstlichen Felsen, der sehr überzeugend aussieht, aber nicht sehr stark ist. Du kannst ihn dir selbst ansehen, wenn du so viel Unternehmungsgeist hast, die steilen Hänge unter dem Überhang der Klippen zu erklettern und hineinzuspähen. Soviel wir wissen, kamen die Indianer nie zu uns herauf. Vielleicht hatten sie Angst, in die Wohnung des Geistes einzudringen. Ein guter Späher, etwa ein unternehmungslustiger Pfadfinder, würde das sehr bald herausfinden.

Das Papier wurde wieder zum Problem. Es kostete uns ein paar Jahre mühsamsten Experimentierens, bis wir eine Methode fanden, es selbst aus Gras herzustellen. Im vierzehnten Jahrhundert glaubten wir noch sehr viel Zeit zu haben. Heute kannst du am Mount Charity kleine Lichtungen finden, wo sich jedes Jahr eine Art Weizengras selbst aussät. Aus sentimentalen Gründen haben wir ein bißchen nachgeholfen. Selbstverständlich besorgten wir uns mit Hanumans geschickten Fingern und meinen leisen Füßen das Papier bei den spanischen Siedlungen in Kalifornien, als diese soweit waren, uns mit Papier versorgen zu können. Das Spiel genossen wir so wie in alten Zeiten. Aber eure Altertumsforscher und vielleicht auch eure Chemiker könnten eines Tages an dem

Papier interessiert sein, das wir machten. Es ist auch jetzt noch biegsam und sicher zu behandeln, wenn man vorsichtig damit umgeht. Die meisten von Hanumans Tinten sind so klar wie gestern geschrieben.

Wir haben sehr viel davon, denn Hanuman war entschlossen, aus seinem Gedächtnis jede Seite der verlorenen Berichte zurückzuholen und gleichzeitig die ständig neu hinzukommenden Nachrichten zu verarbeiten, die Peregrin von anderen Kontinenten brachte und ich besonders aus der Welt der Indianer in Nord- und Südamerika beschaffte. Du siehst, Doktor, wie wichtig das ist, die weißen Pioniere zeigten wenig Interesse für die Geschichte anderer Völker, vielleicht nicht einmal genug für ihre eigene.

Das neunzehnte und zwanzigste Jahrhundert sind reich mit Dokumenten belegt, und ich darf sagen, daß alle wichtigen Tatsachen in den menschlichen Berichten aufgezeichnet sind. Trotzdem hat Hanuman den Wunsch, seine Aufzeichnungen auf den neuesten Stand zu bringen, wenn auch nur aus dem Grund, daß sie aus dem Blickwinkel von dreitausend Jahren, wie wir hoffen, besonders interessant sind.

Doktor, ich fürchte, wir ermüden dich zu sehr. Du siehst ...

Bitte, sprich weiter!

Lykos, ich fahre fort. Wir waren nicht übermäßig besorgt, Doktor, als die Union Pacific nach Portland kam, denn das war weit weg. Die Straße, die Eugene mit Boise verbindet, ängstigte uns, aber ...

Sie sind auf den Mount Charity aus.

Ja, Doktor. Wir hätten uns vor guten siebzig Jahren schon fluchtbereit machen sollen, als die pferdelosen Wagen begannen, die Ställe aus dem Geschäft zu werfen. Aber unsere Voraussicht ist nur wenig besser als die der Menschen. Und so wie du dachten auch wir – vielleicht geht dieser Kelch an uns vorüber.

Vor einigen Jahren wurde ein Pfad über den südlichen Teil unserer Schüssel in den Hügeln verbreitert und geteert. Nun wird eine Aussichtsstraße ganz hinauf zum flachen Gipfel des Mount Charity gebaut. Der Gipfel wird „entwickelt", wie sie sagen, und soll ein Parkplatz für etwa achthundert Wagen werden. In unserem Garten soll ein Hotel stehen, das die Entwickler schon benannt haben. In ihren Blaupausen heißt es Hotel Ausblick – die Heimat kreativen Sehens.

Lieber Gott! Laßt mich mal nachdenken ... Ich habe etwas Geld ...

Nicht genug für das, was du denkst, Doktor. Bleib bitte ruhig sitzen. Ruhe aus. Hab Frieden. Ich will dir sagen, was wir hoffen. Es ist bescheidener. Die Arbeit wird nicht vor dem nächsten Sommer beginnen, vielleicht auch dann noch nicht. Einige Umweltschützer laufen gegen diese Obszönität schon Sturm. Sie können nicht gewinnen, denn zu viele wichtige Dinge fordern ihre Kraft und ihre Mittel, und das Geld, das hinter dem Hotel steckt, ist groß und mächtig; aber aufhalten können sie's, so daß wir Zeit gewinnen. Könntest du dieses Haus hier ein kleines bißchen umbauen? Ein größerer Keller, ein paar andere Dinge, so daß wir ein Versteck und ein Lager für unsere Aufzeichnungen hätten, und in zehn oder fünfzehn Jahren ...

Ja, ja. Alles, was ich tun kann. Lieber Gott, ich muß ein Testament schreiben, so daß die Kinder das Haus bekommen. Dumm von mir, das so lange hinauszuschieben, aber ich werde so schnell müde und mutlos ...

Bitte, ruh dich aus, Doktor, bis ich zu Ende bin. Ja, die jungen Leute brauchen wir dabei, wir brauchen ihre Hilfe. Aber ... du vestehst doch? Wenn das Geheimnis unserer Existenz zu früh bekannt wird, sind Hanumans Bemühungen, den Bericht zu vollenden, vergeblich. Auch im besten Fall und wenn kein Wunsch besteht, uns zu vernichten, würde die Fürsorge deines Volkes uns erdrücken, sie wäre tödlich für uns, denn das Pentagon versucht mich zu zwingen, ihnen alle Neuigkeiten über das russische und chinesische Militär zu verraten ...

Moment mal, Peregrin. Mir wird davon übel.

Das tut mir leid, Doktor, es war ein törichtes Beispiel ... Darf ich weitersprechen?

Ja.

Wir kamen zu dir und nur zu dir, weil wir sonst keinen haben. Du verstehst, deine Studenten ... Jeden Sommer gibt es Veränderungen in der Gruppe, und wir können ihnen nicht folgen, um sie zu studieren. Ich sagte dir, wir haben dich sehr lange studiert, ehe wir es wagten, uns dir zu nähern. Willst du uns jetzt sagen, welchen von diesen Leuten wir trauen können? Wer wird verschwiegen sein? Du kennst sie, wir nicht.

Ihr könnt ihnen allen trauen.

Aber . . .

Dies ist mein einziges Stück menschlichen Wissens, das ihr akzeptieren müßt. Vertraut allen, Peregrin. Oh, wie wundervoll, davon zu träumen! Die Vergangenheit zu kennen, sie Führer werden zu lassen! Ich kann etwas tun und muß nicht nur predigen, während die Zeit davonläuft . . .

Peregrin . . .

Er ist tot. Sein Herz konnte die Freude nicht ertragen.

Ja, es war die Freude . . . Ich höre die Wagen.

Er hat kein Testament geschrieben, Lykos. Sie werden dieses Haus nicht bekommen.

Aber sie werden einen Weg finden, uns zu helfen.

Aber was dann, wenn . . .

Dann geschieht es. Aber Peregrin, wir müssen aufhören, auf die Vollkommenheit zu warten. Und ich denke, diese Generation ist etwas Neues auf der Erde. Zum erstenmal versteht jemand, daß sie diese ihre Welt verlieren können, *ihre* Welt, Peregrin, und mein Herz sagt mir, daß sie zu gut sind, dies zuzulassen. Komm mit mir. Wir gehen jetzt zu ihnen, und wir werden ihnen allen vertrauen.

Gardner R. Dozois

Die Welle

Gardner R. Dozois wurde am 23. Juli 1947 in Salem, Massachusetts, geboren. Seine Vorfahren waren zur Hälfte irisch, zur anderen Hälfte eine gute Mischung aus Franzosen, Schotten, Holländern und amerikanischen Indianern. Drei Jahre verbrachte er als Militärjournalist in Nürnberg; seitdem arbeitete er als Journalist, Radio- und TV-Sprecher, als Kellnerlehrling, IBM-Kartenregistrator, als Lektor für Dell und Award Books und UPD-Magazines. Während dieser Zeit spielte er auch Amateurtheater und beschäftigte sich mit Fotografie, Anthropologie, Soziologie, Naturgeschichte und Geschichte und trainierte seinen Körper mit Radfahren und Schwimmen, seinen Geist mit besorgtem Nachdenken. Da begann er dann auch zu schreiben.

Seine Kurzgeschichte „A Dream at Noonday" kam 1970 in die Endrunde für den Nebula Award. Dozois ist auch der Herausgeber einer Sammlung von Geschichten, „A Day in the Life" (1972). Er gehört den Science Fiction Writers of America und dem SFWA Speaker's Bureau an.

Bei den Wahlen um den Nebula Award 1971 erschien sein Name gleich zweimal in der Schlußrunde, mit seiner Novelle „A Special Kind of Morning" und mit seiner Kurzgeschichte „Horse of Air."

Manchmal, wenn das Wetter gut ist, sitze ich und schaue über die Stadt hinaus, die Finger in den Maschendraht verhängt.

– Der Maschendraht ist wetterfleckig und beginnt zu rosten. Wenn seine Finger daran kratzen, fliegen Rostflocken weg, dann sehen die Hände wie verkrustetes Blut aus. Der Draht ist glatt und heiß unter seinen Fingern, nur rauher an den Roststellen. Wenn seine Zunge daran leckt, schmeckt er nach Zitrone. –

Die Stadt ist jetzt viel ruhiger. Sieht man eine Bewegung, so sind es meistens Vögel. Ein paar Stockwerke unter meinem Balkon stolzieren zwei Tauben an der Dachkante eines niederen

Gebäudes entlang, bleiben immer wieder stehen und picken einander an den Federn. Sie sehen fett aus. Wovon leben sie nur? Es ist vielleicht besser, es nicht zu wissen. Sie halten sich sowieso von mir fern, obwohl das Drahtgitter, das meinen Balkon von unten bis oben abschließt, es mir sowieso nicht erlauben würde, eine zu greifen. Nein, hungrig bin ich eigentlich nicht, aber sie machen Lärm und lassen immer ihren Kot fallen. Mir liegt ja nur daran, daß es bei mir sauber ist, einen Groll habe ich nicht auf sie.

(Ich hasse Vögel, und wenn ich einen erwische, töte ich ihn mit meiner Gürtelschnalle, die ich zwischen die Drahtschlingen schiebe.)

– Er haßt Vögel, weil sie sich frei bewegen und fliegen können. Er kann das nicht tun, und verschiedene Blickpunkte sind ihm nur in seiner Erinnerung erlaubt. Sie können her- und wegfliegen, er nicht. Und deshalb wirft er ihnen manchmal ein Klümpchen Mörtel durch den Maschendraht nach. –

Die Tauben hat etwas erschreckt, und sie schießen in die Höhe. Federn fliegen. Ich schaue ihnen nach, sie fliegen an einem Gebäude entlang und lassen sich von Luftströmungen tragen. Dann verschwinden sie zwischen den Dächern, die es unten in allen Neigungswinkeln und Höhen gibt und sich bis zu den riesigen Wohntürmen in der mittleren Entfernung hinziehen. An den Flanken dieser Türme bricht sich eine See alter Sandsteinhäuser, doch die kann ihnen nichts anhaben. Sie stehen da wie Monolithen in einer Brandung aus bräunlichgrauem Sandstein. Andere Türme reichen in einer geschwungenen Linie bis zum Horizont und werden immer kleiner, bis sie sich mit den Umrissen niedriger Hügel vermischen. Ich sehe von mir aus den Nachbarturm, der ungefähr fünfhundert Meter weit weg ist; er besteht ganz aus Stahl und Beton und hat eine senkrechte Fensterreihe in der Mitte und links und rechts davon je eine Reihe einförmiger Balkone.

Links von mir und noch näher als der Turm steht ein kleines Gebäude, das nur ein Viertel so hoch ist wie der Turm. Dunkelbraune und rote Ziegel sind durch Mörtelstreifen miteinander verbunden, und das Dach ist mit wettergrauen Schindeln gedeckt. Ein paar fehlen da und dort und erinnern an herausgefallene Zähne. Wie metallene Ranken kriechen schwarze Kamine und Kanalrohre kreuz und quer über die Mauern, und alle sind mit blassem Vogelkot bedeckt. Die Türme sind viel reinlicher, sie haben nicht so viele horizontale Flächen. In den allmählich zerfallenden Häusern da unten sind viele Fensterscheiben zerbrochen, da und dort hängt noch ein Vorhangfetzen, den jeder aufkommende Wind herumwirbelt, und auf den Böden liegen alte Blätter und abgebrochene Zweige. Nein, in einem der Türme bin ich sehr viel glücklicher.

(Ich hasse die Türme. Lieber würde ich anderswo wohnen.)

– Er haßt die Türme. Wenn sich die Sonne hinabsenkt in das Betonlabyrinth, schüttelt er wie blind den Kopf und gibt kehlige Laute von sich. Jetzt sind die Schatten länger und deuten vom Horizont auf ihn mit anschuldigenden Fingern. In den Ecken sammelt sich graue Düsternis, in die rote Funken fallen, wenn sich irgendwo die Sonne spiegelt, ehe sie ganz untergeht. Seine Finger schließen sich um die Drahtschlingen des Zaunes, und er schüttelt sie heftig. Zwar stöhnt das Drahtgewebe, doch es hält, nur ein wenig Beton bröckelt dort heraus, wo es in den Mauern verankert ist. Oft bluten seine Hände, und die halbgeheilten Wunden reißen wieder auf. Die Blutstropfen sind ein wenig dunkler als Rost. –

Wenn du reif genug bist, Gefühle auszuschalten, dann ist die Aussicht von hier oben faszinierend. Der Himmel ist von einem tiefen, satten Blau, die Luft ist scharf wie die Lupe eines Juweliers. Nicht wie in alten Zeiten. Ohne Fabriken und Autos hat sich der ewige Smog aufgelöst. Der Himmel ist wie kristallklares Wasser, und ich bin ganz unten am Boden. Vielleicht preßt sich einmal die Nase eines Monsters an mein Aquarium. An sonnigen Tagen sieht man meilenweit.

Wenn es regnet, ist es noch schöner. Der Regen bringt Bewegung in das Bild. Lange Tropfenfinger streifen erst die Dächer, laufen im Zickzack herab und platschen in die Pfützen; und von den Schindeln fallen Regenvorhänge herab, Ströme ergießen sich aus den Dachrinnen, bis sich Schaum auf den Pfützen bildet und die Türme wie große Lords dastehen und die Nässe einen zarten Mantel um sie wirft, einen Mantel aus Nebelgespinst, das mit Glitzertropfen durchwirkt ist. Regenträchtige Wolken jagen, vom Wind getrieben, vorbei. Der ständige Wechsel von horizontalen Wolken und vertikalen Regenschleiern ergibt ein Relief aus Bewegung, und die Welt wird zum Stilleben. Und die Religion der alten Zeit beruhigt. Es gibt keine Atheisten mehr, wo die Welt zu fließen beginnt. Aber beweist das, daß ein Gott wünschenswert und der Mensch schwach ist? Ich trinke diese Welt in mich hinein, obwohl ich weiß, daß ich dann dafür bezahlen muß. Das werde ich tun, wenn die Welt in die Lethargie zurücksinkt. Das ist ein Kreuz, das ich tragen muß.

Aber die frischgewaschene Welt ist schön. Manchmal gibt es auch einen Regenbogen. Der Regen ist das einzige ästhetische Vergnügen, das mir geblieben ist, und ich genieße es mit behaglicher Muße.

– Wenn der Regen kommt, hängt er platt am Maschendraht wie ein Gekreuzigter und läßt das Wasser in sein Gesicht hämmern. Er rinnt an ihm hinab, vermischt sich mit seinem Schweiß und seinen Tränen, und er trinkt mit offenem Mund die Regentropfen, leckt die Feuchtigkeit weg vom Maschendraht, saugt sogar die Pfützchen auf, die manchmal auf dem Balkongeländer stehen. Und dabei funktioniert doch die Wasserleitung in seiner Küche, und er muß gewiß niemals Durst leiden. –

Von hier aus sehe ich ein paar unkrautüberwucherte Höfe, eingefaßt von ungleichmäßig hohen Mauern und alten Sandsteinhäusern.

In einer Ecke steht sogar ein toter, knorriger Baum. Die Höfe wurden von dem Gesindel, das hier lebte, nie in Ordnung gehalten, sie warfen den ganzen Haushaltsabfall hinaus. Das Unkraut hat jetzt vieles zugedeckt. In einem der Höfe gab es ein sehr schön gehaltenes Blumenbeet, das eine uralte, lederhäutige Frau besorgte, aber auch hier hat jetzt das Unkraut die Blüten überwuchert. Mehr als häßliches, übelriechendes Unkraut scheint hier nicht zu gedeihen.

In einem anderen Hof steht noch ein alter Weidenstuhl aufrecht da. Ich erinnere mich, daß ein Rentner ihn auf einem Flohmarkt kaufte und sich darin sonnte. Jetzt ist er auch fast vom Unkraut überwuchert. Dahinter ist ein Hof, in dem Horden wilder, zerlumpter Kinder Ball spielten. Der Regen hat längst die von ihnen gezogenen weißen Striche ausgewaschen. Manchmal sieht man, wenn man genau hinschaut, eine huschende Bewegung. Das ist dann wohl eine Ratte oder eine Katze. Mehr läßt sich nicht gut erkennen.

Vor Monaten sah ich einmal einen Mann und eine Frau dort,

das erste klare Zeichen dafür, daß noch ein paar Menschen leben. Wie Diebe stiegen sie durch ein zerbrochenes Fenster. Beide waren ziemlich zerlumpt, aber ein Gewehr hatte der Mann dabei. Der Mann verschwand in einem Haus und kam wenig später mit einer Matratze zurück, einem schmutzigen Ding, aber darauf liebten sich die beiden im Hof, wo die Kinder Ball gespielt hatten. Als es dämmerte, gingen sie wieder. Ich machte mich nicht bemerkbar. Mir war fast übel, weil dieser sogenannte Liebesakt so brutal war.

(Ich hasse sie und würde sie töten, hätte ich eine Waffe. Erst schaute ich ihnen gierig zu, aber ich paßte auf, daß sie mich nicht bemerkten. Als sich der Nachmittag lange hinzog, wurde ich ärgerlich und schrie ihnen zu, sie sollten verschwinden, aber sie hörten nicht auf mich. Auch am Zaun habe ich gerüttelt, aber sie liebten einander immer wieder wie Tiere. Als sie dann schließlich weggingen, drohte mir der Mann mit dem Finger.)

Der Gedanke an die beiden erinnert mich an andere Tiere, die sich als Menschen maskieren und heulend durch die Welt ziehen. Ganz weit links ist eine Autostraße, früher eine vielbefahrene Stadtbahn, jetzt gähnend leer. Gleich zu Anfang sah ich ab und zu eine Feuerwehr oder Ambulanz, vor ein paar Wochen kam ein Jeep mit bewaffneten Männern vorbei. Gelegentlich ziehen Leute ihre Habseligkeiten auf Schlitten hinter sich her. Vielleicht gibt es keine Räder mehr.

An einem Straßenrand liegt ein ausgebrannter Bus. Kleine Tiere bewohnen ihn, Unkraut hat sich dort angesiedelt. Ich sah ihn brennen, es war eine Woche nach der Ankunft des Komitees. Ich saß auf dem Balkon und sah die Flammen, konnte aber nichts erkennen, weil die Straßenbeleuchtung längst nicht mehr funktionierte. In der Nähe flackerten noch andere Feuer in der Dunkelheit, vielleicht Lagerfeuer. Damals rätselte ich daran herum, was das bedeuten könnte, aber jetzt weiß ich's.

Die Nigger waren es, so leid es mir tut. Ich war mein Leben lang liberal, aber was wahr ist, kann man nicht ableugnen. Sie sind für die Zerstörungen verantwortlich, für die Degeneration der Welt. Ich war bereit, denen eine helfende Hand zu reichen, die weniger glücklich waren als ich, doch sie wurden gierig und brachten uns so weit. Wir hätten es wirklich wissen sollen; die sogenannten Rassisten hatten schon recht, und der Idealismus ist eine verzehrende Krankheit, ein Krebs. Ja, es waren die Nigger. Ich habe keine Vorurteile, ich spreche nur die Wahrheit. Immer habe ich es sehr gut mit ihnen gemeint.

(Ich hasse Nigger. Das sind Tiere. Ich mag sie nicht berühren.)

— Ah, er haßt Nigger. Er sah sie mit ihren Weibern auf der Straße und in ihren Höhlen mit dem Sägemehl am Boden und dem Lärm aus der Musikbox, und wenn sie fingerschnippend und hüftwackelnd tanzten, sprachen sie ihre eigene Sprache. Natürlich beneidet er sie, daß sie eine Kultur haben, die sich von der ihm vertrauten unterscheidet, er beneidet sie um ihre Fremdartigkeit, um ihre unbeschwerte Sexualität. Er selbst fürchtet um seine Potenz. Oder daß sie hinaufklettern und ihn herabholen. Schon ihre Existenz schafft ihm Unbehagen. Manchmal ärgerte er sich, weil sie, arm wie sie waren, glücklich zu sein schienen, und er war es nicht, obwohl er in einem Wagen mit Klimaanlage an ihnen vorbeifuhr. Er haßt sie, weil sie sich in keinen Mechanismus einfügen lassen und doch die Unverfrorenheit besitzen, zu existieren. Er haßt sie, weil sie entkommen sind. —

Die Dämmerung hüllt die Welt ein, die sich schämt, weil sie in die Barbarei zurückgefallen ist. Ich bin vielleicht eines der wenigen noch übrigen Mitglieder der Oberklasse. Das Gesindel gab immer uns die Schuld an seiner eigenen Minderwertigkeit, und ergab sich eine Gelegenheit, dann wurde der Mob gewalttätig. Die anderen Wohntürme sind noch nicht ganz verlassen. Ich sehe nachts ein paar Lichter, wie sie auch die meinen sehen. Vielleicht besteht doch noch eine Hoffnung für die Welt.

Aber was nützt das Überleben, wenn alle so hilflos sind wie ich? Vielleicht sind wir die letzte Hoffnung eines Landes, das im Chaos versunken ist. Wir sind ja schließlich zum Herrschen geboren, sind seit vielen Generationen dazu erzogen worden; Führerschaft ist für uns so selbstverständlich wie Essen und Trinken und Fortpflanzung für die große Masse der Ungewaschenen. Aber unsere Erfahrungen werden verschwendet von Narren, die nicht hören wollen.

Wir werden immer weniger. Ich spreche von uns als von einem „Wir". Aber jeden Monat sind in den anderen Türmen weniger Lichter. Vor einem Jahr zählte ich noch doppelt so viele wie gestern. Wenn im Herbst der eisige Wind bläst, meine ich oft, ich sei doch der letzte, der noch den Mut hat, weiter auszuhalten. Es wäre so leicht, der Verzweiflung nachzugeben, denn die Stille der Hoffnungslosigkeit ist eine große Versuchung. Aber es ist eine Sirenengöttin und aus Blech gemacht. Verstehen die anderen denn das nicht? Aufgeben, das ist Verrat am eigenen Blut. Aber die Lichter werden weniger. Einmal werde ich hier sitzen und das letzte Licht erlöschen sehen, und ich sitze allein in der Dunkelheit, der einzige Überlebende einer edlen Rasse. Vielleicht kommt dann einmal ein Archäologe von einem anderen Stern und hängt ein Schild an meinen Käfig: DER LETZTE ARISTOKRAT.

Es ist dunkel. Lichter blühen auf jenseits des Golfes der Schatten, doch ich fürchte mich, sie zu zählen. Mich schaudert, der Wind ist kalt, es wird ein Gewitter kommen. Schon zucken ferne Blitze mir entgegen, sie springen mich an. Wie graviert stehen dann die Türme mit hellen Kanten vor der Dunkelheit. Dann springen mich wieder die Schatten an, und der Kreis schließt sich. Und in einer solchen höllischen Nacht kam das Hauskomitee.

Es war ein Fehler, ihnen so viel Macht zu geben, und ich bin gar nicht stolz auf meine eigenen Fehler in dieser Sache. Aber wir waren müde und wurden von einer Horde überheblicher Bastarde in die Resignation getrieben. Immer hingen sie an unseren Rockschößen und zogen uns immer weiter hinab. Diese Leute hatten weder Respekt noch Tradition, kein Erbe, keinen Ehrgeiz. Wir hatten sie längst satt, denn durch sie degenerierte die Welt in jeder Beziehung, und wir wurden es müde, ständig vor ihnen zu warnen, denn niemand wollte uns hören. Wir waren auch nicht mehr jung genug.

Wir wollten also Sicherheit, bauten die Türme, bildeten eine Firma und ließen die Türme von ihr verwalten. Wir zogen uns in unsere enggestrickte Gesellschaft zurück; die Firma hatte ja Arbeit und Verantwortung übernommen. Sie waren die gescheiten Techniker der Verwaltung, und dafür wurden sie auch bezahlt.

Das war ein Fehler.

Es war ein Fehler, ihnen von vornherein die Stimmenmehrheit zu geben. Anderson war vorzeitig senil, und das machte den Fehler noch schlimmer. Und wir wurden alt.

Und eines Tages kam das Hauskomitee.

Sie sagten, es sei eine Krise und Angst beherrsche das Land. Unsere Statuten sagten, wir müßten geschützt und dürften nicht belästigt werden. Deshalb kamen sie mit Arbeitstrupps und zogen einen Maschenzaun um meinen Balkon. Ich protestierte, führte Gesetze an, es nützte nichts, sie erzählten mir eine Menge technischen Kauderwelsches. Und nur mit einem solchen Maschendraht könnten sie meine Sicherheit garantieren, überdies sei es nur eine vorübergehende Maßnahme.

Die Leute waren tüchtig und flink, und ich mußte zuschauen, wie sie mich praktisch versiegelten. Ich zitterte vor Wut, aber einen Ausbruch konnte ich mir deshalb nicht leisten, weil sie darauf warteten, und jung bin ich ja auch nicht mehr. Lieber ließe ich mir bei lebendigem Leib die Haut abziehen, ehe ich mir vor denen eine Blöße gäbe. Ein Gentleman hat sein Pech mit Stil zu tragen.

(Als ich mir klar werde, was sie tun, tobe ich. Der Vormann schiebt mich weg. „Ist doch zu Ihrem eigenen Besten“, sagt er zu mir und glaubt selbst nicht an seine Phrase. Ich schlage mit den Fäusten nach ihm, er schüttelt mich ab und duckt sich durch die Tür. Ich renne ihm nach, doch einer der Wächter schlägt mir seinen Revolvergriff ins Gesicht. Schmerz, Schock und kurze Dunkelheit, dann weiß ich, daß ich auf dem Boden liege. An Stirn und Mund spüre ich Blut. Sie haben die Stahlplatte schon fast eingesetzt, nur ein schmaler Spalt ist noch offen, durch den sich ein Mann schieben kann. Außer mir ist nur noch der Posten da, der Techniker hat sich gerade durchgequetscht. Ich rutsche auf den Knien durch den Raum und bettle ihn an. Er setzt mir seinen Stiefel auf die Schulter und schleudert mich weg. Zweimal überschlage ich mich, aber ich krieche wieder zu ihm. Er schlägt mich, dann geht auch er, und sie schieben die Stahlplatte an Ort und Stelle. Das rumpelt wie ein U-Bahn-Zug, ich werfe mich dagegen, doch es ist vergeblich. Draußen wird geschweißt, ich schreie.)

Auch jetzt rumpelt es. Das Gewitter kommt näher, und die Blitze folgen einander immer schneller. Sie verändern die Dimensionen der ganzen Welt. Da ist zuviel Bewegung von grellem Licht und tiefen Schatten, nichts gibt es, woran das Auge ausruhen könnte. Es strengt die Augen an, und sie schmerzen.

Wenn ich sie schließe, habe ich die Bilder innen auf meinen Augenlidern. Ein Mann von guter Abkunft sollte seine Gefühle beherrschen können. In meinen Kreisen war ich auch bekannt für meine Selbstdisziplin und Vornehmheit. Aber diese Nacht ist so ungewohnt, daß ich Angst habe. Ich habe das Gefühl, im Leib der Erde ratterten sämtliche Knochen.

Aber das ist eine Illusion, denn noch sind wir nicht ganz so weit. Nur ich weiß es, wann die Zeit da ist, nur ich kann es sagen, wann ES kommt. Und ES kommt erst, wenn ich danach rufe, denn das gehört dazu. Ich habe Militärwissenschaften in Annapolis studiert und werde daher den richtigen strategischen Moment erkennen. Die Zeit ist nicht heute, denn jetzt haben wir nur ein Herbstgewitter.

Ich öffne die Augen und finde meinen Blick erwidert. Von allen Seiten her starren mich die Fenster wie lidlose Augen an, Blitze zucken und spiegeln ihr Licht in tausend Fensterscheiben.

Der Himmel verändert sich viel zu schnell. Blauweiß-schwarz, immer so fort, und in diesem Licht tanzen die Dächer, ja sogar einzelne Ziegelsteine.

Oh, und die Kamine sind Marschreihen rußgeschwärzter Wasserspeier, kalt seit langem, kein Holzscheit brennt mehr darin. Mit jedem Blitz rücken sie näher heran, scheinen wirkliche Menschen zu sein, sogar ihr Schritt auf den Ziegeln ist zu hören, Ziegelschritt von Mörtelmenschen. Einmal sah ich so etwas geschehen, als Tausende von Gesindelleuten über die Dächer schwärmten, um der brennenden Welt zu entkommen, und ein einziges Wort, ein geschrienes Wort, ließ sie erstarren in einer Hockstellung, die Hände an den Knien, die Fersen am Gesäß, und alle Münder waren zu einem Schrei geöffnet. Und jetzt humpeln und hüpfen sie alle auf mich zu, negerschwarze Schatten in schwerfällig hüpfenden Reihen. Gott möge mir die Augen mit Lehm verschließen und Lehm in meine Kehle stopfen, um mir nicht zu ermöglichen, immer schreien zu müssen: O Gott, o Gott...

Jetzt regnet es. Sicher werde ich mich erkälten, wenn ich lange hier stehe. Die Nachtluft hat seltsame Dünste. Ja, ich glaube, es wäre besser, jetzt hineinzugehen und die Dinge außen zu vergessen.

– Er kriecht weg vom Maschendraht, obwohl er gesund und durchaus in der Lage wäre, aufrecht zu stehen und zu gehen. Oft kriecht er auch in der Wohnung herum, denn er meinte, so habe er eine bessere Perspektive. Regen platscht hinter ihm auf den Balkon und trommelt an die hohen Türen, die in die Wohnung führen. Er klammert sich an den Fensterrahmen und zieht sich dran hoch. Seine Wangen sind naß. Hat er geweint? Oder war es der Regen? –

Ich schließe die Türen hinter mir und drehe das Licht an. Eine höllische Nacht da draußen. Hier drinnen ist es sicher, sogar ein wenig gemütlich. Natürlich war früher die Wohnung viermal so groß, aber das Hauskomitee schnitt mich vom Rest meiner Wohnung ab, die fast das ganze Stockwerk einnahm. So sei ich leichter zu verteidigen, sagten diese Bastarde. Gott weiß, ich war einen größeren Rahmen gewöhnt. Trotzdem ist die Beengtheit irgendwie gemütlich, besonders in solchen Spuknächten, da Teufel an die Fensterscheiben klopfen.

Ich gehe zur Küchenecke und krame in den Vorräten. Von der Lieferung dieser Woche ist noch etwas Kaffee da; Pulverkaffee, grob und rauh schmeckend. Ich war besseren gewöhnt, immer frisch gemahlen. Kolumbien. Einem Kellner, der mir so etwas wie das hier zu bringen gewagt hätte, wäre es schlecht ergangen. Aber irgendwie muß man eben für seine Dummheit bezahlen. Tausend Kleinigkeiten summieren sich auch ganz schön. Ich bin so müde, viel mehr als ich vor mir selbst zugeben möchte. Vielleicht hilft der Kaffee. Ich brauche nur heißes Wasser über das Granulat zu gießen. Diese Tasse hat einen Sprung. Dafür gibt es keinen Ersatz.

Ich setze mich damit in einen Sessel im Wohnzimmer, den Rücken zur Balkontür. Die Tasse ist heiß, ich stelle sie auf die Armstütze des Sessels. Das gibt einen Rand. Früher wäre ich entsetzt gewesen, wenn jemand ein gutes Möbelstück auf die Art verdorben hätte. Ich bin so müde und gleichgültig geworden.

Degeneration fängt sehr langsam an, sehr geduldig, fast wie ein lebendiges Ding mit spitzen Knabberzähnchen. Nie geht es einem an die Kehle, man könnte es zu leicht abschütteln. Es lauert in der Dunkelheit und kaut unermüdlich am Rückgrat, frißt sich in die Leber, während du schläfst, saugt dir den Atem aus und auch das Mark aus den Knochen.

Im Tank ist noch genug Wasser für ein Bad diese Woche. Ich sollte waschen, doch dafür bin ich zu müde. Es kostet eine ungeheure Anstrengung, einigermaßen zivilisiert zu bleiben, denn man ist immer zu sagen versucht: Es spielt ja keine Rolle mehr. Und doch ist es so wichtig. Ich kann mich nicht einfach so fallenlassen wie meine unglücklicheren Brüder, ich habe eine Verantwortung, die sie nicht haben. Vielleicht bin ich darin glücklicher als sie. Meine Verantwortung liegt darin, daß ich weiß, was kommt, daß ich damit anderen Druck ausgleichen kann. Das Spiel ist noch nicht zu Ende, solange ich meine Spezialkarte nicht ausgespielt habe.

Ich denke an mein Geheimnis und setze mich vor den Fernseher. Die atmosphärischen Störungen sind aber heute zu groß, und da ist es sicher viel gemütlicher, in der gelben Lichtpfütze der Lampe zu sitzen, die eine Barriere gegen die Dunkelheit ist.

Aber das Fernsehen erweckt immer meine Neugier nach der Welt da draußen. Wie sieht die Gesellschaft aus? Die Stadt, die ich von meinem Balkon aus sehen kann, ist in wilde Barbarei zurückgefallen. Die Zivilisation scheint ganz zerstört zu sein, doch da gibt es Widersprüche. Irgendwo muß das Hauskomitee noch funktionieren, denn zweimal wöchentlich poltert durch einen pneumatischen Lieferschacht eine ganze Lieferung Lebensmittel. Im Fernsehen laufen alte Filme, aber nie gibt es einen Hinweis auf neue Nachrichten. Dafür ist wohl das Komitee verantwortlich, das sein Programm auf uns zugeschnitten hat, denn die Stadt ist ja dunkel, und nur ein paar menschliche Schakale jagen in den Abgründen der verlassenen Straßen. Für die werden keine eigenen Fernsehprogramme zusammengestellt. Die anderen Türme sind die einzigen Wohngebäude, in denen es noch helle Fenster gibt.

Das Hauskomitee ist wohl die einzige Organisation, die sich gegen das sich ausweitende Chaos stemmen kann. Ich muß das wissen, denn ich habe es mitgeschaffen, flexibel und unüberwindlich. Wir ließen uns auf die Art von uns selbst die Kontrolle aus den Händen nehmen. Für vergangene Sünden hört man nie auf, zu bezahlen.

Sie machen sich viel Mühe damit, die Wohntürme und ihre Insassen mit allem Nötigen zu versorgen, sogar mit einem eigenen TV-Programm. Aber nie ist ein Wort von ihnen zu hören, nie einer von ihnen zu sehen. Warum? Warum diese Heuchelei mit der genauen Befolgung der Statuten? Warum schließen sie die Türme nicht einfach und lassen uns in unseren Luxuszellen verhungern? Ist das ihr monströser, sadistischer Sinn für Humor? Oder ein bis zum Wahnsinn methodischer Sinn für Ordnung, der sich weigert, eine Gesetzestechnik dann für tot zu erklären, wenn das Gesetz selbst längst gestorben ist? Lachen sie schadenfroh, weil sie die einst so würdigen und mächtigen Tiere sicher in den Käfig gesperrt haben?

Ich bin zornig, stelle aber die halbleere Tasse vorsichtig auf den Teppich. Meine Hand zittert. Die Zeit naht. Bald wird sie da sein. Bald werden weitere Würdelosigkeiten auf mich gehäuft werden. Aber sie sollen mich nicht auslachen, diese kleinen Männer, die Maden statt Augen haben. Nein, das nicht, solange es noch in meiner Macht steht, etwas zu ändern. Aber jetzt noch nicht. Sie sollen ihren Sieg haben und ihr selbstgefälliges Lachen. Eines alten Tigers Fänge mögen zwar stumpf und gelb sein, aber reißen können sie noch immer. Und auch ein altes Raubtier kann sich noch einmal erheben, um seine Beute zu schlagen.

Ich stehe auf, denn ich habe noch so viel innere Stärke und Disziplin, sie nicht. Sie sind Gesindel und kleine Kinder, die sich als Männer verkleiden und aufspielen. Das Spiel haben sie von uns gelernt, aber sie beherrschen es nicht; wir spielen es noch immer viel besser. Ich wasche mich, klappe das Bett aus der Wand und liege still da. Blaßblaue Wände, rote, zugezogene Vorhänge an den Balkontüren, daneben Bücherregale, ein Stuhl mit schwarzen Polstern, ein brauner Teppich mit orange-grünen Mustern, ein roter Posterstuhl, der zur Couch paßt, dann der Bogengang zur Küche und zum Bad. Nichts Besonderes, vor allem nichts Fremdes, nichts Feindseliges. Ich entspanne mich. Diese bekannten, geliebten Dinge geben mir ein Gefühl der Realität.

(Ich hasse diese Wohnung, ich hasse alles darin. Ich ertrage es hier nicht mehr länger. Eines Tages werde ich alles zusammenschlagen und die Trümmer auf einen Haufen werfen und ihn anzünden. Und wenn es brennt, lache ich schallend.)

Er wurde wach von einem Streifen Sonnenlicht, das durch die Balkontüren fällt. Er stöhnt, zieht einen Fuß an, eine Hand verkrampft sich in den Laken. Durch das Glas der Balkontür hört er Vögel. Er glaubt anderswo zu sein, in einer anderen Zeit. Er murmelt den Namen einer Frau, die andere Hand greift in den leeren Raum des Doppelbettes; keine Wärme, kein Fleisch. Er schneidet eine Grimasse, streckt wieder die Beine aus, er reißt das gespannte Bettlaken heraus, findet nichts, springt auf und taumelt. Als seine Augen richtig offen sind, beginnt er zu schreien. –

Nein, ihr Bastarde, das lasse ich nicht zu! Ihr seid zu weit gegangen, und dafür werde ich euch umbringen! Nigger und Diebe. Die Vergangenheit ist alles, was ich noch habe, und die sollt ihr mir nicht mit euren dreckigen Händen verderben. Ihr laßt sie in Ruhe. Was seid ihr für Männer, sie gegen mich zu benützen? Alles verderbt ihr, was ihr anfaßt, und das lasse ich nicht zu!

Es ist Zeit . . .

Die Entscheidung beruhigt mich. Sie haben es zu weit getrieben. Jetzt werde ich die letzte Karte ausspielen. Aber ich darf keinen Fehler machen, denn ich will sie ja bestrafen. Darauf habe ich in all den Monaten der Qual gewartet. Ich atme tief durch, um ganz ruhig zu werden. Es gibt kein Zögern, keinen Fehler.

Drei Schritte zum Fernseher. Ich schalte ihn ein. Das Bild erscheint, schon wieder ein blödsinniger Film. Ich nehme die Rückwand des Gerätes ab und greife tief in die Wirrnis von Drähten und Röhren mit der Geschicklichkeit langer Praxis. Wie lange mußte ich suchen, bis ich die richtigen Frequenzen fand? Geduld brauchte und hatte ich, und Geduld ist keine Eigenschaft des Gesindels, sie ist ein für Aristokraten reserviertes Talent. Damit haben sie nicht gerechnet. Sie selbst sind ja Eintagsfliegen, und mit meiner technischen Schulung in Annapolis und meinen wissenschaftlichen Kenntnissen haben sie nicht gerechnet. Ein überlegener Mann hat viele Einfälle und Hilfsmittel.

Ich verbinde zwei Drähte miteinander. Es gibt Funken, als ich eine Botschaft aussende an die ANDEREN, ein vorher abgesprochenes Signal: DIE ZEIT IST GEKOMMEN. Meine Finger verkrampfen sich, Schweiß läuft mir in die Augen, aber ich sende weiter. DIE ZEIT IST GEKOMMEN. Endlich eine Bestätigung, daß sie meinen Befehl erhalten haben.

Es ist vorüber.

Jetzt wird es kommen.

Erschöpft lehne ich mich zurück. Ich habe meine Arbeit getan. Ich habe Drachenzähne in die Welt gesät, und nichts kann mehr aufgehalten werden. Ein Ende für alle Diebe und Nigger und alles Gesindel, das sich wie Unkraut hemmungslos über alle Ordnung der Welt hinweggesetzt hat. Ich taumele zu den Balkontüren und reiße sie auf. Glas splittert, Scherben fallen auf den Teppich. Ich breche am Maschendraht zusammen, klammere mich mit den Fingern daran fest. Weit im Norden, wo sie von der Stadt aus noch nicht zu sehen sind, haben sich die Raumschiffe der ANDEREN dem Plan entsprechend versammelt und legen ihre Thermalladungen aus, die alles Eis an den Polen zum Schmelzen bringen werden; sie befreien jahrtausendealtes Eis und formen eine Welle, die nach dem Süden donnert und die ganze Welt ertränkt. Ich denke an das Komitee, an den Auswurf der Stadt, sogar an die paar anderen in den Türmen. Nein, keiner davon tut mir leid. Ich bin nicht mehr jung, aber ich will sie mit mir in meine Dunkelheit nehmen. Es wird keine Augen mehr geben, die die Sonne beobachten, die ich nicht mehr sehen kann. Ich habe sie immer gehaßt. Ich bedaure nichts.

(Ich hasse alle.)

– Er haßt sie alle. –

Die Erde stöhnt, zittert wie vom Trommeln von Milliarden und noch mehr Hufen. Der Turm schwankt. Und kreischt.

Die Welle kommt.

Über den Horizont klettert sie, wird größer, höher, füllt den Himmel, sperrt die Sonne aus, Wasser in einer grünen Glaswand viele hundert Meter hoch mit Fängen aus Schaum. Die Welle knickt oben ein wie die Faust Gottes. Schatten über allem. Um Mittag wird es Nacht. Die Türme sind nur noch dünne Linien, und im Unterbauch der Welle gibt es keinen Himmel mehr. Ich sehe, wie die Türme Streichhölzern gleich knicken und wie gebrochene Fangzahnstümpfe aussehen. Dann kreischt Stahl, Schwärze drückt mir die Kehle ab . . .

(Ich habe die Welt zerstört.)

– Der Schatten des Drahtgeflechtes auf seinem Gesicht. –

Manchmal sieht man andere Leute in den anderen Türmen auf den Balkonen stehen. Wie mögen sie die Welt zerstören?

– Er wendet sich ab und erinnert sich vage einer geschäftlichen Verabredung. Draußen das Röhren des Verkehrs bei Geschäftsschluß. Auf Kanal fünf gibt es eine Sendung über Cartoons. –

George Zebrowski

Der Gott der Heiden

George Zebrowski wurde am 28. Dezember 1945 in Villach, Österreich, als Sohn polnischer Eltern geboren. Er wuchs auf in England, Manhattan, in der Bronx und in Miami und gehört zu einer ganz kleinen Gruppe von Autoren, die ihren literarischen Erfolg in ihrer Zweitsprache erreichten. Er studierte am Harpur College und an der State University of New York in Binghamton Philosophie und bringt sein Interesse für dieses Gebiet in seine schriftstellerische Arbeit ein. Einige seiner SF-Geschichten behandeln philosophische Themen.

Er gehört der World Future Society an, den Science Fiction Writers of America und dem SFWA Speakers' Bureau. Für Crawdaddy, Science Fiction Review und Riverside Quarterly rezensierte er Bücher und war Lektor bei Dell Books. Fiction hat er an The Magazine of Fantasy and Science Fiction verkauft, für If, Infinity und an einige aufstrebende Sammlungen von Originalgeschichten. Zwei seiner bekanntesten Romane sind „The Omega Point" und „Macrolife".

Die Geschichte „Heathen God" kam 1971 in die Nebula Award-Schlußrunde.

„. . . jede Heidengottheit hat ihren Platz
im Fluß des Daseins."

Die Isolierstation und der Naturpark für die fremde Flora und Fauna auf Antares IV hatten nur einen einzigen Gefangenen, einen drei Fuß hohen gnomenähnlichen Zweifüßler mit einer Haut wie geschrumpftes Leder, und die Augen waren wie riesige Glasmurmeln. Sei Haar war seidig weiß und reichte ihm bis zu den Schultern. Meistens lief er im großen Naturpark nackt herum. Er bewohnte eine kleine weiße Zelle in einer der riesigen blockähnlichen Verwaltungseinheiten. In der Zelle gab es ein kleines Bett, und eine niedere Tür führte in den Park hinaus.

Ungefähr hundert Fuß von der Tür entfernt gab es einen Teich, in dem sich der tiefblaue Himmel spiegelte. Solche Teiche waren über den ganzen Park verteilt.

Der Gnom war sehr alt, doch bisher hatte noch niemand herausgefunden, wie alt, es schien auch keine Möglichkeit zu geben, dies je herauszufinden. In den hundert Jahren seiner Gefangenschaft hatte er den Aufseher niemals um etwas gebeten. Bei den wenigen Erdenmenschen und Humanoiden ging das Gerücht um, der Gnom sei wahnsinnig. Man mied ihn. Manchmal beobachteten sie aber seine kleine Gestalt, die unter dem tiefblauen Himmel stand und zur riesigen Scheibe des Antares hinaufschaute, die blutrot am Horizont hing, knapp über den gepflegten Bäumen des Parkes. Dann hätten sie gern gewußt, was der Uralte dachte.

Die große Mehrheit der Erdenmenschen, die sich auf zwölf Sonnensysteme verteilt hatte, ahnte nichts von der Existenz des Gnomen, daher auch nichts von seiner Wichtigkeit. Ein paar wußten etwas, doch das waren meistens Gelehrte und politische Figuren, auch ein paar Theologen. Die wichtigste über den Fremden bekannte Tatsache war die, daß er in irgendeiner sehr fernen Vergangenheit für die Schaffung des Sonnensystems und das Entstehen eines intelligenten Lebens auf der Erde verantwortlich gewesen war.

Länger als ein Jahrhundert war dieses Geheimnis sehr gut bewahrt worden.

Im hundertundvierten Jahr der Gefangenschaft des Fremden machten sich zwei Männer auf zum Antares, ihn zu besuchen. Des ersten Mannes Motive waren praktischer Natur: Ein altes Regime sollte gestürzt werden. Der andere Mann wollte Fragen stellen. Die politischen Feinde des ersten Mannes hatten ihm geholfen, diese Reise unternehmen zu können, denn sie sahen darin eine Chance, ihn zu vernichten. Die Wichtigkeit, endgültige Informationen über den Fremden zu gewinnen, war Grund genug, eine Mission auszusenden, aber verbunden mit dem, was sie über die Motive des Mannes wußten, den sie fürcheten, würde ihnen diese Mission eine perfekte Gelegenheit bieten, die beiden Dinge auf einmal zu erledigen. Auf jeden Fall würde der zweite Mann alles mit zurückbringen, was sie von dem Gnomen erfahren konnten.

Alles war bis ins kleinste Detail genau geplant. Das erste Schiff brachte die beiden ahnungslosen Männer zum Antares, und sie waren dabei, in der Nähe dieser Sonne aus dem Hyperraum in den Normalraum zu tauchen. Zwei Stunden hinter ihnen lag im Hyperraum ein Militärschiff, ein kleiner Truppentransporter. Als das erste Schiff aus dem Nichts in das Gleißen des großen Sternes tauchte, öffnete der Kommandant des kleinen Militärschiffes seine versiegelten Befehle.

Vater Louis Chavez bereitete sich seelisch auf das vor, was er hier finden würde, als er mit seinen beiden Begleitern die Zubringerrampe hinabschritt. Er konnte es immer noch nicht recht glauben, was ihm seine Vorgesetzten über den Fremden gesagt hatten, der hier gefangen war. Die Morgenluft von Antares IV war frisch, und der erste Eindruck war, er betrete einen angenehm warmen botanischen Garten. Links von ihm trug Schwester Guinivere ein kleines Diplomatenköfferchen. Rechts ging Benedict Compton, ein Sprachenforscher, Kultur-Anthropologe und, wie so ziemlich alle glaubten, aussichtsreichster Kandidat für das Amt des Ersten Sekretärs der Nordhemisphäre der Erde. Compton war wohl ein religiöser Mann, doch er gehörte zu jener Sorte, die immer vorher eine Garantie forderte, ehe er sich auf etwas einließ, sich verpflichtete. Chavez mißtraute ihm, überhaupt mißtraute er diesem ganzen Besuch auf Antares IV.

Auf der Erde war das religionsphilosophische System eine Mischung aus evolutionärem Chardinismus und dem Christentum, eine eindrucksvolle intellektuelle Struktur, die nun seit mehr als zweihundert Jahren tonangebend war. Die politische Struktur leitete ihre Legitimität und ihre Dauerhaftigkeit von ihr ab. Compton hatte einige hohe Beamte mit der Behauptung geschreckt, daß die Gnomenkreatur auf Antares IV möglicherweise eine Bedrohung für den Glauben der Menschheit sein könnte. Dies schien mit dem, was über die Vergangenheit des Fremden bekannt war, ausreichend zu sein, um diese Mission auszuschicken, die Tatsachen sammeln sollte. Davon wußten aber nur ein paar Menschen, und Chavez erinnerte sich an die Angst, die er in ihnen gespürt hatte, als man ihn auf die Reise vorbereitete. Die größte Angst dieser Leute war die, daß die Gnomengeschichte allgemein bekannt werden könnte. Compton hatte trotz seiner Motive noch ein paar politische Freunde mehr gefunden. Aber Chavez vermutete, Compton wolle die Macht nicht für sich selbst, sondern nur zu dem Zweck, die Lebensqualität auf der Erde zu verbessern. Er war von der Aufrichtigkeit des Mannes überzeugt. Wie wenig doch unser offizieller Glaube herausfilterte in die tatsächliche Politik, überlegte Chavez. Und was würde die Regierung tun, wenn ein unorganisierter Glaube – eine Häresie im alten Sinn – aus diesem Zusammentreffen zwischen Compton und dem Fremden entstünde? Dann erinnerte er sich, wie sehr Compton auf diesen Besuch gedrängt hatte. Wie weit konnte ein Mann wie Compton in der Welt gehen, wenn er tun konnte, was er wollte?

Antares stand riesig am Horizont, eine massive rote Scheibe vor dem tiefblauen Himmel. Eine leichte Brise sang in den Bäumen um das Landefeld. An der Nordecke begann ein Fußweg zu den drei Verwaltungsgebäuden, die auf einer großen Rasenfläche standen und von blühenden Büschen und fruchttragenden Bäumen umgeben waren. Die Gebäude selbst waren von strahlendweißer Farbe. Es war ein sehr angenehmer Spazierweg.

Rufus Kade, der Verwalter, erwartete sie am Vordereingang des Hauptgebäudes. Er führte sie in den behaglichen Empfangsraum. Rufus Kade war ein großer, magerer Botaniker, der diesen Verwaltungsposten angenommen hatte, um die Gelegenheit zu haben, immer in der Nähe exotischer Pflanzen zu sein. Einige der Blumen und Büsche kamen von Welten, die mehr als hundert Lichtjahre vom Antares entfernt waren. Als die Vorstellungsrunde durchgestanden war, nahm Kade die Besucher mit in einen umschlossenen Garten, der einen eigenen Teich in der Mitte hatte. Der Gnom verbrachte hier den größten Teil der Zeit.

„Mr. Kade, sprechen Sie je mit ihm?“ fragte Vater Chavez, und der Verwalter schüttelte den Kopf.

„Nein. Und ich hoffe, Sie werden mich jetzt entschuldigen, ich habe zu arbeiten.“ Er ließ sie zurück am Anfang des Gartenweges.

Compton wandte sich an Vater Chavez. „Sie haben Glück“, sagte er, „Sie sind der einzige Repräsentant einer Kirche, der jemals eine Chance hat, der vielleicht zentralen Gottheit dieser Kirche zu begegnen.“ Er lächelte. „Aber Sie tun mir leid, denn was immer er auch ist, er wird nicht das sein, was Sie erwarten, und ganz gewiß nicht das, was er Ihrem Wunsch nach sein soll.“

„Warten wir ab, wir werden schon sehen", antwortete Chavez. „Ich bin kein leichtgläubiger Mann."

„Wissen Sie, Chavez", sagte Compton nun wesentlich ernster als vorher, „die ließen mich viel zu leicht herkommen. Ich meine, sie nahmen mein Wort wegen der mit der Reise verbundenen Gefahr einfach hin und stellten kaum eine Frage."

„Sollte man nicht Ihr Wort so hinnehmen? Sie sind ein wichtiger Mann. Das klingt ja ganz so, als hätten Sie ihnen nicht alles gesagt."

Sie gingen in den Garten. Zu beiden Seiten wuchsen üppige Pflanzen mit ungeheuer großen grünen Blättern und merkwürdigen, vielfarbenen Blüten. Die Luft war mit köstlichen Düften gesättigt, und die Erde schien sehr locker und gut feucht zu sein. Sie kamen zu dem offenen Gebiet mit dem Teich. Schwester Guinivere stand zwischen den beiden Männern, und alle drei standen lange da und besahen sich das schöne Bild. Das Wasser war sehr ruhig. Die Scheibe des Antares stand hoch genug am Morgenhimmel, um sich im Teich spiegeln zu können.

Der Gnom stand auf der anderen Teichseite und sah ihnen entgegen, als erwarte er von ihnen einen Schwall von Grußworten. Vater Chavez wußte, daß sie neben dieser kleinen Gestalt wie Riesen wirken mußten. Seltsam, vor dem Angehörigen einer Rasse zu stehen, die wahrscheinlich eine Million Jahre älter war als die der Menschen, und diese alte Rasse wie ein Turm zu überragen. Das wirkte ästhetisch kitschig, meinte Chavez.

Als sie zur anderen Teichseite kamen, sagte Compton: „Vater, lassen Sie mich die Unterhaltung beginnen."

„Wenn Sie wollen", antwortete Chavez. *Warum habe ich nur Angst,* überlegte er, *es ist doch so unwichtig, wer die Unterhaltung beginnt.*

Compton trat vor den stehenden Gnom und setzte sich vor ihm auf die gekreuzten Beine. Vater Chavez folgte erleichtert seinem Beispiel und bedeutete Schwester Guinivere, es ihm gleichzutun. Alle drei schauten erwartungsvoll den kleinen Fremden an.

Seine Augen waren sehr groß und tiefgesetzt, die Haare weiß und dünn und reichten ihm bis zu den Schultern. Als sie herankamen, hatte er die Hände auf dem Rücken gehabt, nun hatte er sie aber vor sich verschränkt. Die Schultern waren schmal, die Arme dünn. Er trug einen einfachen Coverall mit kurzen Ärmeln.

Chavez hoffte, sie könnten sich leicht mit ihm unterhalten. Der Gnom musterte einen nach dem anderen. Nach ein paar Minuten des Schweigens wurde ihnen klar, daß der Gnom wünschte, die anderen sollten die Unterhaltung beginnen.

„Mein Name ist Benedict Compton", sagte Compton, „und dies ist Vater Chavez mit Schwester Guinivere, seiner Sekretärin. Wir kamen hierher, um Sie nach Ihrer Vergangenheit zu fragen, da wir uns um Sie sorgen."

Langsam nickte der Gnom, aber er setzte sich nicht zu ihnen. Wieder herrschte Schweigen, bis Compton Chavez einen fragenden Blick zuwarf.

„Könnten Sie uns sagen, wer Sie sind?" fragte Chavez. Der Gnom wandte ihm scharf den Kopf zu. Chavez dachte, das ist ja fast so, als hätte ich ihn bei irgend etwas unterbrochen. Der Gnom sah nun traurig drein; er schien in diesem Moment verstanden zu haben, weshalb sie hier waren, welche Rolle er zu spielen hatte – alles.

Chavez fühlte, wie sich sein Magen verknotete. Er wußte, er wurde sorgfältig examiniert. Compton neben ihm spielte mit einem Grashalm, Schwester Guinivere saß da und hatte die Hände im Schoß gefaltet. Kurz erinnerte er sich der Tatsachen, die er über den Fremden wußte und die nur ein paar Erdenmenschen im Lauf der letzten hundert Jahre hatten erfahren dürfen. Diese Tatsachen erforderten eine gewisse offizielle Haltung.

Das bestgehütete Geheimnis des letzten Jahrhunderts war die Tatsache, daß diese kleine Kreatur jene Ereignisse ausgelöst hatte, die zum Entstehen intelligenten Lebens auf der Erde führten. In sehr ferner Vergangenheit hatte der Gnom seine Vorstellungskräfte mit einer ungeheuer großen Maschine verbunden, die zu einem anderen Zweck gebaut worden war, doch er hatte sie benützt, um den größten Teil des Lebens auf der Erde zu schaffen. Man hatte ihn bei diesen kosmologischen Experimenten ertappt und ins Exil geschickt. Lange bevor die Menschen zu den Sternen aufbrachen, war er über die Galaxis gewandert, aber vor einiger Zeit war er den Erdenbehörden überstellt worden, die ihn in diesem Schutzgebiet „aufbewahrten". Offensichtlich fürchtete sein Volk noch immer seinen Wahnsinn. Das war alles, was die paar Erdenmänner erfahren hatten, die den Gefangenen übernahmen.

Man nahm an, daß die Rasse des Gnomen sehr isolationistisch eingestellt war. Der Gnom war ihr einziges Mitglied, das Erdenmenschen je zu Gesicht bekommen hatten. Man war auch der Meinung, die Kultur dieser Rasse fürchte die Berührung mit anderem intelligentem Leben und besonders mit dieser ungesetzlichen Schöpfung. Von den wenigen, die den Fall kannten, hatten nur zwei einen gewissen Unglauben ausgedrückt. Und das reichte aus, wie Chavez meinte, sich unbehaglich zu fühlen. Es schien sicherer zu sein, an diese Sache so wenig wie möglich zu denken.

Seit diesem einen Kontakt mit der Erde war die Rasse des Gnomen nie mehr auf ihn zurückgekommen und hatte auch keine weiteren Erklärungen angeboten. Vor einem Jahrhundert hatte man ihn einfach in einer Erdumlaufbahn gelassen, in einem winzigen Schiff, das zweifellos eine überlegene Intelligenz und Technologie verriet. Eine aufgezeichnete Botschaft gab alle Informationen, die sie hatten geben wollen. Die Heimatwelt dieser Rasse hatte man niemals gefunden, und der Gnom schwieg. Benedict Compton hatte diese Zusammenkunft in die Wege geleitet, und Chavez war von seinen Vorgesetzten so weit unterrichtet worden, daß er als Beobachter mitkommen konnte.

Chavez erinnerte sich recht gut daran, wie die Information ihn erst erschüttert, dann verwirrt hatte. Er grübelte über Comptons Motive nach, doch offen hatte er sie nicht anzuzweifeln gewagt. Auf der Erde gab es viele Wissenschaftler, die den Fremden als den einzigen Kontakt mit einer in Wahrheit überaus fortschrittlichen Kultur priesen, und er wußte, daß mehr als nur ein junger Student alles tun würde, um die Geheimnisse zu enthüllen, die sicher im Gehirn dieses kleinen Wesens existierten, das nun vor ihnen stand. Er war überzeugt, daß Compton auf so etwas hoffte.

Plötzlich trat die kleine Gestalt einen Schritt zurück. Sein weißes Haar wurde von einem Windstoß verblasen. Sein kleiner, knorrig aussehender Körper hatte eine seltsame Haltung angenommen. Seine Miene war sehr bekümmert, seine leise Stimme traurig. Sie zitterte sogar, als er sprach. „Ich schuf euch, daß ihr einander lieben solltet und durch euch auch mich. Ich brauchte diese Liebe. Niemand kann ahnen, wie sehr, aber sie mußte mir freiwillig geschenkt werden, also mußte ich die Möglichkeit erlauben, daß sie mir vorenthalten wurde. Es gab keine andere Möglichkeit, es gibt sie auch jetzt noch nicht.“

Chavez sah Compton an, um dessen Reaktion zu erraten. Der große Mann saß sehr still da. Schwester Guinivere schaute hinab auf das Gras zu ihren Füßen. Chavez fühlte panische Angst in seinem Innern. Ihm war, als spreche der Fremde nur zu ihm, als könne er, und nur er allein, den Durst lindern, der hinter diesen tiefsitzenden großen Augen in dem kleinen Kopf wohnte.

Er fühlte die große Sehnsucht des anderen. Er sah auch in diesem Gesicht eine gewisse Verstörtheit, weil ihm alles vorenthalten geblieben war, wonach er sich gesehnt hatte, und er glaubte, nun müsse auch jeden Moment ein ehrfurchtgebietender Zorn sich über sie ergießen. Und das, meinte er, sei dann der Wahnsinn, von dem sein Volk gesprochen hatte. Dieses Wesen war aller Macht entkleidet worden und war nun arm wie ein Bettler.

Aber statt Zorn tiefste Trauer, und die war unendlich bedrükkend. Sie hing um sie herum in der Luft. Was versuchte Compton hier zu enthüllen? Wem konnte das von Nutzen sein? Chavez bemerkte, daß seine linke Hand zitterte, und er umfaßte sie mit der rechten.

Der Gnom hob die rechte Hand und sprach wieder. *Lieber Gott, so hilf mir doch,* betete Chavez. *Hilf mir, das hier klar zu sehen ...* „Ich floh vor dem Massengeist, dem meine Rasse entgegensteuerte", sagte der Gnom lauter als vorher. „Sie haben ihr Ziel erreicht. Jetzt sind sie eine große Einheit. Was ihr hier in meinem zwergenhaften Körper seht, ist nur die unbedingte Notwendigkeit, fast ausschließlich Gefühl. Sie wartet auf den Tag, da die Liebe in meinen Kindern Früchte trägt; dann werden sie sich vereinen und mein früheres Selbst wiedererschaffen, das nun in ihnen ist. Dann werde ich mein Gefängnis verlassen und zu ihnen zurückkehren, um mich selbst zu vervollständigen. Dieser Körper wird dann sterben. Meine Sehnsucht nach dieser Zeit ist grenzenlos, und ich werde eine neue Geschichte wie diese schaffen und dafür sorgen, daß sie sich erfüllt. Immer werde ich dann die Vervollständigung einer Spezies und ihres bewegenden Geistes sein. Dann werde ich aus ihnen wiedergeboren. Ohne dies bin ich nichts."

Über ihnen erscholl lauter Donner, der unmißverständliche Lärm eines Zubringerbootes, das in die Atmosphäre einbrach. Aber es war zu früh für das Boot vom Sternenschiff, um sie abzuholen, dachte Chavez. Compton sprang auf und schaute hinüber zu den Verwaltungsbauten. Chavez bemerkte, daß ihn der Gnom anschaute. *Verehrt euer Volk ein Höchstes Wesen?* Chavez dachte diese Frage. *Haben Sie die Idee eines solchen Wesens? Sicher wissen Sie um die Bedeutung eines solchen Wesens.*

Ich weiß nichts von einem solchen Wesen, sprach der Gedanke klar in seinem Kopf. *Kennst du es?*

„Das ist ein Zubringer", sagte Compton. „Jemand will uns Gesellschaft leisten."

Chavez stand auf und ging hinüber zu Compton. Schwester Guinivere trat zu ihnen. „Was ist das?" fragte sie.

„Ich habe keine Ahnung, wer das sein könnte", sagte Compton. Chavez bemerkte eine gewisse Unsicherheit in der Stimme des anderen. Der Gnom stand hinter ihnen ganz ruhig da und schien von der Unterbrechung gar nicht berührt zu sein.

„Sie müssen jetzt schon gelandet sein", bemerkte Compton. „Vater, es könnte höchstens eines sein – sie haben meine Pläne für den Gnom entdeckt." Compton trat ganz nahe an ihn heran und flüsterte verschwörerisch: „Vater, das ist die einzige Möglichkeit, eine Veränderung auf der Erde zu bewirken. Ja, es ist das, was Sie denken, ein Kult, mit mir als Oberhaupt, aber es ist eine gerechte Sache. Vater, kommen Sie zu mir!"

Dann ist es also wahr, dachte Chavez. Er plant, eine gesetzliche Kandidatur zu umgehen. Warum ließen sie es dann zu, daß er herkam?

In den umgebenden Bäumen und Büschen raschelte es. Plötzlich waren sie von bewaffneten Männern umgeben. Zwanzig Gestalten in voller Kampfausrüstung waren unter den Bäumen und hinter den Büschen herausgetreten. Sie standen still und wartend da.

Antares war jetzt direkt über ihnen, eine dunkelrote Lichtscheibe, die zwanzig Prozent der blauen Kuppel bedeckte, die der Himmel war. Mittagszeit.

Comptons Stimme zitterte, als er rief: „Was soll das heißen? Wer, zum Teufel, seid ihr?"

Ein hochgewachsener Mann an der anderen Seite des Teiches schien der kommandierende Offizier zu sein. Er trug keine Waffen und keine Ausrüstung, keine Abzeichen. In der Hand hatte er ein kleines Stück Papier, das er gerade einem versiegelten Umschlag entnommen hatte.

„Vater, treten Sie zur Seite, und auch Sie, Schwester!" schrie der Offizier. „Das hier betrifft Sie nicht." Dann blickte er hinab auf das Papier in seiner Hand und las laut vor: „Benedict Compton, Sie werden einer Verschwörung zum Sturz der Regierung der Nördlichen Hemisphäre der Erde mit ungesetzlichen Mitteln beschuldigt. Der Hohe Gerichtshof von Nordamerika hat Sie dieses Verbrechens wegen verurteilt. Dieses Verbrechen schließt die Benützung eines fremden Wesens als Mitverschwörer ein, um durch einen persönlich finanzierten Feldzug einen Glaubenskrieg heraufzubeschwören, dessen Ziel es ist, Sie selbst zum Anführer eines subversiven Kultes zu machen und durch einen sorgfältig vorbereiteten Handstreich die Macht zu erlangen. Sie und Ihr Mitverschwörer werden eliminiert, weil Sie beide Staatsfeinde sind." Der Offizier faltete das Papier zusammen und steckte es in den Umschlag zurück, den er in die Tasche schob.

Chavez bemerkte, daß Schwester Guinivere neben ihm stand, und er spürte ihre Angst. Compton wandte sich an Chavez.

„Vater, beschützen Sie den Gnom, egal was er ist. Bedienen Sie sich Ihrer Autorität. Man wird Sie nicht anzurühren wagen."

„Der Exekutionsbefehl ist unterzeichnet von der Sekretärin Alcibiad persönlich!" schrie der große Offizier.

Chavez schwieg.

„Vater, bitte!" flehte Compton. „Sie können das nicht zulassen." Chavez hörte die Worte, doch er war vor Überraschung wie erschlagen. Ihm war, als hätten ihn diese Worte wie ein Speer festgenagelt. Er konnte sich nicht bewegen, nicht einmal denken. Schwester Guinivere hielt sich an seinem Arm fest.

Plötzlich ging Compton auf den Gnom zu.

„Feuer!"

Die Laser griffen wie Zungen aus.

Die kleine Gestalt fiel. Und der Gedanke griff von ihm in einer letzten Anstrengung aus, viele Lichtjahre weit in den Raum. *Ich habe euch geliebt, doch ihr habt mich nicht geliebt, auch nicht einander.* Alle hörten den Gedanken, und der gebot ihnen für einen Moment Einhalt. Compton stand noch, doch sein rechter Arm war nicht mehr da, und sein Blut lief auf das Gras.

„Feuer!" erklang der neue Befehl.

Wieder zuckten die Laser aus. Compton fiel auf den Rücken, nur ein paar Schritte vom Gnom entfernt. Schwester Guinivere stürzte schluchzend auf die Knie. Sie begann zu klagen. Die Soldaten zogen sich zu ihrem Boot zurück. Vater Chavez setzte sich auf den Boden. Er war ratlos und sah auf die beiden Leichen. Aus Comptons Kleidung stieg Rauch auf. Das Gnomenhaar brannte.

Der große Offizier stand nun allein auf der anderen Teichseite. Chavez wußte, daß diese Befehle wahrscheinlich versiegelt gewesen waren, so daß nur dieser eine Mann den ganzen Inhalt kannte. Nach ein paar Augenblicken wandte sich der große Mann ab und folgte seinen Männern.

Der Fremde hatte gewußt, daß ihm dies zustoßen würde, dachte Chavez. Er wußte es, und deshalb hat er uns alles gesagt . . .

Als die große Scheibe des Antares fünfundvierzig Grad über dem Horizont stand, kam Rufus Kade zu ihnen heraus. Die beiden Leichen verwahrte er in Mustersäcken aus Plastik. Schwester Guinivere hatte sich wieder beruhigt und hielt Vater Chavez' Hand. Beide standen auf, als Kade mit den Leichen fertig war.

„Sie hatten von ganz hoch oben einen offiziellen Paß", erklärte Kade. „Ich habe das sogar nachgeprüft."

Langsam ging er mit den beiden zum Verwaltungsbau. Das Zubringerboot zum Sternenschiff war bereit.

Dreißig Stunden von Antares entfernt saß Vater Chavez allein in seiner kleinen Kabine und schaute auf den winzigen Monitor, der ihm zeigte, wo er gewesen war. Bald würde die Helligkeit des Sternes untergehen in der öden Leere des Hyperraumes. Antares war nur noch eine kleine rote Scheibe auf dem Schirm.

Im Moment gefiel es Chavez ganz und gar nicht, daß er eine Kreatur des Gnomen sein sollte. Aber der Fremde war nicht Gott gewesen. Seine künftige Bedeutung würde nicht größer sein als die Christus', möglicherweise geringer. Er war nur ein Architekt, ein Former der Materie gewesen, die es schon lange gegeben hatte, als seine große Rasse ins Leben gerufen wurde. Aber war er nicht Gott näher gewesen als jeder Mensch es je war? Oder sein würde?

Die Vervollkommnung, für die der Gnom den Menschen

gemacht hatte, würde es nun nie mehr geben. Der tiefste Grund dafür, daß die Menschheit erschaffen worden war, existierte nun nicht mehr. Und der Fremde hatte Gott nicht gekannt. Gab es ein solches Höchstes Wesen, so schien es jetzt unendlich und hoffnungslos fern zu sein.

O Herr, gib mir ein Zeichen! betete Chavez.

Aber er hörte nur seine eigenen Gedanken und nichts von dem Wesen, das ihm sicher in einem solchen Fall geantwortet hätte. Und er hatte dabeigestanden, als der Gnom im Garten neben dem Teich getötet worden war, auf dem Planeten, der um den roten Stern kreiste, dessen Durchmesser größer war als die Mars-Kreisbahn. Trotz allen Überlegens wußte Chavez, daß er dabeigestanden und nichts getan hatte, als dieser Teil der kleinen Kreatur, die doch die Menschheit geliebt hatte, getötet wurde.

Aber was hatte er gesagt? Übrig blieb von des Gnomen Sein die Menschheit, und die existierte noch, nur daß sie jetzt nie mehr mit ihm vereint werden konnte. „Fürchtet euch nicht", hatte der heilige Antonius vor dreitausend Jahren gesagt. „Diese Gottheit ist als Ding unmöglich, ebenso das Streben nach etwas Fremdem, das weit weg existiert: Es hängt an unserer eigenen Entscheidung. Um Griechisch zu lernen, fahren die Menschen über die See ... Aber die Stadt Gottes ist überall ... Das Königreich Gottes ist in uns selbst ... Die uns innewohnende Güte fordert nur den menschlichen Geist ..."

Was wir für uns tun können, dachte Chavez, muß nun unser einziges Ziel sein.

Er holte tief Atem, als das Sternenschiff in das Nichts des Hyperraumes tauchte. Er spürte die Last politischer Macht, die er nun als Zeuge des Mordes an dem Fremden mit sich schleppte, und er wußte, daß Compton sein Leben umsonst gelebt hatte. Er mußte seine Absichten sorgfältig verbergen, doch er wußte, was er nun zu tun hatte.

Wenn die Zeit kommt, so hoffte er, können wir wieder ein Bild der Gottheit gebären, die in der Menschheit weiterlebt auf einer kleinen Welt, die um eine gelbe Sonne kreist.

Joanna Russ

Nur ein armer Bettler

Joanna Russ kam am 22. Februar 1937 in der Bronx, New York, zur Welt. Ihre Eltern sind beide Lehrer, und Wissenschaften, Literatur und Bücher gehörten zu ihrer Umwelt.

Mit dreizehn Jahren begann sie zu schreiben, und ihre mehr als dreißig veröffentlichten Geschichten erschienen in SF-Publikationen wie „The Magazine of Fantasy and Science Fiction" und in den „Orbit"-Serien, aber auch in anderen Zeitschriften.

Sie arbeitet jetzt als außerordentliche Professorin für Englisch an der Cornell University, lehrt Kreatives Schreiben und liest gelegentlich auch über Science Fiction. Sie rezensiert Bücher für „The Magazine of Fantasy and Science Fiction" und „College English", schreibt gelegentlich einen Artikel für wissenschaftliche Publikationen, ist Mitglied der Science Fiction Writers of America und der Modern Language Association und berichtet, das einzige Hobby, für das sie Zeit habe, sei das Essen. Als ihre persönliche Philosophie bietet sie an: „Frauen sollten die Dinge leiten, denn wir sind freundlicher als Männer, wenn auch leider nur deshalb, weil sie uns nicht erlauben, die Dinge zu leiten."

Ihre beiden Romane „Picnic on Paradise" (1968) und „And Chaos Died" kamen in die Endrunde um den Nebula Award, ebenso ihre Geschichte „The Second Inquisition." „Poor Man, Beggar Man" war 1971 ebenfalls in der Endausscheidung um den Nebula Award.

Er war ein seltsamer Mann, in einen schwarzen Umhang gehüllt, von dem er eine Falte über seinen Kopf gezogen hatte, um sein Gesicht zu verbergen. Er ging mit dem leichten, gleitenden Schritt dessen, dem nichts daran liegt, ob er über rauhen oder glatten Grund geht; an einer Biegung des schmalen, felsigen Pfades roch er Essen, das gekocht wurde, doch für ihn war das nur ein Zeichen dafür, was andere taten, nicht mehr. Er sah gar nicht großartig und ziemlich durchschnittlich aus, wenn auch vielleicht ein wenig geheimnisvoll. Er schien genau zu wissen, wohin er ging, als er dem gewundenen Pfad vor Alexanders Lager am Indus folgte. Zu suchen hatte er hier nichts, ganz gewiß nicht in der Hitze des Nachmittags, wenn auch die Vegetation um ihn herum den Pfad in eine grüne Dämmerung tauchte. Licht und Schatten warfen Flecken auf ihn. Es war früher Herbst, und die Blütenblätter und gelber Staub fielen auf den Pfad und den Blattmoder zu beiden Seiten. Er schüttelte sich, als wolle er etwas abwerfen. Er überquerte einen offenen Platz und ging weiter, schaute sich aber niemals um.

Eine Viertelmeile vom Generalszelt entfernt stieg der Pfad an, wurde felsiger und war weniger geschützt. Auf einem Felsen lungerte ein Posten herum. Er hatte eine Fleischfliege zwischen Daumen und Zeigefinger gefangen und sah den Fremden nicht, der da vorbeiging, erwiderte auch dessen Gruß nicht. Bis zum Kinn verhüllt ging der Fremde an Dienern vorbei, die Geschirr wuschen und einen Plankentisch abräumten, der im Sonnenlicht stand, denn das Zelt des Generals bot einen ungehinderten Blick von einer etwas unwirtlichen Höhe über das ganze Tal. Er betrat das Zelt, bückte sich unter der Zeltklappe durch und ließ den schwarzen Umhang achtlos über den Boden streifen. Er fand seinen Mann am niederen Tisch sitzend vor; er rief nach einer Landkarte. Der Fremde legte eine Hand auf dessen Schulter, und dann sagte er ein wenig scheu:

„Komm, ich bin noch immer ein zivilisierter Bursche."

„Apollo, beschütze uns!" ächzte der Eroberer und erblaßte. Der Fremde lachte und schüttelte den Kopf, noch immer ohne jede Aggressivität und mit jener Freundlichkeit, die ihn überall so beliebt gemacht hatte. Der allgemeine Kummer war denn auch sehr groß gewesen, als Alexander ihn, den Achtundzwanzigjährigen, ermordete.

„Aristoteles, deinem Lehrer, würde das gar nicht gefallen", sagte er und schüttelte belustigt den Kopf. Dann setzte er sich auf die Tischkante und schloß die Hand um einen Weinbecher.

„Nimm deine Hand hier weg!" befahl Alexander automatisch, doch dann sagte er: „Nimm ihn."

„Oh, nein, danke", sagte sein toter Freund und lächelte, als bitte er um Entschuldigung. „Ich könnte jetzt gar nicht. Du hast keine Ahnung, wie unbequem das ist, tot zu sein."

„Nimm es!“ befahl der Eroberer.

„Ah, aber ...“ Sein ermordeter Freund stellte den Weinbecher weg.

„Und?“ fragte Alexander. Der Tote lächelte das milde Lächeln eines Mannes, der eine Beleidigung herausfordert und erduldet. Er lächelte und zog sich zurück. „Ich dachte“, sagte er, „daß die Neuheit meiner Erscheinung ...“

„... nicht dauert.“

„Ah, aber du schuldest mir ...“

„Was?“

Der Geist ging ein paar Schritte weg, vorbei an dem Streifen strahlenden Sonnenlichts, das durch die vordere Zeltklappe fiel. Er streifte die Zeltwand mit der Schulter und verursachte keine Bewegung daran. „Ich erinnere mich“, sagte er. „Ja, ich erinnere mich.“ Alexander beobachtete ihn scharf im halben Licht, in jenem Licht, das aus dem Eroberer, seinem schöngeschnittenen Gesicht und dem bronzefarbenen Körper eine Statue machte.

„Ah, woran ich mich erinnere!“ brach es aus dem Geist heraus, und er lachte. „Ich erinnere mich deiner erstaunlichen Kraft, wenn du betrunken warst.“ Der Mann am Tisch beobachtete ihn genau. „Und ich erinnere mich“, fuhr der Geist fort und tappte im Raum herum, „ich erinnere mich, daß ich mit bis zum Kinn hochgezogenen Knien dasaß auf einem Marmorsims, wie ein Schuljunge, und ich sah dir zu, wie du Phrasen gedroschen hast.“

„Ich dresche nie Phrasen.“

„Dann hast du eben geschwärmt oder schwadroniert. Aber du sollst ja nicht Haare spalten. Mein Wort, sie versuchten dich zurückzuhalten, nicht wahr? Und meine Schwester war deine alte Kinderfrau – welch ein Skandal! Ich höre, du hast dich für ganze drei Tage eingeschlossen.“ Er blieb in der dunkelsten Zeltecke stehen. „Weißt du“, sagte er nach einer Pause, kam heraus in das Licht und zog seinen Umhang sorglos an einer Schulter hinter sich drein. „Weißt du ...“ Sein Gesicht wurde klarer, er hob die Stirn, seine Augen öffneten sich, wie sie es tun, sobald ein starkes Gefühl das Gesicht zur Maske werden läßt. „Weißt du“, und das sagte er einigermaßen erstaunt, „ich kann mich recht gut daran erinnern. Ich habe es hundertmal analysiert. Ich hatte keine Ahnung, was mich da traf. Ich dachte, der Raum habe sich um mich herum gedreht, der Boden sei in die Höhe gekommen und habe sich gegen mich geworfen. Und dann traf mich etwas an der Brust, ich biß mir auf die Zunge, weißt du, und dann sah ich dein Gesicht . . ."

Alexander brach hier in röhrendes Gelächter aus, das man auch außerhalb des Zeltes gehört haben mußte, aber die Zeltklappen bewegten sich nicht; sie hingen ganz still herab.

„Mein lieber Freund", sagte er voll Zuneigung, „wirklich, es tut mir unendlich leid, aber weißt du, eigentlich hättest du vor vier Jahren zurückkommen sollen. Sicher, ich habe Mitleid mit dir, aber ich fürchte, die Zeit hat die ganze Geschichte ziemlich abgenützt. Verstehst du . . ." Und er deutete auf den Stoß Papiere auf seinem Tisch.

„Ah", sagte der Geist weise, „aber ich, verstehst du, *ich* altere nicht."

„Jammerschade", meinte der Eroberer, stemmte die Ellbogen auf den Tisch und legte das Kinn in seine Hände. „Und jetzt . . ."

„Jetzt?" sagte der Geist erwartungsvoll.

„Und jetzt sei ein netter Kerl und verschwinde."

„Nein."

„Dann tu's ich." Aber als der Eroberer seinen Stuhl zurückschob und aufstand, sah er den Freund, den er getötet hatte, darin sitzen, und er fingerte an seinen Papieren auf eine Art herum, die ihm gar nicht paßte.

„Du meine Güte, schau dir das an", sagte sein Freund.

„Laß das!"

„Du gehst nach Indien. Wie schön."

„Wirst du . . ." Er riß des Fremden Hand weg, doch der Schock, daß sie aus Fleisch und Blut war, war zu groß für ihn, und er taumelte zurück. „Wachen!" brüllte er. Es kam aber keiner.

„Ah, Unsinn", sagte sein Freund seelenruhig. Er saß am Tisch wie ein Sekretär dort sitzen würde oder ein begleitender Philosoph, wenn er die Worte des großen Mannes niederschreibt. Sein schwarzer Umhang war ihm von den Schultern gerutscht und lag halb auf dem Stuhl, halb auf dem Boden aus gestampfter Erde und war schwarz wie eine Tintenpfütze. Er nahm ein Dokument nach dem anderen auf, sehr sorgfältig, sehr respektvoll. Immer war es bemerkenswert gewesen, wie dieser Mann etwas aufnahm; seine Hand schloß sich um einen Becher, eine Vase, die Hand einer Frau mit solcher Zartheit und aufmerksamer Neugier, daß man sich fast vorstellen konnte, wie unbelebte Gegenstände an seiner Berührung Vergnügen empfanden. Die Frauen hatten ihn geliebt, doch er war ihnen ausgewichen.

„Du gehst nach Indien", sagte er und besah sich die Markierungen auf der Karte. Alexander schlenderte zur Zeltklappe, um Freunde oder Wachen herbeizurufen, die ihn von dieser unangenehmen Sache befreiten, aber die Zeltklappe hing gerade und starr herab wie ein Stein. Er konnte sie nicht bewegen.

„Was willst du von mir?" quetschte er zwischen zusammengebissenen Zähnen heraus.

„Nun ja ...", sagte der Fremde.

„Was?" schrie der König, der zusehends ungeduldig wurde.

„Du bekommst Angst?"

„Ich nicht!"

„Oh, ja, und du wirst es tun."

„Was tun?"

„Ruhig." Er studierte die Karte. „Schau dir das an", sagte er. „Du willst also den Indus überqueren und weitere sieben Jahre von zu Haue weg sein. Deine Armee wird meutern, und wenn du am Ostrand der Welt ein neues Alexandria errichtest – wie viele Alexandrias gibt es jetzt schon? –, dann wird deine Regierung im Westen zusammengebrochen sein, und du mußt wieder ganz von vorne anfangen. Guter Gott, sind das Aussichten!"

„Hör mit deinem Spiel auf!" sagte der König und setzte sich mit aller Würde, die er aufbrachte, auf eine niedere Bank neben der Zeltöffnung.

„Warum denn? Du hast doch auch mit mir gespielt", antwortete der Geist vernünftig.

„Ja, das pflegte ich zu tun."

„Genau. Du pflegtest es."

„Der Tod hat deinen Charakter nicht verbessert", sagte Alexander.

„Und den deinen nicht sanfter gemacht."

„Jene, die getreten werden wollen, werden getreten", sagte der König.

„Ja, genau", antwortete sein Freund und blinzelte. „Also, was ich will, ist dies: Du sollst umkehren und den nächsten Winter in Heliopolis verbringen, wie du das alte Babylon genannt hast – welch eine Veränderung! –, dann sollst du deine Grenze zurücknehmen bis an den Rand Persiens. Du bist ein Narr. Du kannst das nicht behalten, was du zusammenraffst. So, wie es ist, fällt das ganze Reich drei Tage nach deinem Tod auseinander. Du glaubst, du kannst ein paar gerillte Säulen aufstellen, einen Satrapen ernennen, und der Ort gehört dir. Unsinn."

„Und ...", sagte Alexander.

„Und", wiederholte der Geist und schaute ein wenig verwirrt drein, „und ... – siehst du, das ist es." Alexander stand auf. „Ich bin nicht erledigt ..." Aber ein plötzlicher Windstoß blies die Zeltklappe in die Luft, als habe eine ungeheure Begeisterung sie zum Himmel geschleudert. Er lachte heiter, vielleicht war aber das Lachen doch sonderbar. Alexander ging zu seinem Freund und umarmte ihn.

„Würdest du mir glauben, wenn ich dir sagte, daß ich bereute? Ehrlich bereute? Verstehst du, mein Freund, seit drei Tagen sah ich nicht einen Menschen. Sie glaubten, ich würde sie mitten in der Wüste verlassen. So viel Kummer! Aber du hättest wissen sollen, daß du dich von mir fernzuhalten hast." Er klopfte, ohne zurückzuschrecken, auf seines Freundes unnatürlich soliden Rükken. „Und die Geschichte über deine Schwester war richtig", sagte er, „wenn auch, wie ich zugebe, ein wenig ausgeschmückt. Ich mochte sie wirklich gern und haßte es, ihr Schmerz zuzufügen. Und du ..." Seine Stimme klang nun belegt. „Nun, du weißt ja ..."

„Ah", sagte der Geist und blinzelte hilflos.

„Du weißt", fuhr Alexander zärtlich fort. „Du weißt es." Und dann schaute er nur einmal lächelnd, mitleidig und voll Bedauern zurück, sagte aber kein Wort mehr und verließ das Zelt.

Der Fremde war nun allein und schaute ihm eine volle Minute lang sinnierend nach. Dann riß er ungewöhnlich schnell seinen Umhang von dem Stuhl am niederen Tisch, drehte ihn zu einem kleinen Bündel zusammen und warf es in die Luft. Als es so zwischen Dach und Boden hing, lachte er leise in sich hinein, und lachte so sehr, daß er sich vor Lachen krümmte. Als er dann seinen Blick vom Mantel losriß, fiel er wie jeder andere Gegenstand und öffnete sich zu einem zerrupften Bündel, das aussah wie eine verwundete Gans. Er hob ihn auf und legte ihn um.

Und jetzt das andere, dachte er und setzte sich voll Haltung auf die Bank an der Zeltwand. Sein Name war Cleitus. Im Leben hatte man ihn als Cleitus der Schwarze gekannt.

In Persien hatte Alexander, um seine politische Stellung zu stärken, eine Dame von adeliger Abkunft geheiratet. Zweihundert seiner Edelleute hatten es ihm nachgemacht, obwohl um diese Zeit bezüglich ihrer Gefühle keine Sicherheit bestand. Roxane hieß Alexanders Frau; sie hatte den größten Teil ihrer Kindheit in einem Hof mit einem Boden aus Marmormosaik verbracht, wo sie entweder Lesen und Schreiben lernte – was sie beides verabscheute –, oder zusammen mit einigen anderen Mädchen hinter einem gestreiften Ball herjagte. Die Mädchen küßten ihr am Morgen und Abend die Hand und sagten „Hoheit". Als sie siebzehn war, verheiratete man sie plötzlich und zur allgemeinen Überraschung mit einem berühmten, schönen, jungen und großartigen Mann. Drei Wochen Abwesenheit von zu Hause machten sie verzweifelt heimwehkrank, obwohl sie ihren Hof vorher immer als Gefängnis betrachtet hatte. Dort hatte sie sich immer danach gesehnt, auf ein paar übereinandergestellten Stühlen zu stehen, so daß sie über die Mauer schauen und die große Welt sehen könnte.

Alexander war kaum fünf Minuten weg, als sie in das Zelt kam. Der Fremde saß seit zwei Minuten auf der Bank.

„Eh!" sagte sie verblüfft. Er war, ehe sie noch Angst haben und davonrennen konnte, auf dem Boden und verbeugte sich tief, dann küßte er ihr die Hand, und das tröstete sie, weil es eine vertraute Geste war.

„Wer bist du?" fragte sie ganz vernünftig. Er lächelte sie nur an, ein bißchen vage und entwaffnend wie ein Mann, der nie mehr gewesen war als das Spielzeug einer Frau, und dann küßte er noch mal ihre Hand. „Ich, Hoheit, werde Theophrastus genannt", sagt er.

„Welch ein närrischer Name", sagte Roxane und kicherte, denn sie hatte es nie gelernt, zu lügen oder höflich zu sein.

„Hoheit, solltest du hier mit mir allein sein?" fragte er, und es gelang ihm, ein bißchen bestürzt dreinzuschauen. „Das heißt ... Ich meine ... Ich glaube ..." Roxane warf den Kopf zurück.

„Kein Mensch läuft hinter mir her", erkärte sie. „Hier wenigstens nicht. Und niemand würde es wagen, mir etwas anzutun", fügte sie hinzu. „Oder das glaube ich wenigstens."

„Niemand, der ein Herz hat, würde es tun", bestätigte er. Da wurde sie rot.

„Hoheit“, sagte er schnell, „ich muß den Kaiser finden.“

„Ich weiß auch nicht, wo er ist.“ Sie setzte sich breit auf die Bank, schaute ihn interessiert und erwartungsvoll an. Der Geist lief auf und ab wie ein Mann, den die Dringlichkeit einer Sache quält. „Ah, aber Hoheit“, sagte er, dann schüttelte er ein paarmal wie für sich selbst den Kopf. „Hoheit . . .“

„Ja, was ist denn los?“ rief Roxane, die ganz und gar unwissend war und sich daher nicht ängstigte. Der Geist kam zu ihr und setzte sich neben sie auf die Bank, und sein schwarzer Umhang schleifte hinter ihm her. Das sah ziemlich lächerlich aus.

„Du weißt, Hoheit, daß dein Ehemann, Seine Kaiserliche Majestät“, sagte er ernsthaft, *pai dios* . . .“

„Ja, ja“, unterbrach ihn Roxane ungeduldig und verschränkte die Finger.

„Dein Ehemann“, sprach der Geist und sah sich um, als fürchte er, jemand höre mit, „hat dir zweifellos erzählt, daß er in wenigen Tagen den Fluß überschreiten will, und dazu braucht er eingeborene Pfadfinder und Führer, Hoheit, die ihn über die Städte und Dörfer unterrichten, die jenseits des Flusses liegen mögen.“ Roxane nickte und hörte sehr aufmerksam zu. „Ja, und“, fuhr der Geist fort, „ich sage dir, Hoheit, wirklich, ich sage dir, ich bin fast außer mir, denn diese Führer, die dein Ehemann gedungen hat, weigern sich nun, mit ihm zu gehen oder sonst irgendwohin. Sie haben sich in alle vier Winde zerstreut, Hoheit.“ Er schaute sie an, als wolle er sie um Entschuldigung bitten, als sei das, was er sagte, viel zu töricht, um es glauben zu können, und überdies werde sie wohl kaum geruhen, davon Notiz zu nehmen. „Sie haben, Hoheit, Angst vor den Geistern“, fügte er hinzu.

„Geister!“ schrie Roxane und schoß in die Höhe.

„Oh, natürlich, aber es ist ja nichts, nur die Narretei der Eingeborenen, daß Leute herumlaufen mit nach hinten gerichteten Füßen . . .“

Roxane sprang auf und lief nervös im Zelt herum.

„Wenn es da draußen Geister gibt, dann lasse ich ihn nicht gehen!“ rief sie.

„Aber Seine Kaiserliche Majestät . . .“, sagte der Geist und hüstelte ein wenig.

„Ach, laß das doch. Ich weiß, was was ist und weiß auch . . .“ Mißtrauisch wandte sie sich ihm zu. „Welche Geister sind das?“

„Wieso welche?“ fragte der Geist bestürzt.

„Ja. Sind das ... Sind das ...“ – und das flüsterte sie –, „sind das etwa Blutsauger?“

„Oh, nein“, versicherte ihr der Geist und war froh, daß es nur das war.

„Oh, dann ist's ja ganz in Ordnung“, meinte sie erleichtert. „Die anderen Sorten kannst du dir vom Leib halten, aber die ...“ Plötzlich sah sie ihn scharf an. „Aber du weißt es doch nicht wirklich, oder?“

„Natürlich weiß ich's“, versicherte er, sie runzelte die Brauen.

„Nein, du weißt es nicht“, erklärte sie nachdrücklich. Ihr Gesicht verdüsterte sich. „Du bist ja ein Grieche!“

Das gab er zu.

„Ha!“ rief sie. „Ich wußte es doch. Meinem Mann wirst du eine Menge Unsinn erzählen. Das weiß ich.“

„Aber Hoheit!“ protestierte er. „Auf meine Ehre!“

„Ha, griechische Ehre!“ rief sie. „Du erzählst meinem Mann, es sei so eine Art asiatischer Narretei.“ Sie schoß auf ihn zu, packte ihn an den Schultern und schüttelte ihn heftig. „Ja, das wirst du!“ schrie sie. „Du sagst ihm, es ist Unsinn, und dann geht er hinaus und wird ... und wird ...“ Sie drehte sich um, ihr Gesicht verzog sich, sie begann zu weinen.

„Na, na, na, na“, machte er.

„Er wird getötet werden!“ jammerte die kleine Roxane. „Jawohl, das wird er, das wird er!“

„Nein, nein“, versicherte ihr der Fremde und strich ihr über das Haar. Sie lehnte sich an ihn und schluchzte ein wenig. Dann riß sie sich von ihm los.

„Ich habe ziemlich viel Heimweh“, sagte sie unerwartet scharf, und das sollte eine Erklärung für ihr Benehmen sein.

„Natürlich. Selbstverständlich“, sagte der Geist in dem Ton, den die Frauen so sehr an ihm liebten, als er noch am Leben war. „Das ist ja nur natürlich.“

„Aber du solltest mir nicht das Haar tätscheln“, sagte sie und schnupfte auf.

„Natürlich. Du hast recht. Aber es beruhigt dich, nicht wahr? Weißt du, mich macht es so traurig, wenn du dich so aufregst.“

„Und meine Augen macht es rot“, sagte Roxane, putzte sich die Nase und bediente sich dazu ihres langen persischen Ärmels.

„Es macht dich unglücklich, und ich sehe es nicht gern, wenn die Menschen unglücklich sind, weißt du, obwohl ich selbst ziemlich wenig Gefühle habe.“ Er lächelte. „Ich hatte einmal eine Frau, die war fast so wie du. Sie war viel gescheiter als ich, und sie haßte den Hof; eine richtige Intellektuelle war sie.“

„Ich bin aber dumm“, erklärte Roxane verächtlich, „und deshalb glaube ich an Geister.“

„Ah, das tue ich auch“, erwiderte der Mann, als habe er gerade eine überaus erstaunliche Entdeckung gemacht.

„Nein, wirklich?“

„Sicher. Ich habe zu viele gesehen, als daß ich nicht an sie glauben könnte. Aber die Art, an die ich glaube, ist nicht die der Inder, die ihre Füße verkehrt herum eingehängt haben, oder wie eure persischen Dämonen und Vampire, die einem das Blut aussaugen, sondern eine Art ... eine Art ...“

„Eine griechische Art?“ fragte Roxane fasziniert.

„Nein, ich denke, die ist universell“, antwortete er und lachte ein wenig verlegen. „Verstehst du, die Art ...“ Er streichelte über ihr Haar. „Siehst du, wenn ein armer Kerl, irgendein unglücklicher Idiot stirbt, dann stirbt er vielleicht oder wahrscheinlich mit einer unerfüllten Leidenschaft, mit etwas, das ihn sein Leben lang gequält hat, mit dem er aber nie fertig wurde. Und dieser arme Narr merkt nach seinem Tod, daß er nicht zu den glücklichen Toten gehört, die im Boden liegen oder in einem Feuer aufgehen, denn die sind die Glücklichen, wenn sie tot sind. Die meisten von diesen – weißt du, es sind nicht nur Männer, es gibt auch Frauen darunter –, die meisten sind nicht besonders viel wert und von geringer Charakterstärke, wie man sagen könnte, also blasen sie nur irgendwie mit dem Wind davon wie ein alter Fetzen, und der weht von einem Ort zum anderen.“

„Ooooh, ja ... ja ...“, flüsterte Roxane.

„Die meisten von uns“, fuhr er fort und nahm ihr Gesicht in die Hände, „du siehst, bis auf ein paar ...“ Er lächelte sie bezaubernd an. „Ein paar haben zuviel Gefühl, um das zu ertragen; sie wünschen sich zuviel, und das sind dann die Toten, von denen man in Liedern und Geschichten hört, die zurückkommen, um Schulden zu bezahlen oder Rache zu üben oder sich um ihre Kinder zu kümmern. Und ein paar ... ah, wirklich, ein paar, haben eine Leidenschaft, die sie antreibt, eine Kraft, die ihnen keine Ruhe gönnt. Sie haben harte Körper wie du und ich. Auch sehen kannst du sie. Und zu finden sind sie ... überall! Auf dem Marktplatz zur Mittagsstunde, in Tempeln und Theatern ..."

„Sie werfen keine Schatten", unterbrach ihn Roxane eifrig.

„Oh, doch, das tun sie schon, und manchmal ..." – er lachte wieder ein bißchen verlegen, hob seinen Umhang auf und legte ihn über seinen Arm –, „und manchmal tragen sie sogar ihre Schatten mit sich herum. Sie tun alle möglichen seltsamen Dinge. Aber das sind ja alles arme Leute, weißt du."

„Warum?" flüsterte sie.

„Warum?" meinte er leichthin. „Ja, nun, weil sie mit einer ungestillten Leidenschaft leben, weißt du. Sobald sie das bekommen, weswegen sie zurückkommen, sterben sie richtig. Aber sie müssen zurückkommen, sie können nicht anders. Sie wollen es ja so sehr. Du weißt doch selbst, wie es ist, herumzulaufen und sich ganz verzweifelt etwas zu wünschen, nicht wahr?"

„Oh, das weiß ich", gab sie traurig zu und schauderte ein wenig.

„Ja, siehst du." Er sah sie zärtlich an und küßte sie, als sei das die selbstverständlichste Fortsetzung dieses Gesprächs. An den Schultern zog er sie zu sich hinauf.

„Ah, das ist nicht richtig!" rief sie, brach in Tränen aus, weil sie ja einen Ehemann hatte, aber in Wirklichkeit doch keinen. Und er lächelte, weil sie in ihm vielleicht drei oder vier Erinnerungen an Frauen wachrief, vielleicht an alle zusammen, die er je geliebt und bemitleidet hatte, so wie er alles Lebende geliebt hatte, als er selbst noch lebte.

„Die Kleine möchte nach Hause, nicht wahr?" flüsterte er und drückte sie an sich. „Die Kleine ist einsam?" Er küßte ihr Haar.

„Ja, ja", schluchzte sie und schob ihn von sich. Zweifelnd sah sie ihn an, als sei sie soeben aus einer Verzauberung erwacht.

„Hoheit", sagte er, „wenn du mir erlauben wolltest – ich meine, ich beabsichtige keinen Verrat an Seiner Kaiserlichen Majestät, aber ein so mit Staatsproblemen eingedeckter Mann, ein Mann, den die Geschäfte bei Tag und bei Nacht nicht ruhen lassen, ein solcher Mann kann leicht und ganz ohne Absicht jene Menschen vernachlässigen, die ihm und seinem Herzen am nächsten und teuersten sind. Er weiß es vielleicht gar nicht, daß er das tut, denn sein Geist ist immer mit anderen Dingen beschäftigt."

„Ah?“ fragte Roxane, denn sie erwartete etwas Gutes.

„In diesem Fall“, fuhr der Fremde fort und lächelte dazu, „könnte eine kurze Abwesenheit Wunder wirken. Ah, Hoheit, vergib mir, daß ich dir zu raten wagte, aber als alter Freund der Familie, der ich war, meine ich ...“

„Nun ja ...“ Roxane bemühte sich, wie eine Hoheit auszusehen.

„Wenn dein Mann“, sprach er weiter, „zu fürchten hätte, dich zu verlieren, wenn auch natürlich nicht in Wirklichkeit, aber man könnte veranlassen, daß er das meint, dann würde er sofort die Leere empfinden und würde in einer Aufwallung des Gefühls, der Reue ... Weit entfernt sei es von mir, auch nur anzudeuten, er könnte damit recht haben! Aber er würde vielleicht sofort bedauern, daß ihn seine Geschäfte so häufig von dir fernhielten und so weit von dir entfernten.“

„Nun ja ...“, meinte Roxane.

„Viele Männer“, sprach der Fremde salbungsvoll weiter, „werden sich über ihre wahren Gefühle erst dann klar, wenn sie bedroht sind. Sie ...“

„Aber wie?“ unterbrach ihn Roxane ungeduldig. „Wie soll ich's denn machen?“

Er verbeugte sich, so gut er das im Sitzen tun konnte.

„Wie?“ wiederholte sie besorgt. „Komm, sag mir's und rede nicht so zwecklos herum.“

„Hoheit, du hast den Gedanken sofort erfaßt“, sagte er bewundernd.

„Das tu' ich immer. Ich bin sehr flink. Aber wenn du nicht ...“

„Moment.“ Er räusperte sich. „Könntest du nicht ... Da ist nur ein paar Meilen vom Lager entfernt ein indisches Dorf.“

„Ja, stimmt.“

„Du warst schon in diesem Dorf, du kannst bei Tag leicht dorthin gehen. Der Pfad ist breit und ganz eindeutig. Wenn es dir nichts ausmacht, bei einem der Bauern zu bleiben – einem vergleichsweise reichen mit einem luxuriösen Haus selbstverständlich ...“

„Pah! Das macht mir gar nichts aus.“

„Gut. Dann ist ja alles klar. Bleib dort über Nacht, dann wird er ohne dich außer sich sein! Und ich wäre dann gar nicht erstaunt, gäbe er seine indischen Pläne auf. Du würdest viel mehr von seiner Aufmerksamkeit bekommen als jetzt." Er breitete die Hände aus. „Ja, so ist es."

„Oh!" rief Roxane, dann noch mal. „Oh!" Diesmal aber sehr entzückt. Sie sprang auf. „Ah, diese Nacht noch werde ich gehen. Ich danke dir ... Ja, ich muß ..." Sie ging zur Zeltklappe und drehte sich zu ihm um. „Aber nichts verraten!" Er nahm ihre Hand. „Aber nein, wirklich!" rief sie gar nicht besonders entzückt, entriß ihm die Hand und schaute angewidert drein. Er verbeugte sich sehr tief, und die Prinzessin lief hinaus.

Nun war der Tote mit sich allein und eignete sich zwei Stücke des Eigentums seines früheren Herrn an: eine Feder und ein Stück Papier. Voll angemessenem Ernst begann er einen Brief zu schreiben, einen von jener Sorte, die von abenteuernden und flüchtigen Frauen an ihre Männer geschrieben werden, von Frauen also, die es bezaubernd finden, mit einem interessanten Mann davonzulaufen, die aber vorgeben, unter einem unerbittlichen Zwang zu handeln. Als er fertig war, lachte er leise in sich hinein. Ah, dieser Kuß war süß gewesen! Aber nur der alten Zeiten wegen, dachte er. Der bleibende Zustand des Todes bedrückte ihn, er fühlte, daß die Wandelbarkeit der Menschheit einzige Hoffnung war, obwohl sie einen die Vergnügungen und Blüten der eigenen Zeit kostete. Am schrecklichsten beim Totsein war die Tatsache, daß sich nicht hoffen ließ, es könnte, würde, müßte sich etwas ändern. Oh, Veränderung, dachte er sehnsüchtig. Draußen vor dem Zelt, das für ihn so durchsichtig war wie der Himmel, schickte sich die Sonne zum Untergehen an. Die kleine Roxane würde also gegen Abend in das indische Dorf kommen, sehr neugierig sein und entzückt feststellen, wie die Bauern lebten, wie die Frauen abwechslungsweise Stallmagd und reiche Grundbesitzerin spielten. Er beneidete sie. Er beneidete auch Alexander, jeden gemeinen Soldaten, sogar jeden Hund, jede Ratte, jede Laus auf diesem unwirtlichen Felsstück. Sie konnten hungrig sein, einen Schmerz fühlen, bräuchten nicht mehr in Alexanders Schlachten zu kämpfen, keine größere Gefahr mehr durchzustehen als die, daß ein Regen die Leiber der Toten verrotten ließ. Brauchten die Menschen so wenig oder bekamen sie zuviel? Das wußte er nicht. Mit seinem milden, aufrichtigen Gesicht und seiner verbindlichen Art, die ihn an Alexanders Hof so beliebt gemacht hatte, wanderte er mit dem Brief in der Hand im Zelt herum. Überall im Lager wurde Abendessen gekocht, dreieinviertel Meilen weit nichts als Abendessen. Der Gedanke an so viel menschliche Geschäftigkeit schmerzte ihn. Unsicher und wie blind stieß er an Alexanders Feldtisch, dann an die unschuldigen Karten und Notizen, die ihn im Halbdämmer des Zeltes anstarrten. Da glätteten sich die Falten auf seiner Stirn. Er ließ den Brief mitten in den Haufen auf dem Tisch fallen. Alexander würde dann seine Frau im Wald suchen, nicht im Dorf, in die Irre geführt von einem phantasievollen Toten. Und da überzog sein Gesicht schmerzliche Wut. Dieser verdammte Narr! Der Wächter, der den Brief fand, würde eiligst zu ihm rennen und keinen Augenblick zu früh, dafür würde er schon sorgen. Und Alexander, der genau wußte, wie sehr seine Frau das Schreiben haßte und vor allem nicht richtig schreiben konnte, würde ... Der Geist krümmte sich in einem lautlosen Lachanfall. Oh, der Kaiser würde sich selbst einen Idioten heißen, aber er würde gehen. Er mußte wissen, daß es eine Falle war, aber er würde gehen. Zweifellos verachtete er seine Frau, aber er würde gehen! Was hatte dieser Philosoph in Athen gesagt? Geister haßten Menschenmengen? Ah, natürlich, das war es! Schweigend und mit nur wenigen Begleitern, und die ganze Nacht ... Dieser Narr. Männer konnte man still und allein am besten manipulieren, vor allem dann, wenn es dunkel war. Mehr war gar nicht dran. Selbst dieser große Narr, dieser König aller Narren, der König aller Könige ... Er lachte noch immer in sich hinein, und so ging der Freund des Kaisers zur Zeltwand, und den Umhang hatte er gefaltet über seinen Arm gelegt. Er hätte irgendwo und überall hinausgehen können, aber er beschloß, wie ein Nebel durch die Zeltwand zu gehen und jeden zu verblüffen, der ihn sah. Leider sah ihn niemand.

Als Alexander den Brief seiner Frau erhielt, lag er nach dem Abendimbiß auf einem Diwan und hörte zu, wie einer seiner zahmen Philosophen ihm etwas über die Unsterblichkeit der Seele vorlas. Es gefiel ihm nicht. Bei Tisch hatte er nur bescheiden getrunken. Den Brief las er schnell und gab seinen Gefühlen mit einem Röhren der Wut Ausdruck.

„O Herr!" rief der zahme Philosoph.

„Der Teufel soll sie holen!" schrie der König.

„Die Unsterblichkeit der Seele“, begann der zitternde Mann von vorne.

„Die Unsterblichkeit der Seele soll in der Hölle braten!“ brüllte der Eroberer, und der Hals schwoll ihm an. Er legte seine Rüstung an, lief zur Wand, riß seinen Schild herab und rannte hinaus, hatte aber sein Schwert vergessen und rannte noch einmal hinein, es zu holen. Sein Gesicht war purpurrot und verzerrt wie das eines Dschinns.

„Und du geh auch zur Hölle!“ schrie er.

Sie suchten das ganze Gebiet nördlich des Lagers ab und überließen nichts dem Zufall. Sie schrien einander zu, einer fand Fußspuren, aber die hatten nicht die richtige Größe. Bald wurden sie durch seine eigene Ungeduld und die Angst seiner Soldaten getrennt, und der Kaiser fand sich mit einem seiner Philosophen, einem Historiker namens Aristophorus, der restlichen Suchtruppe weit voraus. Sie befanden sich auf einer kleinen Lichtung.

„Ruh dich aus“, sagte Alexander, und der alte Mann taumelte zu einem gestürzten Baumstamm.

„Ja, Herr“, sagte der alte Mann. Er hatte eine Fackel dabei. Er zog seine Sandalen aus und saß da, den Rücken zusammengekrümmt, so daß sein Bart fast seine Knie erreichte.

„Warum schreien sie nicht?“ fragte Alexander plötzlich. „Ich sagte ihnen doch, sie sollten schreien.“

„Herr, sie werden uns einholen“, sagte der Philosoph und rieb sich die müden Füße. „Ganz gewiß.“

„Ganz gewiß“, wiederholte Alexander und lief auf der Lichtung herum, in die der aufgehende Mond schon ein wenig Glanz warf. Er spähte in die Dunkelheit. „Ich sehe keine Lichter“, sagte er. „Wie Aristoteles schon sagte“, bemerkte der Philosoph zufrieden, „schickt das Auge Strahlen aus, die von Gegenständen auf seinem Pfad reflektiert werden, und so entsteht ein Bild. Wenn aber die Strahlen kräftig durch irgendeinen Gegenstand zurückgeworfen werden – und die Objekte, die aus dem Element Feuer bestehen, sind in dieser Beziehung von besonders heftiger Wirkung –, dann erscheinen andere Gegenstände im Vergleich dazu schwach und dunkel.“

„Auslöschen“, sagte der junge Mann, und der alte starrte ihn verständnislos an. Da packte Alexander die Fackel und warf sie auf die Erde. Sofort schien die Dunkelheit von allen Seiten her auf sie einzustürmen, als sei der Lichtkreis aufgebrochen wie ein Reifen. Alexander lehnte zwischen zwei Bäumen am Rand der kleinen Lichtung.

„Ich kann nicht ...“, sagte er, und da bemerkte er, daß er sanfter gesprochen hatte als vorher. „Ich kann überhaupt nichts sehen.“

„Sie werden uns einholen, Herr“, sagte der alte Mann. Das Feuer war erloschen, aber der Mond ging auf, und nun geschah etwas sehr Sonderbares mit der kleinen Lichtung. Gegenstände verschmolzen miteinander, veränderten sich und liefen auseinander, als sei nichts mehr im ganzen Universum stabil. Die Lichtung sah aus wie ein Meeresgrund. Alexander lief ein paar Minuten lang schnell auf und ab, dann wandte er sich dem alten Mann zu, als belaste dieser Ort seine schon angespannten Nerven noch mehr.

„Ich fürchte mich, laut zu sprechen“, stellte er fest. Und dann laut: „Wer bist du?“

„Was, Herr?“ fragte der alte Mann erschrocken, aber sein kaiserlicher Herr antwortete nicht, sondern schüttelte nur den Kopf wie einer, dem eine winzige Fliege ins Auge gekommen war. Wieder lief er herum, dann blieb er stehen, als verwirrten ihn das unbestimmte Licht und die Schattenmassen. „Ich höre keinen“, sagte er.

Der alte Mann strich seelenruhig über seine Zehen. „Aber nein, Herr! Ich würde sagen, sie sind an uns vorbei, und wir müssen bis zum Morgen warten.“

„Narr!“ rief Alexander. Unentschlossen blieb er mitten in der Lichtung stehen. „Komm hier heraus, Alter.“

„Herr?“ fragte der Philosoph. „Aber Herr!“

„Raus, sagte ich! Das ist ein Befehl! Du wirst die anderen noch früh genug finden.“

„Willst du wirklich ...?“ begann der Philosoph, aber Alexander hatte das Schwert gezogen und winkte ihn befehlend weg.

„Raus!“ röhrte er.

„Aber mein lieber Herr ...“ Da drängte ihn der König voll Wut, so daß der alte Gelehrte mit den Sandalen in der Hand fluchtartig die Lichtung verließ. Sofort sah er die Fackeln der Soldaten, wie Alexander es gesagt hatte, und sie suchten die restliche Nacht hindurch nach dem Kaiser, doch sie fanden ihn nicht.

Alexander war nun allein, zweifelte aber an sich selbst und kehrte zur Lichtung zurück, wo er seinen Freund an ihrem anderen Ende im Mondschein an einem Baum lehnen sah. Der Mond war jetzt voll aufgegangen und badete die kleine Lichtung in flüssigem Quecksilber. Der König spürte, wie seine Nerven nachgaben. Ein Impuls von Liebe oder Verzweiflung ließ ihn wünschen, er könne sein Gesicht an seines Freundes Knie legen und ihn bitten . . .

„Ich liebe Licht, das Entfernungen zu schätzen erlaubt", sagte er grimmig.

„Hier gibt es keine Entfernungen", erwiderte der Tote. „Hier stehen die Dinge nahe zusammen."

„Meine Frau?" fragte der Kaiser.

„In Sicherheit." Ein paar Augenblicke lang schauten sie einander an, der eine straff aufgerichtet, die Haare gesträubt und die Zähne gefletscht wie ein Hund, der andere gemütlich an einen Baum gelehnt, so wie er sich einst an jede Oberfläche hatte lehnen können, auch an jeden Befehl und jede Notwendigkeit seines kurzen, behaglichen Lebens.

„Deine feine Welt!" sagte Alexander verächtlich und machte eine Geste über die Lichtung, die fast ein Fingerschnippen war.

„Nein", sagte der Tote und lächelte. „Die deine. Die wirkliche Welt. Wie ein Meeresboden. Wenn du mir ins Gesicht siehst, scheint es zu schmelzen. Es könnte irgendein Gesicht sein."

„Einbildung!"

„Ah, die Einbildung . . . Sie gibt, wie die Philosophen sagen, allem Farbe." Der Tote stieß sich vom Baumstamm ab und bewegte sich lautlos über Gras von der Farbe des Quecksilbers in die Lichtung hinein. „Mein lieber Freund", sagte er leichthin, „mein lieber, teurer Freund, du darfst nicht vergessen, daß ich tot bin, und so sehe ich auch alle Dinge von einem ganz besonderen Blickwinkel aus. Verstehst du, ich kenne die Qual der Wünsche nach dem Tod, Wünsche, die zu spät kommen, um die Begierden zu befriedigen, und ich möchte, daß du dir dieses Schicksal ersparst. Du sollst keine Ewigkeit damit verbringen, dich nach deiner Frau, deinem Koch und deinem Matratzenmacher zu sehnen, denn du vernachlässigst alle, und das weißt du."

„Pah! Ich brauche sie nicht", sagte Alexander.

„Nein?" Noch immer mit diesem gleichen Lächeln im Gesicht kam der Tote auf ihn zu wie eine wandernde Leiche oder ein Mensch in einem Traum.

„Bleib weg!" schrie der König entsetzt.

„Warum?" fragte leise der Freund. „Weil mein Gesicht weiß ist? Weil ich wie ein Aussätziger aussehe? Mein Gesicht ist weiß, mein lieber Freund, durch ein Übermaß an Leidenschaft. Meine Bewegungen sind langsam, weil ich tot bin."

„Verdammt, was willst du?" schrie Alexander und atmete schwer.

„Was ich will? Den Mann, der mich ermordet hat."

„Ich habe nie . . . niemals . . .!" rief der König leidenschaftlich.

„Niemals? Nein?" Das Gesicht des Toten rötete sich, so daß es unter dem Mond schwarz aussah. „Wirklich niemals? Nie gewollt? Oh, nein! Niemals hat je ein Mensch die Absicht, ein Schoßhündchen zu töten. Man dreht dem armen Vogel den Hals um in einem Moment reiner gedankenloser Gereiztheit. Ist das nicht richtig? Man versetzt dem Clown einen Fußtritt und, paß auf, der arme Narr fällt eine Treppe hinab und bricht sich das Genick. Pah! Man zerbricht eine Vase nur . . ." Sie schauten einander eine volle Minute lang an, dann schien der Ausbruch seinen Zorn gelindert zu haben.

„Ich habe nie Abneigung für dich empfunden", erklärte Alexander mißlaunig.

„Oh, nein!" Das war ein Ton zwischen Lachen und Schluchzen. „Oh, nein!" wiederholte er leiser.

„Nein, niemals", wiederholte der König und setzte sich auf einen umgestürzten Baumstamm.

„Ich bin noch nicht fertig", sagte der Freund sanft. „Weißt du, was du versäumt hast?" Er beugte sich über den sitzenden Mann. „Einmal, ich habe deines Weibes süße Zunge vor guten vier Stunden geschmeckt." Alexander sagte nichts. „Ah, es ist dir gleichgültig? Du hast ja die Ehre, nicht wahr?"

„Ja, die habe ich", sagte der Monarch.

„Ja. Wie der Sonnenuntergang, denke ich. All die Farbe und alles Licht, das keinem gehört, gehört dir. Namen? Was hast du sonst noch, das du liebst?"

„Mit diesen Dingen gebe ich mich nicht ab", erklärte Alexander.

„Ah, hier sprichst du wie dein Vater. Dein Vater, den deine Mutter vergiftete mit jenem Gift, das Ratten wahnsinnig macht, und er starb weinend in den Armen einer Magd, die töricht und tapfer genug war – von allen im ganzen Palast –, ihm einen Schluck Wasser zu geben."

„Man kann es vermeiden, vergiftet zu werden", sagte Alexander lachend.

„Ja, das kann man, und ich möchte sagen, wenn du es weiterhin vermeidest, vergiftet, ermordet oder bei einer Meuterei erschlagen zu werden – bisher warst du darin erfolgreich –, dann wirst du noch ein alter Mann werden."

„Du ermüdest mich", sagte Alexander und stand auf.

„So warte doch. Glaubst du, daß du das Ende ertragen kannst?"

„Mann, du hast deine Pfeile alle verschossen."

„Nein, so hör mir doch zu. Da ist meine Frau. Ich denke immer an sie, an die Farben ihres Gesichtes und ihres Haares, und wie sie Abstand wahrte zu mir. Dafür liebte ich sie nur noch mehr, glaube ich. Oh, wandere nur nicht so herum, wenn du tot bist, um dich solcher Dinge zu erinnern."

„Ich kann mich an alles erinnern, was ich tat", erwiderte Alexander lachend. „Und das ist mehr als du kannst. Und jetzt laß mich gehen. Ich habe keine Zeit mehr für dich."

„Nein, nein", sagte der Freund leise.

„Oh, doch", erwiderte der König im gleichen Ton.

„Dann versuch es doch." Der König zog sein Schwert. „Versuch es", lockte der Freund und lächelte bezaubernd. Er bot ihm seinen Hals dar für das Schwert. „Ich kann dich hier halten. Ja, das kann ich tun."

„Wofür denn?"

„Du wirst schon sehen."

Der König lachte, ging in der Lichtung herum und röhrte. Das Mondlicht schlug Funken aus seiner Schwertspitze, und eine Silberlinie lief die Schneide entlang. Er wirbelte das Schwert über seinem Kopf, wie er es als Junge getan hatte, damals, als er in seine erste Schlacht zog. Er schlug damit nach den Baumstämmen und lachte.

„Ich habe dir etwas zu zeigen", sagte der Tote leise.

„Was? Was?" fragte der König atemlos.

„Etwas, mein Lieber.“ Alexander konnte nicht zu lachen aufhören. Er saß auf dem Baumstamm und schaukelte lachend. Der Mond war wohl hinter einer Wolke verschwunden, denn die kleine Lichtung verdunkelte sich. In der Düsternis, mitten in einer unbestimmbaren Masse wirrer Schatten, saß Alexander und lachte noch immer. Er schaute auf und sah zu seinem Staunen, daß sein toter Freund nun hinter ihm stand und ihn an den Schultern mit einem so starken Griff festhielt, daß er sich nicht dagegen wehren konnte. Er mußte sich auf die Seite neigen, wollte sich wieder zurückwenden und konnte nicht. Er kämpfte vergeblich gegen des Toten Griff, und das Gesicht seines Freundes, das so nahe vor dem seinen stand, bewegte sich überhaupt nicht und zeigte keine Veränderung im Ausdruck, die eine Anstrengung verraten hätte; und doch war er immer ein weicher Mann gewesen, der auch ein weiches Leben geführt hatte.

„Schau geradeaus“, sagte er mit einer fast liebevollen Stimme und veränderte die Sellung seiner Hände so, daß des Königs Blick dem seinen nicht ausweichen konnte. Und des Königs Arme hingen nutzlos an seinen Seiten herab.

Alexander tat einen Schrei, den Schrei der Verdammten, wie ein zu Tode verwundetes Tier, das nichts hat, ihn zu unterdrükken, keine Verschwiegenheit, keine Scham, aber auch keine Angst. Er wäre zu Boden gestürzt, hätte der Tote ihn nicht festgehalten.

„Na, na, na“, sagte der Tote in einem begeisterten Flüstern, und seine Augen glitzerten. „Schau doch, schau!“ Er packte des Königs Schultern mit einer Kraft, die ihre Spuren zurückließ, und schüttelte ihn. „Da ist Glorie für dich“, flüsterte er und ließ ihn endlich los, zog sich über die Lichtung zurück, ließ ihn aber keinen Augenblick aus den Augen, bewegte nicht ein einziges Mal seine starr ausgestreckten Hände und verschmolz mit den tiefen Schatten und dem ungewissen Licht, bis niemand mehr, der ihm nachgesehen hätte, sagen konnte, er habe ihn gesehen.

Alexander saß zusammengesunken auf dem gefallenen Baumstamm, wie der alte Philosoph es vorher getan hatte. Der Mond ging unter, der Morgen war nahe. Seine Soldaten waren entsetzlich verängstigt, weil sie ihn mitten in der Nacht verloren hatten; sie fanden ihn schließlich, doch er wollte nicht mit ihnen sprechen. Er hob nur sein schönes Gesicht und sagte nichts. Sie brachten ihm seine Frau; sie hatte Angst bekommen und nachts noch einen Boten zurück ins Lager geschickt. Er schaute sie an, sagte im Ton des Staunens ihren Namen – und wurde ohnmächtig. Zwei Tage später sollte die ganze Armee, das Gefolge der persischen Königin, die Philosophen des Königs und das königliche Paar selbst das ganze Gerät zusammenpacken, um sich auf den Rückmarsch nach Babylon zu machen, das jetzt Heliopolis hieß.

Ein ägyptischer Professor brachte das Gerücht auf, Alexander sei wahnsinnig. Man verschloß ihm den Mund. Der Mann hatte ein Katalogsystem für die Bibliothek des ägyptischen Alexandria ausgearbeitet, das der Kaiser verworfen hatte. Jetzt war der Kaiser den ganzen Tag betrunken und wechselte Fieberanfälle mit winterlichem Schwimmen um Mitternacht ab. Seine Frau hatte ihn verlassen. „Nein, nein", sagte Aristophorus hitzig, „die Wahrheit ist die ...", und eilte davon, um sich mit anderen Leuten zu beschäftigen.

Das ägyptische Alexandria, das babylonische Alexandria, Alexandretta ... ein Raum des Palastes in Heliopolis enthielt die etwa sieben Fuß hohe Kopie eines Monumentes, das Alexander zur Erinnerung an seinen toten Freund hatte errichten lassen, nachdem er in diese Stadt zurückgekehrt war. Das Monument war ein Turm aus Bronze, achtzig Fuß hoch, mit einer Plattform oben; Alexander hatte gesagt „zum Herunterspringen" und sich daran ergötzt, wie Aristophorus sich wand. Stundenlang trank er am Fuß dieser Kopie ebenso planlos, wie er mit dem Standbild sprach.

An einem Nachmittag dieses späten Winters – auch im Klima von Babylon ist es oft so kalt, daß einem das Mark in den Knochen gefrieren kann – fand Aristophorus seinen Meister schlafend am Fuß des Monumentes.

„Du bist betrunken, Herr", sagte er voll trauriger Mißbilligung.

„Und du bist Mittelklasse", antwortete Alexander.

„Dieses Monument sollte zerstört werden." Aristophorus weinte.

„Es hat Charme."

„Es ist ohne jede Anmut!" Der alte Mann weinte noch mehr.

„Es ist notwendig." Alexander rollte sich herum, kroch eine Stufe hinauf und blinzelte wie eine Eule. „Wir wollen doch unseren toten Freund ehren, Aristophorus." Er entdeckte einen Weinschlauch unter dem Haufen Oberkleidung auf den Stufen. „Bravo!"

„Mein Herr, mein Herr!" weinte der alte Philosoph.

„Mein Herr, mein Herr", äffte ihn Alexander nach. Faul lag er in dem Kleiderhaufen. „Du hältst mich für betrunken, aber ich bin es nicht." Er seufzte. „Seit Jahren war ich nicht mehr richtig betrunken. Ich habe mich zu sehr daran gewöhnt."

„Oh, Herr!"

„Pah! Geh mir aus den Augen!" Als er dann allein war, wurde sein Gesicht leer. Die Steinwände der Halle waren mit prachtvollen gemusterten Geweben behängt, die ihnen eine etwas lächerliche Würde verliehen. Es gab ein unbedecktes Fenster. Alexander stolperte müde dorthin. Es ging auf einen kleinen Hof und einen Garten. Jemand harkte den Boden. Der König sah hinaus und schloß unbewußt beide Hände zu Fäusten. Es beeindruckte ihn immer, jemanden arbeiten zu sehen. Der Sklave bückte sich und zog Gestrüpp heraus, dann richtete er sich auf und rieb sich den Rücken. Aus des Königs Kehle kam ein Ton, von dem er selbst nichts wußte. Er hob den Weinschlauch zum Trinken, hielt aber auf halbem Weg inne. Befriedigt erinnerte er sich an den alten Philosophen, der immer aus einem Becher trank, um nicht so weit abzusinken wie der König. Alexander lachte. „Ich bin krank", sagte er und lehnte sich auf das steinerne Fenstersims, schaute zum Himmel hoch und fröstelte. Er dachte: die Worte, die sie für Trunkenheit benützen; geladen, vollgelaufen, blind ... Schlag dich selbst mit einem Stein auf den Kopf ... Ah, sich fallenlassen ... Er fröstelte noch mehr, und er dachte wieder mit einem gewissen Vergnügen, daß er ja krank sei. Wisch es aus, dachte er und legte seinen Kopf in die Hände. Er machte sich Sorgen um seine Frau. Wer sollte sie beschützen? fragten auch die anderen. Ja, da hatten sie recht.

Er rutschte auf den Knien zu Boden und lehnte den Rücken an die feuchtkalte Steinwand, und er fühlte Behagen dabei. Der Tote hatte einmal gesagt ... Was hatte er gesagt? „Vor allem Behagen." Aber das hatte er gesagt, als er noch lebte.

„Mein lieber Herr", sagte jemand, und Alexander öffnete die Augen.

„Verschwinde", sagte er.

„Mein Herr . . .“, sagte der alte Philosoph.

Als er wieder die Augen öffnete, sah er, daß der alte Mann gegangen war. Er wußte, daß er krank war, und das ängstigte ihn. Er zog sich auf die Füße und schleppte sich zum Monument. „Oh, mein Lieber, mein Lieber“, sagte er voll Leidenschaft zu eigentlich keinem. „Mein Lieber . . . mein Lieber . . .“

Die blasse Spätnachmittagssonne fiel durch das unbedeckte Fenster und malte ein Viereck auf den Boden. Er lag dort. Zum drittenmal öffnete er die Augen wie ein Ertrinkender, der endgültig unterging, und da sah er das Gesicht, das er erwartet hatte.

„Du stirbst“, sagte sein Freund, und Tränen waren in seinen Augen. Alexander sagte nichts, er lag nur auf dem Steinboden und hatte den Mund leicht geöffnet. Seine Augen waren leer. Er atmete schnell und flach. „Clown“, sagte er. „Schakal. Aber ich halte dich in Atem.“

„Das habe ich mit dir getan. Indem ich nichts tat. Seit vier Jahren.“

„Ah!“ rief Alexander, denn der Boden hob und senkte sich unter ihm. „Hilfe!“ Über ihn beugte sich der Sohn seiner Kinderfrau, sein alter Freund und Gefährte, und beobachtete ihn aufmerksam.

„Mut, mein Freund! Es dauert nur einen Moment. Behalte klaren Kopf!“ rief er.

„Holt meine Frau“, bat mühsam der König, doch der Tote schüttelte den Kopf.

„O ja, o ja“, sagte Alexander grimmig.

„Niemals. Ich teile nicht.“

„Roxane!“ schrie Alexander, und ehe sein Freund ihn daran hindern konnte, noch mal: „Roxane!“ Das Echo kam von den Wänden zurück. Im Gang war ein leichter Schritt zu hören.

„Du grausamer Narr!“ flüsterte der Tote zornig, er stand auf und versperrte ihr den Weg. Sie trug die acht Monate ihrer Schwangerschaft vor sich her wie einen Korb und eilte ein wenig atemlos die Halle entlang.

„Meine Liebe, es ist nichts, gar nichts. Geh zurück. Bitte, geh zurück.“

„Oh, du bist's, bei allen Himmeln“, sagte sie fast beiläufig.

„Ja, Liebes, geh zurück. Ruhe aus.“ Er streckte die Hand aus und lächelte zärtlich.

„Nein“, antwortete die Königin weise, „hier ist etwas, ich weiß es.“ Sie drängte sich an ihm vorbei und riet ihrem Ehemann, er müsse nun wirklich zu Bett gehen. Dann hörte sie bestürzt zu sprechen auf, holte hörbar Atem und gab damit zu erkennen, daß sie das Gesicht des Sterbenden gesehen hatte. Der Tote zitterte. Er stand am Fenster, wo vorher der König gestanden hatte, sah aber nichts. Die Prinzessin hinter ihm tat einen Schrei.

„Meine Liebe“, sagte der Tote und drehte sich um. Sie kniete neben Alexander. „Ich verspreche dir, es wird ihm ganz gut gehen.“ Sie schien ihn aber nicht zu hören, sondern lief hinaus, rief mehrere Namen und blieb an der Tür stehen. An dem Toten schaute sie vorbei, als blicke sie durch ihn. Ihr Gesicht drückte nur Überraschung aus, aber sie rang die Hände.

„Meine Liebe“, sagte er leise, „was du da siehst, ist Wahn und Trug. Der Mann leidet nicht. Am Ende ist Fieber gar nicht so unangenehm, glaub mir das. Der Körper sinkt, aber der Geist schwebt wie ein Stückchen Asche, und du wirst nur deines Mannes letzte Augenblicke unglücklich machen, wenn du weinst und die Hände ringst und dich so ungezügelt benimmst.“

„Aristophorus!“ schrie die Prinzessin. Sie rannte hinaus.

Ich beginne allmählich zu verblassen, dachte der Tote und kehrte zu Alexander zurück. Ein neuer Anfall ließ ihn wieder zittern, und er kniete bei dem Sterbenden und nahm das Gesicht des Bewußtlosen in seine Hände.

„König“, flüsterte er drängend. „König.“ Alexander öffnete die Augen. „Hör mir zu.“

„Nein“, sagte der Sterbende. Sein Freund barg des Eroberers Kopf in seinen Händen und lächelte ihn strahlend und voll heiterster Freude an. „Lebe“, flüsterte er. „Lebe. Lebe.“

„Kann nicht“, sagte Alexander barsch und versuchte die Achseln zu heben. Er schloß die Augen. Sanft ließ der Tote seines Freundes Kopf auf den Boden zurückgleiten. Er stand auf und ging weg. Roxane war mit Freunden, Gelehrten und Ärzten zurückgekommen, und alle drängten sich um den Kaiser, während sein Freund, den niemand sah, hinausging in den Gang und weiter. Im Garten harkte der Gärtner noch immer und zog die trockenen Halme des Vorjahres aus der Erde. Der Tote hatte Alexanders Weinschlauch mitgenommen und einen Becher, den er daneben gefunden hatte. Er goß sich Wein ein und setzte sich auf den Boden neben einem Fenster, durch das blasse Sonnenlicht fiel. Dann stand er auf. „Du Schlächter!“ schrie er. „Du Egoist, du Bulle! Du hast in Liebe und Größe gemordet.“ Und dann sagte er: „Oh, wie ich dich liebte und bewunderte!“ Er hob den Becher mit der einen Hand, und auch die leere Hand hob er zum Himmel in einer Geste theatralischen Kummers. Seine Arme sanken, und er setzte sich auf den Boden.

Nun sterbe ich auch, dachte er. Ein wenig amüsiert fiel ihm die Nacht im indischen Wald nahe dem Fluß ein und das, was er dem großen Alexander gezeigt hatte. Wie die Dämonen in den alten Geschichten hatte er ihm die ganze Welt gezeigt, angefüllt mit Alexandrias und Alexandrettas so zahlreich wie die Sterne, mit gerillten Säulen, die im Osten aufgestellt waren bis zum Königreich von Ch'in und Ch'u, weiter noch als Han, und Satrapen regierten die noch unentdeckten Kontinente auf der anderen Seite der Erdkugel. Und selbst in den Landen der Finnen und Lappen, der Eskimos Alaskas, in den Reichen des Polarkreises bis hinab nach Afrika, über das Kap und die andere Seite hinauf – überall Alexander hier, Alexander dort, ein erfülltes Reich, ein sicheres Reich, ein zufriedener Traum. Dann zwei Worte: *Was dann?*

Die Legende sagt, der große Alexander habe geweint, weil er keine weiteren Welten mehr erobern konnte, aber in Wahrheit hat er gebrüllt wie ein Stier.

Keiner, dachte der Tote, fühlt sich verzweifelter als ein Mann, dem man seinen Beruf genommen hat. Zum Glück hatte ich nie einen . . .

Aus dem Raum, den er gerade verlassen hatte, traf ihn ein Geräusch, und er hielt den Atem an. Wie schrecklich, zu sterben, dachte er, trank aus dem Weinbecher und bemerkte, daß seine Hand zitterte. Dann folgte ein scharfer Schrei, die kleine Roxane klagte um ihren Mann. Der Tote, dessen Herz stehengeblieben zu sein schien, saß bewegungslos da, und von seinem Gesicht fiel jeder Ausdruck ab. Es wurde schön in der ernsten Melancholie jener Gesichter, deren Besitzer abwesend sind, für kurze Zeit oder auch für immer. Langsam und sorgfältig stellte er den Weinbecher auf den feuchtkalten Steinboden, mit jener konzentrierten Zartheit, mit der er sein Leben lang Dinge aufgenommen hatte, um sie wieder wegzustellen – Becher, Blumen, Schmuck, Malereien und die Hände von Frauen. Er dachte an alle Dinge, die er berührt und nie besessen hatte, an alle Frauen, die ihm teuer waren und denen er doch ausgewichen war. Der eine Mann, den er so leidenschaftlich bewundert und beneidet hatte, war tot. Nichts war mehr geblieben. Er dachte an seine Frau, wie man an ein Bild denkt, eine unbefriedigte Sappho, die Verse geschrieben und den Hof mit einem Geschäftsmann verlassen hatte, um bei ihm zu leben. Er kauerte sich zusammen, diesmal nicht vor Lachen, sondern so, als habe ihn Alexanders Schwert genau wie damals vor langer Zeit wieder durchbohrt. Der Tote vergaß nichts. Die Klinge hatte das komplizierte Gewebe zerfetzt, das ihn am Leben hielt, sie hatte ihn erst bestürzt und verwundet, dann ihm das Herz gebrochen. Schweigend beugte er sich noch weiter vor und fiel auf den Boden. Mit einem Seufzer, als wolle er sich schlafen legen, streckte er sich aus und verschwand in dem Moment, als er die Augen schloß. Der Weinbecher stand allein auf dem Boden. Ein Diener, der die Nachricht vom Tod des Königs vernommen hatte, rannte aufgeregt durch den Raum und hinaus in den Garten.

„Etwas ist passiert!“ schrie er dem Gärtner zu. Dieser warf seine Harke weg, und die beiden unterhielten sich leise.

„Es wird schlecht für uns werden“, sagte der Gärtner und schüttelte den Kopf. Der Diener schlug ihm auf den Rücken.

„Vergiß nicht, wir halten zusammen. Meine Verwandten vergesse ich nicht“, fügte er großzügig hinzu.

Der Gärtner nickte düster, nahm sein Werkzeug, und der Diener half ihm tragen. Miteinander verschwanden sie in einen anderen Teil des Hofes. Die Sonne, denn es war jetzt später Nachmittag, bewegte sich ein wenig. Das Lichtviereck am Boden berührte den verlassenen Weinbecher und bemalte ihn mit einem Goldfunken. In der Nähe lag der Weinschlauch; eine fürsorgliche Hand schien ihn geschlossen zu haben, denn der Boden war sauber. Nichts bewegte sich. Alles blieb so, wie es war. Und nichts schien geschehen zu sein.

Anmerkung: Diese Geschichte enthält viele Ungenauigkeiten. Cleitus der Schwarze war einer von Alexanders Generälen, den Alexander tatsächlich 328 v. Chr. tötete, als Cleitus die Prosky-

nese (das asiatische Kniekriechen) erzürnt ablehnte, das Alexander von seinen Gefährten forderte. Damals war Alexander betrunken gewesen. Cleitus' Schwester war tatsächlich seine alte Kinderfrau gewesen, und von diesem Tag an befreite Alexander die Mazedonier von der am persischen Hof gepflogenen Etikette des Kniekriechens.

Aber Alexander überschritt 326 v. Chr. den Indus. Es war der Beas oder Hyphasis Fluß, dessen Überquerung seine Armee verweigerte, und nach drei vermutlich recht unerfreulichen Tagen beschloß Alexander, in eine westlichere Welt zurückzukehren.

Anders als in meiner Geschichte hat Alexander 326 v. Chr. Roxane nicht geheiratet. Um genau zu sein: Sie war eine Sogdianerin, und er heiratete sie 324 in Susa, so daß sie im historisch kritischen Augenblick gar nicht bei ihm gewesen sein konnte, als er beschloß, nicht weiter nach Indien vorzudringen. Tatsache ist, daß Alexander auch Darius' Tochter Barsine im Jahre 324 heiratete, und da kehrte er nach Babylon zurück. Er starb an Fieber am 13. Juni 323 v. Chr. Er war dreiunddreißig Jahre alt.

Charakterlich war er weit von jenem stumpfsinnigen Bullen entfernt, den meine Geschichte andeutet. Nach den historischen Tatsachen hätten mein Alexander und mein Cleitus zusammengeworfen ein viel besseres Bild des historischen Alexander ergeben.

Vielleicht ist das der eigentliche Sinn der Geschichte.

Doris Pitkin Buck

Die Giberels

Doris Pitkin Buck wurde am 3. Januar 1898 in New York City geboren. Sie erinnert sich eines Vorfalls aus ihrer Kindheit, der den ersten Hinweis auf ihre Kreativität gab: „... Jemand zeigte mir ein Stück Alabaster; mich faszinierte das durchscheinende Licht. Später am selben Tag sah ich eine uralte Frau mit der blassen Haut ihres hohen Alters. Aber sie war schön, so schön wie durchscheinendes Licht. Ich schaute sie sehr lange mit offenem Mund an, ehe ich zu mir selbst sagte: Alabaster!"

In den dreißiger Jahren schrieb sie zum erstenmal beruflich Zeitungsartikel über Wein und Weinetiketten, und dieser Artikel brachte ihr eine Lawine von Leserzuschriften ein wie: „Was ist der richtige Wein zu Graham Crackers und Milch?" Sehr viel später begann sie Science Fiction zu schreiben, sowohl Kurzgeschichten als auch Gedichte. Ihre erste veröffentlichte Fiction war eine Kurzgeschichte, die 1952 in „The Magazine of Fantasy and Science Fiction" herauskam. Sie besuchte die Milford Conferences und wurde Wahlmitglied der Science Fiction Writers of America.

„The Giberel" beschreibt eine so ferne Zukunft des Menschen, daß sie schon fast Vergangenheit sein könnte.

Aramere schlief ein, und ihre kleinen, biegsamen Finger schlossen sich um ihr neues Spielzeug, ein Rad. Räder konnten sich drehen. Wenn man ihr zu schlafen befahl, lag sie meistens halb träumend in ihrer kleinen Tempelzelle und hatte alle Finger eng zusammen, als seien sie steif und nicht zu bewegen.

Sie war so glücklich, daß die Rede der Sternenpriester, die bruchstückweise zu ihr herwehte, sie unbesorgt ließ; eine tiefe Stimme sagte: „Ich spucke auf die Bombe."

Einer antwortete: „Und warum das? Vielleicht veranlaßte sie eine Entwicklung, die sehr viel besser ist als die der Vorväter unserer Vorväter."

„Wir wissen ja nicht, wie die Menschen vorher waren. Selbst ihre Gebeine sind zerfallen."

„Vielleicht hatten sie damals keine Daumen. Überhaupt keine Daumen."

Aramere kannte die Routine, die folgen mußte. Die fast starren ersten Gelenke der priesterlichen Finger streichelten den harten Sporn, der über dem Handgelenk heraussproßte. Sie war müde vom Spiel und berührte stolz ihren eigenen. Ihr Daumen war so wie der aller anderen.

Sie legte das Rad an ihre Wange und erzählte ihm, daß das, was die Priester gesagt hatten, gar nichts bedeuten mußte, nicht einmal für sie. Oder vielleicht war es wichtig für — wie sie zu sich selbst sagte — das Krötenvolk. Jemand hatte ihr einmal gesagt, diese Leute seien kaum menschlich, obwohl sie zu denken wagten, sie hätten feinere Gestalten und Hände als sonst jemand auf der Welt. Als sie das dachte, kam ihr Atem in keuchenden Stößen. Waren sie denn nicht kleiner, sogar oft einen ganzen Kopf kleiner als ihre Leute, die Giberels? Arbeitete das Krötenvolk nicht bei Tag?

Arameres Gedanken schweiften ab. Heute war ihr dritter Geburtstag. Sie konnte fast das Spielzeug sehen, das in ihrem neuen Heim ihr gehören würde, denn der Tempelfindling war von einer Pflegemutter geworben worden, wie man in manchen Ländern um Mädchen wirbt, wenn man ihre Einwilligung zu einer Hochzeit haben will. Ihr Händchen hatte noch ein Kuchenstück umklammert. Als sie auf die Rückkehr ihrer Mutter wartete, lernte ihr Mund einen ungewohnt süßen und würzigen Geschmack kennen.

Sie wachte in der Dunkelheit auf und fühlte eine Hand auf ihrem Mund. Die versuchte sie zu beißen.

Der Biß nützte ihr nichts. Fäuste drückten an ihren Unterkiefer, Handflächen preßten sich an ihren Kopf. Sie hätte gern gekratzt, doch ihre Fingernägel waren noch weich, härter würden sie erst sein, wenn sie sieben war.

Halb geschoben, halb getragen, kam sie durch die Nachtschwärze nach draußen. Wind blies ihr ins Gesicht. Ihr Körper war verschwitzt von dem Versuch, sich den Händen zu entwinden, und jetzt fror sie. Ihr Mund war trocken. Hätten ihr die Hände nicht den Mund so fest zugehalten, hätten ihre Zähne geklirrt.

Die Fremden trugen Aramere sehr weit, dann setzte man sie auf einem Feld ab. Sie war so krank vor Angst, daß sie die langen Pflanzenreihen nicht sah, die sich im Sternenlicht irgendwo in der Ferne verloren.

„Das Mädchen scheint die richtige Größe für einen Giberel zu haben, sie ist uns sehr ähnlich", stellten einige streitende Stimmen fest.

Sie brachten einen geraden, glattpolierten Stock und hielten ihn an sie. Sie hatte so große Angst, daß sie ohne Stütze in einem Häufchen zu Boden gefallen wäre.

„Sechzig Maßeinheiten."

„Genau wie Giberels sein sollen."

„Man könnte sie adoptieren."

„Aber dieser Findling ist ein Monster, auch wenn sie nicht zwergenhaft ist. Wir haben sie beobachtet in dem Haus, wo die Sterne verehrt werden. Ihre Finger an beiden Händen bewegen sich sehr leicht, genau wie beim Krötenvolk, sobald sie glaubt, daß niemand ihr zuschaut."

„Wir könnten unsere eigene Menschlichkeit verlieren", sagten verschiedene Stimmen durcheinander, „wenn wir unsere Clans jenen öffneten, die weder das eine noch das andere sind."

„Wenn sie einmal einen richtigen Giberel heiratet – wer weiß? –, dann könnten ja die Abkömmlinge genau wie das Krötenvolk und wie die Würmer den ganzen Tag im Boden wühlen." Hier gab es zustimmendes Gemurmel.

„Wäre sie tot, dann könnte ihr Lebensblut unsere ausgelaugte Erde tränken."

„Ausgelaugt durch viele Jahrhunderte", sangen die Giberels, als sei dies ein Ritual.

„Ihr Körper könnte Pflanzen nähren, die wir mit dem schmutzfingrigen Krötenvolk teilen müssen."

„Es wäre besser so", erklärte eine eisige Stimme, „denn niemand weiß, welche Kinder sie je bekommt."

Arameres große Augen wurden immer größer. Am Rand der Menge erblickte sie für einen Moment einen Jungen, der ein Jahr oder auch zwei älter war als sie selbst. Er versuchte ihr mit Gesten zu bedeuten, sie dürfe sich sicher fühlen, aber er war noch zu klein und konnte gar nicht richtig helfen.

Es war sehr dunkel, und einer nach dem anderen spähte ihr ins

Gesicht. „Wer in all den Jahrhunderten der Menschheit hatte je solche Augen?“ Sie fühlte Feindseligkeit wie einen Sturz in eisiges Wasser, das sich über ihrem Kopf schließen würde. So war sie einmal an einem Dezembertag gefallen.

Eine weichere Stimme sagte: „Wenn sie ihre Augen schließt, hat sie die Schönheit der Giberels. Vielleicht war sie ein Findelkind.“

„Nein, diese Hände verraten sie.“

„Warum lassen wir also den Krötling leben? Warum warten wir?“ Das war diese Stimme, die so kalt war wie eisiges Wasser.

Aramere zappelte verzweifelt herum. Sie drückte ihre Zehen in die weiche Ackererde und versuchte vorwärts zu springen. Das Sternenlicht half ihr, zu sehen. Orangefarbenes, goldenes Sternenlicht, Licht so rot wie die roteste Rose. Die Sterne waren Freunde, das wußte sie. Sie atmete tief ein und war bereit, wegzulaufen, sobald die steifen Hände sie nur ein bißchen losließen.

„Warum warten?“ fragte die kalte Stimme wieder.

Die Hände drückten noch fester zu.

„Den Hals umdrehen, und die Leiche einfach liegen lassen?“

„Begraben. Dann wird sie das ernähren, was hier wächst ... lebend begraben“, sprudelte die Eisesstimme heraus.

„Zeigt die Hände, um den Tod des Kindes zu bestimmen. Ein gebrochenes Genick?“ Die Leute schwiegen. Drei Hände sah Aramere, die sich hoben und zu mageren Fäusten ballten. Leid, Leid für dich! schrien diese Fäuste. Sie hätte gern die Hände über ihre großen Augen gelegt, um das Kreischen der Fäuste auszuschalten. Starr vor Angst duckte sie sich zusammen. Sie hätte nichts zu tun vermocht, selbst wenn niemand sie festgehalten hätte.

„Lebend begraben?“ Fäuste schossen in die Höhe, viele Fäuste.

Was hieß begraben?

Die Hände hielten sie noch immer fest. Aber jetzt bückten sich einige, hoben mit ihren schaufelförmigen Händen Erde auf und formten sie zu Fladen. Diese legten sie an den Rand einer Grube. Die Giberels summten, es war eine sehr traurige kleine Musik.

Die kalte Stimme sagte: „Viel Betrug lauert in Mutterliebe. Eine unfruchtbare Frau hat sich dieses Stückchen Tod ausgesucht, und ihre Sehnsucht zog sie zu dem Haus, wo die Sterne verehrt werden.“

Eine andere Stimme meldete sich: „Mißförmiges Plasma, schlecht erzeugt, wird hergebracht. Sie haben es behalten für die Adoption, für ein Opfer, für sonst etwas, das sie für den Willen der Sterne halten. Eine unfruchtbare Giberel fand das Mädchenkind ..."

Ein schriller Schrei zerriß die Nacht. Der Druck auf Arameres Körper lockerte sich ein wenig. Warme Arme legten sich um sie – ihre neue Mutter. Aramere begann zu weinen. Heiße Tränen wuschen alle Kälte in das finsterste Loch der Nacht.

„Meinen Findling könnt ihr nicht töten, ob sie nun ein echter Giberel ist oder nicht." Dann kam die Frage fast neckisch: „Was ist eigentlich ein Giberel? Niemand hat je gewußt, was dieses Wort bedeutet."

Jemand schrie: „Als die Bombe fiel, ging auch dieser Sinn verloren, wie so vieles andere." Die meisten zischten aber und geboten Schweigen.

„Ich sag euch allen, sie ist wertvoll!" schrie Arameres Mutter.

„Welchen Wert, du dumme Frau?" Die kalte Stimme war wie ein Schwall eisigen Wassers über Aramere.

Die Arme ihrer Mutter schlossen sich noch fester um sie, noch wärmer. „Sie hat den Erntezauber. Die Kraft, über die wir Legenden haben."

„Woher willst du das wissen, Weib?"

„Ich habe sie beobachtet. Ich sah ein Wunder. In mir war Gewißheit, so wie ich wußte, daß ihr dem Kind ein Leid antun wolltet. Ich wußte es."

„Und deshalb kamst du gerannt?" fragten ein paar Stimmen.

„Deshalb kam ich gerannt."

„Für nichts bist du außer Atem geraten. Wir haben einen bösen Bann über das Kind geworfen, denn es ist keine reinblütige Kreatur, mag sie auch groß und schön sein wie ein Ahornbaum. Sic ist eine Drohung, und die muß vernichtet werden."

„Ja, so ist es", begannen die Giberels zu summen und zu singen.

„Das ist kein Ritual, das ist Mord."

„Gerechtigkeit."

„Du lügst dir selbst in deinen eisigen Hals, du Kalte. Du fang nur an damit, dann zerre ich dich vor das Gericht."

„Und ich werde dich leicht aufhalten, wie ich auch diese falsche Adoption verhindert habe."

„Du hast mich nicht ganz angehört. In diesem Kind liegt der Erntezauber. Meine Worte sind wahr. Ich habe ein Wunder gesehen, wie ich schon sagte."

Sie hörten zu summen auf. „Welches Wunder?" wollten sie wissen.

„Wenn sie an einer Nahrungspflanze vorbeigeht, beugt sie den Kopf. Sehr wenig nur, denn sie ist noch jung. Aber die Pflanze neigt den Kopf."

„Ja, das tut sie", rief Aramere mit ihrem hellen Stimmchen.

„Werft sie in das Grab!" befahl die Kalte.

Viele Stimmen plapperten durcheinander. „Wir haben unsere Wunderlegenden vom Überfluß vor langer Zeit oder in ferner Zukunft. Wenn sie einen Zauberleib hat, dann wird vielleicht aus ihrem Grab eine neue Pflanze wachsen. Eine Pflanze, die zwanzigmal größere Früchte trägt als alle Früchte, die wir kennen."

Plötzlich rief Aramere und klammerte sich an ihre neue Mutter: „Ich weiß, was ich tun kann."

„Ja? Ja? Was kannst du tun?" riefen einige voll Eifer.

„Ich kann die Sterne anschauen."

Sie schwiegen einen Moment, dann sagten sie: „Die verspottet uns ja."

„Nein. Sie gibt eine Botschaft. Aramere, flüstere sie mir zu."

„Wenn ich die Sterne anschaue, ziehe ich ihr Licht in meine reflektierenden Augen. Wenn ich danach eine Pflanze anschaue, wird sie wachsen. Sie wird größer als im Licht des einen Sternes, der vom Tagesanbruch bis zum Abend scheint." Alle hörten das.

„Sie verspottet uns. Häuft langsam Erde auf sie."

„Langsam."

Und dann sangen sie: „Lang-sam. Lang-sam."

Aramere schluckte heftig und keuchte, als wolle sie ersticken. „Ich habe es noch nicht getan, aber ich kann es."

Alle lachten höhnisch. Fast alle. Eiskalte Hände stießen sie zur flachen Grube.

„Ich kann, ich kann!" kreischte sie.

Mit ganzer Kraft griff sie aus nach einer buschigen Pflanze in der nächsten Reihe, und die konnte sie fast berühren. Sie schaute darüber hinaus und nach oben. Sterne waren da in allen Farben, die sie je gesehen hatte. Ihre Augen tranken sie, so wie ihr Mund Wasser trank.

Man stieß sie hierhin und dorthin und zog sie von der Pflanze weg.

Plötzlich griff die Pflanze nach ihr, lange Zweige krochen ihren hellen Augen entgegen wie Motten, die das Licht suchen.

„Narren!“ rief Arameres Mutter. „Stehen wir nicht in jeder mondlosen Nacht auf den Feldern, in denen das Krötenvolk bei Tag herumwühlt? Reichen wir nicht mit unseren Körpern nach dem Nachthimmel aus, mit unseren Reiherhälsen? Und die schimmernden Partikel in unseren Giberel-Augen fangen die Turbulenzen der Sterne auf und spiegeln sie, genau wie in den alten Zeiten, in den weisen Zeiten vor der Bombe, wo alle wußten, wie die Saat schnell wuchs. Jetzt bewegen wir uns blindlings, doch wir verstehen es. Ohne die Nachtsterne und den Tagesstern gäbe es wenig Neues beim Säen und beim Ernten.“

Eine zweite Pflanze streckte sich Aramere entgegen.

Plötzlich schrien die Giberels: „Wir haben unser Wunder gesehen! Schau die Pflanze an! Und noch eine. Noch eine. Noch eine! Vergeßt ihre Krötenvolkhand mit den feinen Fingern. Vergeßt sie. Denkt nur an ihre mächtigen Augen. Ehre für Aramere!“ Unter Arameres Sternen tanzten sie davon in die Nacht.

Aramere lehnte sich erschöpft an ihre Mutter. Gemurmelte Häresien konnte sie nicht verstehen. „Wer weiß, was in den Sternen für uns geschrieben steht? Veränderung. Veränderung. Vielleicht wollen sie uns das zurückgeben, was die Bombe zerstört hat.“ Dann vergaß die Frau die Sterne und ihre Geheimnisse und küßte Aramere von dem seidigen Haar bis zu den Knien, von dem spornigen Daumen bis zu den flinken Fingern, die kein Giberel je gehabt hatte.

Arameres Augen lenkten das Sternenlicht auf die Pflanzen, die das Krötenvolk im endlosen Rhythmus bei Tag mit den Händen und die Giberels bei Nacht mit den Augen pflegten. Jedesmal wurde im Herbst die Ernte entweder bei Sonne oder im Mondlicht eingebracht, und jedesmal war sie größer, obwohl viele sagten, die Erde vergesse und verzeihe niemals die alten Wunden. Andere flüsterten von einem möglichen Erlöser, der vielleicht aufstehen würde, aber hier reichte die Vorstellungskraft nicht aus, und das Flüstern starb.

Für Aramere war es nur eine große Gleichgültigkeit. Sie tat

ihre Arbeit. Sie wurde fast wie eine Gottheit von den Menschen verehrt, deren Hunger sie stillte. Selbst das Krötenvolk baute ihr ein Heim mit geschnitzten Tür- und Fensterrahmen, die auch noch bemalt wurden, damit sie Früchten und eßbaren Pflanzen glichen. Sie und die Giberels deckten das Haus ein mit überlappenden Strohlagen, eine dicke Lage auf der anderen. Neben der Tür sprudelte ihre eigene Quelle, die mit einem Steinrand eingefaßt war, und der war grün, denn sie war eine Jungfrau.

Sie gewöhnte sich daran, Opfergaben und alte Dinge zu empfangen. Aber jene, die sie brachten, beugten nur die Knie und legten ihre Gaben in Mustern aus. Niemals warteten sie wie der Giberel, der jetzt vor ihr stand. Er blieb noch und sang schöne Kadenzen, die den Klang ihres Namens wiederholten. Unermüdlich sammelte er Pfirsichzweige, die Frucht tragen sollten. Er steckte sie in große Schalen und stellte sie neben ihre Tür. Später brachte er auch Apfelblüten, die ruhten einzeln auf klarem Wasser. Ihre Mutter hatte ihr Buchstaben beigebracht, und so las sie *Aramere.* Sie hielt den Atem an ob so viel Kühnheit, daß jemand seine Apfelblüten abpflückte, die in Farbe und Duft ihren Namen zu sagen hatten.

„Wie viele Sternennächte", fragte er sie schließlich, „werden noch vergehen müssen, bis wir einander in den Armen liegen? Wie viele, Aramere? Der heilige Kreis, das große Frauensymbol." Er verbeugte sich zu dem Wort, wie es alle Giberel-Liebenden taten. „Der heilige Kreis sollte geformt werden zum Tanz unserer Hochzeit."

„Ich werde niemals heiraten", sagte sie ihm in der Morgendämmerung, wenn alle Giberels schläfrig werden. „Niemals heiraten", sagte sie im Zwielicht und schaute in die Abenddämmerung.

Erst glaubte er, das sei mädchenhafte Scheu. Aber schließlich verlangte der Mann von ihr: „Sag mir den Grund, warum du nein sagst."

Sie schüttelte den Kopf. „Liebster, verlaß mich."

„Warum nennst du mich Liebster?"

„Verlaß mich."

„Niemals."

„Ergebe ich mich dir, so könnte dir Leid daraus erwachsen."

„Warum?"

„Schlimme Ahnungen bedrücken mich wie schwere Gewichte.

Ich habe sie gefühlt, seit ich ein Kind war, seit sie mich holten, um mich zu begraben. Ein alter Mann sagte da, ich könnte nie richtige Kinder bekommen und wäre besser tot."

„Von einem solchen Begehren wie dem meinen kann nur Gutes kommen. Unser Kind wird der wahrste Giberel von allen sein. Ich werde dir beweisen, daß du richtige Kinder bekommst."

„Und wenn es mißlingt? Wenn ich dich im Stich lasse?"

„Wenn wir in der Fröhlichkeit unseres Herzens lachen, kann es nicht mißlingen."

Stumm und zitternd sah sie ihn an.

„Hat dein Mut versagt, als du ein Kind warst und sie dich Krötling nannten, Monster und Todesbrocken?"

„Da ging es ja nur um mich. Ich könnte niemals tapfer sein für mich selbst und für ein Kind." Sie weinte in seinen Armen. „Es kann nicht sein. Nein, es kann nicht sein. Ich . . . Ich . . ." Aber sie klammerte sich verzweifelt an ihn. „Tröste mich!" weinte sie.

„Wer selbst wahr ist, wird auch richtige Kinder bekommen", sagte er und betete sie mit seinen Augen an. „Und jetzt", sprach er mit machtvoller Stimme, „sind wir einig, und ich werde gehen und den Hochzeitskreis besprechen."

Aramere wandte den Kopf der Erleichterin der Wehen zu, dieser Krötenfrau mit den geschickten Händen; niemals berührte diese Rasse einen Giberel, oder nur eine Frau, die in den Wehen lag. „Er sagte, daß von einem solchen Glück wie dem unseren nur Gutes kommen kann. Aber ich habe ein Monster geboren."

„Schlaf. Schlaf jetzt."

„Nimm unseren Sohn weg. Sag meinem Mann, wenn er von der Jagd zurückkommt . . ." Aramere brach ab.

„Nein, nein. Du sagst deinem Mann, dieser sein Sohn wird viel besser die Pfeile abschießen können als der beste Jäger."

„Er wird sein Kind hassen. Er war so sicher, daß es ein Wunder sein würde."

„Dann sag mit vielen Tränen und verzweifeltem Schluchzen, daß du im Wald von einem Ding vergewaltigt wurdest, das von den Sternen kam, um in deine großen, langen Augen zu schauen. Wer weiß, ob deine Augen nicht etwas riefen?" Sie blinzelte dazu.

„Eine Lüge. Ich hätte mich selbst getötet." Aramere zog die Decke ihres Kindes bis zum Kinn hinauf und hielt sie dort fest.

„Ruh aus. Jede Mutter muß nach der Geburt ausruhen."

„Aber sein Vater ..."

„Larifari. Warte doch, bis er kommt."

Aramere setzte sich trotz ihrer Schwäche im Bett auf. „Er wird mir niemals wieder glauben", sagte sie mit einer Stimme voll Trauer. Dann erstarben ihr weitere Worte in der Kehle.

Die Helferin drückte sie in das Kissen zurück. „Trink dies. Vom Besten gebraut."

Aramere drehte den Kopf weg. „Nichts kann mir das Herz erleichtern." Sie zog des Kindes Decke noch fester um sein Kinn. „Nichts." Aber die Hebamme gab ihr doch etwas von dem Gebräu ein.

Nachdem Aramere geschlafen hatte, schlug die Helferin des Kindes Decke zurück. „Giberel", murmelte sie, „bis auf die Hand. Nur nicht die Hand." Das wiederholte sie ein paarmal. Sie kniff die Augen zusammen. Der Daumen sah ganz anders aus als bei jedem Kind, das sie bisher gesehen hatte. Er konnte sich umdrehen. Das Kind spannte ihn, und er konnte jeden Finger wunderschön berühren. Und in der Handfläche konnte er sich sogar einklappen.

„Könnte doch eigentlich gar nicht so schlecht sein", sagte die Frau zu dem Jungen. „Mit einem solchen Daumen, wie du ihn hast – was könnte ich da nicht alles tun!" Sie schaute ihre eigene Hand an, die das Neugeborene tätschelte.

Muß denn alles immer so bleiben, wie es war? überlegte sie, und das stand dem entgegen, was sie von jeher gehört hatte. Sie preßte die Lippen so fest zusammen, daß ihr Mund nur eine schmale Linie in ihrem Gesicht war, denn ein solcher Gedanke durfte ja nicht ausgesprochen werden. Sie war lange genug auf dieser Welt und wußte, wie es war, wenn die Leute eine alte Frau steinigten. „Festester Griff, den ich je gespürt habe. Könnte die ganze Welt damit festhalten."

Aber das sagte sie nicht laut.

Katherine MacLean

Der verschwundene Mann

Katherine MacLean kam am 22. Januar 1925 in Montclair, New Jersey, zur Welt. In der High School gewann sie einen Preis für Biologie, lehnte aber ein Stipendienangebot ab. Sie hat als Labortechnikerin bei der Penicillin-Forschung gearbeitet, war EKG-Technikerin, Büroleiterin und Lohnbuchhalterin, Reporterin, Fotografin, Detektivin, Herausgeberin, Buchkritikerin, Public Relations-Schriftstellerin, Qualitätskontrolleurin in einer Fabrik und Fließbandarbeiterin. Sie hält Vorlesungen, hat kreatives und erklärendes Schreiben an der Universität von Connecticut in Kursen gelehrt und unterrichtet Schreiben, Englisch und Literatur (einschließlich Science Fiction) an der Universität von Maine. Sie gehört den Science Fiction Writers of America an und der SF-Research Association.

Sie schreibt SF-Geschichten über „Ideen und Einsichten, neue Standpunkte, ausgefallene Logik und blitzartige Lichter im Geist . . ., auch gute Melodramen über Leute, die eine Weltkatastrophe abzuwenden versuchen, die ihre Freunde retten oder Unheil abwenden . . . Ich finde das nicht unreal, es ist Leben. Sicherheit und Langeweile sind die Flucht aus dem Leben und unreal, nicht das Abenteuer und der Zufall in einem seltsamen Universum.“

Ihre Geschichten sind immer wieder in Anthologien erschienen, acht davon wurden zusammengefaßt in „The Diploids and Other Flights of Fancy“ (1962).

Eine Geschichte von Katherine MacLean ist immer ein Ereignis, so auch „The Missing Man“, die 1971 den Nebula Award gewann.

DU BIST NICHT ALLEIN sagte das Zeichen, das neonrot am dunklen Himmel leuchtete. Leute, die auf den freien Mischstraßen waren und von der Arbeit kamen, schauten hinauf und sahen es. Rot glühte es hinter ihnen am Himmel, als sie durch die Tore ihrer eigenen Königreiche traten, ihrer eigenen kleinen zusammengeschlossenen Länder und deren Gesetze, die innerhalb der Tore galten. Sie kleideten sich um in ihre eigenen sonderbaren Kostüme, vielleicht in eine leichte Rüstung, um mit geschwungenen oder eingelegten Lanzen gegeneinander anzutreten und damit Damen zu gewinnen. In einem anderen Königreich, das von einer höheren Mauer umgeben war und aus einigen Straßen und Häuserblocks der Stadt bestand, wurden die merkwürdigen Lotterien und Riten der Azteken-Sadistenkulte gepflegt, oder die einfache Armut und Herzensgüte der Bruderschaft von den Liebeskommunen. Nein, allein waren sie nicht.

Nonkonformisten, die keine passende Konformität wählen konnten, lebten in den gemischten öffentlichen Gebieten, gingen zu gemischten Parties, dachten nach und suchten. Wen suchten sie? Um sich mit dem oder der zusammenzutun und was zu tun? Wenn sie spät und allein von einer Party nach Hause gingen, kamen sie an den kleineren, rotblitzenden Zeichen in den Schaufenstern vorbei.

DU BIST NICHT ALLEIN
Finde deine Art, finde dein Hobby,
Finde deinen Partner, dein eigenes Reich,
durch „Harmonie" Persönlichkeitsdiagnose
und Partner-Service.

Carl Hodges war allein. Er stand in einem verlassenen, in Ruinen liegenden Stadtviertel und sah das rote Zeichen am nebligen Himmel von New York; es blinkte und flackerte wie das Licht einer roten Flamme. Er wußte, was das Glühen sagte: DU BIST NICHT ALLEIN.

Er schloß die Augen, und Tränen quollen unter den geschlossenen Lidern hervor. Verdammt sei der Tag, da er lernte, sich mit Zeitspuren zu befassen. Er konnte sich erinnern und zu Susanne zurückkehren, er konnte sogar den Schwung des Surfbretts sehen und sein Mädchen, das am Vorderhang einer steilen Wellenfront herabschoß; sogar die Nase des Brettes sah er, die sich wieder unter dem Rippeln fing, als die Welle das Brett hob, immer höher hob und kippte, so daß es wie eine Axt mit der Kante voran niedersauste. Er wußte, wie er vom Vergnügen zu vergangenen Ereignissen zurückkehren konnte, doch jetzt konnte er nicht mehr damit aufhören. Es geschah immer wieder direkt vor seinen Augen. *Denk doch über andere Dinge nach!*

„Heulst du schon wieder, Pops?“ sagte eine junge, kecke Stimme. Eine Hand schob ihm zwei Tabletten vor den Mund. „Hier, Glückspillen. Hast doch keinen Grund, zu weinen. Ist eine gute Welt.“

Gehorsam nahm Carl Hodges die Pillen in den Mund und schluckte.

Bald hörten Erinnerungen und Kummer zu schmerzen auf und verschwanden. Denk doch über andere Dinge nach! Arbeit? Er sollte arbeiten, einen Job haben, statt Ferien zu machen und bei davongelaufenen Kindern zu leben. Denk über lustige Dinge nach.

Möglich, daß er ein Gefangener war, doch es machte ihm nichts aus. Um ihn herum sammelte sich in der Dunkelheit eine Menge davongelaufener Kinder und Halbwüchsiger in sonderbaren zusammengewürfelten Kostümen vieler Kommunen quer durch die Vereinigten Staaten. Sie hatten ihm erzählt, sie seien aus den Königreichen und vor den sonderbaren Sitten ihrer Eltern davongelaufen, daß sie die Bruderschaft und die Konformität haßten, die Einheitlichkeit der Erwachsenen, mit denen zu leben das Gesetz sie zwang, denn die zusammengeschlossenen Dörfer mußten ihre eigenen Kinder innerhalb ihrer Mauern erziehen.

Die Halbwüchsigen hatten ihm gesagt, alle Regeln seien schlecht, alle Gebräuche seien neurotische Wiederholungen, Ängste eine Einengung, ebenso das praktische Leben und auch die Barmherzigkeit. Einengung, nichts als Einengung.

Sie seien Kinder, sagte er sich, Kinder in einer vorübergehenden Phase der Rebellion.

Die Pillen begannen zu wirken, ein rosiger Nebel des Wohlbefindens hüllte seinen Geist ein. Ihm fiel ein, daß es Vergnügen gab, Spaß. „Hab' ich euch schon erzählt“, flüsterte er den davongelaufenen Teens zu, die ihn als Gast-Gefangenen hielten, „von den letzten Zukunftsspielen, die ich mit Ronny spielte? Es war halb elf, Spätschicht. Als wir aufhörten, lösten wir die Verbindungen des Computers von der Fernkontrolle und spielten Stadtschach. Wir hatten drei kleine Pflegeirrtümer als unsere einzigen drei Züge. Meine Hälfte der Stadt hat er mit einem Erdbeben ausgelöscht, das von einer Kühlschrankpanne in einer Imbißstube kam. Die Mannschaft des Elektrizitätswerks wurde durch eine Nahrungsmittelvergiftung ausgeschaltet, und das E-Werk Croton gab infolge technischer Pannen den Geist auf. Das war eigentlich Betrug, weil er ja den technischen Fehler nicht beweisen konnte. Ich wischte dann alle seine Technokraten in der Brookly Kuppel damit aus, daß ich die Polarität des großen Klimagerätes umkehrte. Gut, daß unsere Spiele nicht wirklich sind. Bei einem guten Spiel ist am Ende alles wie weggewischt."

Ein blonder Junge, der ein Anführer zu sein schien, trat vor und nahm Carl Hodges' Arm, um ihn zu seinem Kellerraum zu führen. „Du hast angefangen, mir davon zu erzählen, aber erzähl's mir noch mal. Es interessiert mich. Ich würde gern die Wartungsberichterstattung als Karriere wählen. Wie wirkt die Umkehrung der Verkabelung bei einem Klimagerät zur Zerstörung einer Anlage?"

„Der Geruch der Luft wird da geändert", sagte Carl Hodges, der verschwundene Mann, der zuviel wußte. „Man sollte doch nicht meinen, daß das so viel ausmacht, oder?"

Seit dem 3. Juni hatte jeder verfügbare Detektiv der Polizeikräfte nach dem fehlenden Computermann gesucht, den man zuletzt gesehen hatte, als er laut darüber nachdachte, wie man New York City zerstören könnte.

Judd Oslow, Chef des Rettungstrupps, hörte sich am Telefon recht aufgeregt an. „George, deine Antichanceler sind außer Sicht. Du solltest dir mal für uns überlegen, wo Carl Hodges ist, und uns wieder zu einem Treffer verhelfen. Ich kann ja meine Männer nicht einfach hinter Carl Hodges dreinschicken, ist auch nicht meine Abteilung, aber ich riskiere *meinen* Kopf und Kragen, nicht den deinen. Stemm dich ein, damit du wieder eine Beschreibung zusammenkriegst."

„Klar." George machte sich bereit, sich einen Mann vorzustellen.

„Carl Hodges, neunundzwanzig Jahre alt, hundertundvierzig Pfund schwer, einsdreiundsiebzig groß, braune Haare, braune Augen."

George stellte sich einen vor, der ein wenig kleiner und dünner war als er selbst. Ihm fielen ein paar leicht untergewichtige Männer ein, die immer zum Raufen bereit waren, um zu beweisen, sie seien größer und dicker.

„Er ist bei der Stadt beschäftigt als Koordinator-Assistent der Computerautomation."

„Und was ist das genau?" George wollte ein Gefühl für Carl Hodges' Job bekommen.

„Hochgejubelter Wartungsmann für die Stadt, das Gehirn für alle Wartungs- und Instandsetzungstrupps. Er bedient sich der Computer, um Verschleiß, Unfälle, Blitzschläge und Fluten vorherzusagen, die Telefon, Strom- und Wasserleitungen außer Betrieb setzen, und er schickt die Instandsetzungstrupps aus, die an den besonders gefährdeten Stellen Verstärkungen durchführen, damit sie nicht zusammenbrechen. Der junge Mann verhütet also Schwierigkeiten."

Oh, dachte George, da wird Carl Hodges aber sehr stolz sein auf seinen Job. Er wird sich's nicht wünschen, noch größer zu sein. „Wie ist er seinen Freunden gegenüber? Wie fühlt er sich da?"

„Warte mal erst auf den Rest." Judd las vor: „Seine Hobbies sind Schach, Minimax und Surfing. Keine Kommune. Wenige Freunde. Ein Mädchen, das im letzten Monat auf einem Liebesausflug einen tödlichen Unfall erlitt. Er ist nicht glücklich. Zuletzt wurde er gesehen auf einer Party, wo Fremde eingeführt werden. Ecke Sechsunddreißigste und Achte Straße. Er könnte vielleicht einmal an Drogen gehangen haben, vielleicht hat er aber auch einen Klaps, denn man hörte ihn dauernd murmeln über gefährliche Dinge, über die er gewöhnlich sehr sorgsam den Mund hielt."

„Gegenstand?"

„Geheim."

„Warum?"

„Panik."

„Oh." George ärgerte sich immer, wenn er einem Geheimnis begegnete, und erinnerte sich einer Entschuldigung für die Behörden. Panik, oder jeder andere starke Gruppenimpuls, der viele Menschen ganz unerwartet in die gleiche Richtung schicken konnte, wurde leicht destruktiv, wenn die Mengen die Fußwege und die Transportmittel blockierten. Die Menschen wurden zu leicht zusammengedrängt, gestoßen, zertrampelt oder erstickt. In einer Stadt von so ungeheuren Bevölkerungszahlen und nahezu ungehindertem Zugang zu fast allem, hing die Sicherheit vor übellaunigen Menschenmassen davon ab, daß man sie geschickt zerstreute und mit Menschen durchsetzte, die lieber an diesem oder jenem Ort waren. Ausdünnen, hieß man das, und es war ein gutes Rezept. Manchmal bewahrten die Behörden Geheimnisse, oder man zog auch künstlich viele Menschen an einem bestimmten Ort zusammen, um ihnen um so besser interessante Dinge vorenthalten zu können.

Der Chef des Rettungstrupps schaltete die TV-Verbindung zum öffentlichen Telefonnetz ein und ließ George ein Foto des fehlenden Mannes sehen. Es war ein drahtiger, nicht sehr großer Gelehrtentyp mit verkniffenem Mund und ausdruckslosen Augen. George versuchte sich auf ihn einzustimmen, indem er sich vorstellte, dieses Gesicht sei sein eigenes, das er im Spiegel sehe. Er fühlte sich einsam, als er in diese Augen schaute.

Er begann mit der Party zur Einführung Fremder, folgte seinem Impuls und gab vor, Carl Hodges zu sein. Er folgte Carl Hodges' Spuren durch die Stadt, wenn auch mit wenig Überzeugung, weil er glaubte, die Gefühlsspur, die ihn von einem Ort zum anderen jagte, sei sein eigenes Gefühl der Einsamkeit mit seinen traurigen Gedanken. Nachdem er ein paar Ereignisse miterlebt hatte, die einen ja wirklich traurig stimmen konnten, war er auch überzeugt, es sei seine eigene trübe Laune.

George wachte in der Morgendämmerung auf und sah dann zu, wie rosa Sonnenlicht die Büsche des Dachgartens streifte, so daß sie im Moment leuchteten wie die Kerzenflammen an einem Geburtstagskuchen. Er lag da, hatte die Augen offen und sah zu, wie das Licht heller wurde und das Rosa daraus verschwand. Grillen zirpten im tiefen Gras, die Halme neigten sich und kitzelten sein Gesicht.

Er lag still da und fühlte die Schmerzen des Getretenwerdens. Es gab sehr viele Schmerzen. Die Bande Halbwüchsiger, die ihn angegriffen hatte, brachte ihm sogar die Druckstellen von Ketten an den Beinen bei. Nein, ihn zu töten hatten sie nicht versucht, sie hatten sich darauf beschränkt, ihn nachdrücklich vor weiterem Herumschnüffeln zu warnen.

Aber George fühlte sich fremd und ohne Freunde. Sonst konnte er sich jeder Gruppe anschließen und eines jeden Freund sein. Hatte er vergessen, Fremde als Kumpel zu gewinnen? Die Teens hatten ihn lächerlich verknotet auf dem Gehsteig liegen gelassen, seine Finger und Zehen waren mit chinesischen Fingerfallenröhren miteinander verbunden. Er hatte die Finger schließlich frei bekommen und war zur Kommune seiner Freundin, der Love Commune, gegangen, um dort zu schlafen. Er fühlte sich merkwürdig und unterlegen, doch er hoffte, niemand werde ihn anschauen, als er die Kommune betrat. Die Brüder in den vorderen Räumen sagten, er gebe schlechte Vibrationen ab und störe damit eine sehr wichtige Gruppenmeditation, aber sie gaben ihm eine Tasse Tee und schickten ihn mit seinem Schlafsack hinaus.

Vier Uhr morgens. Er überlegte, was er wohl falsch gemacht haben könnte, und schlief dann im Schattenversteck eines Grasgürtels gegenüber dem Hauptquartier Stadtmitte des Rettungstrupps. Jetzt, da ihn die Dämmerung aufgeweckt hatte, fühlte er seine Schrammen und Beulen, war traurig und kam sich als Versager vor. In der Nacht vorher war er über viele Plätze gewandert, aber Carl Hodges hatte er nicht gefunden. Der Computermann mußte noch irgendwo ein unglückseliger Gefangener sein.

Als die Sonne dann hoch am Himmel stand, ging George über die George Washington Brücke, aber nicht auf die bequeme Art, sondern in den Verstrebungen, klammerte sich mit nackten Händen und Füßen fest, erkletterte Kabel und rutschte Schrägträger hinab, und manchmal saß er auch da und sah der Sonne zu, die dreißig Meter unter ihm im Wasser glitzerte, während riesige Schiffe wie Spielzeug langsam dahinkrochen.

Der Wind blies ihm an die Haut und war einmal warm, dann wieder kühl und nebelig. Er sah einem Wolkenschatten zu, der vom Süden her den Fluß entlangtrieb. Er verdunkelte die Türme hoher Gebäude, wurde eine reisende Insel aus Dunkelblau im hellen Blau des Flusses, er näherte sich, wurde breiter, dann lag für einige Zeit kühler Schatten über der Brücke, während George hinaufsah und eine dunkle Wattewolke beobachtete, die zwischen ihm und der Sonne durchzog.

Die Wolke verschwand, das Licht gleißte wieder. George schaute weg, denn er hatte dunkle Punkte vor seinen Augen. Die

Wolkenschatten erklommen eine riesige Klippe im Westen und verschwanden über ihrem Gipfel. Er suchte sich seinen Weg über einen schräg nach unten führenden Träger und bewegte sich sehr vorsichtig, weil die schwarzen Sonnenpunkte noch in seinen Augen hüpften und ihm den Blick auf die Träger verunsicherten. Über ihm rumpelte ununterbrochen der Verkehr, doch es war ein fernes und irgendwie tröstliches Geräusch.

Ein Stück weit weg flappte eine Möwe mit den Schwingen und kam auf ihn zu. Sie fand einen Aufwind und ließ sich davon tragen, und die Schwingen waren bewegungslos ausgebreitet. Vor ihm hing sie eine Weile in der Luft, ein Paar weißer, wundervoller Schwingen, ein zynischer, fast höhnischer Kopf mit nach unten gebogenem Schnabel und ausdruckslos suchenden Augen.

George war versucht, einfach auszugreifen und sie zu packen. Er verlagerte sein Gewicht auf die Hand an der Querstrebe und hakte ein Knie über einen Träger.

Die Möwe bewegte die Schwingenspitzen und ließ sich in die Höhe und zurück treiben, ein wenig weiter weg, tiefer in den Himmel hinein, aber immer noch verführerisch nah.

George überlegte, er sei doch nicht dumm genug, sich von einer Möwe verlocken zu lassen, von der Brücke zu stürzen.

Die Möwe ließ sich seitlich einen unsichtbaren Hang hinabtreiben und krächzte „Kreee, ha, ha, ha, ha, ha . . .“ Sie lachte heiser, wie eben nur Möwen lachen können. George hoffte, die Möwe werde zurückkommen und sich mit ihm anfreunden, doch so etwas hatte er noch nie gehört. Er kletterte weiter der Küste von New Jersey entgegen, stieg die schrägen Träger hinauf und hinab, fand schließlich eine Stahlleiter an der Seite und kletterte hinauf zu einem Farbenschrank und einem Telefon. Er wählte den Rettungstrupp und fragte nach Judd Oslow.

„Chef, ich hab's satt, Urlaub zu machen.“

„Heute früh hat Ahmed berichtet, du seist wie ein Krüppel gelaufen. Wie lange hast du letzte Nacht noch gearbeitet?“

„Bis halb vier.“

„Hast du eine Spur von Carl Hodges gefunden?“

„Nicht genau.“ George schaute hinauf zu den Flugzeugen und Hubschraubern, die sehr hoch oben herumsurrten wie dicke Fliegen. Er war nicht in der Stimmung, über den Mißerfolg der gestrigen Nacht zu sprechen.

„Wo bist du jetzt?"

„In einem Krähennest der Maler an der George Washington Brücke."

„Ist das deine Vorstellung von Urlaub, die Länge der George Washington Brücke abzuklettern?"

„Ich bin weg von den Leuten. Und ich mag gern klettern."

„Okay, wie du meinst. Du bist jetzt in der Nähe des Presbyterian Medical Center. Melde dich dort bei der Rettungsstation und fülle ein paar Berichte aus, was du die ganze Woche getan hast. Einiges von dem, was du getan hast und wofür wir dich vermutlich bezahlen sollen. Das Mädchen von der Information wird dir beim Ausfüllen der Formulare helfen. Die wird dir gefallen, George. Papierkram macht ihr nichts aus. Laß dir von ihr helfen."

Ahmed Kosavakats, Georges Vorgesetzter und Jugendfreund, war bereit, einen Mißerfolg zuzugeben. Er hatte es sich gut überlegt, als er Carl Hodges zu finden hoffte.

Jede Kommune, die Carl Hodges jetzt hatte, konnte ihn ausquetschen, wie sie die Computer der Städtischen Dienste zu ihren Gunsten manipulieren konnten. Ahmed hatte die routinemäßige Ausführung von Lieferungen und Reparaturen genau überprüft, auch alle Verbesserungen und Materialerneuerungen, sogar die Projekte für jede Gemeinde; dazu brauchte er nur durch den statistischen Computer die normalen Lieferungen zu kontrollieren. Nichts. Es gab kein Anzeichen dafür, daß irgendein brillanter Mann die Städtischen Dienste manipulierte.

Ahmed stand auf, streckte seine langen Arme und überlegte. Wer es auch sein mochte, der Carl Hodges hatte, er benützte ihn nicht. Wenn Ahmed Carl Hodges retten und sein Freund werden könnte, würde er die Gelegenheit sicher nicht versäumen, sich seiner zu bedienen. Wenn ein Mann Einfluß nehmen wollte auf die Zukunft seiner Stadt . . .

Konnte er mit seiner eigenen Logik Carl Hodges nicht finden, dann dachten die Entführer nicht logisch und konnten auch mit Logik nicht berechnet werden. Dachten sie aber impulsiv, dann konnte sich George Sanford vielleicht auf sie einstimmen und sie finden. Aber Ahmed mußte ihm sagen, auf welche Leute er sich einzustimmen hatte und wie sie fühlten.

George Sanfords Intuition war ein recht zuverlässiges Talent.

Früher, als George noch ein dicklicher, anhänglicher Junge in Ahmeds Bande war, hatte Ahmed einmal zusammengezählt, wie oft sich Georges einfache Bemerkungen und Vermutungen als richtig herausgestellt hatten. George hatte jedesmal recht gehabt. Aber George dachte nicht. Ein wenig neidisch hatte Ahmed den anderen erzählt, Georges Kopf sei wie ein Radio, und man könne sein Gehirn auf jede Station schalten, die Nachrichten und den Wetterbericht und sogar die Zeitansage aus Paris hören, aus San Francisco und Hongkong, aber ein Radio konnte man nicht zusammenzählen, wie zwei und zwei ist vier. Sein Radio arbeite, weil es leer sei.

George Sanford war dann zu einem großen, schweigsamen katzenhaften Mann herangewachsen. Er war ungeheuer stark, es war ihm ziemlich egal, ob er aß, trank oder schlief, seine Miene war ausdruckslos, aber auf die Menschen war er noch immer eingestimmt. Seine Ziele waren recht einfach – mit Freunden zusammen sein, aushelfen und gern gesehen werden, und Freunde hatte er überall.

Hinter dem offensichtlich niedrigen Intelligenzquotienten lagen noch unerschlossene Fähigkeiten, die nur dann herausgeholt werden konnten, wenn man von George sehr viel, vor allem Hilfe forderte. Es war noch nicht sicher, was George alles tun konnte, das wußte er selbst nicht. Wahrscheinlich hatte er noch nie darüber nachgedacht. Er stellte an sich selbst keine Forderungen.

Ahmed meinte, man könne nur den Druck auf George verstärken und ihn an der Arbeit halten.

Ahmed fand George, als er gerade seine Berichte einem hübschen Mädchen diktierte. Dieses hübsche Mädchen hatte die Hände über den Tasten der Schreibmaschine und hörte George erstaunt und zweifelnd zu. George hatte die Stirn in Falten gelegt und pflügte durch eine Erzählung dessen, was er am Tag vorher getan hatte. Das Mädchen rollte das Berichtsformular durch die Maschine und stellte vorsichtige Fragen. Ein Tonbandgerät war eingeschaltet und zeigte ein rotes Licht, also zeichnete es Fragen und Antworten auf. George zögerte und schaute zur Decke hoch, als erwarte er von dort eine Inspiration, und seine Stirn wurde immer faltiger.

George hatte stets Schwierigkeiten, die Funktion eines Tonbandes zu verstehen. Er wußte auch nie, weshalb man bestimmte Antworten von ihm erwartete. Beide blickten erleichtert auf, als Ahmed sie unterbrach und das Tonband abschaltete.

„Sie sagten mir, ich soll diesen Nachmittag mit dir arbeiten", sagte Ahmed zu George. „Dieser Job ist wichtiger als andere Jobs oder Berichte. Fühlst du dich jetzt in Ordnung?"

„Klar, Ahmed", antwortete George ein wenig erstaunt.

„Dann gehen wir mal nach draußen, vielleicht kannst du dich auf das Subjekt einstimmen. Okay?"

„Okay." George stand auf, er bewegte sich sehr leicht. Seitlich am Kopf zeigte sich am Haaransatz eine Schramme, die fast unter dem Haar verschwand. Auch an seinem rechten Arm hatte er ein paar blau unterlaufene Schrammen, und am rechten Fußknöchel, direkt unter dem Hosenrand, war eine ganze Reihe blutunterlaufener roter Male. Ein linkshändiger Angreifer mit einer Keule oder ein Rechtshänder mit einer Kette, die er von links nach rechts schwang, würde solche Verletzungen verursachen.

Als sie das Büro der Rettungsstation verließen, deutete Ahmed auf die Schrammen an Georges Arm.

„Darf ich fragen?"

„Nein", sagte George, kniff den Mund zusammen und schaute geradeaus, als sie durch die Schwingtüren gingen.

George wollte also nicht darüber sprechen, weil er den Kampf verloren hatte. Das hieß, daß die anderen in der Überzahl gewesen waren. Aber tot oder ernstlich verletzt war er nicht. Also waren die Angreifer keine Killer, oder er war ihnen entkommen. Vielleicht war er irgendwo in ein Gruppenterritorium oder ein Königreich eingedrungen, als er letzte Nacht allein nach Carl Hodges suchte. Ahmed schob diesen Gedanken vorerst beiseite. Sie blieben auf einem Weg zwischen Büschen und Bäumen stehen und schauten an den hohen Gebäuden des Presbyterian Medical Center hinauf, die wie Riesentürme in den Himmel reichten. Hubschrauberambulanzen surrten wie dicke Fliegen um die Landestreifen.

„George, wir wollen keine Zeit verlieren. Wir stimmen dich jetzt auf Carl Hodges ein", schlug Ahmed vor und holte Notizbuch und Schreibstift heraus. „Hast du ein Bild von Hodges bei dir?"

„Nein." Der große junge Mann sah unbehaglich drein. „Willst

du's wieder so machen wie sonst, Ahmed? Und wenn er krank ist, werd' ich dann auch krank?"

„Ich habe hier ein Bild." Ahmed griff nach einem Aktendeckel in seiner Tasche und reichte George das Foto.

Der Boden tat einen Satz, so daß er von unten her gegen ihre Füße schlug.

Neun Meilen oder noch weiter weg und zwei Minuten früher verlor Brooklyn Dome, die Unterseevorstadt, plötzlich ihre Kuppel. Der Ozean ergoß sich über sie, und die Luft trug einen Strom von Schutt heran, der früher Häuser gewesen war, und die Menschen wurden durch einen Luftschacht in die Höhe katapultiert. Ein ungeheurer Trümmerspringbrunnen schoß in den Himmel hinauf und stürzte in einem Schuttkreis herab, um dann auf der See zu schwimmen.

Ein Fluchtmassenwunsch trieb jeden Morgen aus der Umschließung der Mauern in die Höhen und Winde und unter freien Himmel. Die düstere Stimmung der Stadt hatte sich jetzt im Nu zur Panik verdichtet, zu Hilflosigkeit, Schmerz und Unglück, und dann kam das Ende. Dieses Ereignis weitete sich aus zu ungeheurer Geschwindigkeit und preßte sich zusammen zu einem Schlag der Dunkelheit. Die Gedanken von vielen tausend Menschen endeten, und ihr Hintergrundsummen in den Vibrationen der Stadt ließ schnell nach.

George griff mit seinem Geist aus nach Informationen und begegnete der Erinnerung an diesen Schlag. Er ging vorüber wie die Donnerwelle, die den Durchbruch durch die Schallmauer begleitet. Sie war wie eine schwarze Nebelwand. Er schloß die Augen, um sich einzustimmen, und fand nichts, nur daß die Welt leichter geworden war. Eine Last der Angst war plötzlich wie weggewischt.

George öffnete die Augen und holte tief Atem. „Etwas Großes", sagte er. „Etwas . . ."

Ahmed beobachtete den Sekundenzeiger seiner Uhr. „Fünftausendfünfhundert Fuß, eine Meile", murmelte er.

„Was tust du da?"

„Da war irgendwo eine Explosion. Ich zähle die Entfernung. Das Geräusch kommt zuerst über den Boden, dann erst durch die Luft. Und darauf warte ich jetzt. Ich errechne aus dem Zeitunterschied die Entfernung."

Dreißig Sekunden später erreichte sie der Todeslärm einer Unterseestadt; es war ein schauerliches mahlendes Röhren, tief, ein wenig gedämpft und ziemlich weit entfernt.

George machte wieder die Augen zu und fühlte, wie sich die Welt um ihn herum zu einem anderen Ort veränderte.

„Hast du was, George?“ fragte Ahmed drängend. „Das waren ungefähr sieben Meilen.“

„Jemand weiß, was geschehen ist. Den picke ich heraus. Brooklyn Dome ist gerade eben zusammengebrochen.“

„Zwölftausend Einwohner“, sagte Ahmed, wählte grimmig sein Handgelenkradio und befestigte die Stöpsel in den Ohren. „Keine Antwort im Hauptquartier. Ständig belegt.“

George schloß wieder die Augen und erforschte den anderen Ort. „Da hat jemand einen Alptraum“, sagte er. „Und er kann nicht aufwachen.“

„Nicht ausflippen, George, halte dich an die Tatsachen. Eben ist eine ganze Menge Menschen gestorben. Halte dich daran fest. Ich versuche unsere Befehle zu bekommen.“

George stand noch immer mit geschlossenen Augen da und ergründete das Gefühl in seinem Kopf. Irgendwo war ein Mann in einem Alptraum gefangen, halb schlafend in einem dunklen Gefängnis oder in einem Schrank. Das war eine Art Delirium.

An diesem strahlenden Tag war die wirkliche Welt ein grausamer Ort, aber die Schwärze und die sich verschlingenden Fragmente der Welt dieses Mannes waren noch viel schlimmer. Irgendwie waren dessen Gedanken ungeheuer wichtig. Er hatte ebenso wie sie auch den fernen Explosionsdonner gehört und auch gewußt, was er bedeutete. Er hatte ihn erwartet.

„Ich kann nicht feststellen, wo er ist“, sagte George, öffnete die Augen und hielt sich wieder an der sonnenhellen Welt rundum fest.

Ahmed kniff die Augen zusammen, legte den Kopf schief und lauschte den schnellen, drängenden Stimmen seines Radios.

„George, laß diesen Fall. Vielleicht ist das Carl Hodges. Er kommt schon durch. Das Hauptquartier gibt allgemeine Befehle für diesen Notfall aus. Alles Personal von Reparatur und Serviceinspektion sind aufgerufen, sofort alle Gefahrenpunkte im automatischen Service zu überprüfen und nach Pannen und Sabotagebeweisen zu suchen. Reparatur- und Inspektionstrupps sind in den Jersey Dome befohlen worden, wo sie alles genauestens überprüfen müssen, um sicherzustellen, daß dort nicht etwas manipuliert wurde, um diese Kuppel ebenso in die Luft zu blasen wie die von Brooklyn. Es wurde ihnen aufgetragen, diese Inspektion als ganz normale Routinenachschau und Sicherheitsüberprüfung zu bezeichnen."

„Was sollen wir tun? Was ist mit uns?"

„Warte, ich höre eben. Sie haben unsere Namen genannt. Wir gehen auf dem Unterseeweg nach Jersey und versuchen einen Sabotageagenten zu finden und aufzuhalten, der vielleicht Brooklyn Dome in die Luft gejagt hat und die gleiche Methode auch beim Jersey Dome anzuwenden versucht."

„Welche Methode?"

„Das wissen sie nicht. Sie wissen noch nicht einmal, ob es einen Saboteur gibt. Sie schicken uns. Wir sollen das herausfinden."

„Wenn es ein Saboteur ist, dann arbeitet er vielleicht gerade daran." George ging, dann rannte er zu den U-Bahntreppen und den Bänken des Rollsteigs. Ahmed folgte. Sie fanden eine leere Bank, als der Rollsteig langsamer lief. Kaum saßen sie, beschleunigte er wieder und fädelte sich in die Schnellbahnen ein.

„Dreckige Hunde! Laßt mich hier raus! Ich bring' euch um!" Wütend stieß Carl Hodges mit Händen und Füßen aus und biß in den Gurt, mit dem er gefesselt war. Da fiel ihm auch ein, was er über die Gruppe Halbwüchsiger gedacht hatte, deren Gefangener er jetzt war. „Ihr elenden, blöden Krokodile! Laßt mich hier raus! Ihr Narren habt den Brooklyn Dome gesprengt! Ich muß sofort an die Arbeit gehen und die Wechsler abschalten, ehe dort auch noch etwas passiert. Laßt mich hier raus!"

Sie zogen sich zurück, und das Lachen verging ihnen vor dem Rasen seines Zorns. Der größte von ihnen antwortete mit einer Spur Verachtung: „Pops, reg dich nicht auf. Das waren ja gar keine richtigen Leute, nur Technokraten und Objektivisten, Faschisten und lauter so Zeug."

„Das waren Techniker. Diese Stadt braucht Techniker. Hörst du, Leute mit technischen Jobs halten diese Stadt am Laufen, verstanden?"

Der Große lehnte sich ihm feixend entgegen. „Ich weiß recht gut, was meine Bänder mir sagen. Die Objektivisten haben das

Gesetz durchgeboxt, daß die Zwangssterilität der Frauen nicht mehr rückgängig gemacht wird, wenn sie nicht fünfhundert Dollar für die Operation zahlen. Das heißt, wenn ich je heiraten will, muß ich für meine Frau fünfhundert Dollar sparen, wenn ich ein Kind will. Die wollen uns nur alle miteinander auslöschen. Keiner hat so viel Geld, nur die Techniker. In der nächsten Generation sind wir alle weg vom Fenster. Wir zahlen's ihnen jetzt nur heim und löschen sie aus."

„Nur ein bißchen schneller", meinte ein kleiner Junge grinsend. „Wummmm!"

„Die Objektivisten haben das Gesetz vorschriftsmäßig durchgepaukt. Warum sammelt ihr nicht genug Stimmen unter euren Leuten, damit es annulliert wird?" fragte Carl Hodges.

„Die verschiffen uns doch nur raus zu den Wohltätigkeitsdocks. Wir können gar nicht abstimmen. Du redest auch wie ein Objektivist. Vielleicht meinst du auch, jeder, der kein Geld hat, sollte ganz verschwinden?"

„Ich meine, jeder, der kein Hirn hat, sollte verschwinden", fauchte Carl Hodges. „Eure Mütter hätten keine zehn Cents bezahlt, um euch bekommen zu können. Zu schade, daß das Gesetz erst viel später durchkam."

„Gruppenmord", sagte der Große und schlug Carl Hodges auf den Mund. „Wir waren nett zu dir. Ausgerechnet zu dir!" Angewidert spuckte er aus.

Andere drängten heran.

„Nur mal langsam." Der Anführer breitete die Arme aus und lehnte sich gegen den Druck zurück. „Wir wollen dir nichts antun", sagte er zu Carl. „Du bringst uns was bei, du bist ein guter Lehrer. Du kriegst von uns, was du haben willst. Auch Geld. Du bleibst hier, bis du genug Geld hast, dir den Weg freizukaufen. Kostet dich fünf Dollar, das ist viel billiger als fünfhundert Dollar, um geboren zu werden. Das wär' ein Geschäft."

Die Jungen, die sich hinter ihm zusammendrängten, lachten und lachten erst recht, als sie langsam die Idee begriffen. Nach einer Welle ungeschickten Humors banden sie seine Fesseln auf und gingen weg. Er blieb eingesperrt zurück in einer engen, fensterlosen Zelle.

Carl Hodges ging darin herum, musterte sie genau und dachte eiskalt an Flucht. Er mußte hier herauskommen und das fürchterliche Durcheinander aufräumen, das nach dem Zusammenbruch von Brooklyn Dome in der Stadt herrschte. Er mußte hier heraus und die Jungen verhaften lassen, ehe sie sonst irgendwo Sabotage treiben konnten. Seine Logik sagte ihm, hier gebe es keinen Fluchtweg. Er steckte hier fest und verdiente es. Aber er überlegte fieberhaft, kämpfte verbissen gegen eine gewisse Schwäche und gegen Tränen. Er griff nach einer Glückspille, aber dann nahm er das ganze Fläschchen und schüttete den Inhalt in ein Loch im Boden.

Die beiden Männer vom Rettungstrupp lenkten ihre Bank auf die Beschleunigungsbänder der innersten Reihe und überholten die anderen Sessel und Bänke. Sie lehnten sich weit vor in ihrem Sicherheitsgurt, als wollten sie sich selbst anschieben. Einige Leute, an denen sie vorbeikamen, hielten kleine TV-Schirme wie Zeitschriften und sahen so zu, wie man zu lesen pflegt.

Von einem Schirm murmelte eine Ansagerstimme, wurde lauter, als sie überholten, und verlor sich wieder in einem Murmeln. „Brooklyn Dome. Fünfzehn Pfund Atmosphärendruck zu fünfundsechzig Pfund auf den Quadratzoll. Nach oben explodiert. Erst Implosion, dann Explosion.“ Dann überholten sie einen anderen Sitz auf einer langsamen Spur. Der Mann hatte den TV-Schirm auf das Sicherheitsgeländer gestellt, um besser sehen zu können, und der Ton war sehr laut. „Schutt schwimmt zwei Quadratmeilen weit um das Explosionszentrum. Die Rettungsschiffe der Küstenwache, Unterseeboote und Skubataucher suchen das ganze Gebiet fieberhaft nach Überlebenden ab.“

Dann kamen sie an einem Schirm vorbei, der ein Fernbild von der Explosion zeigte – wie ein in die Höhe steigender Schirm, der sich am Horizont öffnete. „So sah die Explosion aus vom Deck eines Frachters, der *Mary Lou,* fünf Meilen weiter südlich im Moment, als es passierte.“

George lehnte sich zurück, schloß die Augen und konzentrierte sich. Er mußte es verhüten, daß die Explosion auch der anderen Unterseekuppel zustieß. Wer immer das auch getan hatte, er würde jetzt lachen, wenn er am Bildschirm den Explosionspilz aufblühen und dann in sich zusammenfallen sah. Und wer das getan hatte, fand Lust an der Zerstörung, am Tod und am Blut einer kleinen Stadt.

Die Wahrnehmungsfähigkeit von George Sanford griff weit aus über die Stadt.

„Die Polizei sucht noch immer nach der Explosionsursache", berichtete das Murmeln, als sie an einem weiteren TV-Schirm auf der langsamen Spur vorüberkamen. Jemand reichte dem Ansager eine Notiz. „Ah, hier haben wir einige neue Informationen. Bell Telephone hat den Ermittlern acht Aufnahmen aus öffentlichen Telefonen in Brooklyn Dome überlassen. Diese Anrufe wurden in dem Moment gemacht, als Brooklyn Dome zerstört wurde."

Hinter dem Ansager erschien auf dem Schirm ein Gesicht, das Riesengesicht einer telefonierenden Frau. Nach einem Moment der Anpassung wurde das Gesicht in den Augen des Betrachters normal, und der Sprecher schrumpfte auf Ameisengröße zusammen, so daß er ganz vergessen war, als die Frau schnell in das Telefon sprach. „Ich kann diesen Ort nicht noch eine Minute länger ertragen. Ich wäre längst weg, aber ich kann nicht. Die Zugstation ist vollgestopft, und vor den Fahrkartenschaltern stehen endlose Schlangen. So etwas hab' ich noch nie gesehen. Jerry holt die Fahrkarten. Ich wollte, er würde sich beeilen." Das besorgte Gesicht der Frau schob sich aus der Telefonkabine hinaus. „Ich höre ganz komische Geräusche, wie Donner. Oder wie ein Wasserfall."

Die Frau schrie, und der Hintergrund neigte sich dem schreienden Gesicht entgegen, dann kippte die Kabine seitlich weg. Eine Hand griff an der Linse vorbei, dann kam lagenweise Schwärze, und das Bild zerbrach in statischen Funken und Knattern. Der Schirm wurde grau, der ameisengroße Ansager saß davor und sprach beruhigende Worte, die Kamera fuhr ihm entgegen, bis er wieder normale Größe hatte. Nun zeigte er ein Diagramm.

George öffnete die Augen und richtete sich auf. Um ihn herum schauten die Leute auf ihre TV-Schirme und sahen die Bilder, die er gerade im Geist gesehen hatte. Der Schirm zeigte das Diagramm, wo die Kabine im Brooklyn Dome gestanden hatte, und dann folgte eine andere Aufnahme von einem, der nichtsahnend in einer Videophonkabine telefonierte und nicht wußte, daß er sterben mußte, was im nächsten Moment passieren würde. Er war ein Mann mittleren Alters.

Die Leute auf ihren U-Bahn-Sitzen sahen zu, hatten die TV-Schirme in den Händen und griffen fester zu, als sie darauf warteten, daß die Decken einstürzten. Erwartung der Zuschauer, Machthunger, Größe, Krach ... ungebändigte Kräfte und vollständige Vernichtung ... bewundernder Triumph in so viel Zerstörung. Großartige Schau. Hoffnung auf noch viel mehr Entsetzen. Herrlicher Horror.

In der ganzen Stadt schauten die Leute dem ahnungslosen Narren zu, der seine Worte formte, und sie warteten, sahen zu, drängten das Unheil, doch endlich zuzuschlagen. *Diesmal noch größer, noch schwärzer, noch entsetzlicher, noch mehr Trümmer ...*

George schloß wieder die Augen und wartete, bis die heiseren Schreie vorüber waren, dann schaute er den Nacken der TV-Betrachterin an, die sie eben überholten. Schließlich drehte er sich um und blickte der Frau ins Gesicht, an der sie vorbei waren. Sie bemerkte es gar nicht, so konzentriert beobachtete sie den Schirm.

Gab diese Frau zu, daß sie gruselig entzückt war? Wußte sie, daß sie den donnernden Wasserfall beschwor, doch endlich zuzuschlagen und mit dem herabstürzenden Ozean den Tod zu bringen? Sie unterschied sich nicht von den anderen. Typische TV-Schauer, die nach Extremen gierten. Man mußte ihr zugute halten, daß sie, wenn sie ein junges Liebespaar am Schirm sah, drängte, sie sollten einander noch viel mehr lieben, noch viel inniger küssen, und die Küsse erlebte sie mit. Leute, die das Leben so intensiv lieben, lieben auch den Tod.

George ließ sich tiefer in seinen Sitz gleiten und schloß wieder die Augen. So empfing er die Flutwellen einer Massenemotion von Millionen Fernsehern, deren Gefühle synchronisiert waren, und alle genossen in einem Massenerlebnis die Todesriten einer kleinen Stadt. Immer wieder Erwartung, Vorfreude, Panik, Vernichtung, Tod, Zufriedenheit.

Der insgeheim verehrte Todesgott feierte Triumphe.

Zwanzig Minuten später waren sie auf Plattformen übergewechselt, auf denen sie durch Luftschleusen in die dichtere Luft kamen. Eine Untersee-Tunnelbahn brachte sie in die kleine Unterseestadt Jersey Dome; zehntausend Bewohner, in der Hauptsache Angehörige der Zivildienstverwaltung mit ihren Familien.

Das Bürogebäude des Stadtdirektors bestand aus riesigen

farbigen Blöcken von durchscheinender Leichtgewicht-Schaumplastik, und das gleiche Material verwendeten auch die Kinder für ihre Bauten. Dort unten gab es ja keinen Wind, der das leichte Material wegblasen konnte. Innen warfen die Lampen farbiges Licht auf des Mannes Schreibtisch. Er war klein und saß hinter einem riesigen Tisch, hielt einen Telefonhörer ans Ohr, und an einem zweiten Apparat blinkte das rote Licht, ohne daß der Hörer abgenommen wurde. „Ich weiß, der Verkehr nimmt immer noch mehr zu. Wir setzen alle Züge ein, die der Stadtdienst zur Verfügung hat. Jeder will hier weg, das ist alles. Nein. Panik gibt es keine. Wir haben auch keinen Grund dazu." Er legte auf und musterte ungehalten das Blinklicht des anderen Apparates.

„Dieses Telefon", brummte er und deutete. „Das ist ein Draht nach draußen, an dem idiotische Reporter hängen und mich fragen, wie die Kuppeln gebaut sind, und wie Brooklyn Dome explodieren oder zusammenfallen konnte. So eine Idiotie! Na schön. Was wollen Sie?"

Ahmed öffnete seine Brieftasche und reichte ihm seine Ausweise. „Wir sind vom Metropolitan Rettungstrupp, Spezialisten darin, daß wir Leute finden, indem wir ihr Verhalten vorhersagen. Wir sind hier, um einen möglicherweise Wahnsinnigen zu finden, der Brooklyn Dome sabotiert oder in die Luft gejagt hat und der vielleicht auch Jersey Dome sprengen möchte."

„Das möchte er vielleicht", gab der Stadtdirektor von Jersey Dome mit zitterndem Ernst in der Stimme zur Antwort. „Und Sie könnten die einzigen gefährlichen Irren hier herum sein. Irre, die davon reden, Jersey Dome könnte zusammenbrechen. Kann er nicht, verstehen Sie? Wir haben nichts zu fürchten, nur Panik. Sie verstehen doch, nicht wahr?"

„Natürlich", meinte Ahmed beruhigend. „Wir wollen ja gar nicht von einer Zerstörung sprechen. Wir sind hier, um einen Saboteur zu suchen. Vielleicht ist das auch nur eine Routineangelegenheit, reine Vorsorge."

Der Direktor entnahm einer Schublade einen Revolver und richtete ihn mit zitternden Händen auf die beiden. „Sie reden doch noch immer davon. Das ist ein Notfall, und ich bin der Stadtdirektor. Ich könnte meine Polizei rufen und Sie beide gefesselt und geknebelt in eine Irrenanstalt bringen lassen."

„Machen Sie sich nur darüber keine Sorgen", redete ihm

Ahmed zu, nahm seine Brieftasche vom Tisch und steckte sie wieder ein. „Wir sind nur hier, um die ganze Anlage zu bewundern und die Maschinen anzuschauen. Können wir einen Plan haben?"

Der Direktor legte den Revolver auf den Tisch. „Wenn Sie kooperativ sind, dann hat das Mädchen im vorderen Büro alle Karten und Pläne von Anlage und Bauten, die Sie brauchen. Sie werden eine ganze Menge Techniker schon an der Arbeit finden, die Leitungen nachschauen und überprüfen. Sie sind hier, um Verbesserungen durchzuführen. Verstehen Sie?" Seine Stimme klang noch schrill und nervös, doch sonst schien er ruhiger zu sein.

„Wir verstehen", versicherte ihm Ahmed. „Alles ist absolut sicher. Wir werden uns jetzt die Anlage und die Verbesserungen anschauen. Komm, George." Er ging hinaus, blieb am Empfangstisch stehen, um die Karten zu bekommen, sah sie an und ging über den wohlgepflegten Rasen des Parkes.

Auf dem geschwungenen Gehsteig unter dem blaugrünen indirekten Licht der Kuppel glaubte er einen Riß zu sehen, aber der dunkle Strich war nur ein Katzensteg knapp unterhalb der Kuppelwölbung.

„Ich bin nicht so absolut sicher, daß er selbst nicht auseinanderbricht. Was meinst du, George?"

„Noch nicht, aber er ist nahe daran."

„Und was tun wir, wenn er aufbricht?"

„Herumrennen und schreien ‚Der Himmel fällt ein!'", murmelte George. „Was denn sonst?" Er schaute ahnungsvoll nach oben. Sackte denn die Kuppel nicht ganz hoch oben in der Mitte ein? Nein, das kam nur von der Perspektive. Erschien da neben dem Luftschacht nicht doch ein Riß? Nein, das war auch wieder ein Katzensteg, und der sah aus wie ein Spinnenfaden unter einer Decke.

Es kostete ihn Anstrengung, die Augen von der Kuppel loszureißen. Er sah Ahmed ein Stück weiter vorn an einem kleinen Gebäude, das „E-Substation 10002" hieß. Es sah aus wie ein Kinderspielzeug oder Puppenhaus, war kaum drei Meter hoch und von Büschen eingerahmt. Ahmed schaute durch die offene Tür hinein und winkte George zu, der eiligst zu ihm lief. Er hatte das Gefühl, die Luft sei so dick, daß sie so viel Widerstand leiste wie Wasser.

Er schaute hinein und sah einen Mann, der an einem dicken Kabel herumbastelte, das Licht und Energie für die Unterseekuppel lieferte. Die Deckplatten der Schaltwände waren abgenommen, alle Verbindungen lagen ungeschützt da.

Handlung und Laune des Mannes waren die eines Arbeiters, ernst und genau. Er setzte ein Meßgerät an und las es ab, setzte es wieder an und machte Notizen, dann las er es noch einmal ab. George beobachtete ihn. In diesem Mann war eine seltsame Angst, die schlimmer war als das Gefühl, unter der Wasseroberfläche eingesperrt zu sein. George selbst hatte ein ähnliches Gefühl, das immer mehr angewachsen war. Er schaute Ahmed zweifelnd an.

Ahmed hatte an der offenen Tür gelehnt und auch dem Mann zugeschaut. Er holte seufzend Atem und ging hinein. Das Gewicht verlegte er gleichmäßig auf die Ballen, um schlagartig handeln zu können. „Okay", sagte er, „und wie geht's mit den Verbesserungen voran?"

Der Mann lachte ihn über die Schulter an. Er hatte eine Stirnglatze. „Keine einzige Verbesserung, nicht mal eine kleine Bombe."

„Wollen mal Ihren Ausweis sehen. Wir suchen nämlich einen Saboteur." Ahmed hielt ihm die Hand entgegen.

Der Mann nahm sofort die Plastik-Kennkarte unter dem Revers heraus und drückte seinen Daumen auf den Daumenabdruck der Karte, so daß zu sehen war, wie sich beide Abdrücke glichen. Er schien vor den beiden keine Angst zu haben und war freundlich.

„Okay", sagte Ahmed und gab die Karte zurück.

Der Ingenieur steckte sie wieder an. „Dann viel Spaß, Detektive. Ich hoffe, Sie nageln einen irren Bombenleger fest, damit wir hier aufhören können, ständig nach Defekten zu suchen. Ich will heim. Diese Luft hier kann ich einfach nicht ertragen. Verrückter Geruch. Den mag ich absolut nicht."

„Ich auch nicht", sagte George. In der Luft hing auch wirklich ein schwerer Geruch, der durch den hohen Wasserdruck von oben her noch widerlicher wurde. Er fühlte das Gewicht des Wassers über der Kuppel hängen, so daß die Luft herabgedrückt wurde. „Schlechte Luft hier, wirklich."

„Aber sie ist mit Helium angereichert", bemerkte Ahmed. Er

warf einen Blick auf die kleine Stadtkarte und schaute hinüber zu einem glitzernden Glasschacht. Ein metallener Drahtkorb hob sich langsam im Luftschacht wie ein riesiger Vogelkäfig voller Menschen, die über einem ungeheuer großen Wohnraum hingen.

George versuchte noch einen tiefen Atemzug zu tun und fühlte, daß das, was er atmete, keine Luft war. „Das riecht aber komisch. Wie verfälschte Luft", sagte er.

„Ist ja unwichtig, wie es riecht", meinte Ahmed und ging weiter. „Es geht nur darum, daß die Menschen von dem Innendruck nicht die Caissonkrankheit kriegen, wenn sie hier weggehen. George, warum hast du nicht gesagt, daß der Mann okay ist? Sein Ausweis scheint doch in Ordnung zu sein."

„Er hatte Angst."

„Wovor denn?" wollte Ahmed wissen.

„Nicht vor uns. Ich weiß nicht."

„Dann spielt es auch keine Rolle. Er hat keine bösen Absichten."

Die beiden gingen durch den kleinen grünen Park mit der dicken Luft und weiter zu dem glitzernden Glasschacht, der von ganz unten kam und in die ferne grüne Kuppel hinaufführte, die das Dach dieser Stadt war. In dieser riesigen Glasröhre glitt langsam ein heller Lift nach oben, und die Leute darin schauten über die Stadt etwa so, wie sich ein Kanarienvogel aus dem Käfig heraus in einem riesigen Raum umsehen würde.

„Dann überprüfen wir die Luftpumpenkontrollen", sagte Ahmed. „Sie sind ganz in der Nähe des Lifts." Leute gingen vorbei, sahen offiziell drein, waren viel zu gut gekleidet, sehr blaß und ruhig, steif und sauber. Nein, solche Leute nicht. Zivildienst, Regierungsleute, Buchhalter und dergleichen.

George folgte und versuchte Luft zu bekommen. Aber es war ja keine richtige Luft, sondern ein minderwertiger Ersatz. Zu beiden Seiten des Parks gab es kleine, helle Gebäude in Reihen, die wie Zähne aussahen, und irgendwie fühlte er sich an einen Tigerfang erinnert. Die Luft roch wie die Lilien in einem Begräbnisinstitut. Die Leute, an denen sie vorbeikamen, sandten Vibrationen aus wie hoffnungslos gefangene, unglückliche Tiere, die sein eigenes Gefühl der Depression noch verstärkten. Eine ziemlich große Menge wartete auf den Lift, sie hatten Angler- und Schwimmausrüstung dabei und sahen elend drein.

Von hoch oben kam eine Liftkabine herab.

„Das ist schlecht", sagte George. „Ahmed, fühlst du das auch?"

„Was soll ich fühlen?" Ahmed blieb neben einem kleinen runden Gebäude stehen, das sich an den Liftschacht lehnte. Drinnen tat es dumpf *wumm, wumm, wumm, wumm,* als sei es das Herz eines Riesen.

„Ich will hier raus", sagte George. „Spürst du das denn nicht?"

„Solche Gefühle übersehe ich lieber", antwortete Ahmed mit ausdruckslosem Gesicht und drückte auf die Türklinke des Pumpenraums. Es war nicht abgesperrt, die Tür ging auf. Das *Wumm, wumm* war sehr viel lauter. „Eigentlich sollte da abgesperrt sein", murmelte Ahmed. Sie schauten hinein.

Innen führte eine Treppe hinab, und zwei Arbeiter prüften eine große, warme, dumpf wummernde Maschine. Die beiden Männer gingen die Stufen hinab.

„Ausweiskontrolle, lassen Sie uns bitte Ihre Kennkarten sehen", sagte George und schaute sich die zwei Plaketten an, die ihm die beiden reichten. Er machte das so, wie er es bei Ahmed und anderen Detektiven gesehen hatte. Er nahm die Daumenabdrücke ab und verglich sie mit denen vom Ausweis, verglich die Fotogesichter mit den echten. Einer war groß und hatte ein Gesicht, das rissig und wie aus Stein gemeißelt aussah und viele senkrechte, tiefe Linien in den Wangen hatte. Der andere war viel kleiner, etwas schlanker, sah etwas verwittert aus und schien mehr Humor zu haben als sein Kollege. Beide wiesen sich aus als Ingenieure der Consolidated Power and Licht, Inspektoren für Elektromotoren und Hilfsgeräte.

„Was tun die Pumpen?" wollte Ahmed wissen und schaute sich um.

„Sie pumpen die Luft herein und Wasser hinaus", erklärte der eine. „Hier ist eine Pumpe, die alles Überschußwasser bis ganz nach oben pumpt, wo es wie ein kleiner Schmuckspringbrunnen auf einer winzigen künstlichen Insel heraussprüht. Der Druck gleicht sich selbst aus, so daß nur Energie nötig ist ohne raffinierte Geräte."

„Warum wird Wasser ausgepumpt?" fragte Ahmed. „Der Luftdruck ist doch angeblich so hoch, daß Wasser sowieso hinausgepreßt wird."

Der Mann lachte. „Das klingt so furchtbar einfach, wenn Sie's so sagen. Der Luftdruck ist hier ungefähr der gleiche wie ganz oben in der Kuppel, aber der Wasserdruck nimmt mit größerer Tiefe ständig zu. Hier unten am Boden ist er höher als oben in der Kuppel und höher als der Luftdruck. Wasser drückt sich herein an den Nahtstellen der Betonklötze, durch die Grundplatten und das Erdreich. Wir haben eine Dränage, um dieses Sickerwasser aufzufangen und es zu dieser Pumpe zurückzuleiten. Wir rechnen mit Sickerwasser."

„Warum pumpen Sie dann nicht mehr Luft herein? Höherer Druck würde doch das Wasser zurückhalten."

„Höherer Luftdruck würde die Kuppeldecke aufplatzen lassen wie einen Ballon. Für den Gegendruck ist nicht genug Wassergewicht da."

George bekam ein ziemlich ungenaues Bild von Luft, die oben ausströmte, und gleichzeitig drückte Wasser unten am Boden nach. „Und das funktioniert also?" fragte er und gab ihnen die Plaketten zurück.

„Richtig", bestätigte der Mann, der die Erklärungen gegeben hatte. Er steckte seine Plakette wieder an den Kragen. „Es wäre schon eine Bombe nötig, um diese Pumpen aus dem Gleichgewicht zu bringen. Weiß auch nicht, warum man uns hergeschickt hat, um die Pumpen nachzuprüfen. Ich wäre lieber draußen und beim Fischen."

„He, dummer Hund, die suchen doch nach einer Bombe", sagte der andere ziemlich sauer.

„Oh . . ." Der größere schnitt eine Grimasse. „Sie meinen so, wie der Brooklyn Dome in die Luft geblasen wurde?" Langsam schaute er sich um. „Wenn hier was passiert, wir sind ja direkt neben dem Lift. Wir können raus und nach oben kommen."

„Keine Aussicht", sagte der andere säuerlich. „Der Lift ist viel zu langsam. Und da steht immer eine Schlange mit unzähligen Leuten, die vor dir dran sind. Gewöhn dich an den Gedanken. Wenn die Stadt hier in die Luft geht, geh'n wir mit."

„Warum geht denn der Lift so langsam?" fragte George. *Mach's doch,* sagte er leise zu sich. Sie lauschten dem Summen der Liftmaschine, die sehr langsam die Kabine herunterbrachte.

„Hier ist der Zeitregler, er kann durchaus schneller gehen", sagte der säuerliche Ingenieur und besah sich das Schaltgehäuse.

„Jemand hat die Maschine auf niedrigste Geschwindigkeit eingestellt. Warum nur?"

„Damit er was sieht", antwortete George. „Aber ich habe die wartende Menge gesehen. Die Leute haben ihre Anglerausrüstung dabei und wollen nach oben kommen. Sie wollen nicht mitten in der Luft hängen und etwas besichtigen, das sie täglich sehen können."

„Okay." Der gesprächigere der beiden stellte den Zeiger auf SCHNELL um. Der Lift erreichte rumpelnd den Boden, und surrend gingen die Türen auf.

Sie lauschten, hörten Stimmen und das Scharren von Füßen, als sich die Leute in die Kabine drängten, dann schoben sich rumpelnd die Türen zu, und die Liftkabine war auf dem Weg nach oben. Diesmal klang das Surren sehr hoch und schnell. In weniger als einem Drittel der Zeit der vorigen Fahrten hörte das Surren auf.

Die beiden Ingenieure nickten einander zu. „Ich hoffe, jetzt sind sie zufrieden."

„Sie kommen ja viel schneller voran."

„Das ist doch nur vernünftig", sagte George, und Ahmed nickte dazu. Sie gingen hinaus und sahen zu, wie die andere Kabine zurückkam. Fast so schnell wie ein fallender Stein kam der silberglänzende Vogelkäfig im Glasschacht herab, bremste ab und stand. Die Türen gingen auf, er war leer. Keiner von oben kehrte in die Stadt zurück.

Wieder drängten sich die Leute hinein.

„Was ist da oben los?" fragte George und bekämpfte in sich einen panikartigen Wunsch, zusammen mit den anderen einzusteigen und von der umschlossenen Stadt wegzukommen. „Ich habe das Gefühl, wir sollten nach oben gehen", sagte er und hoffte, Ahmed möge glauben, George habe eine Ahnung ausgesprochen.

„Was fühlst du?" fragte Ahmed und musterte ihn. Die Türen gingen zu, der Lift stieg sehr schnell und ließ sie auf dem Grund zurück.

„Was ich fühle? Wir hätten mit hinauffahren sollen. Wir haben unser Leben gelebt, alter Junge. War nett, dich gekannt zu haben. Ich rechnete nicht damit, so jung sterben zu müssen."

„Steig aus diesem Quatsch raus." Ahmed schnippte unter

Georges Nase mit den Fingern. „Du redest für einen anderen. Du mußt dieses Gefühl von deinen eigenen Gedanken trennen. George Sanford hat niemals Angst. So denkst du nun wahrlich nicht."

„Doch, tu' ich", antwortete George traurig. Weit oben hörte er die Lifttüren rumpeln. Da oben waren Leute, die zur Oberfläche des Ozeans entkommen waren, nicht zum Grund. Ein Dock? Eine Insel? Irgendwo blies frischer Wind über die Wellen.

„Dann stell doch fest, woher dieses Unheilsgefühl kommt", sagte Ahmed. „Vielleicht ist unser irrer Bomber ein Selbstmörder, der mit dem Schiff untergehen will. Mach die Augen zu. Wo bist du in deinem Kopf?"

„Ganz oben, auf einer Insel im Tageslicht", antwortete George bedrückt und besah sich sein Gedankenbild aus Sand und Möwen. „Es ist zu spät, Ahmed. Wir sind tot." Ein paar neue Leute stellten sich am Ende der Schlange an, die auf den Lift wartete. Von weit oben drangen die Geräusche des sinkenden Lifts herab. Die Leute kamen durch den Park von der Bahnstation her, und George erinnerte sich, daß sich dort die Menschen gedrängt hatten, die auf einen Zug warteten, um hinauszufahren. Vielleicht waren Leute ungeduldig geworden und brauchten frische Luft. Die Menge hinter ihnen wurde immer größer und begann allmählich zu schieben. Direkt vor George gingen die Lifttüren auf.

„Steig ein, George", sagte Ahmed und schob ihn an. „Wir gehen nach oben."

„Danke." George stieg ein. Sie wurden ganz in den Hintergrund der Kabine gedrängt, und die Türen schlossen sich. Der Lift stieg so schnell, daß sie meinten, es presse ihnen die Knie zusammen. Über den Köpfen der Leute sah George ein sich ausweitendes Bild der Unterseestadt mit kleinen Gebäuden, die einen Zentralpark umgaben. All das war halbhell, aber geschickt von grünen und blauen Punktlichtern auf Bäumen und Rankengewächsen beleuchtet; irgendwie erinnerte dies an sich bewegenden Seetang und Unterwasserwellen. Fußwege und Straßen waren mit Perlenketten goldfarbener Natriumlampen beleuchtet. Hinter dem Park befand sich die Bahnstation mit Vierecken weichen, gelben Lichtes, die von durchbrochenen Metallmauern eingefaßt waren. Dort drängten sich zu viele Leute zusammen, Kopf-an-

Kopf-Mengen. Auf den Parkwegen eilten viele Menschen zur Liftstation.

Der Lift hatte die Kuppelspitze erreicht und kam nun in eine Röhre tiefster Dunkelheit. Das dauerte ein paar Augenblicke lang, dann bremste der Lift ab und hielt. Rumpelnd öffneten sich die Türen, die Leute drängten heraus und eilten durch Glastüren und eine Treppe hinab, dann waren sie verschwunden.

George sah sich um. Da war der Himmel oben, von dem er geträumt hatte, doch er war nicht blau, sondern wolkengrau, und auch der Ozean war grau, als sehe er ihn durch dickes Glas. Die Aussichtsplattform der Insel war in einer ganzen Reihe riesiger Glasstufen angeordnet, und sie waren vom Lift auf die oberste Stufe hinausgetreten. Das war ein Glasraum, man schaute nach allen Richtungen hin durch dickes Glas bis zum Horizont und zu den unteren Glasräumen, und um die Docks dieser künstlichen Insel fegten zahlreiche kleine Motorboote.

„Die Luft ist verdorben, ich kann sie nicht atmen", sagte George und atmete geräuschvoll durch den Mund.

„Was fühlst du?" fragte Ahmed, schaute sich hellwach um und balancierte sein Gewicht auf den Fußballen, um sofort einen Bombenleger anspringen zu können, den George vielleicht fand.

George war nach Weinen zumute. Das war nicht die Flucht, von der er geträumt hatte. Das Gefühl kommenden Unheils blieb und verstärkte sich noch.

„Das ist die gleiche Luft und der gleiche Druck wie unten in der Kuppel", stellte Ahmed ungeduldig fest. „Hier halten sie den Druck sehr hoch, damit die Leute nicht durch Luftschleusen müssen. Sie können schauen, Bilder knipsen und dann wieder nach unten gehen. Riecht viel zu lausig, als daß man's überriechen könnte."

„Du meinst, die Luft ist auch hier unter Druck und so schlecht wie ganz unten in der Kuppel?"

„Ja. Es erscheint ihnen vernünftig, es auch hier oben so zu machen."

„Ah, deshalb also sind die Glasmauern hier so dick, damit sie nicht brechen können. Wenn die Luft hinausfaucht, läßt ja sofort der Druck nach", sagte George. Ihm kam die dicke Glasmauer wie ein Sarg vor, dem er nicht entrinnen konnte. Er schaute durch die Glaswand, dann durch das Glasdach des Observatoriums, das eine Stufe tiefer lag. Dort sah er Stühle und Zeitschriften, einen richtigen Warteraum und unglaublich viele Menschen, die auch mit dem Lift nach oben gekommen waren und sich nun in einer Schlange vor der Glastür angestellt hatten. Der erste drückte immer wieder auf die Klinke der Tür, aber die öffnete sich nicht. „Was tun die denn da?“ fragte er.

„Sie warten darauf, daß der Luftdruck sich senkt und sich mit dem im Treppenhaus ausgleicht. Im Moment drückt der Luftdruck die Türen zu, sie lassen sich erst dann nach innen öffnen, wenn der Luftdruck heruntergeht.“ Ahmed schaute gelangweilt drein.

„Wir müssen hier raus!“ drängte George, und er ging hinüber zur Innentür, von der aus eine Treppe zum nächsten darunterliegenden Raum führte. Er zog daran, die Tür ging nicht auf. „Luftdruck?“

„Ja, warte doch. Der Lift kommt eben herauf. Er scheint die Luft zusammenzudrücken und sie nach oben zu schieben.“ In dieser dicken Luft klang Ahmeds Stimme schrill und so, als komme sie von weither.

George zerrte aber immer noch weiter an der Tür, denn der Luftdruck legte sich allmählich auf seine Ohren. „Hier ist doch der Druck sowieso hoch genug. Mehr können wir von dieser falschen Luft nicht brauchen, nur ein bißchen echte Luft. Ich will hier raus!“

Die Lifttüren gingen auf, eine ganze Menschentraube quoll heraus. Einige hatten Koffer dabei, andere Angelzeug, und alle stellten sich hinter George auf, drängelten und beklagten sich über das Drängeln in einem Ton, der viel aggressiver und weniger kultiviert war, als man es vom höflichen Zivildienst erwarten durfte.

Die Lifttüren schlossen sich, die Kabine verschwand nach unten. Der Luftdruck fiel so, als arbeite die Liftkabine wie ein Kolben mit abwechslungsweise Verdichtung und Verdünnung. George schluckte, und in seinen Ohren klickte und klingelte es. Heftig zerrte er an der Klinke der Tür zur Treppe, bis sie sich mit einem Zischen öffnete und er sie auch offenhalten konnte. Die Menge rannte die Treppe hinab und bedankte sich höflich bei ihm. Mit jedem empfangenen Dank fühlte er die Angst der vorbeilaufenden Person. Er schaute in die Gesichter einer Frau, eines Teenagers, einer ganz jungen Frau, eines gut aussehenden Mannes in mittleren Jahren, um dort etwas anderes als Angst zu finden; er fand aber nur Angst und eine Angst vor der Angst, einen Mäuseinstinkt, der alle die Leute antrieb, einer Falle zu entkommen, und die Angst davor, ihr Gefühl des bevorstehenden Unheils zu zeigen oder auszusprechen, wenn sie auch ihre ganze Vorstellungskraft ausfüllte.

„Ahhh", sagte George, als der letzte die Treppe hinablief. „Komm jetzt, Ahmed. Vielleicht haben sie recht." Er winkte seinen Freund durch die Tür und lief ihm nach zu einem großen gläsernen Aussichtsraum mit Tischen und Zeitungen, um die Wartezeiten zu verkürzen. Hinter ihnen schloß sich die Tür, und dann hörten sie das Surren des Lifts, der mit weiteren Menschen nach oben kam.

George lehnte die Stirn an die dicke Glaswand und schaute hinaus auf die kleinen Docks und die Elektroboote, die um die Plattform kreisten und unter dicken grauen Wolken auf hohen grauen Wellen schaukelten.

„Was ist da draußen?" fragte Ahmed.

„Entkommen."

„Und was ist mit dem Saboteur?" wollte Ahmed ein wenig ungeduldig wissen. „Was denkt, was fühlt er? Nimmst du etwas auf?"

„Eines dieser Boote ist es", antwortete George und log bewußt, um Ahmeds Pflichtgefühl abzulenken, das ihn sonst wieder in die Tiefseestadt getrieben hätte. „Oder auch ein kleines U-Boot da draußen. Von der Beobachtungsplattform wird die ganze Spitze weggeblasen. Hol Rettungsboote hier herein. Über Radio. Aber beeil dich und besorg mir einen Hubschrauber. Ich will in der Luft sein, um zu sehen, welches Boot es ist."

Lauter Lügen waren das nicht, und einiges davon klang ganz nach Wahrheit. Noch immer hatte er die Stirn an das Glas gedrückt und schaute so hinaus. Er wußte, er würde alles tun oder sagen, nur um hier herauszukommen. Er versuchte sich auf den Gedanken einer Sabotage einzustimmen und sich für die Überlegungen anderer Menschen zu öffnen, aber der drängende Fluchtinstinkt wurde immer stärker und überschwemmte alle anderen Gedanken. „Warum?" fragte er die Angst. „Was wird passieren?"

In seiner Vorstellung standen bildhaft Pferde, die von innen her eine Stallwand zertrampelten, oder eine Rinderherde, die sinnlos dahinraste, oder auch ein winziges Hühnchen, das an der Eischale pickte, obwohl es noch gar nicht reif war, an der Luft zu überleben. Stoßende Skelettfüße brachen von innen her eine Blase auf, und die Blase verschwand. Die Bilder waren verwirrend. Er schob sie von sich weg und beobachtete die äußere Plattform.

Dort hatten sich sehr viele Menschen angesammelt. Sie fröstelten im kalten Wind und warteten offensichtlich darauf, mit einem der kleinen Boote zu fahren. George wußte, daß sie deshalb draußen waren, weil sie es nicht mehr ertrugen, eingeschlossen zu sein.

Ahmed tippte an seinen Arm. Er hatte die Ohrstöpsel seines Armbandradios in beide Ohren gesteckt, und seine Stimme klang sonderbar und wie taub. „Das Hauptquartier will wissen, warum, George. Kannst du ihnen was sagen?"

„Dann sag ihnen, sie haben fünf Minuten, sieben wenn viel Glück dabei ist. Die Patrouillenboote sollen sofort kommen und die Sache stoppen. Und ..." George schrie fast in Ahmeds Armbandmikrophon. „Und BESORG MIR SOFORT DIESEN HELIKOPTER! Schnell, ganz schnell hierher! Wir brauchen ihn dringend, sobald wir durch die Luftschleusen sind!"

Die gläserne Luftschleusentür öffnete sich, die Leute drängten durch, schoben und taumelten. Auf der anderen Seite war ein Raum, der ebenfalls Glaswände hatte. Dort reihten sie sich auf wie Motten an einer hellen Fensterscheibe und schauten hinaus.

„Warum müssen wir so lange warten?" Das war ein jammernder Schrei, so voll Elend wie eine Ambulanzsirene in der Nacht. Die Gruppe murmelte Zustimmung und nickte der Frau zu, die ihre Hände an das Glas preßte, als könne sie damit einen Kontakt zu draußen herstellen.

„Wegen der Caissonkrankheit mache ich mir keine Gedanken", sagte ein würdiger älterer Herr. „Sie gleichen die Wartezeit für Leute mit schlechtem Sinus und Mittelohrinfektionen an. Hat denn hier jemand Nebenhöhlenentzündungen oder eine Mittelohrinfektion?"

„Also brauchen wir nicht zu warten", erklärte nach einer Weile derselbe Mann etwas lauter, als er keine Antwort bekam. „Weiß hier jemand, wie man die Tür aufmacht? Wir können sofort raus."

„Mein Sohn hat einen Schraubenzieher", sagte eine Frau und schob einen halbwüchsigen Jungen zur Tür. Ahmed wollte protestieren, doch die Frau funkelte ihn böse an und machte den Mund zu einem Streit auf.

Eine alte Frau zog an der Tür. Plötzlich ging diese auf, sie vergaßen alle ihren Streit und drängten sich durch zu den offenen Docks, zum kalten Salzwind und zum donnernden Anprall der grauen See gegen die Betonsäulen.

Über den Docks hing ein schweres, surrendes Geräusch, das die Luft wie mit Rotoren zu schlagen schien.

Ahmed schaute auf. Eine Leiter fiel herab und baumelte vor ihnen. Ahmed packte die Seilsprossen und zog. Sie kamen tiefer herab. Er stellte den Fuß auf die unterste Sprosse und kletterte hoch.

George stand da, atmete tief die echte, süße Luft ein, die seine Lungen mit Leben und Energie füllte. Die Wolken der Panik und Resignation verzogen sich aus seinem Geist. Er hörte entzückt die heiseren Schreie der Möwen, die den kleinen Booten folgten und wie geschickte Akrobaten auf belegte Brote herabstießen. Die Leute hatten sich am Rand der Docks zusammengedrängt und unterhielten sich wieder normal.

Vor ihm baumelte die Leiter und hüpfte vor seinem Gesicht. Sie streifte seinen Kopf, doch er schob sie weg. Was war eigentlich geschehen? Wo war das Unheil, dem er jetzt gerade entkommen war? Er versuchte sich die Momente in der Falle ins Gedächtnis zurückzurufen und das zu verstehen, was sie gewesen waren.

„Komm, George!" rief eine Stimme von oben.

Er griff nach oben und kletterte, schaute dabei in den Himmel aus brodelndem Grau mit silbernen Rändern; ein weißer Polizeihubschrauber, blau abgesetzt, ratterte über ihm, und die Rotorblätter schaufelten ihm feuchtkalte Luft mit einem Druck entgegen, der ihn entzückte, weil er dagegen ankämpfen konnte. Das oberste Stück der Leiter ging über in Metallstufen mit Geländer, die direkt in die verglaste Plattform eines Beobachtungshelikopters führten.

Ahmed hockte auf gekreuzten Beinen auf dem Boden, war sehr unruhig und hielt sein Armbandradio an die Lippen. „Okay,

George, stimm dich ein drauf. Was wird den Observatoriumsbau in die Luft jagen? Wer? Was? Wo? Die Küstenwacht wartet auf Informationen."

Seine Erinnerung tastete noch immer herum in der merkwürdigen Depression, die er drinnen im Aussichtsbau gefühlt hatte, auch in der Luft von Jersey Dome, er stimmte sich auf die Menge unten ein und wußte nun, was sie fühlte und wollte.

Jeder Glasraum in dem glitzernden Observationsgebäude war mit Leuten vollgepfercht, die alle darauf warteten, hinauszukommen. Er sah den Zentrallift ankommen; die Türen öffneten sich, die Leute strömten heraus und zerrten an der Tür im obersten Stock. Verzweiflung. Der drängende Wunsch, hinauszukommen.

Da wußte George voll großer Sorgen, wer die Saboteure waren: die Jungen mit ihren Schraubenziehern, alle diese hilfsbereiten Leute mit technischem Geschick, die die Liftgeschwindigkeit vergrößerten und kein mechanisches Verständnis hatten, die auch Toilettentüren aufsprengten für Leute, die keinen Dime hatten. Sie wollten helfen, sie wollten durch die Luftschleusen gehen und die Türen hinter sich offenhalten. Und sie dachten nicht daran, daß fünfundsechzig Pfund auf den Quadratzoll von unten aus der Stadt mit der zusammengepreßten Luft nach oben drückten, wenn der Lift im Schacht stieg.

Er hatte so getan, als glaube er an einen irren Bombenleger. Wie sollte er der Polizei und der Küstenwache nun beibringen, daß es nur die Stadtbewohner waren in ihrer gedankenlosen Eile, hinauszukommen, die ihr eigenes Luftschleusensystem zerstörten?

George hielt sich den Kopf, weil ihn die Todesvisionen fast blendeten. „Sie sprengen oben im Aussichtsgebäude die Luftschleusen auf, Ahmed. Du mußt jemandem sagen, sie müssen damit aufhören. Das können sie doch nicht tun! Alles wird in die Luft gehen!" Der panische Drang, zu entkommen, löschte alles andere in ihm aus.

„Geht doch endlich mit diesem verdammten Kopter rauf", sagte George und schnitt nervöse Grimassen.

„Ist mit ihm alles in Ordnung?" fragte der Pilot Ahmed.

Ahmed sprach in sein Armbandradio, wiederholte immer wieder das, was George gesagt hatte, und winkte dem Piloten ab, er solle still sein.

Der warf beiden einen zweifelnden Blick zu, als halte er sie nicht mehr für ganz normal, und stieg langsam. Nach einer Weile ging er in die Waagerechte, und bald hatten sie die immer kleiner werdende Plattform aus schimmerndem Glas mitten im grauen Ozean hinter sich.

George griff nach dem Beobachtungsgeländer und schämte sich, weil seine Hände zitterten.

Als er so hinabschaute, sah er etwas Unerklärliches und Seltsames, das mit der Form des Glasgebäudes geschah. „Jetzt geht's los", murmelte er, setzte sich abrupt auf den Boden und legte die Hände über sein Gesicht. „Haltet euch an den Instrumenten fest. Es ist soweit. Ahmed, du schaust. Mach Aufnahmen oder so was."

Es gab einen Krach und ein *Wummm!* wie bei einem Bombeneinschlag. Etwas, das aussah wie ein zerdrückter Lift voller Menschen, schoß ihnen entgegen in die Höhe, zog langsam an ihnen vorbei und stürzte dann, sich wieder und immer wieder überschlagend, hinab in die See.

Der Explosionsdruck riß den Helikopter mit der Bauchseite nach oben hinauf: Er fiel dann mitten hinein in einen Regen kleiner Gegenstände, die wie Aktentaschen, Angelzeug und andere zerbrochene Dinge aussahen, die nicht mehr zu erkennen waren. George klammerte sich an das Geländer. Plötzlich drehte der Hubschrauber die rechte Seite nach oben, und die verzweifelt sich drehenden Rotorblätter arbeiteten sich aufwärts und weg von dem aufsteigenden Tornado.

Jersey Dome spie seinen Inhalt durch den Liftschacht nach oben, saugte Gebäude und Schaumstoffblöcke und Menschen und Möbel und alles, was da unten war, in den Schacht und in einer Lufthose nach droben, zur Oberfläche und noch weiter hinauf in einer Fontäne aus Schutt, der durch die Dekompression völlig verstümmelt und zermahlen war; die Fontäne wurde zu einer pilzförmigen Wolke, die dann in Bruchstücken abregnete. Der Helikopter kreiste um diesen Ort des Unheils, die Insassen waren vom Lärm fast taub und voll entsetzter Bewunderung.

Ahmed hatte einen Arm und ein Bein noch um das Geländer gehakt, lauschte aufmerksam seinem Radio und hatte die Hände um die Ohren gelegt, um ungestörter von dem Tosen da draußen besser hören zu können. Dann sprach er.

„Der Stadtdirektor lebt da unten noch und sendet sogar. Er

sagt, die Kuppel selbst sei nicht geborsten, sie habe sich nur gesenkt. Der Liftschacht habe alles in der Nähe eingesaugt, und jetzt sei er blockiert von den Schaumstoffblöcken aus den Gebäuden, aber die drücken die ausströmende Luft, die er zischen höre, allmählich zusammen. Die Überlebenden legten nun ihre Skuba-Ausrüstung an und seien auf der Suche nach Orten, wo sie einen zweiten Hurrikan überleben könnten, falls der Liftschacht frei werde, aber er fürchte, das Wasser drücke durch Lecks herein, so daß sie von unten her ertrinken müßten. Um dies möglichst zu vermeiden, wünsche er, daß der Liftschacht von oben her geschlossen werde, und schlage vor, ihn zu bombardieren, damit nicht noch weitere Luft entweichen könne."

Ahmed lauschte mit schiefgelegtem Kopf.

„Leute im Wasser", sagte George. „Bomben verursachen zu große Erschütterungen. Wir müssen die Leute herausholen."

„Natürlich", sagte der Polizeipilot. „Haltet nach Leuten Ausschau."

Der Helikopter ging tief herunter und kreuzte über dem Wasser, um nach menschlichen Schwimmern zu suchen, die Hilfe brauchten.

„Da!" Ahmed deutete auf einen rosaschimmernden Arm, einen dunklen Kopf. Sie kehrten um und blieben in der Luft hängen, ließen die Leiter hinab, und die beiden Männer vom Rettungstrupp kletterten hinunter. Sie befestigten um eine junge, nackte, bewußtlose Frau eine Schlinge aus Maschengewebe. Ihr Kopf tauchte ins Wasser und kam wieder heraus, als die Schlinge unter ihr griff, und dann leckten die Wellen an ihren Knien, als sie sich von der Strickleiter aus noch weiter hinabbeugten.

UND JETZT BITTE HERHÖREN, BITTE HERHÖREN, rief eine Lautsprecherstimme dröhnend. ALLE BOOTE IN DIESEM GEBIET KREISEN IN DER UNGLÜCKSZONE UND NEHMEN ÜBERLEBENDE AUF. IN FÜNF MINUTEN ERFOLGT DAS NÄCHSTE SIGNAL, DANN MÜSSEN SICH ALLE BOOTE AUS DER UNMITTELBAREN NÄHE DES LIFTSCHACHTES ENTFERNEN BIS ZU EINEM RADIUS VON FÜNFHUNDERT METERN, UM EINE BOMBARDIERUNG ZU ERMÖGLICHEN. ERWARTEN SIE BITTE DAS SIGNAL. ICH WIEDERHOLE: SIE HABEN FÜNF MINUTEN ZUR SUCHE NACH ÜBERLEBENDEN UND DEREN AUFNAHME.

Ahmed und George riefen dem Piloten „Fertig!“ zu, die Maschendrahtschlinge mit der jungen Frau wurde nach oben gezogen und durch die Ladeluke im Bauch der Maschine eingeholt. Die Luke schloß sich. Sie kletterten tropfend hinein und legten die bewußtlose hübsche Frau zur künstlichen Beatmung zurecht. Sie war sehr kalt, hatte keinen Puls mehr und blutete aus Ohren, Nase und geschlossenen Augen. Sichtbare Brüche oder Schrammen auf der glatten Haut ließen sich nicht erkennen. George versuchte mit sanftem Druck auf den Brustkorb die Atmung wieder in Gang zu bringen; Blut kam aus dem Mund, und das war fast so, als seufze sie. Er drückte wieder, und blutige Tränen quollen aus ihren Augen.

„Gib's auf, sie ist tot“, sagte Ahmed bedrückt.

George stand auf und trat einen Schritt zurück. „Was sollen wir denn tun? Sie wieder hinauswerfen?“

„Nein. Leichen müssen wir ins Krankenhaus bringen. Vorschrift“, sagte der Pilot.

Sie kreisten über der schweren grauen See, der Pilot mußte die Scheibenwischer einschalten. Die junge Frau lag auf dem Boden und berührte fast ihre Füße.

Auf den Wellen schaukelte ein Arm. „Sollen wir's hereinholen?“ fragte George.

„Nein, Stücke müssen wir nicht mitnehmen“, erklärte der Pilot äußerlich gleichmütig. Sie kreisten weiter und flogen über den kleinen Elektrobooten weg, mit denen die Leute zum Fischen draußen waren, als die Kuppel die Luft verlor. Die zum Helikopter hinaufschauenden Gesichter waren blaß.

Die Leiche lag zwischen ihnen auf dem Boden, der Körper war schön und glatt. Als der Kopter in eine Kurve ging, rollte die Leiche, Arme und Beine bewegten sich.

Ahmed setzte sich auf den Sitz des Kopiloten, befestigte den Sicherheitsgurt und lehnte sich nach vorn. Er legte den Kopf in die Hände und konnte die Leiche nicht anschauen. George spähte hinaus auf die Trümmer der auf den Wellen schaukelnden Möbel und anderen Dinge und sah zu, wie Boote der Küstenwacht herankamen und das Wasser absuchten.

Im Helikopter piepte das Radio. Der Pilot schaltete auf Empfang. „Küstenwachtkommando an Polizei-Hubschrauber PB 1005768. Danke für Hilfe. Wir haben nun genug Schiffe der

Küstenwacht und Flugzeuge für eine gründliche Suche hier. Bitte, zieht euch aus der Unglückszone zurück. Bitte, aus der Unglückszone zurückziehen."

„Befehl bestätigt, wir ziehen uns zurück", antwortete der Pilot und schaltete das Radio ab. Er ging auf einen anderen Kanal und sprach mit dem Hauptquartier des Rettungstrupps, drehte vom Unglücksort ab und tuckerte der fernen Küste entgegen.

„Welchen Job habt ihr bei der Polizei?" fragte der Pilot.

George gab keine Antwort.

„Rettung. Aufspüren und Verhüten", antwortete Ahmed. „Vor zehn Minuten waren wir selbst noch in Jersey Dome." Hinter ihnen dröhnten die Bomben, die den Luftschacht abschlossen.

„Das habt ihr aber nicht verhüten können", sagte der Pilot.

Ahmed antwortete nicht.

Dies ist ein Erpresserband. Eine Kopie dieses Bandes wurde jeder der großen Kommunen und Unterstädte des Distriktes New York City zugestellt.

Wir sind verantwortlich für die Zerstörung des Brooklyn Dome. Das war eine Warnung und demonstriert unsere Fähigkeit, zu zerstören. Wir haben in unseren Händen einen Zukunftsspezialisten, dessen Aufgabe es war, Unfallgefahren für den Stadtkomplex durch einfache mechanische und menschliche Schwachstellen vorauszusagen. Er steht unter Drogeneinfluß und arbeitet mit. Wir fragten ihn, wie Brooklyn Dome durch ein einfaches mechanisches Versagen sich selbst vernichten könnte, und er erklärte uns das Wie. Wir sind nun bereit, seine Dienste zu verkaufen. Für jede Frage fordern wir fünfzehntausend Dollar. Wenn Sie fürchten, daß Ihre Gemeinde Feinde hat, dann wäre die logische Frage die: Was und wer kann meine Kommune zerstören, und wie kann ich diesen Angriff verhüten? Wir werden Ihren Feinden die nötigen Antworten geben, wenn Sie bezahlen. Sie könnten fragen, wie Ihre Kommune zu zerstören wäre, während Sie dieses Band abhören. Vergessen Sie Brooklyn Dome nicht. Der angegebene Name mit Adresse ist Ihr persönlicher Kontakt mit uns. Niemand sonst hat diesen Namen. Halten Sie ihn vor der Polizei geheim und bedienen Sie sich seiner, wenn Sie entschlossen sind, zu bezahlen. Verraten Sie Ihren Kontakt der Polizei, so werden Sie sich selbst von unseren Diensten ausschließen; Ihre

Feinde werden mit uns durch andere Namen Kontakt aufnehmen und Methoden kaufen, Sie zu vernichten. Vergessen Sie Brooklyn Dome nicht. Handeln Sie schnell. Unsere Gebühr ist fünfzehntausend Dollar für eine Frage. Der Preis fürs Überleben ist niedrig.

„Jedes Polizeidepartment hat eine Kopie. Soll ich's noch mal abspielen?" Judd Oslow hockte auf untergeschlagenen Beinen auf seinem Schreibtisch wie ein dicker, riesiger Buddha und trank Kaffee.

„Einmal war genug", meinte Ahmed. „Paranoia und Krieg unter den Kommunen. Was glauben diese Irren, mit diesen Bändern bewirken zu können?"

„Geld wollen sie." Judd Oslow trank wieder Kaffee und bemühte sich um absolute Ruhe. „Jeder Kommune im Stadtgebiet ließen sie ein solches Band zukommen, und nur zwei haben das gesamte Band abgeliefert oder zugegeben, es erhalten zu haben. Nur eine gab die Adresse an. Die anderen müssen sie wohl behalten haben und planen, Angriffs- oder Verteidigungsfragen zu stellen."

„Hermageddon", sagte Ahmed.

„George", fragte Judd, „warum willst du deinen Kadaver nicht in Bewegung setzen und Carl Hodges hereinbringen? Diese Idioten können sein Gehirn nicht verkaufen, wenn wir ihn zurückerhalten."

„Du hast George den Job doch erst letzte Nacht gegeben", wandte Ahmed ein. „Fast hatte er ihn heute früh, aber dann wurden wir davon wieder abgezogen, als Brooklyn Dome in die Luft ging, und da mußten wir Carl Hodges' Spur aufgeben, um nach Jersey Dome zu kommen."

„Der Tag ist ja noch nicht ganz zu Ende. George hat mich mit Erfolgen verwöhnt. Ich bin jetzt an sofortigen Erfolg gewöhnt. Komm, George. Carl Hodges, schön verpackt direkt hier in dieses Büro zu liefern."

George schaute ihn aus runden, etwas verwirrten Augen an. „Ich soll doch Leuten helfen. Immer dann, wenn ich Carl Hodges helfen sollte, ist was passiert. Das kann ja gar nicht richtig rauskommen. Vielleicht mag er es, in Schwierigkeiten zu sein. Und überall Leichen! Ich, mit meinem Glück, ich soll helfen?"

„George, schnapp wieder raus. Jetzt ist nicht die Zeit für

pessimistisches Philosophieren. Tu dich mit Ahmed zusammen, hypnotisiere dich selbst und sag mir, wo Carl Hodges ist."

„Und was nützt es?" fragte George und strich müde mit den Händen über den Kopf, eine Geste, die für ihn gar nicht typisch war. „Die Leute von Brooklyn Dome sind ja schon tot. Die von Jersey Dome sind's fast alle. Alle, die je gestorben sind, sind noch immer tot. Milliarden und Billionen von Menschen seit Anbeginn aller Zeiten. Wie wollt ihr die alle retten? Warum sollen nicht noch ein paar mehr sterben? Was macht das schon aus?"

„George, ich will keinen Aufsatz über die Ewigkeit. Für die Ewigkeit ist so ziemlich alles unwichtig. Aber wir leben nicht in der Ewigkeit, wir leben jetzt. Und wir wollen Carl Hodges jetzt."

„Was soll das schon nützen? Mein Rat schafft nur Schwierigkeiten. Ich hab' die Leute von Jersey Dome nicht retten können. Ich war nicht klug genug, zu verstehen, daß sie ihre eigenen Luftschleusen aufbrechen würden. Nein, es war nicht die Panik, es war die Depression. Die Luft hat ihre Ladung verändert. Labortiere handeln unvernünftig, wenn man die Boden-Luft-Statik-Gradiente umkehrt. Ich hätte ..."

„George", schrie Judd, „ich bin an deinem schlechten Gewissen nicht interessiert! Wenn du den Menschen helfen willst, dann beantworte nur eine Frage."

George zuckte vor der Heftigkeit dieses Ausbruches zusammen und blinzelte ihn schielend vor Staunen an. „George?"

„Waaah!" Ahmed trat einen Schritt vor. „Moment mal. George hat's ja schon getan. Die Antwort hat Carl gegeben."

Judd zögerte zwischen zuversichtlicher Vorwärtsbewegung und Rückzug. Er unterbrach sogar eine Geste. Seine Verwirrung erreichte sein Gesicht. „Raus hier, ihr zwei Irren!" schrie er. „Verkocht euren Wahnsinn anderswo! Und wenn ihr Carl Hodges zurückbringt, dann erzählt mir nur ja nicht, wie ihr's geschafft habt!"

„Genau", antwortete Ahmed. „Komm, Carl."

Verwirrt und schuldbewußt folgte George und fand sich schließlich auf einem offenen Gehsteig unter einer Reihe von Ahornbäumen. Der Wind blies heftig, und die Bäume ließen einen Schauer grüner Flügelsamen herabregnen. Er wußte, daß er irgendwie versagt hatte, und konnte sich einfach nicht ausrechnen, wie er wieder an den Ausgangspunkt zurückkehren könne. Er ging zu einer Bank und setzte sich.

„Verstehst du, was da gerade geschehen ist?“ fragte Ahmed.

„Ja.“ Er tastete in seinen Geist hinein und fand Verwirrung. „Nein.“

„Mach die Augen zu. Du scheinst auf einer Bank in einem Park zu sitzen. Das ist eine Illusion. Dort bist du nicht. Wo bist du wirklich?“

George hatte die Augen geschlossen. Die Stimme ging tief in ihn hinein bis zu einer Stelle in seinem Geist, wo es, wie er wußte, in einem Raum einen Gefangenen gab, und das war sein Fehler. Dieses Wissen behagte ihm gar nicht. Besser etwas vorgeben ... Er öffnete die Augen. „Ich will hier im Park sein. Gib vor, daß du echt bist.“ Er bückte sich und berührte ein grünes Kraut zu seinen Füßen und fühlte die winzigen Fiederblätter. „Die Geschichte ist unwichtig. Die Empfindung zählt“, sagte er ernst. „Selbst diese Illusionen sind wirklich, weil sie jetzt geschehen. Wir leben im Jetzt. Die Erinnerung ist unwirklich. Die Vergangenheit existiert nicht. Warum sollten wir wegen der Vergangenheit etwas fühlen oder uns darum sorgen?“

Ahmed rechnete sich aus, daß eine gute Möglichkeit bestand, Carl Hodges könne jetzt durch George sprechen und durch seine Augen in einer Art Flucht sehen. Die Überlegung war fließend, die Worte waren nicht die Georges. Die Wortwahl so konstant wie ein Fingerabdruck.

Also mußte er die sprechende Person Carl Hodges sein.

„Carl Hodges. Willst du von dort wegkommen, wo du jetzt bist, und dich hier in diesen Park legen?“

„Du willst mich vernehmen. Ich sollte nicht sprechen.“

„Ist es denn falsch, Fragen zu beantworten?“

„Ja. Antworten töten. Viele Menschen sind tot. Wie Susanne, sie sind alle tot. Tötet die Trauer einer Person auch andere? Sie sind auch ertrunken und geschwommen. Ich sah ein Mädchen im Wasser ... Verbindung ...?“

George hatte wie im Traum gesprochen, und seine Augen waren groß, rund und blicklos. Jetzt schloß er sie, und jeder Muskel in seinem Gesicht und an seinem Körper spannte sich an wie in Krämpfen großen Schmerzes. Er rutschte von der Bank herab und fiel im weichen Gras auf die Knie. „Holt mich hier raus. Laßt es nicht geschehen sein. Dreht die Zeit um. Löscht mich aus, bevor ich es getan habe." Dieses krampfhafte Zusammenducken – war es Schmerz oder Gebet?

Ahmed beobachtete diese Gestalt, den Ausdruck größten Elends, und kalkulierte rasch: Die schamgetriebene Fluchtsehnsucht aus der Erinnerung konnte benützt werden. Man mußte mit ihr arbeiten.

„Carl, du bist in einem grünen Feld in einem kleinen Park an der East E Avenue und Fifth Street. Das ist eine Zukunftsszene. Zwei Stunden von jetzt an wirst du gerettet und frei sein, ohne Schuldbewußtsein, entspannt, und freust dich, daß du im Freien bist. Wir sind die Polizei, wir bringen dich in einem Lufttaxi weg, in dem wir kommen, dich zu holen. Welche Richtung sollten wir dem Piloten angeben?"

„Amsterdam Avenue und Fifty-third Street Richtung Columbus Avenue, diese zerstörten Blocks, einer der noch guten Keller neben der Mitte des flachen Teils der Ruinen. Zweimal hupen. Danke. Ich glaube, ich kann ein paar von den Jungen zusammenschlagen, wenn ich euch höre, dann komme ich heraus und winke. Landet und holt mich sofort weg."

„Okay", sagte Ahmed, richtete sich auf und trat zurück von der wie im Gebet zusammengekauerten Gestalt.

George nahm die Hände vom Gesicht. „Okay was?" Seine Stimme war wirklich die seine und so wie sonst. Er stand auf und klopfte etwas Grünzeug von seinen Knien.

„Okay, dann wollen wir mal in ein anderes Jungenterritorium einbrechen", sagte Ahmed.

„Wo ist Biggy?" George schaute sich um, als erwarte er, die eigenen Jungen um sich herum zu sehen. „Oh, die sind zu den Kanarischen Inseln. Und die anderen sind in der Sahara. Alle sind gegangen ..." Er schüttelte den Kopf, als wache er eben auf. „Ahmed, was meinst du damit, in ein anderes Jungenterritorium einbrechen? Das ist doch vorbei. Wir sind ja jetzt erwachsen."

„Wir werden diesen entführten Computermann herausholen. Eine gemischte Bande von Halbwüchsigen hält ihn fest in den Ruinen in der Nähe der West Fifty-third Street. Wir wissen, wie wir gegen diese Banden kämpfen müssen."

George wollte nicht seine ganze Vernunft wegschieben. Er setzte sich wieder zurück auf die Bank, schaute sich um in der grünen Behaglichkeit des Parks und rieb sich eine der Schrammen an seinem Arm. „Dann rufen wir doch lieber die Polizei, die sollen's machen."

„Wir sind doch die Polizei, du Dummkopf." Ahmed stand noch immer lächelnd und sicher vor ihm; die alte Gewohnheit des Anführens und seine überlegene Persönlichkeit mußten George zwingen, zu gehorchen. George schaute zu ihm auf, blinzelte in den Himmel und hatte ein Auge halb geschlossen. Seitlich an seinem Gesicht zeigte sich eine Schramme, die von den Haaren fast verdeckt wurde.

„Ahmed, sei nicht so verrückt. Logisches Denken richtet nichts aus gegen Ketten und Schlaghölzer. Ich meine, dein Kopf ist großartig, aber gegen eine Armee Halbwüchsiger braucht man Muskeln, weil die vom Denken nichts verstehen, und hören können sie auch nicht."

„Was dann, wenn sie in den Kellern sind, und wir wollen sie ausheben, bevor sie tiefer runtergehen und Carl Hodges verschleppen können? Womit könnten wir sie denn ins Freie holen, wo ein Helikopter sie mit Gas außer Gefecht setzen könnte?"

George rieb sich geistesabwesend die dunkle Strieme an seinem Gesicht. „Sie kommen raus, wenn jemand auf ihr Territorium kommt, Ahmed. Nicht eine Armee von Cops oder einen Helikopter, das meine ich nicht. Ich meine, wenn ein armer Trottel irgendwo nach einer Abkürzung schaut, und dann kommen sie alle raus und verdreschen ihn."

„Das ist etwas für dich."

„Wie hast du dir das ... Ah, natürlich, so was wie Strategie. Sie kommen raus und wollen mich verdreschen, dann kommt der Kopter und läßt ein Gas ab, und vielleicht ist dann keiner mehr unten, der Carl Hodges umbringt oder ihn verschleppt." George stand auf. „Okay, dann packen wir's."

An der Fifty-third Street kamen sie aus der U-Bahn und liefen miteinander auf dem Gehsteig gegenüber den ausgebombten alten Häusern, von denen da und dort noch eine Fassade stand. In der Ferne ratterte ein Helikopter in der Luft.

„Wir trennen uns jetzt, aber wir bleiben in Verbindung. Stell dein Radio auf Sendung, aber für Empfang schaltest du ab, so daß kein Mensch irgendeinen Ton daraus hört. Der Kopterpilot wird lauschen. Ich gehe um den Block herum und schau' in die Tore und Eingänge, ob es da Ärger gibt. Du gehst hinüber. Wir beide handeln so, als hätten wir einen bestimmten Grund hier zu sein, so etwa, als würde ich nach einer Adresse suchen. Wir sind fremd hier."

„Okay", sagte George. „Ich hab' schon eine Geschichte für sie. Mach dir um mich keine Sorgen." Er bog ab und schlenderte ganz beiläufig um die Ecke, ging über die Straße, an einigen noch stehenden Ruinen vorbei und in den abgetragenen Raum und das Gebiet, das früher einmal ein gepflasterter Hinterhof war. Stufen führten von dort hinab in die Keller der nicht mehr vorhandenen Gebäude. Plattgetretener Schutt und stehende Mauern zeigten an, wo die Gebäude gestanden hatten.

Zwei Treppen führten hinab zu alten Kellertüren; er stand mitten im Hof, ging langsam weiter, studierte den Boden, handelte ein wenig wirr und ungeschickt, weil er auch häufig die Richtung wechselte, ebenso, wie er gehandelt hatte, als er zum letztenmal dort gewesen war.

Die untergehende Sonne warf lange Schatten über das weiße rissige Pflaster. Er wandte sich um und schaute zurück nach seinem eigenen langen Schatten. Da erschien lautlos auf dem Pflaster neben seinem eigenen Schatten ein zweiter, und er erschrak. Er tat einen vorsichtigen Blick zur Seite und sah einen mageren Halbwüchsigen in einer merkwürdigen Aufmachung und mit einem dicken Schlagstock. Der Junge schaute ihn nicht an, sondern weit hinaus, irgendwohin, und spitzte die Lippen, als pfeife er lautlos.

George zuckte wieder zusammen, als ein kleinerer Junge mit glattem blondem Haar hinter einem Stück stehender Mauer hervortrat.

„Ah, wieder da?" fragte der Blonde.

George spürte, wie sich die Schatten anderer hinter ihm sammelten.

George sagte: „Ich suche meine Taschenuhr, die ich verloren hab', als ihr Jungens mich verdroschen habt. Ich meine, die ist wirklich alt und eine Erinnerung an jemanden. Ich muß sie unbedingt finden."

Er schaute auf den Boden und ging immer wieder einen Kreis ab. Um ihn herum war ein Kreis von Füßen; die Füße standen unter Ruinentüren, auf einem Schutthügel, an einem Mauerrest, und die Schlagstöcke waren in den Boden gestemmt, die Besitzer stützten sich darauf. Die Ketten schwangen ein wenig.

„Du mußt ja wirklich blöd sein“, sagte der Anführer. Seine Zähne zeigten sich in einem kleinen Lächeln, das nicht von Freundschaft sprach.

Wo mochte Carl Hodges sein? Da, wo George stand, war der Boden sauber, und vielleicht liefen viele Füße darüber. Die nach unten zu einer Kellertür führende Treppe war ebenso sauber, die Klinke glänzte vom häufigen Gebrauch. Der Anführer war spät gekommen und aus einer unwahrscheinlichen Richtung. Er stand auf einem staubigen Grund, der aus Schutt bestand, der noch nicht von Füßen festgetreten war. Also hatte der Anführer nicht den üblichen Weg benützen wollen, um George abzufangen. Vielleicht war der übliche Weg der durch jene Tür, die George jetzt sah, die so vielbegangen wirkte.

Es war etwa so, als spiele er mit einem versteckten Gegenstand heiß und kalt. Wenn Carl Hodges sich hinter dieser Tür befand, dann ließen die Burschen George bestimmt nicht in ihre Nähe kommen. George schaute verwirrt und ein wenig benommen drein, scharrte mit den Füßen und tat zwei Schritte in diese Richtung. Andere Füße scharrten ebenso, Kleider raschelten, und die Füße um ihn herum tappten näher heran. George blieb stehen, die anderen taten es auch.

Um ihn hatte sich nun ein Kreis bewaffneter Halbwüchsiger geschlossen. Zwei standen fast zwischen ihm und den Stufen. Der Hubschrauber ratterte noch immer etwas weiter weg und umkreiste die Blocks. George wußte, sobald er klar sprach, schrie oder um Hilfe rief, war innerhalb von Sekunden der Pilot über ihm.

Der Blonde rührte sich nicht, er fletschte nur die Zähne in einem gespielten Lächeln, studierte George und musterte ihn von oben bis unten mit der Miene eines Wissenschaftlers, der im Zoo einen alten Gorilla sieht.

„Ich hab' dir was Wichtiges zu sagen“, wandte sich George an ihn, aber keiner wollte auf ihn hören.

„Ist eine Affenschande“, meinte der Blonde zu den anderen. „Der ist ja schon ganz blöd. Ich meine, wenn wir dem mal das Gehirn ein bißchen aufmischen, merkt er's gar nicht, wenn's weg ist.“

George wandte sich dem Anführer zu und tat wieder einen kleinen Schritt zur Tür hin, und sofort hörte er das Scharren der Füße, das immer näher an ihn heranrückte. Nun bewegte er sich nicht mehr, sie taten es auch nicht. Also hatten sie hinter der Tür etwas, das er nicht sehen sollte. Sie wollten Fremde davon fernhalten. „Schaut mal", sagte George, „wenn ihr meine verlorene Uhr findet, und ihr gebt sie mir wieder zurück, dann sag' ich euch etwas, das ihr eigentlich wissen müßt."

Wenn er nur lange und wirr genug redete, dann kam jedes Bandenmitglied mit Sicherheit heraus, um zu hören, was da gesprochen wurde. Und dann waren sie alle im Freien. Der Helikopter war für Aufstände bewaffnet, er konnte Schlafgas versprühen und alle einsammeln.

Er spürte den Schlag nicht einmal. Plötzlich war er auf den Knien, ein purpurner Nebel hing vor seinen Augen. Er versuchte aufzustehen und fiel seitlich um, genau in der Stellung mit angezogenen Knien. Er wußte, daß er nicht atmete.

Konnte ein Karate-Nackenschlag das Atemzentrum lähmen? Was hatte der Lehrer gesagt? Seine Lungen zogen sich zusammen und preßten pfeifend Luft aus, konnten aber keine neue aufnehmen. Also mußte es wohl ein Stoß in den Solarplexus gewesen sein, vielleicht mit einem Stock. Aber wie war es dann möglich, daß er den Stock nicht gesehen hatte? Der Purpurnebel wurde zu wirbelnden schwarzen Punkten. Jetzt konnte er nichts mehr sehen.

„Was wollte der erzählen?"

„Frag ihn doch."

„Trottel, der kann doch nicht antworten. Nicht mal grunzen kann er. Da müßt ihr schon warten."

„Mir macht Warten nichts aus", sagte die Stimme dessen mit der Kette. George hörte die Kette klirren und pfeifen und gegen etwas klatschen und überlegte, ob sie vielleicht ihn getroffen haben könnte. Nichts in seinem Körper registrierte mehr etwas als nur einen brennenden Lufthunger.

„Ah, du wolltest sicher nicht widerrechtlich auf unser Territorium kommen", sagte eine Stimme. „Wir wollten dir nur gerade ein bißchen Respekt beibringen. Du kannst auf den freien öffentlichen Gehsteigen bleiben, aber in anderer Leute Königreich dringst du nicht ein. Jedenfalls nicht, solange sie dich nicht dazu einladen." Die Kette pfiff und klatschte wieder.

George versuchte zu atmen, aber die Anstrengung verknotete seine Brust nur noch mehr und preßte den letzten Rest Luft aus seinen Lungen.

Es ist eine ganz verzweifelte Sache, wenn die Lungen gegen einen arbeiten. Der Knoten in der Lunge hielt noch eine Sekunde an, dann lockerte er sich allmählich. Keuchend sog er die kalte Luft ein, dann noch einmal. Die Luft erschien ihm wie Lichtwellen, die seine Blindheit zerteilten und ihm Arme und Beine wieder zu Bewußtsein brachten. Er streckte seine angezogenen Knie und lag auf dem Rücken, atmete tief durch und lauschte den Geräuschen rundum.

Der Helikopter surrte ein wenig weiter weg. Der Pilot lauscht jetzt, dachte er, aber er weiß nicht, daß ich in Schwierigkeiten bin.

Dann hörte er ein Schnappen und zischenden Atem, als unternehme jemand eine sehr große Anstrengung. Plötzlich rollte er sich auf die Seite und bedeckte sein Gesicht. Die Kette traf dort, wo er gelegen hatte. Er zog beide Füße unter sich, und zum erstenmal sah er den Kreis der Gesichter Halbwüchsiger, die ihn geschlagen und verhöhnt hatten, als er den Betrunkenen gespielt hatte und ihnen vormachte, er sei Carl Hodges und nur in verbotenes Gebiet gestolpert. Er hatte da Carl Hodges' Handlungen nachvollzogen, doch er war nicht sicher gewesen, ob es auch wirkte. Er war sicher, daß sich Carl Hodges hier in der Nähe befand, einen Beweis dafür hatte er freilich nicht und keinen Grund zu einem scharfen Protest, als sie ihn dafür bestraften, daß er ihre Grenzen überschritt. Die Gesichter waren die gleichen – jung und kalt, einige fühlten sich unbehaglich, weil sie einen Erwachsenen bestraften, bezogen aber ihren Mut von den anderen. Diese Halbwüchsigen waren in allen Größen und den Kostümen vieler Kommunen da, aber hier fehlte die Kameradschaft, die sonst bei diesen Gruppen herrschte, und ein Rest von Gutmütigkeit, der ebenso üblich war.

„Ich war auch mal in einer solchen Bande wie ihr seid", sagte er rasch, um den Radiopartner zu unterrichten. „Ich hab' gedacht, mich würdet ihr nicht anspringen. Ich bin doch nicht hergekommen, um verdroschen zu werden. Ich wollte doch nur meine alte Uhr und euch was erzählen."

Den Satz beendete er mit einem raschen seitlichen Sprung,

aber die schwingende Kette traf ihn und ließ eine Reihe blutunterlaufener Stellen um Rippen, Brust und Arme zurück. Der Magnet am Ende klirrte und hing dann an einer Kettenschlinge fest. Der Kettenbesitzer zerrte heftig am Griff, die Metallklumpen wurden zu Zähnen, und die Kette spannte sich wie ein Seil. George taumelte, richtete sich wieder auf, und die Kettenglieder hatten sich in ihm festgebissen.

Er stand sehr still da. „He", sagte er leise, „das ist aber nicht nett von euch."

„Dann sag doch, was du uns sagen willst." Der Kreis der Halbwüchsigen wollte unbedingt die Information bekommen.

„Ein Freund von mir", sagte George, „hat die Schrammen, die ich neulich hier bezogen habe, gesehen und daraus geschlossen, daß ihr hier was Wichtiges habt, das ihr vor mir verstecken wollt. Er hat sich ausgerechnet, daß ihr den vermißten Computermann habt. Der eine, der Brooklyn Dome in die Luft geblasen hat. Für den ist eine Belohnung ausgesetzt."

Die ihn umgebende Gruppe durchlief ein sichtbarer Schock, aber der Blonde brauchte keine Zeit, die Drohung darin zu verstehen. Er machte eine befehlende Geste. „Drei von euch suchen die Straßen ab. Vielleicht hat er noch einen mitgebracht." Drei rannten in verschiedene Richtungen fast lautlos davon.

„Ich hab' euch ja nur einen Gefallen getan, wenn ich auch erzähle, was die Leute so sagen", bemerkte George ein bißchen dümmlich. „Und ihr tut mir jetzt auch einen Gefallen und helft mir, daß ich meine Uhr zurückkriege."

„Gefallen?" schrie der große Bursche mit der Kette, der so unproportioniert aussah. „Einen Gefallen? Du blöder Hund, du hättest deine Klappe halten sollen." Er riß heftig an der Kette, damit sie noch stärker in sein Fleisch biß.

Aber George hatte nun vor Zorn die Brust vorgewölbt. Er stand noch immer still und anscheinend schwach und wirr da, beobachtete aber seinen Peiniger genau, und sein Haß wuchs. Dann beugte er sich vor, schlug den mit der Kette zusammen, überrollte dessen Gestalt und rollte drei kleine Betonstufen weiter, so daß sich die Kette hinter ihm abwickelte. Er kam auf ein Knie und griff nach der Kette als Waffe. Sie war mehr als zwei Meter lang und hatte an jedem Ende einen Handgriff. Eine schwere Kette ist in der Hand eines starken Mannes eine schreckliche Waffe. Wäre sie im Moment des Impulses hinter ihm gewesen, so hätte er sie kreisen lassen und alle zusammen wie Gras niedergemäht. So sammelte er sie rasch in Schlingen, musterte diese merkwürdig gekleideten Halbwüchsigen und suchte sich sein Ziel aus. Sein Tempo war so, daß sich ihm keiner entgegenstellen konnte, seine Bewegungen waren so geschmeidig, daß sie nicht einmal schnell wirkten. Er schwang die Kette nach hinten, so hoch wie möglich, bog seinen Körper zurück, so daß jeder Muskel angespannt war, grunzte vor Anstrengung, ignorierte zwei Schlagstöcke, die auf seine Schultern knallten, und brachte mit der unbändigen Kraft seines Zornes die Kette nach vorne. Die ganze Bande spritzte nach allen Richtungen auseinander, und die Kette beschrieb ihren Todeskreis dort in der Luft, wo sie gewesen waren.

„Blöde Punks", keuchte George, denn die Anstrengung hatte ihm zugesetzt. „Und die wollen Brüder sein? Die wissen ja gar nicht, was Freundschaft ist. Und gescheit wollen sie sein und haben keine Ahnung . . ."

Er ließ die Kette ausschwingen und auf den Boden gleiten, wickelte sie dann um seinen Arm und nahm eine mörderische Schlinge in die Hand. Die Sonne war untergegangen, in den Ecken sammelte sich die Dunkelheit, es war kaum noch etwas zu sehen. George wehrte einen geworfenen Stock mit der Kette ab und packte mit der anderen Hand einen Schlagstock. Etwas pfiff an ihm vorbei und klirrte an eine Mauer, vielleicht ein Messer. Der Anführer würde schon feststellen, daß George zuviel wußte und die Bande ihn deshalb umbringen mußte. Der Bursche war logisch und erbarmungslos, und das Leben eines Fremden war viel weniger wert als die Millionen, die er zu gewinnen hoffte, wenn er die Antworten des Computermannes verkaufte.

„Carl Hodges!" brüllte George. „Freunde, Freunde! Ich brauche Hilfe! Computermann Carl Hodges, komm raus, komm raus! Freunde, ich brauche Hilfe!" Wenigstens diesen Hilferuf würde der Mann im Hubschrauber hören und schnell herankommen. Die Bande würde nur hören, daß er Carl Hodges' Namen rief und konnte gar nicht sicher sein, ob die Polizei in Reichweite war.

Die Kellertür zitterte zweimal von einem schweren Schlag, dann krachte sie, die rostigen Angeln gaben nach, die Tür fiel auf die Stufen. Ein Mann stürzte nach, kletterte über die Tür und die Stufen hinauf, ohne sich aufzurichten. Er kletterte auf allen vieren.

Erst oben an der Treppe stand er auf. Er war mager, wurde schon etwas kahl, sah drahtig und kaum mittelgroß aus, jedenfalls ganz anders als George dem Gesicht und der Gestalt nach, aber der Eindruck, diesen Mann ein Leben lang zu kennen, war überwältigend. Sein eigenes Gesicht sah ihm in dem des Fremden entgegen.

George reichte ihm einen vom Boden aufgehobenen Schlagstock. „Rückendeckung. Die wollen dich lebend wieder kriegen, mich nicht." Langsam drehte er sich um, spähte in die Dunkelheit und lauschte. Alles war still. Irgendwo in einiger Entfernung lauerten die Burschen entlang den Wegen, die George für seine Flucht benützen würde.

George schaute zurück nach Carl Hodges und sah, daß der magere Computermann Georges Erscheinung mit Falten der Verblüffung zwischen den Brauen musterte. Er glaubte in einen Spiegel zu schauen.

„Hallo, da bin ich", sagte George.

„Hallo, da bin ich", sagte auch der Mann. „Bist du ein Computermann? Wenn ich zu meinem Job zurückgehe, willst du dann Stadtschach mit mir spielen? Vielleicht könntest du in meiner Abteilung einen Job kriegen."

„Nein, Kumpel, wir sind wir, aber ich spiele nicht Stadtschach. Ich bin anders als du."

„Warum dann . . ." Carl Hodges duckte sich vor einem heranfliegenden Schlagstock, der auf den Beton klapperte. *Warum habe ich dann diesen Eindruck, daß wir beide dieselbe Person sind?* dachte er.

„Wir haben ein emphathisches Bindeglied in uns", erklärte George. „Ich denke anders als du. Ich fühle nur das, was du fühlst."

„Dann möge Gott jedem helfen, der so fühlt wie ich", sagte Hodges. „Ich sehe ein paar Burschen auf meiner Seite herankommen."

„Wehr sie ab. Rücken an Rücken. Wir brauchen nur ein bißchen Zeit." George wandte sich wieder von ihm ab, durchsuchte die Winkel mit den Augen und machte sich für eine blitzschnelle Reaktion bereit. „Ja, wie du dich fühlst ... So schlimm ist es auch wieder nicht. Ich komme drüber weg."

„Bin ich schon", sagte Carl Hodges. „Und wie ich drüber wegkam? Ich fühle ... ich meine, ich habe einen Grund dafür ... Ich war betrunken, und da ist's passiert. Wie soll ich darüber wegkommen?" Seine Stimme klang manchmal angestrengt und vom Keuchen unterbrochen; verschiedene Gegenstände flogen vorbei, wurden von ihnen abgelenkt oder verfehlten ihr Ziel und trafen die Mauern oder den Betonboden.

Rücken an Rücken standen sie, es regnete Ziegelsteine, Stöcke und Glitzerdinger, von denen George hoffe, daß es keine Messer waren. „Wenn wir nicht genau aufpassen, erwischen sie uns, und das ist eine Möglichkeit", sagte George. Ein Stock kam geflogen und traf George am Ohr, als er ihn mit seinem Schlagstock abwehrte. Die Angreifer rückten vor und standen wie dunkle Schatten im Dämmerlicht vor den Mauern. Einer der Schatten hob einen klappernd auf dem Boden gelandeten Stock auf und warf ihn erneut.

„Autsch", rief Carl Hodges. „Duck dich." Beide duckten sich, und ein geworfenes Netz flog vorbei. „Wir kämpfen gut miteinander. Wir müssen mal eine andere Bande gemeinsam bekämpfen. Was meinst du?" fragte seine spröde Stimme. „Au, verdammt noch mal."

Der Größte griff George an, doch der hielt ihm den Schlagstock entgegen, so daß der Feind abgelenkt wurde. Als er an ihm vorbeiflog, versuchte er ihm ein Bein zu stellen, verfehlte ihn aber, doch er sah, daß Carl ihm einen Stock zwischen die Beine geworfen hatte. Mit dem Gesicht voran ging der Bursche zu Boden und rollte sich außer Reichweite.

„Gut gemacht!" Ein paar neue und heftige Schläge auf Kopf und Schultern erinnerten George daran, daß er besser auf seine Seite achten mußte. Leicht benommen wirbelte er herum und holte mit beiden Armen zu einem kräftigen Schlag aus; zweimal spürte er den Aufprall, und mit einem zufriedenen Knurren schlug er einen Angreifer nieder.

Und da kam drohend brummend und mit einem heftigen Luftschwall von den Rotoren der Polizeihubschrauber über eine Mauer, ging tief herunter wie eine Eule, die ein Mäusenest erspäht hat, und versprühte eine weiße Gaswolke.

George holte noch einmal tief Atem, ehe die Wolke ihn erreichte. Neben ihm erwischte Carl Hodges ziemlich verblüfft eine ordentliche Portion der Wolke und ging so plötzlich zu Boden, als habe ihn ein Schlagstock voll getroffen.

George hielt den Atem an, stand breitbeinig über ihm und spähte wachsam durch den Nebel auf Gestalten, die noch aufrecht und in Bewegung zu sein schienen. Die meisten der Burschen waren entweder davongerannt oder lagen platt am Boden. Wer oder was waren diese Gestalten? Achtzehn Sekunden lang hielt er den Atem an. Das ging noch. Normalerweise konnte er sogar zwei Minuten schaffen. Er versuchte durch die weißen Wolken zu schauen, der Hubschrauber kreiste, die Spirale wurde weiter und legte eine Gaswolke auf alle aus dem Zentrum des Gebietes an die Ränder rennenden Mäuse.

Plötzlich waren die Schatten neben ihm und rannten ihn förmlich um, so daß er ein paar Meter weiter auf dem Rücken über den sandigen Beton rutschte. Er grunzte erstaunt, hielt aber noch den Atem an, rollte sich ab, kam auf die Füße und griff an.

Carl Hodges war weg. George sah im weißen Nebel voraus Bewegung, hörte Füße rennen auf Beton und hohlem Holz, und diesen Geräuschen rannte er nach. Halb rutschte, halb fiel er die Betonstufen hinab, über die Holztür am Boden, in einen Korridor, sah voraus eine Bewegung und hörte, wie eine Schranktür zuschlug. Noch immer hielt er den Atem an, tastete sich weiter, öffnete die Tür, sah geborstene Mauern mit einer Öffnung, roch Zement und Kellerzugluft und war mit einem Satz über einen Haufen uralter Reisigbesen im Freien.

Hier konnte er atmen. Das tat er. Das gleißende Licht einer starken Taschenlampe blitzte auf und blendete ihn aus einem knappen Meter Entfernung. „Ich hab' eine Waffe auf dich gerichtet“, sagte der Blonde. „Nach links und in die Richtung gehen, die ich sage. Eigentlich sollte ich dich ja gleich hier fertigmachen, und keiner würde deine Leiche finden, also versuch mal, mich bei guter Laune zu halten.“

„Wo ist Carl Hodges?“ fragte George und hatte die Hände erhoben. Die Taschenlampe warf seinen Schatten groß und schwankend vor ihn auf die engen Mauern.

„Wir gehen alle miteinander runter ins Loch. Jetzt links.“ Die Stimme klang sehr merkwürdig.

George schaute zurück und sah, daß der kleine Blonde eine Gasmaske trug. Als er Atem holte, um zu fragen, warum, rollte der weiße Nebel aus einer Spalte im Nachthimmel über ihnen herab. Er roch muffig feucht und leicht nach Alkohol.

„Weitergehen“, mahnte der Bursche und fuchtelte mit einer Pistole herum. George bog nach links und überlegte, was passieren würde, wenn man den weißen Nebel einatmete. Ein ereignisreicher Tag, eine ausgefüllte Nacht. Ein Erlebnis symbolischer Einsicht wurde oft von Leuten berichtet, die vom Antiaufruhrgas der Polizei zu Boden geschickt worden waren. Was hatte der Tag zu bedeuten? Warum mußten solche Dinge passieren?

George floß aus seinem Körper heraus und schwamm von seinem Körper befreit über die Stadt, und da sah er einen ungeheuren Geist von unfaßbarer Vielfalt und bitterer Logik, der über der Stadt brütete und auch in ihrer Zukunft lebte. George sprach zu ihm, wenn auch nicht durch Worte. „Ahmed bedient sich der Weltsicht seiner Großmutter, der Zigeunerin. Er glaubt, daß du das Schicksal bist. Er glaubt, du hast Absichten und Pläne.“

Der Geist lachte und dachte: *Die Räder der Zeit knarren und gehen schwer. Kein Raum zwischen Gang und Gang, um ihn zu wechseln. Es gibt eine Zukunft, sie ist logisch und unveränderlich. Kein Platz für Veränderungen in der Logik. Wenn alles zusammenläuft, muß es zur selben Schlußszene kommen. Die Stadt ist eine Notwendigkeit. Die Zukunft ist schon gebaut. Das Getriebe bewegt sich ihr entgegen. Ich bin das Schicksal.*

George dachte einen sonderbaren Einwand. „Die Vergangenheit kann sich verändern. So kann sich alles, was aus der Vergangenheit zusammenläuft, verändern.“

Aus der Luft kam ein lauter Klageruf. Der ungeheure Geist, der über der Stadt brütete, verschwand vernichtet und immer weniger erkennbar werdend ins Nichts, unerschaffen, niemals wahr, wie die irre Hexe aus dem Westen, über die jemand einen Eimer Wasser goß und den gleichen in der Ferne verjammernden Laut zurückließ. „Aber all meine Unheile, die Logik, die Logik . . .“

„Keine Arithmetik“, sagte George bestimmt. „Wenn du die Zukunft sehen kannst, dann kannst du sie auch verändern. Kannst du die Vergangenheit nicht sehen, so kann sie sich aus sich heraus verändern und irgend etwas sein. Zweimal dasselbe gibt es nicht.“

Alle kristallisierten Visionen der Stadt und der Zukunft zerbrachen und lösten sich auf in weißen Nebel, einen kreativen Nebel, der vom bloßen Gedanken in jede Form gebracht werden konnte. George stand im Mittelpunkt der Schöpfung und fühlte sich sehr dumm. Wieder führten sie ihn in Versuchung, wollten ihn in das bürokratische Spiel von Regeln und Unfreiheit hineinbringen. „Nein", sagte er. „Ich sperre niemanden ein mit meinen Ideen. Sie sollen sich ihre eigene Vergangenheit aussuchen."

Er kam wieder zu Bewußtsein und lag auf dem Boden eines sehr kleinen Raumes. Der Blonde saß ihm gegenüber auf einem Bett und hielt seine Waffe auf ihn gerichtet.

„Sie haben Carl Hodges wieder gekriegt", sagte der, „und du hast alles ruiniert. Vielleicht bist du ein Cop. Ich weiß nicht. Vielleicht sollte ich dich umlegen."

„Ich hatte eben einen wilden Traum", sagte George und hob den Kopf, bewegte sich aber sonst nicht, weil er nicht erschossen werden wollte. „Ich träumte, ich hätte mit dem Schicksal von New York City gesprochen. Und ich sagte dem Schicksal, daß sich die Zukunft jederzeit ändern kann, ebenso wie die Vergangenheit, die sich auch ändern kann. Am Anfang war die Mitte, sagte ich. Und das Schicksal begann zu weinen und zu jammern und verschwand. Ich meine, kein Schicksal mehr. Einfach verschwunden."

Es entstand eine lange Pause, der Blonde hielt die Pistole immer auf Georges Gesicht gerichtet und starrte ihn darüber hinweg an. Er versuchte, ein böses Gesicht zu machen, dann bekam aber seine Neugier die Oberhand. Im Grunde war er ein Intellektueller, wenn auch noch ein ganz junger, und Neugier bedeutete ihm mehr als Liebe oder Haß. „Was meinst du? Die Vergangenheit ist veränderbar? Du kannst sie verändern?"

„Ich meine, wir wissen nicht, was genau in der Vergangenheit passiert ist. Ist ja sowieso vorbei und nicht mehr wirklich. Also können wir sagen, alles ist geschehen, was wir wünschen, daß geschehen sein soll. Wenn eine Vergangenheit einem Ärger bereitet, können wir sie verändern, indem wir schweigen, und alles wird sich wieder geradebiegen. Wie zum Beispiel, daß wir uns hier und jetzt, ausgerechnet hier und jetzt, begegnet sind. Nichts sonst ist geschehen."

„Oh ..." Der Junge legte die Pistole weg und dachte darüber

nach. „Freut mich, dich kennengelernt zu haben. Ich heiße Larry.“

„Und ich George.“ Er machte es sich auf dem Boden etwas bequemer, vermied aber jede abrupte Bewegung.

Sie hatten eine lange philosophische Diskussion, während Larry darauf wartete, daß die Polizei draußen ihre Suche abschloß und ging. Manchmal nahm Larry wieder die Pistole heraus und zielte damit auf George, aber meistens diskutierten sie nur und tauschten Geschichten aus, ohne eine Vergangenheit zu akzeptieren.

Larry war ernst und überzeugend, als er George einreden wollte, die Welt habe zu viele Techniker. „Die wissen ja gar nicht mehr, wie sie Mensch sein sollen. Sie lesen davon, daß sie Tarzan sind, schauen sich alte Filme an, stellen sich vor, sie seien Humphrey Bogart und James Bond, aber in Wirklichkeit bringen sie gerade noch den Mut auf, darüber zu lesen und ein bißchen zu studieren. Auf die Art verdienen sie Geld, sie bauen immer noch mehr Geräte und technisches Spielzeug, und sie bauen Computer, die ihnen das Denken abnehmen. Das ist dann alles, was sie sich vom Leben je erhofft haben, was sie aus ihm herausholen. Sie geben all den Leuten eine Pension, die in den Wald hinaus oder surfen wollen, statt im Haus zu bleiben und Knöpfe zu drücken, und die Surfer, die Inselbewohner und Waldläufer nennen sie Schnorrer und sorgen dafür, daß sie sterilisiert werden und keine Kinder bekommen. Das ist Geburtenkontrolle. Alle echten Menschen bringen sie um. Die Rasse sinkt ab zu Zwangsknöpfedrückern, und sie vergessen, wie das Leben ist.“

Das war gut gesprochen. George fühlte sich etwas unbehaglich, weil es so richtig klang, und er war überzeugt, auch der klügste Mann könne diesen Killertyp nicht widerlegen, doch er versuchte es.

„Könnte nicht einer, der wirklich Kinder haben will, genug Geld verdienen, daß er für sich eine Zuchterlaubnis bekommt und eine Operation für seine Frau?“

„Es gibt ja nicht mehr viele Jobs. Die paar noch übrigen sind lauter Knopfdrückerjobs, und dafür hat man dann zwanzig Jahre lang zu studieren, damit man die richtigen Knöpfe drückt. Sie planen, alle zu sterilisieren, die keine Knopfdrücker sind.“

Dazu hatte George nichts zu sagen. Es klang vernünftig, aber seine eigene Erfahrung paßte dazu nicht. „Ich bin nicht sterilisiert, Larry, und ein Dummkopf bin ich auch. Über die sechste Klasse bin ich nie rausgekommen."

„Wann ist dein Kindergeld ausgelaufen?"

„Letztes Jahr."

„Also kein freies Essen und Wohnen mehr. Was ist mit deiner Familie? Wirst du von der unterstützt?"

„Keine Familie. Waise. Ich hab' viele gute Freunde, aber die haben ihre Pension genommen und sind weg. Bis auf einen. Der hat einen Job."

„Aber du hast noch nicht für die Pension arbeitsloser Jugendlicher eingegeben?"

„Nein. Ich wollte in der Stadt bleiben. Ich wollte nicht raus. Ich dachte mir, ich könnte doch einen Job kriegen."

„Lachhaft. Da gehört viel Glück dazu, einen Job zu kriegen, George. Wie willst du denn essen?"

„Manchmal helfe ich in den Kommunen aus, dann bekomme ich zu essen. In den Bruderschaftskommunen mag mich in der Regel jeder." George rutschte unbehaglich auf dem Boden herum und setzte sich schließlich auf. Das war ja fast gelogen. Er hatte jetzt einen Job, aber über den Rettungstrupp wollte er ganz bestimmt nicht reden, weil Larry ihn dann vielleicht einen Cop heißen und erschießen würde. Oder es wenigstens versuchte. „Aber ich schnorre kein Essen."

„Wann hast du zuletzt richtig gegessen?"

„Ich bin nicht sehr hungrig. Einmal hatte ich zwei Tage lang nichts. Ich bin gesund."

Der Junge hockte im Schneidersitz auf dem Bett und lachte. „Ja, richtig gesund! Du hast Muskeln am ganzen Körper, von einem Ohr zum andern. Du willst also versuchen, das System zu schlagen! Dabei wurde das System doch geschaffen, um Muskelmänner, wie du einer bist, auszurotten. Wenn du Wohlfahrt beantragst, sterilisieren sie dich. Wenn du die Pension für Arbeitsunfähige annimmst, sterilisieren sie dich. Wenn man dich beim Betteln erwischt, sterilisieren sie dich. Das Geld kriegt früher oder später ja doch alle Muskelprotzen und wird dich auch kriegen. Ich wette, wenn du Hunger hast, denkst du an die Flasche Wein und die Riesenmahlzeit, die sie dir in der Sterilitätsklinik geben. Du denkst an die Chance, daß du die Million gewinnst, wenn dir die Operation die richtige Tätowierungsnummer für die Lotterie gibt?"

Darauf antwortete George nicht.

„Vielleicht weißt du's nicht, aber deine Arbeitslosenpension sammelt sich an; für jede Woche, die du sie nicht beanspruchst, wird die Hälfte zurückgelegt. Fast ein Jahr, sagst du, ist's bei dir? Mensch, wenn sich's hoch genug angesammelt hat, gehst du hin, beantragst die Auszahlung, läßt dich sterilisieren und in die Wohlfahrtsdocks rausschicken, wie's die anderen auch tun."

„Ich nicht."

„Und warum nicht?"

Auch darauf gab George keine Antwort. Nach einer Weile sagte er: „Willst du dich denn sterilisieren lassen?"

Larry lachte. Er hatte ein Fuchsgesicht und große Ohren. „Unwahrscheinlich. Für einen schlauen Burschen gibt's genug Möglichkeiten, das System zu umgehen. Meine Nachkommen werden da sein, wenn die Sonne kälter wird und wir Antriebe auf der Erde installieren, um uns eine neue Sonne zu suchen. Meine Nachkommen werden auf den Lichtwellen im Raum reiten. Keiner wird mich auslöschen, keiner wird sie zu Knopfdrückern machen."

„Okay, das verstehe ich." George stand auf und tat zwei Schritte hin und zwei zurück, weil der Raum nicht mehr erlaubte. „Für wen arbeitest du, Larry? Über wen weinst du? Über Menschen, die sich bestechen lassen, sich ihre Nachkommen wegnehmen lassen? Die sind anders als du. Haben sie den Mut, etwas zu wagen? Sind sie's wert, daß man dir vor Gericht das Gehirn aus dem Kopf wischt? Wegen der Geschichte – ja, da hast du wohl recht. Ich gehöre zu denen, die sich die Techniker gern vom Hals schaffen würden. Du bist selbst ein Technikertyp. Warum willst du keiner werden und aufhören, Schwierigkeiten zu machen?"

Am Ende des Raumes blieb George stehen und schaute die Wand an. Seine Fäuste waren geballt. „Junge, Junge, weißt du überhaupt, welchen Ärger du machst?"

„Das seh' ich am Fernsehen", antwortete Larry.

„Das sind echte Menschen, die du umbringst." George schaute immer noch die Wand an. „Diesen Nachmittag hab' ich einem Mädchen künstliche Atmung verpaßt. Sie hat aus den Augen geblutet." Seine Stimme klang belegt und wie verknotet. An seinen Armen wölbten sich dicke Muskeln, und die Knöchel an seinen Fäusten wurden weiß, während er sprach. „Sie war tot, das haben sie mir gesagt. Sie sah sonst aus, als sei sie in Ordnung, bis auf die Augen. Ich glaube, ich hab's nur deshalb nicht begriffen, weil ich dumm bin." Er drehte sich zu Larry um, und in seinen Augen glitzerten Tränen und ein bißchen Wahnsinn. Er schaute sich in dem winzigen Raum um und suchte nach einer Waffe.

Larry zog wieder seine Pistole heraus und richtete sie auf George. Eiligst sprang er vom Bett auf. „Oh, oh, die Vergangenheit ist wieder wirklich geworden. Höchste Zeit für mich, daß ich gehe!" Die eine Hand zielte mit der Pistole ruhig auf Georges Gesicht, mit der anderen Hand schlang Larry die Gasmaske um seinen Hals und setzte eine schwarze Brille auf. „Halt still, George. Du willst sicher kein Loch durch dein Gesicht kriegen. Wenn du gegen mich kämpfst – für wen arbeitest du? Nicht für Leute, zu denen du eigentlich gehörst. Denk nach, Mensch." Er ging rückwärts zur Tür. George wandte sich um, schaute ihn an, die Hände hatte er angriffsbereit, die Augen glitzerten in animalischer Wachheit.

Larry zog sich zurück in den dunklen Gang. „Komm nicht nach. Du willst mir ja gar nicht folgen. Diese Waffe hat ein Infrazielgerät und schießt im Dunkeln. Wenn du deinen Kopf durch die Tür schiebst, könnt' ich ihn dir abschießen. Du bleibst zehn Minuten hier stehen und machst keinen Ärger. Das Ding hat einen Schalldämpfer. Wenn ich dich erschießen muß, kriegst du keine Medaille dafür, daß du ein toter Held bist. Keiner wird's erfahren."

Der kleine Blonde ging rückwärts den dunklen Korridor entlang und verschwand.

George stand noch geduckt da, doch er schüttelte den Kopf wie ein Mann, der versucht, etwas abzuschütteln, das ihm über die Augen gerutscht ist.

Er hörte, daß Larry ein ganzes Stück weiter gegen etwas knallte.

„Hab' ich's doch gewußt", sagte eine Stimme von der Decke oben. Ahmed ließ sich aus einem Loch herab, hing eine Weile an beiden Armen und ließ sich fallen. Wie eine Katze landete er weich und lautlos. Er war groß und rußig und voll Schmutz und Spinnweben, aber er lachte, und seine Zähne blitzten weiß in einem sehr dunklen Gesicht. „Du hast eben die Gelegenheit verpaßt, eine Medaille zu kriegen – als toter Held natürlich. Ich dachte schon, du würdest versuchen, ihn umzubringen."

Er stellte sein Armbandgerät ein, steckte einen Stöpsel in ein Ohr und sprach in sein Armmikrophon. „Ist unterwegs, geht vom Zentrum aus in einem Kellerkorridor nach Westen, trägt Gasmaske und Infrarotschutzbrille, ist bewaffnet und gefährlich. Er ist der Anführer, also gebt euch Mühe, Kumpels."

George setzte sich auf die Bettkante und schwitzte. „Manchmal werd' ich wirklich verrückt. Fast hätte ich ihn umzubringen versucht. Vielleicht hat er recht mit dem, was er gesagt hat."

Ahmed nahm den Stöpsel aus dem Ohr. „Ich hab' dir zugehört, Junge. Sehr interessante philosophische Diskussion, die ihr da geführt habt. Und ich hätte eigentlich immer niesen müssen. Wie ist das möglich, daß du heute so philosophisch wirst, und mich verprügelt man nur? Das ist doch glatt verkehrt."

„Ahmed, du bist der Gescheite", sagte George langsam und akzeptierte die Tatsache, daß man ihn beschützt hatte. „Danke fürs Aufpassen." Er schaute nachdenklich seine Fäuste an, als bereite ihm eine Idee noch immer Sorgen. „Wie kommt's eigentlich, daß alles so vernünftig klang, was der Bursche gesagt hat?"

„Hat's ja gar nicht", antwortete Ahmed ungeduldig. „Du warst vernünftig."

„Aber Larry sagte, die Techs löschen alle Nichttechs aus."

„Vielleicht tun sie das, aber sie bringen keinen um. Die Burschen töten."

George drückte seine Hände aneinander und fühlte, daß sie schweißnaß waren. Er wischte sie an seinem Hemd ab. „Fast hätte ich ihn umgebracht. Aber das, was er sagte, hat sich richtig angehört. Er redete davon, wie die Dinge sind und wie sie sein werden. Vom Schicksal."

„Töten ist nicht philosophisch", sagte Ahmed. „Du bist müde, George. Nimm's leicht, das war ein langer Tag für uns."

Sie hörten das Jaulen einer Polizeisirene, dann in einiger Entfernung Schüsse. Ahmed steckte den Ohrstöpsel ein. „Sie haben eben einen mit Schutzbrille erwischt, das Gas wirkte bei ihm nicht. Sie mußten ihn mit Hypogeschossen außer Gefecht setzen. Vielleicht ist's Larry. Wir wollen lieber zusehen, daß wir hier rauskommen."

Sie hielten in Kopfhöhe eine zusammengeknüllte Decke in den Gang hinaus. Keine Schüsse. Also schlichen sie vorsichtig hinaus, tasteten sich den finsteren Gang entlang und hielten nach einem Ausgang Ausschau.

„Du meinst also, Larry war der Finger des Schicksals an der tastenden Hand der Zukunft. Keine Macht der Erde kann der Kraft einer Idee widerstehen, deren Zeit gekommen ist, hat einmal jemand gesagt. Aber, mein Lieber, als ich da in dem Deckenloch lag, die Spinnen über mir wegkrabbelten und ich dir zuhörte, da glaubte ich schon, jetzt erfindest du eine neue Metaphysik. Wolltest du nicht nur einfach das Schicksal abschaffen?"

Der Korridor wurde breiter, und George fühlte einen sauberen, frischen Luftzug und sah einen Lichtschimmer durch ein Loch. Sie kletterten durch und kamen zu einer zerbrochenen Tür. „Ich weiß nicht, Ahmed", meinte er unsicher. „Wollte ich das wirklich?"

Sie kletterten über die zerbrochene Tür hinaus, stiegen ein paar Stufen hinauf und befanden sich in einem verlassenen Hof mitten in den Ruinen. Es war sehr still. Ein Stück weiter weg, etwa am Rand des Blockes, surrten Polizeihubschrauber und landeten auf der Straße.

„Klar, wolltest du", sagte Ahmed. „Du hast das Schicksal abgeschafft. Hab's doch selbst gehört."

George schaute zum Mond hinauf. Er war sehr hell und beschien die ganze Stadt wie das böse Schicksal in seinem Traum, doch es war nur der Mond, und die Stadt war ruhig. Plötzlich tat George einen Luftsprung und klickte die Absätze zusammen. „Hab' ich, hab' ich!" schrie er. „He, alles herhören, he! Ich hab' das Schicksal abgeschafft!"

Er stand eine Weile keuchend da. Der rote Schein am Himmel über New York blinkte von einem riesigen Zeichen, das sie nicht sehen konnten.

„Meinen Glückwunsch", sagte Ahmed und legte ihm kurz einen Arm um die Schultern. „Darf ich dir ein Beruhigungsmittel anbieten?"

„Nein, eher eine Mahlzeit", antwortete George. „Nein, auch die kannst du streichen. Judd hat mir gestern Geld gegeben. Steaks, heiße Dusche, Hotelzimmer. Waaa! Ich hab' einen Job!" Unvermittelt drehte er sich um und ging weg. „Bis morgen dann."

Groß und müde, schmutzig, verschwitzt und voller Spinnweben stand Ahmed da und schaute ihm nach. Er fühlte sich betrogen. Wo war all der Respekt, den ihm George immer gezeigt hatte? George war früher ein kleiner, dicker Bursche gewesen und hatte Ahmed immer als Boß verehrt. Jetzt sah er eher aus wie ein Kodiakbär, und er ging ganz ohne Erlaubnis davon.

Ahmed schaute hinauf zu dem Mond mit dem einseitigen Gesicht. „Spieglein, Spieglein an der Wand, wer ist der Gescheit'ste im ganzen Land? Lieber Mann im Mond, gib mir lieber keine Antwort. Es war ein sehr langer Tag. Ich bin hundemüde."